FIFTY BEST MISTERIES OF ELLERY QUEEN'S
세계 문학 베스트 미스터리 컬렉션 II

> **새로운사람들**은 항상 새롭습니다.
> 독자의 가슴으로 생각하고 독자보다 한 발 먼저 준비합니다.
> 첫만남의 가슴 떨림으로 한 권 한 권 만들어 나가겠습니다.

세계 문학 베스트 미스터리 컬렉션 II

초　판 1쇄 발행 1995년 8월　1일
개정판 1쇄 인쇄 2007년 7월 23일
개정판 1쇄 발행 2007년 7월 27일

지은이 앨러리 퀸 외
옮긴이 정태원
펴낸이 이재욱
펴낸곳 (주)새로운사람들

편집실장 김승주
디자인 이세은 / 김지현
영업이사 유병일
마케팅·관리 김종림

등록일 1994년 10월 27일
등록번호 제2-1825호
주소 서울시 동대문구 신설동
　　　 104-22번지 2층 (우 130-812)
전화 2237-3301, 2237-3316
팩스 2237-3389
http://www.ssbooks.co.kr
e-mail/ ssbooks@chol.com

ISBN 978-89-8120-290-3(04840)
ISBN 978-89-8120-288-0(세트)

＊ 책값은 뒤표지에 씌어 있습니다.

FIFTY BEST MISTERIES OF ELLERY QUEEN'S
세계 문학 베스트 미스터리 컬렉션 Ⅱ

새로운사람들

책 머리에

미스터리 대중화를 일으킨 잡지의 최우수 단편들

　에드가 앨런 포Edgar Allen Poe(1809~1849)가 C. 오규스트 뒤팽을 등장시킨 두 편의 연작소설과 함께 정통추리소설의 원칙을 확립한 『모르그 가의 살인The Murders in the Rue Morgue』을 발표한 것은 1841년이었다.
　그 후 추리소설은 영국의 코난 도일이 셜록 홈즈를 창조해 인기를 얻기 시작했고 프랑스에서는 모르스 르블랑이 아르세느 뤼팽을 창조해 대중들의 열광적인 인기를 모았다.
　이어서 애거서 크리스티, 앨러리 퀸, 존 딕슨 카 등 세계적인 거장들이 나와 추리소설은 황금시대를 맞았다.
　추리소설이 탄생한 지 100년 후인 1941년 미국의 추리작가 앨러리 퀸(프레데릭 더네이와 맨프레드 B. 리의 합작 필명)은 단순한 추리소설만을 다룬 〈앨러리 퀸 미스터리 매거진: EQMM〉을 창간했다. 그는 창간호 서문에 아래와 같이 썼다.
　"솔직히 말해 이 잡지를 내는 것은 실험적인 것입니다. 우리는 이런 잡지가 나타나기를 열망하는 대중들이 상당수 있다고 믿습니다."
　이 잡지는 처음에는 계간지였으나 1946년부터 월간지가 되었다. 지금도 계속 간행되어 올해 창간 54주년을 맞으니 가장 장수한 추리잡지라고 할 수 있다.
　1962년 판 『리더스 미국문학 백과Reader's Encyclopedia of America』는 앨러리 퀸에 대하여 다음과 같이 장중한 찬사를 보냈다.

"1941년 〈앨러리 퀸의 미스터리 매거진〉을 탄생시킨 앨러리 퀸은 가장 훌륭한 미스터리 잡지의 편집을 맡기 시작했다. 퀸은 이렇게 말했다.

'우리는 두 개의 전장에서 싸움을 했다. 하나는 미스터리 작가의 시각을 천재의 수준이나 훌륭한 문학작품의 수준에 맞추는 일이었다. 그리고 다른 하나는 동료작가들에게 실질적인 지면을 제공함으로써 좋은 창작 활동을 지원하는 일이었다. 그게 아니었다면 이 잡지는 미국 잡지의 대열에 끼지도 못했을 것이다. 물론 신인작가들을 발굴한 것은 말할 필요도 없다.'

퀸은 두 가지 전투에서 모두 승리를 거두었다. 그는 추리소설을 문학의 대열에 올려 놓았다. 현재와 과거의 유명한 작가가 자신들의 추리소설을 퀸의 잡지에 발표해, 역사상 모든 유명작가는 마치 최소한 추리소설을 한 편씩은 쓰는 것처럼 보이게 되었다."

이 책은 제목에서 알 수 있듯이 〈EQMM〉 창간 50주년을 맞아 뛰어난 단편 미스터리를 50편 선정해 발간한 것이다.

지금까지 8,000여 편의 단편이 이 잡지를 통해 발표되었다. 여기서 50편을 선정한다는 것은 매우 힘든 일이다. 더구나 지난 50년 동안 출간된 수백 권의 잡지 하나하나가 편집자의 혼신의 힘을 다해 만든 것이라는 사실을 생각하면 이 일이 얼마나 어려운 일인지 실감할 수 있을 것이다.

　모든 소설과 마찬가지로 작품이 쓰였던 시대 상황을 생각해 보면 추리/범죄/서스펜스 소설은 최초의 추리소설인 『모르그 가의 살인』과 1941년 창간된 〈EQMM〉 사이의 100년 동안 많은 변화를 겪었다. 그리고 그 후 격동의 세월 동안 더욱더 많은 변화들이 있었다. 그러나 철저한 추리소설과 개인적 시각의 소설은 진부해지지 않으려면 가장 혁신적인 모방이 필요하고, 현대의 독자들의 취향에 맞추려면 주제와 인물설정에서 뛰어난 현실 감각이 요구된다. 이러한 관점에서 작품들을 선정했고 국내에 처음 소개되는 작품을 위주로 했다.

　편자는 〈EQMM〉을 모두 다 갖고 있는 것이 아니다. 60년대 말부터 산발적으로 모으기 시작해 70년대 들어 본격적으로 수집했고, 바우처 콘에 참가하기 위해 미국에 갔을 때 헌책방에서 입수한 50년대의 잡지들이 일부 있을 뿐이다. 애석하게도 창간호는 물론 40년대에 출판된 잡지는 한 권도 갖고 있지 못하다.

　다행히 〈EQMM〉에서 주제별로 발간한 앤솔로지들과 개인 단편집에서도 몇 편 설정할 수 있었기 때문에 공백을 줄였다고 본다.

　앨러리 퀸은 〈EQMM〉을 1982년까지 편집(작품선정)을 직접 했고 그 이후에는 엘리아너 설리반Eleanor Sulivan이 맡아 1991년 사망할 때까지 담당했다. 현재는 자넷 허칭스Janet Hutchings가 담당하고 있다.

정태원

세계 문학 베스트 미스터리 컬렉션 II

1950년대

게티즈버그의 나팔 · 13
AS SIMPLE AS ABC — 앨러리 퀸

돈을 태우는 남자 · 43
MONEY TO BURN — 마저리 앨링엄

선한 수도사의 복수 방법 · 58
THE GENTLEST OF THE BROTHERS — 데이비드 알렉산더

일방통행 · 79
ONE WAY STREET — 안소니 암스트롱

광란의 개 쇼 · 92
MURDER AT THE DOG SHOW — 미뇽 에버하트

경찰관은 거짓말을 하지 않는다 · 109
ALWAYS TRUST A COP — 옥타버스 로이 코헨

제발 죽어 줘 · 133
THE WITHERES HEART — 진 포츠

살인자에게 시집간 여자 · 150
THE GIRL WHO MARRIED A MONSTER — 안소니 바우처

8시부터 8시까지 · 179
BETWEEN EIGHT AND EIGHT — C. S. 포리스터

지금 생각하면 · 194
KNOWING WHAT I KNOW NOW — 배리 페로운

8

1960년대

환경 바꾸기 · 221
CHANGE OF CLIMATE — 우슐라 커티스

타임캡슐 · 235
LIFE IN OUR TIME — 로버트 블록

꿈속의 요람 · 246
THE SPECIAL GIFT — 셀리아 프레믈린

언제나 청결하게 · 259
A NEAT AND TIDY JOB — 조지 하몬 콕스

도망가야 부처님 손 · 278
RUN—IF YOU CAN — 샬롯 암스트롱

끊어진 연줄 · 296
LINE OF COMMUNICATION — 앤드류 가브

디어혼에서의 위기 · 309
DANGER AT DEERFAWN — 도로시 B. 휴즈

꼼짝도 하지 못했다 · 330
ETERNAL CHASE — 앤소니 길버트

여자에 정통한 남자 · 357
THE MAN WHO UNDERSTOOD WOMEN — A. H. Z. 카

권총 · 372
REVOLVER — 아브람 데이빗슨

차례 _ 9

1950년대 THE FIFTIES

게티즈버그의 나팔 / 앨러리 퀸

돈을 태우는 남자 / 마저리 앨링엄

선한 수도사의 복수 방법 / 데이비드 알렉산더

일방통행 / 안소니 암스트롱

광란의 개 쇼 / 미뇽 에버하트

경찰관은 거짓말을 하지 않는다 / 옥타버스 로이 코헨

제발 죽어 줘 / 진 포츠

살인자에게 시집간 여자 / 안소니 바우처

8시부터 8시까지 / C. S. 포리스터

지금 생각하면 / 배리 페로운

게티즈버그의 나팔

AS SIMPLE AS ABC — 앨러리 퀸

퀸의 이야기가 모두 그런 것처럼 이 또한 매우 오래된 시대의 이야기이다. 앨러리가 아직 젊었을 때의 일로, 그가 그 재능을 의미도 없이 흩뿌린 것을 니키 포터라는 이름의 빨간 머리 여성이 타이프로 옮기기 시작했을 때의 이야기이다. 그렇다고 김빠진 맥주 같은 이야기라는 것은 아니다. 한 번 그 맛을 본 사람들은 지금도 그 향기를 유쾌하게 기억하고 있을 정도다.

이 미국이란 나라는 예나 지금이나 1861년에서 1865년 남북전쟁이라는 딱지가 붙어 있는 요리라면 어떠한 것이든 게걸스럽게 달려드는 식도락가들이 수없이 많다. 이 패거리들은 그 요리에 다음과 같은 재료가 들어 있다고 듣는 것만으로도 갑자기 달콤한 술이 입을 타고 넘어가 득의양양하게 흘러 들어가는 기분을 맛보는 것이었다. 굳이 링컨을 들먹일 것까지도 없이 브러디 앵글, 미니식 총탄, 맥클란 장군, 〈텐팅 투 나잇〉이란 군가, 그랜트 장군 등의 요리 재료만으로도 맛을 내는 데는 부족함이 없었다. 이들 역사 속에서 꿈을 찾는 사람들은 남북전쟁을 참된 의미에서의 〈대전쟁〉으로, 얼룩무늬 군복을 입은 병사들을 인간 이상의 고귀한 존재로 받아들였다. 이를테면 그들은 로맨티스트이며 역사를 장식하는 사람들이다. 그들은 한밤중에 포토맥(워싱턴 시를 흐르는 강) 강변을 거닐면서 이 포토맥 전선을 지키는 것은 고인들이 아닌 자신들이고 군용트럭이 오가는 소리, 대포에서 솟구쳐 오르는 포성, 패주하는 남군 병사의 비명소리를 실제인 것처럼 듣는다. 시체가 즐비하게 쌓이고 화염 속에 타 들어갈 때 참혹한 지옥을 빠져 나와 뿔뿔이 흩어져 도망치는 것도 다름아닌 자기 자신이었다. 최후의 고통에 몸을 떨고 있는 부상병 위에서 군의관과 함께 동정어린 눈길로 몸을 숙이고 있는 것도 그들이었다. 그리고 지금까지도 이들 옛날 전사들의 무덤 앞에서 자그마한 깃발을 흩날리며 꽃을 올려 놓는 것도 바로 그들이었다.

앨러리 역시 그들 중에 한 사람이었다. 바로 이런 까닭으로 펜실베이니아 주 잭스버그에서 일어난 한 노인의 사건에 특별한 관심을 보였던 것이다.

좋은 일은 미처 예상치 못한 순간에 찾아오는 경우가 흔하지만 앨러와 니키 역시 생각지도 않게 우연히 잭스버그 마을을 지나게 되었다.

그들 두 사람은 워싱턴에서 뉴욕을 향해 차를 달리고 있었다. 앨러리는 워싱턴 국회도서관에서 탐정수사에 관한 자료를 살펴보고 뉴욕으로 돌아가는 길이었다. 어쩌면 포토맥 강의 경치, 앨링턴 국립묘지, 그리고 전쟁의 비애로 인해 커다란 슬픔에 잠긴 링컨의 표정이 앨러리로 하여금 조국을 위해 숨져 간 이들이 잠들어 있는 게티즈버그로 발길을 향하게 만든 것인지도 모른다. 그리고 니키 포터가 아직 한 번도 그 곳에 가본 적이 없었다는 이유도 있었다. 게다가 그날은 5월도 막바지에 접어들고 있어 누구든 감상적인 기분에 젖을 시기였다.

그들은 메릴랜드와 펜실베이니아 주 경계선을 지나 몇 시간에 걸쳐 컬프즈 힐, 세미너리 리지, 리틀 라운드 톱, 스팽글러즈 스프링 등의 유물기념관을 누비고 다녔다. 그 곳은 영원한 생명이 숨쉬고 있는 장소였다. 관광객들의 눈에는 지금도 여전히 피켓과 젭 스튜어트 두 장군 휘하의 병사들이 돌격을 거듭하면서 피를 흘리고 있었으며 키가 크고 못생긴 사내인 링컨이 무덤을 바라보며 울음소리를 내고 있는 것처럼 보였다. 앨러리와 니키는 그 곳을 떠났을 때도 일종의 신비로운 기분에서 벗어날 수가 없었다. 시간과 공간이 의식에서 사라져 때마침 하늘이 어두워져 주변이 컴컴해진 것조차, 또한 그들의 차가 어디로 향하고 있는가 조차 잊어버린 상태가 되었다. 그렇게 얼마 동안 있다가 두 사람은 자연의 자명종, 때아닌 천둥소리에 갑자기 깨어났다. 하늘은 머리 위에서 입을 벌려 눈 깜짝할 사이에 두 사람의 몸을 흠뻑 적셨다. 등 뒤 지평선 너머 게티즈버그는 다시 전쟁터로 바뀌었다. 어둑어둑한 하늘 저편으로 포성과 불빛이 솟구쳐 오르고 있었다.

앨러리가 차를 멈추고 본네트를 들어올려 점화장치에 결정적인 이상이 생겼음을 발견했을 때 그의 기분은 다시 일그러졌다. 머나먼 이국 땅에 내팽개쳐진 것 같다고 니키가 투덜대기 시작했다. 그리고 그것이 앨러리를 더 화나게 했다. 사실이었기 때문이다.

"앨러리 선생님! 이렇게 옷을 적신 채로는 갈 수 없잖아요?"

"글쎄, 이토록 인적이 끊긴 곳에 잠을 잘 만한 곳이 있을까? 이 정도의 고장은 별거 아니야. 좀 살펴봐야겠군."

그러나 그 순간 멀리 앞쪽에서 희미한 불빛이 보이자 앨러리는 표정이 밝아졌다.

"옳지. 여기가 어디며 얼마나 더 가야 하는지 알아봐야겠군. 또 누가 알아? 카센터라도 있을지."

그 곳은 질퍽질퍽한 도로 위에 세워진 자그마한 흰색 가옥이었으며 주위를 에워싸고 있는 낮은 돌담은 온통 담쟁이덩굴로 뒤덮여 있었다. 물에 빠진 생쥐 꼴이 된 여행객들을 위해 문을 열어 준 사내 역시 자신의 집처럼 자그마했다. 주름진 피부를 지니고 있었으며 펜실베이니아 산지에 뿌리를 내리며 사는 사람의 눈매였다. 두 눈은 기쁜 듯 미소를 머금었으나 두 사람의 흠뻑 젖은 모습을 보는 순간 이내 걱정스러운 표정이 되었다.

"몰인정하게 내쫓을 수는 없는 형편이군."

그는 놀라우리만치 정정한 목소리로 말하며 껄껄 웃었다.

"담쟁이덩굴에 덮여 간판은 안 보일 테지만 이건 의사로서의 사명감으로 하는 소리요. 옷이라도 갈아입어야 하질 않겠소?"

"네, 그래요!"

니키가 기다렸다는 듯이 소리쳤다. 앨러리는 이곳에 묵는다는 게 약간 망설여졌다. 집은 조촐하고도 깔끔했으며 따뜻한 난롯불이 있었다. 그들의 등 뒤에서는 요란스럽게 비가 쏟아져 내렸다.

"네, 고맙습니다만…. 카센터에 연락하려고 하는데 전화를 좀 써도 되는지요. 차 수리를 맡겨야 될 형편이라서요."

"이거 너무 폐를 끼쳐서…."

"별 말씀 다 하시오. 주님의 은총이 길 잃은 사람을 안내해 주는 거요. 자, 보시오. 이제 폭우는 밤새 계속 쏟아질 것이고 길도 몹시 미끄럽소."

작달막한 사내는 재빨리 비옷을 입고 장화를 신었다.

"당신 차는 카센터의 수리공 리우 베이글리를 불러서 가져가라고 해야겠소. 키를 주시오."

반시간쯤 뒤에도 밖에서는 여전히 억수같이 비가 퍼붓고 있었지만 두 사람은 쾌적한 응접실에서 몸을 말리고 있었다. 그리고 마틴 스트롱 박사가 손수 만들어 준 양귀비 씨 요리며 스크래플(역주: 잘게 저민 돼지고기, 야채, 옥수수가루 따위로 만든 튀김요리의 일종)과 커피를 마셨다.

박사는 혼자 살고 있었으며 자칭 요리사였다. 그리고 껄껄 웃는 그의 말을 빌자면 그는 잭스버그 마을의 촌장인 동시에 경찰서장이었다.

"이 마을에 살고 있는 대부분의 사람들은 몇 가지 일을 겸하죠. 철물상을 하는 빌 요더는 장의사이기도 하죠. 리우 베이글리는 소방소장이기도 하고요. 에드 맥쉐인은…."

"그러다간 잭스버그의 모든 직업이 다 나오겠군요. 스트롱 박사님. 하지만 제가 보기엔 무엇보다도 선량한 사마리아인처럼 보이는군요."

앨러리가 말했다.

"할렐루야."

니키는 경건하게 기도를 해 보였다.

"퀸 씨! 이것은 뭐랄까요, 저의 취미라고도 할 수 있습니다. 이곳에서 내 편한 대로 살다 보니 보시는 바와 같이 길가에서 멀리 떨어져 있어요. 새로운 얼굴을 볼 기회도 별로 없어서 사람 사귀는 것을 좋아한답니다. 그렇지만 이 잭스버그 마을 534명 주민의 얼굴은 주름살과 혹 생김새까지 훤히 알고 있죠."

"경찰서장을 하시면서도 바쁘지 않나 보군요."

"일은 별로 없지요. 하지만 지난해…."

스트롱 박사가 눈살을 찌푸리더니 일어나서 난롯불을 쑤셨다.

"포터 양, 퀸 씨는 탐정처럼 보이는데 맞습니까?"

"그런 셈이죠! 스트롱 박사님, 그는 더할 수 없이 어려운 문제도…."

"저의 부친은 뉴욕 경찰서의 경감이죠."

앨러리가 새로 들어온 비서의 말을 막았다.

"때때로 범죄사건에 관여하는 일이 있습니다만. 그런데 박사님 작년에 무슨 일이 있었습니까?"

"잠시 생각 좀 해봅시다."

잭스버그 촌장이 생각에 잠기며 말했다.

"아까 당신 말을 들으니 오늘 게티즈버그를 다녀온 모양이군요. 그리고 범죄에도 많은 관심을…."

스트롱 박사가 갑자기 말을 돌렸다.

"내가 참 바보군요. 하지만 걱정되는군요."

"뭐가 말씀이죠?"

"글쎄요…. 내일은 〈전사자 기념일(역주: 남북전쟁 전사자 추모일. 5월 5일. 전사자의 묘를 꽃으로 장식한다는 데서 장식일이라고도 함)〉이죠. 그런데 내 생애 처음으로 내일이 별로 기다려지지 않는군요. 잭스버그에선 정말 대단한 행사가 벌어지죠. 어쨌든 남북전쟁의 영웅 가운데 세 사람이 현재 살고 있는 곳은 우리 마을뿐이니까요."

"세 사람이나!"

니키가 소리쳤다. 스트롱 박사가 씽긋 웃으며 말을 이었다.

"잭스버그에서 의사노릇을 한다는 게 얼마나 한가로운 일인지 상상이 가십니까? 개척자 타입의 여자들이 대부분이고 장수촌으로 불릴 만큼…. 그런데 방금 이야기인데 남북전쟁에 참가한 세 명의 노병사 얘긴 정말 빼놓을 수가 없죠. 아트웰 가의 칼렙 아트웰은 97세죠. 그 일가족은 이곳에만도 수십 명에 이를 만큼 꽤 큰 가문입니다. 다음은 자크 비겔로우. 그는 95세이고 손자인 앤디 내외와 그들의 7명의 아이들과 함께 살죠. 또 하나가 애브너 체이스라는 94세의 노인인데 키시 체이스의 증조부죠. 그런데 금년에는 두 명밖에 없어요. 칼렙 아트웰이 지난해 기념일에 세상을 떴거든요."

"A, B, C군요."

앨러리가 중얼거렸다.

"무슨 뜻이오?"

"전 도서관 사서를 닮은 데가 있죠, 박사님. 아트웰(Artwell), 비겔로우(Bigelow), 체이스(Chase). 알파벳순이죠. 이렇게 배열하는 것이 기억하기에 좋죠. 그중에 A가 작년 기념일에 사망했죠. 당신이 금년 기념일이 기다려지지 않는 건 이것 때문 아닙니까? A 다음에는 B가 올 테니까요. 안 그래요?"

"그 정도 일이라면 장수를 누리는 노인들 일이기 때문에 그다지 신경 쓸 일이 아니죠."

스트롱 박사가 마치 앨러리의 말에 도전이라도 하듯이 말했다.

"저는 두렵습니다. 이것은 겉보기마냥 간단한 이야기가 결코 아닙니다. 그것을 이해시키기 위해선, 우선 칼렙 아트웰이 어떻게 죽었나 말해 주는 편이 낫겠군요. 해마다 칼렙과 자크와 애브너는 기념일 행사의 스타였죠. 후커스타운 가(街)의 옛 묘지의 행사에서 말이오. 가장 나이가 많은….”

"그건 A겠죠. 칼렙 아트웰 말입니다."

"그렇소. 가장 나이가 많았기 때문에 칼렙이 늘 행사 시작을 알리는 기념나팔을 불었죠. 그를 닮은 낡은 나팔이었죠. 세 사람은 나란히 알렉산더 S. 웹 준장이 지휘하는 행콕 제2군의 펜실베이니아 72연대 병사였죠. 이 72연대는 게티즈버그에서 불멸의 공적을 세웠죠. 피켓의 공격을 맞이해 물리친 전투였습니다. 그들의 전투에서는 나팔이 꽤 중요한 역할을 담당했습니다. 그때 이래 그것은 게티즈버그의 나팔로서 세상에 알려졌지요. 적어도 이 잭스버그에서는 그렇습니다."

잭스버그의 조그마한 촌장은 부드러운 눈길로 먼 옛날을 회상하는 표정을 지었다.

"그러한 의미에서, 내가 기억하는 한에서는 훨씬 옛날부터 그날이 오면 생존한 노병사 가운데 가장 연장자가 나팔을 불었던 겁니다. 지금도 확실히 기억하고 있어요. 아직 내가 어렸을 적에 북군종군회 사람들이 마로니 오프카트의—이 오프카트란 사람도 죽었지만 그로부터 이제 38년이 지났지요—상점 앞에 모여 번갈아 가며 나팔을 부는 연습을 하곤 했지요. 아무때고 자신의 차례가 돌아와도 훌륭하게 불 수 있도록 준비한 거죠. 어쨌든 그때는 아직 병사들도 많이 살아 있었기 때문이죠. 그것을 나 같은 아이들은 넋을 잃고 바라보곤 했습니다."

스트롱 박사는 거기에서 한숨을 한 번 내쉬었다.

"그리고 자크 비겔로우가 칼렙 아트웰 다음으로 나이가 많았기 때문에 기수가 되었고 나이를 세 번째로 많이 먹은 애브 체이스가 묘지 기념비에 화환을 바쳤습니다. 칼렙으로선 지금까지 스무 번 가까이 불어온 나팔이었죠. 나팔소리가 최고조에 달했을 때 갑자기 칼렙이 무릎을 꿇었죠. 길바닥에 쓰러졌습니다. 월요일의 교회보다도 더 고요해졌죠."

"너무 긴장한 탓이었나 보군요. 하지만 남북전쟁의 영웅다운 시적인 최후를 맞이한 셈이군요."

앨러리가 감격어린 목소리로 말했다. 스트롱 박사는 그를 기묘한 눈초리로 응시했다.

"어쩌면 그랬는지도 모르죠. 그런 종류의 시를 좋아한다면 말입니다."

그는 장작불을 쑤셔서 불꽃을 일으켰다.

"하지만 박사님."

앨러리는 미소를 지으며 말했다.

"97세나 된 노인의 죽음을 의심할 순 없는 것 아닙니까?"

"하긴 그럴지도 모르지. 그러나 나는 뭔가 이상하다고 확신하고 있소. 어쩌면 그가 죽기 바로 전날 건강진단을 한 사람이 바로 나였기 때문일지도 모르겠소. 난 내 의사자격증을 걸어도 좋소. 그 노인은 백세를 넘어 몇 년 간은 끄떡없이 살 양반이었소. 나는 지금까지 그렇게 건강한 노인을 본 적이 없어요. 그는 아주 건강한 구릿빛 얼굴이었단 말이오. 구릿빛 얼굴! … 하지만 그래선 안 된다. 내가 판단할 수 있는 일이 아니야. 우리들의 영웅의 명예를 손상시킬 수는 없는 노릇 아니겠소? 칼렙은 세미트리 릿지 전투에서 한쪽 눈을 잃었소. 나도 이미 노인 아닌가. 그래서 이렇게 작년 일을…. 마음에 두고 있다오."

"그의 죽음을 의심하는 겁니까, 박사님?"

앨러리는 이번에는 웃음을 애써 눌러 참아야 했다. 그건 스트롱 박사의 실망스러운 표정을 분명히 보았기 때문이었다.

"왜 그런 의심이 드는 건지는 나도 모르겠소."

시골 의사는 짤막하게 말했다.

"내가 일단 부검을 하자고 했지만 아트웰 일가족을 시작으로 모두 어리석은 짓이라고 하면서 상대조차 해 주지 않았죠. 97세나 된 노인이 자연사가 아닌 다른 원인으로 죽었다고 생각하는 건 모독일 테니까요. 결국은 나 자신도 그런 기분이 들어 칼렙은 그대로 매장되었습니다."

"하지만 박사님, 그 나이라면 아무런 예고 없이도 언제든 쓰러질 수 있지요. 박사님께서 꺼림칙하게 생각하는 데는 노령 이외에 뭔가 다른 이유가 있는 것이 틀림없습니다. 박사님께서 알고 계시는 동기라도 있습니까?"

"글쎄요. … 어쩌면."

"그는 부자였을 거예요."

니키가 뭔가 알아차린 듯한 얼굴로 입을 열었다. 그러나 스트롱 박사는 고개를 흔들었다.

"그는 자기 것이라고는 그릇 하나도 없었소. 하지만 그가 죽으면 누군가 얻는 게 있었을 거요. 다시 말해서 옛날부터 전해 내려오는 이야기가 사실이라면…. 아실지 모르지만 잭스버그에서는 세 분 노인에 대해 일종의 전설 같은 것이 있죠, 퀸 씨. 내가 그걸 처음 들은 건 아주 어렸을 때였죠. 그때는 널리 알려진 이야기였죠. 지금도 여전히 입에서 입으로 전해지고 있답니다. 그 이야기는 1865년으로 거슬러 올라갑니다. 칼렙과 자크, 그리고 애브너가 같은 부대에 근무했을 때의 일인데 그들 세 사람이 어떤 종류의 보석을 발견했다는 겁니다."

"보석…."

니키가 킥킥거리기 시작했다.

"보석이었죠."

스트롱 박사가 완고하게 반복했다.

"들리는 얘기로는 그들은 그걸 잭스버그로 가지고 와서 숨겨 놓고는 숨긴 장소는 아무에게도 말하지 않기로 맹세했다는 겁니다. 물론 전쟁이 끝나고 나면 그처럼 온갖 얘기가 떠도는 법이긴 합니다만…."

그는 눈동자를 빛내며 니키를 똑바로 응시했다.

"그리고 그런 이야기를 들으면 많은 사람들이 코웃음을 치거나 히스테리 발작을 일으키겠지만 나는 이야기를 듣고 뭔가 믿을 만한 구석이 있다고 생각했죠. 어쨌든 내일이 불안하다는 점에 대해서는 조금도 변함이 없기 때문에, 내일 행사가 무사히 끝나고, 자크 비겔로우가 칼렙 아트웰의 나팔을 내년에도 불 수 있다면 비로소 마음이 후련해질 것 같습니다. 내일은 자크가 가장 나이가 많은 생존자니까 나팔을 불겠죠."

앨러리는 다시 미소를 지으며 말했다.

"그들이 50년 이상이나 보석을 숨겨 놓았단 말입니까? 사실, 그 보석이 있다고 한다면 조금도 고민할 것이 없습니다, 박사님. 보석은 상상 속에 있을 때나 흥분을 자아내는 법입니다. 얼마큼 소동이 일어나겠지만 어차피 아무것도 나오지 않습니다."

"그 소문은 그들이 맹세를 했다는 쪽으로 흘러가죠."

잭스버그 촌장이 중얼거렸다.

"한 사람 말고 모두가 죽을 때까지는 보석에 손을 대지 않겠다는 말 아닙니까?"

앨러리는 이제 소리 내어 웃으며 말했다.

"마지막 생존자가 모든 것을 차지하는 거죠, 박사님. 대부분의 얘기가 다 그런 식으로 흘러가니까요."

앨러리는 하품을 하며 일어섰다.

"저쪽 객실에서 저를 부르고 있는 것 같군요. 니키, 눈에 졸음이 가득해 보이는군. 제 말대로 하시죠, 박사님. 조금도 걱정하실 필요가 없습니다. 모두와 마찬가지로 그 선례를 따라 주세요. 박사님께선 내일 모임에서 게티즈버그 연설을 낭독해야 하지 않습니까? 그때 악동들이 소동을 일으키지 않도록 다른 데는 신경을 쓰시지 않는 것이 좋을 것 같군요."

나중에야 안 일이지만 바로 그날 밤부터 앨러리는 마틴 스트롱 박사가 기념일에 대해서 갖는 근심을 서로 나누어 가지게 되었다. 새벽이 되자 앨러리와 니키는 찜찜한 기분으로 잠을 잤다. 다음날은 간밤의 피로를 깨끗이 풀어 버리고 빛나는 눈과 부스스한 표정으로 침대에서 일어날 수가 있었다. 그리고 두 사람이 거의 같은 시간에 계단을 내려왔을 때 잭스버그 촌장이 부엌에서 서성이는 것을 발견했다.

"안녕히 주무셨소?"

스트롱 박사가 큰소리로 인사를 했지만 어딘가 이상스럽게 느껴졌다.

"당신들이 먹을 걸 장만해 놓고 한 시간 정도 잠자려고 생각했는데."

"밤새 걱정하시느라 못 주무셨나 보군요?"

"전혀 눈을 붙이지 못했소. 잠을 잘까 했는데 전화가 왔지 뭐요. 키시 체이스한테서 온 긴급전화였죠…."

"키시 체이스라구요. 당신이 어젯밤에 말씀하신…?"

앨러리는 주인을 바라보았다.

"애브너 체이스 노인의 증손녀죠. 맞아요, 퀸 씨. 키시는 고아이고 에브너의 유일한 혈육이죠. 그녀는 열 살부터 할아버지를 모시고 함께 살았죠."

스트롱 박사의 어깨가 축 늘어졌다. 앨러리는 특유의 음성으로 말했다.

"함께 살고 있는 애브너 노인은…?"

"난 밤새도록 애브너와 함께 있었소. 오늘 아침 6시 반에 저 세상으로 여행을 떠났소."

"기념일에 말이죠!"

니키는 죽음이라는 인간의 중대한 문제를 처음 겪는 소녀처럼 크게 소리를 질러댔다. 잠시 침묵이 흘렀다. 스트롱 박사가 돼지고기를 굽는 소리에 침묵은 한층 깊어갔다. 마침내 앨러리가 말문을 열었다.

"애브너 체이스는 왜 죽었죠?"

"뇌일혈이었소."

"누구한테 맞았나요?"

스트롱 박사가 앨러리를 바라보았다. 박사는 화가 난 듯했다. 그러나 이내 머리를 흔들었다.

"퀸 씨, 난 이름난 의사도 아니고 아직 모르는 의학지식도 많아요. 하지만 첫눈에 뇌일혈임을 알 수 있었죠. 애브너 체이스는 그래서 죽은 거요. 94세의 노인이고 보면 자연사로 봐도 무방할 거요. … 아니, 이런 죽음에는 재미있는 구석이라고는 눈곱만치도 없소."

"만약 기념일에 그 일이 생기지 않았다면 그렇게 말할 수도 있겠죠."

앨러리는 주인을 바라보았다.

"인간이란 참 묘한 동물이죠. 그에게 거짓말을 해보시오. 그는 아무 의심 없이 덜컥 받아들이죠. 그에게 사실을 말해 보시오. 그럼 이번에는 뭔가 토를 단단 말이요. 어쩌면 신은 고마움이라고는 전혀 모르는 인간에게 신물이 난 나머지 장난을 치기로 한 것 같소."

그러나 스트롱 박사는 앨러리를 향해서라기보다는 자기 자신을 향해 말하는 듯했다.

"당신, 계란 좋아하시오?"

"그럼요, 박사님. 계란요리는 제가 할 테니 위층에 가셔서 좀 주무세요."

니키가 힘을 주어 말했다.

"예의 그 경건한 일을 오늘 또 해야 되니 쉬는 편이 좋을지도 모르겠군."

잭스버그 촌장이 한숨을 쉬며 말했다.

"하지만 애브너 체이스가 죽는 바람에 오늘 행사는 예년보다 더 엄숙하게 치러질 거요. 빌 요더의 말을 빌자면 애브너의 장례를 허둥지둥 해치워서 그가 평생 해 온 명예로운 장의사 일을 망칠 생각은 조금도 없다고 하더군요. 아마 그의 말이 틀림없을 거요. 만약 우리가 체이스의 장례식을 오늘 행사일정에 포함시킨다면 에이브러햄 링컨의 불멸의 연설도 빛을 잃을까 걱정되는군요! 퀸 씨, 아무튼 오늘 아침 리우 베이글리한테 내 일러두었으니까 한 시간 안에 차를 가지고 이리 올 거요. 특별 서비스로 말이오. 당신들은 촌장의 손님이니까."

스트롱 박사가 껄껄 웃으며 덧붙였다.

"언제쯤 떠날 참이오?"

"제 생각엔…."

앨러리는 얼굴을 찌푸리며 말했다. 니키가 내심 피곤한 선생이군 하는 표정으로 그를 바라보았다. 그녀는 이미 퀸의 표정만 보고도 그가 중요한 얘기를 꺼내려 한다는 것을 알아차렸다.

"아무래도 자크가 그 소식을 어떻게 받아들일지 궁금하군요."

앨러리가 나지막하게 중얼거렸다.

"아, 그 얘기였군요. 그는 이미 알고 있소, 퀸 씨. 오는 길에 앤디 비겔로우의 집에 들렀으니 말이오. 하지만 난 가능한 한 빨리 자크에게 그 소식을 알려 주는 것이 좋다고 생각했소."

"가엾어라. 이제 혼자 남았으니 얼마나 마음이 아프실까."

니키가 옆에서 말하면서 계란을 잘랐다.

"자크는 그런 것에 구애받는 남자가 아니죠."

스트롱 박사가 시큰둥하게 말했다.

"그때 그가 말한 건 내 기억으로는 이것뿐이었소. 〈일이 좀 성가시게 된 거야. 내가 게티즈버그에서 나팔을 불면 꽃다발은 누가 놓을까!〉 사람이 95세나 되고 보면 나처럼 63세 정도의 젊은 사람들과는 달리 죽음이라는 걸 전혀 다른 관점에서 보는 것 같소. 때로는 말이오. 몇 시에 떠날 참이오. 퀸 씨?"

앨러리는 작은 목소리로 말했다.

"니키, 뭔가 특별히 바쁜 일은 없나?"

"글쎄요, 어떻게 하죠?"

"하지만 여기까지 와서 행사에 참여하지 않는다는 건 나의 애국심이 용납치 않을 것 같군. 박사님, 어떻습니까. 잭스버그 사람들의 전사자 기념일에 저희 뉴욕 인사 두 명을 특별히 참석시켜도 되겠습니까?"

잭스버그 마을에는 포장도로가 하나 있고, 도로 한쪽 끝에는 교통신호등이 덩그러니 선 채 유리가 깨져 마치 시력을 잃은 눈처럼 얼빠진 듯 한 외관을 드러내고 있었다. 다른 쪽 도로 끝에는 리우 베이글리의 카센터 앞에 두 개의 가솔린 펌프가 세워져 있었다. 그 사이로 몇 채의 가게가 페인트가 벗겨진 모습으로 햇볕을 받으며 휴일을 즐기고 있었다. 빨강, 파랑, 흰색의 종이테이프가 거리를 메우다시피 흩날렸다. 이 마을에서는 가장 번화한 거리였으나 거리 양쪽 끝으로 초라한 목조가옥이 몇 채인가 늘어서 있을 뿐이었다. 하지만 이곳에도 온통 성조기가 나부끼고 있었다.

앨러리와 니키는 스트롱 박사가 가르쳐 준 장소에서 체이스의 집을 찾아냈다. 담쟁이덩굴로 온통 뒤덮인 교회와 잭스버그 자체 소방서 사이에 있는 베이글리 카센터에서 모퉁이를 막 돌아선 곳에 체이스의 집이 있었다. 그러나 촌장이 그렇게까지 자세히 가르쳐 줄 필요는 없었다. 현관에 사람들로 북적대는 유일한 집이었기 때문이다.

어깨가 축 늘어진 젊은 여자가 검정색 상복을 입은 군중들 한가운데 놓인 흔들의자에 걸터앉아 있었다. 그녀의 코는 커다란 양손과 마찬가지로 새빨갛게 변해 있었는데 주위에서 퍼붓는 위로의 말에 그녀는 애써 웃는 얼굴을 지어 보이려고 노력했다.

"고맙습니다, 프럼 부인…. 그런 것 같아요. 슈미트 씨. 그건 그래요…. 하지만 몹시 정정하시던 분이었어요. 에머슨, 믿기지가 않아요."

"키시 체이스 양인가요?"

순간 거짓말처럼 주변의 소음이 뚝 그쳤다. 남부군 스파이가 속삭이는 소리를 들었더라도 지금처럼 쥐죽은 듯 고요해질 수는 없었을 것이다. 잭스버그 사람들은 앨러리와 니키를 차가운 시선으로 말없이 응시하면서 다들 나름대로 추측하는 듯했다.

"저는 퀸이고 이쪽은 포터 양입니다. 우리들은 잭스버그 마을의 기념일 행사에 촌장인 스트롱 박사의 손님으로 참석했죠."

서풍처럼 사람의 마음을 따뜻하게 해 주는 나직한 속삭임이 현관 주위를 한차례 훑고 지나갔다.

"그분은 우리들더러 여기서 기다리라고 하셨기 때문에 염치불구하고 찾아왔습니다. 증조부님 일에 대해선 뭐라고 위로를 드려야 좋을지 모르겠군요."

"할아버지께선 정말 훌륭한 일을 하셨더군요."

니키도 인사말을 건넸다.

"고마워요, 훌륭한 분이셨죠. 하지만 이렇게 갑자기…. 안으로 들어가시죠. 할아버지의 몸은 이제 없지만…. 얼음을 가득 채워서 빌 요다의 가게로 옮겼어요."

젊은 여자는 평정을 잃고 울기 시작했다. 니키는 그녀의 팔을 붙잡고 안으로 들어갔다. 앨러리는 이젠 완전히 경계심을 푼 채 호기심어린 시선을 던지는 마을 사람들과 뭔가 나눌 말이 없을까 생각하며 잠시 머뭇거렸다. 다음 순간 그는 그녀의 뒤를 따라 들어갔다. 그 곳은 초라하고 자그마한 집으로 방은 축축하고 어둑어둑했다.

"자, 기운을 내세요. 안정이 제일 중요한 때입니다, 키시. 키시라고 불러도 되죠?"

니키는 달래는 투로 말했다.

"게다가 마을 사람들과는 좀 떨어져 있는 게 좋아요. 앨러리 선생님, 이 아가씬 아직 어린애인가 봐요!"

지나치게 어린애 같은 말투, 창백한 표정, 퀭한 눈. 이렇게 느꼈을 때 앨러리는 교통 신호등을 지나 북쪽으로 떠났으면 좋았을 걸 하고 약간은 후회의 감정을 느꼈다.

"묘지로 향하는 시가행진이 당신 집 앞에서 출발하는 걸로 알고 있소. 그런데 앤디 비겔로우와 그의 할아버지 자크 씨는 아직 안 왔나요?"

앨러리가 물었다.

"글쎄요, 모르겠어요. 모든 게 다 꿈만 같아요."

키시 케이시가 굼뜬 머리로 대답했다.

"그렇겠죠. 혼자만 남아서 그럴 거예요. 그럼 친척은 한 사람도 없나요, 키시?"

"네."

"누군가 젊은 사람이 당신을…?"

니키의 말에 키시는 격렬히 머리를 흔들었다.

"저 같은 사람과 결혼해 줄 사람은 없어요. 지금 입고 있는 옷이 제가 가진 단 한 벌뿐인 옷이에요. 4년 전에 샀죠. 우린 증조부님의 연금과 제가 그날그날 번 돈으로 겨우 지내 왔죠. 그나마 일거리도 충분치가 않죠. 이제…."

"내가 일자리를 한번 알아보죠."

니키가 아주 따뜻한 목소리로 말했다.

"잭스버그에서요?"

니키는 대답을 하지 않았다.

"키시 양, 스트롱 박사는 보물얘기를 하더군요. 그 얘기를 들어 봤나요?"

앨러리는 담담한 음성으로 말했으나 고개를 들고 바라보지는 않았다.

"네, 들어 봤죠. 할아버지께서 말씀해 주셨어요. 세세한 것은 언제나 조금씩 틀렸지만 대개는 이런 종류의 얘기였죠. 전쟁 중에 그분과 칼렙 아트웰, 자크 비겔로우는 입대한 뒤 세 사람만 부대에서 따로 떨어진 적이 있었죠. 척후든가 먹을 것을 찾기 위해서인가 아무튼 그런 것 때문이었대요. 그것은 남부 어딘가에서 벌어진 일이었어요. 그날 밤 그들은 반쯤 불에 타 무너진 낡은 빈집에 머물렀죠. 새벽이 되고 나서 그들은 뭔가 가져갈 만한 것이 없을까 해서 집 안팎을 뒤지다가 보물이 숨겨진 지하실을 찾아냈죠. 할아버지 말씀으로는 실로 엄청난 재산이라고 하시더군요. 세 사람은 그 많은 보물을 어떻게 운반할까 생각한 끝에 지하실 속에 다시 파묻고 그 장소를 지도로 그렸답니다. 그리고 전쟁이 끝난 뒤 다시 돌아와서 그걸 다시 꺼내기로 서로 굳게 약속했대요."

"약속을 했다. 역시 그랬었군."

앨러리의 말이었다.

"그들은 세 사람 중 단 한 사람만 살아 남았을 때 그 곳으로 찾아가서 보물을 파내기로 약속한 거죠. 왜 그렇게 하기로 했는지는 저도 모르겠어요. 마지막까지 살아 남은 한 사람이 그것을 모두 자기 것으로 하자고 정한 것 같아요. 할아버지 말씀은 대개 그런 내용이었어요. 그것만은 언제나 변함이 없었죠."

"가격이 얼마쯤 된다던가요?"

앨러리가 묻자 키시는 웃으며 답했다.

"20만 달러라고 하셨어요. 하지만 할아버지가 그저 해본 소리라고밖에 생각되지 않더군요. 꼭 그렇지 않다고도 할 수는 없지만요."

"그들이 북부로 가지고 와서 어디에 숨겼는지 힌트가 될 만한 말을 들은 적은 없나요?"

"아뇨. 그분은 무릎을 치고 제게 윙크를 해보였을 뿐이에요."

"그 얘기엔 뭔가 깊은 의미가 있는 것 같군."

"하지만 앨러리 선생님, 그 말이 진짜란 말인가요! 키시, 방금 선생님이 하신 얘길 들었어요?"

니키가 눈을 흘겼다. 그러나 키시는 다만 모든 것이 피곤하다는 듯 한마디 내뱉었을 뿐이다.

"그것이 정말이라면 모든 것은 자크 비겔로우의 차지가 되겠군요."

그때 스트롱 박사가 들어왔다. 주름진 푸른 양복에 빳빳하게 깃을 세운 나비넥타이 차림이었다. 그 뒤를 따라 많은 사람들이 들어왔다. 앨러리와 니키는 잭스버그 사람들에게 키시 체이스를 넘겨주었다.

니키가 앨러리의 귀에다 대고 속삭였다.

"저 아가씨의 얘기가 사실이고 스트롱 박사의 말이 틀림없다면 비겔로우 노인은 굉장한 악당인 셈이군요. 보물을 독차지하려고 친구 두 사람을 죽여 버렸으니 말이에요!"

"하지만 니키! 95세나 되는 나이에? 그런 노령에 그런 짓을 해서 보물을 빼앗을 마음이 생길까?"

앨러리는 머리를 저었다.

"그렇지 않다면 뭣 때문에…?"

"글쎄. 무엇 때문인지는 모르겠지만."

그때 촌장이 그들 쪽을 돌아보았다. 앨러리는 눈짓을 해보이며 그를 가까이 부른 후 귀에다 대고 속삭였다.

행렬은 2시 정각에 출발했다. 잭스버그의 차가 거의 총출동하다시피 했다. 스트롱 박사의 자랑에 따르면 무려 1백 대가 넘었다.

니키는 좀 당황하긴 했지만 이것이 그리 놀라운 일은 아니라는 표정을 짓고서 선두차에 탔다. 이 차는 상당히 오래된 것이긴 했지만 리우 베이글리가 오늘 행사용으로 내놓은 대형차로 깨끗하게 손질해서 번쩍번쩍 윤이 났다. 정면 좌석에 앉아 있는 사람은 지난날 북군 모자를 눌러쓴 노인이었는데 어깨가 약간 처져 보이긴 했으나 나이를 생각하면 그럴 만도 했다. 니키가 그런 생각을 하고 있을 때 앨러리는 그 노인의 귀에다 대고 뭔가 나직하게 속삭이고 있었다. 자크 비겔로우는 운전사와 용맹한 얼굴에 붉은 빛깔의 목덜미를 지닌 한 사내 사이에 똑바로 앉아 있었다. 용맹한 얼굴의 사내는 노인의 손자 앤디 비겔로우였다.

니키는 고개를 뒤로 돌려 차 한 모퉁이에 꽂혀 있는 국기가 펄럭이는 가운데 주위의 경관이 빠른 속도로 뒷걸음질 치는 모습을 보았다. 검정색 망사를 드리운 키시 체이스는 뒤차에서 한 부인의 어깨에 얼굴을 묻은 채 울고 있었다. 잠시 후 니키는 앨러리와 스트롱 박사 사이로 자세를 바로 하여 앉았다. 정면에 놓여 있는 꽃들 사이로 성조기가 펄럭이고 있었다. 이미 죽음을 맞은 두 노인을 생각하며 두 사람의 비겔로우를 응시했다. 스트롱 박사가 소개했을 때 니키는 북군 용사이자 잭스버그의 유일한 생존자에게 고개를 가볍게 까딱해 보이는 것으로서 그들이 지닌 역사적 중요성에 약간의 경의를 표시했을 뿐이다.

그러나 앨러리는 넉살 좋게 야수처럼 생긴 손자한테도 최대한의 경의와 친절을 베풀었다. 그는 앞으로 몸을 숙였다,

"비겔로우 씨, 조부님을 뭐라고 불러야 좋을지 모르겠군요?"

그러자 앤디 비겔로우는 큰소리로 대답했다.

"위대한 장군이시죠."

손자는 얼굴을 돌려 노인을 바라보았다.

"그렇지 않아요, 할아버지?"

그러나 자크 비겔로우는 자랑스러운 얼굴로 정면을 향한 채 무릎 위에 놓인 낡은 가방을 자랑스러운 듯 쓰다듬을 뿐이었다.

"할아버지께선 전쟁 중에 일등병으로 참가했죠. 하지만 그런 얘기는 별로 좋아하지를 않죠."

"비겔로우 장군….”

앨러리가 말을 걸었다.

"귀가 좀 먹었죠. 다시 한 번 불러 보세요."

"비겔로우 장군!"

"응?"

노인은 떨리는 머리를 돌려 퀸을 응시했다.

"안 돼요. 좀더 큰소리로 불러 보세요. 그래야 들으시니까요."

"비겔로우 장군!!"

앨러리는 좀더 큰소리로 불렀다.

"이제 보물은 당신 차지가 되었군요. 그걸 다 어떻게 하실 생각이세요?"

그러자 옆에서 앤디 비겔로우가 소리쳤다.

"보물이라구요, 할아버지. 뉴욕에서 소문을 들은 모양입니다. 그걸 어떻게 하실 생각이냐고 묻는군요."

자크 노인은 그제야 알아들으며 퉁명스럽게 말했다.

"왜 이분이 알려고 하는 거지? 안 돼, 앤디. 절대 안 돼고 말고."

"얼마나 되는데요, 장군?"

앨러리는 소리쳤다. 자크 노인은 그를 바라보았다.

"꽤나 끈질긴 사람이구만."

노인은 목소리를 가다듬고 말했다.

"마지막으로 우리—칼렙, 애브너 그리고 나—세 사람이 계산을 해봤더니 100만 달러나 되더군. 맞아, 그랬지. 백만 달러였어."

노인의 왼쪽 눈꺼풀이 놀랄 만큼 아래로 늘어졌다.

"세상에 저만 잘난 줄 아는 사람들이 많지만 알고 보면 다 별수 없더군. 자네들도 잠자코 기다리면서 지켜보기나 하는 게 좋아."

앤디 비겔로우는 히죽히죽 웃었다. 니키는 노인의 목을 조르고 싶은 충동을 느꼈다. 니키가 스트롱 박사를 돌아다보며 속삭였다.

"키시의 얘기로는 애브너 체이스는 20만 달러뿐이라고 했다던데요."

"자크는 말할 때마다 점점 더 액수를 불리고 있죠."

촌장이 어두운 표정으로 말했다.

"당신 말 내 다 듣고 있어, 마틴 스트롱!"

순간 자크 비겔로우는 버럭 고함을 질렀다. 노인이 갑자기 고개를 돌리는 바람에 머릿속의 생각을 그치고 멈칫했다.

"다들 기다려! 반드시 보여 줄 테니까. 건방진 녀석들, 손바람 한 번만 일으키면 다 날아가 버리고 말걸!"

"네, 네. 그렇고말고요. 바람은 좀 아껴 두었다가 나팔 불 때나 쓰세요."

스트롱 박사가 웃으면서 무릎 위의 작은 가방을 툭툭 치고 개선장군처럼 의기양양한 표정으로 앞을 바라보았다.

앨러리는 더 이상 아무 말도 하지 않았다. 하지만 이상스럽게도 그가 계속 주시하고 있는 것은 자크 노인이 아니라 앤디 비겔로우 쪽이었다. 이 젊은이는 조부의 곁에 붙어 앉아 인적이라고는 없는 시골 풍경을 바라보며 눈에 보이지 않는 관중들을 향해 만족스러운 듯한 미소를 짓고 있는 것이었다. 그 역시 승리를 거두기라도 한 것처럼…. 아니면 지금 승리를 향해 다가가고 있는 것처럼 보였다.

햇살은 뜨거웠다. 남자들은 상의를 벗어들었고 여자들은 손수건으로 부채질을 했다.
〈그것은 오히려 우리들 살아 있는 사람들을…〉
아이들이 묘지 사이를 뛰어다니자 당황한 어머니들이 그들을 뒤쫓아 달려갔다. 묘지 대부분에 싱싱한 꽃들이 놓여 있었다.
〈… 명예롭게 돌아가신 이분들에게 꽃을 바치는 것은…〉
자그마한 미국 국기도 무덤 사이에서 펄럭이고 있었다.
〈… 목숨마저 바쳐 나라를 위하고…〉
마틴 스트롱 박사의 목소리는 깊숙하면서도 확신에 차 있었다.
〈… 이곳에 묻힌 분들은 결코 헛되이 목숨을 바치지 않았으며…〉
스트롱 박사는 깃발이 세워진 남북전쟁 기념비의 댓돌 위에 올라선 채 비바람에 씻긴 묘석의 행렬들을 바라보았다. 그 모습은 마치 근사하게 정장을 차려입은 사령관의 모습처럼 보였다.
〈… 우리들의 조국은 신들의 비호를 받아…〉
미국재향군인회 잭스버그 지부의 기수가 촌장과 군중들 사이에 씩씩한 모습으로 서 있었다. 일단의 재향군인들이 구식 샤프스식 라이플 소총을 들고 묘지 앞에 정렬해 있었다.
〈… 그리고 인민의 정부는…〉
촌장의 옆에는 원숭이처럼 붉은 얼굴을 한 손자의 어깨에 손을 걸치지도 않고 자크 비겔로우 장군이 서 있었다. 샤프스 소총의 총신처럼 꼿꼿한 자세로 선 채 푸른 군복차림으로 작은 가방을 단단히 부여잡고 있었다.
〈… 지상에서 결코 소멸되지 않을 것이며…〉
노인은 참을 수가 없다는 듯 고개를 끄덕였다. 그는 가방을 만지작거리기 시작했다.

"분대! 세워 총!"

"자, 준비하세요, 할아버지!"

앤디 비겔로우가 소리쳤다. 노인은 뭔가 중얼거리며 작은 가방에서 나팔을 꺼내느라고 애썼다.

"자, 이리 주세요!"

"앤디."

잭스버그 촌장이 조용히 말했다.

"할아버지 혼자서 하시게 가만두게. 서두를 필요는 없으니까."

마침내 나팔이 모습을 드러냈다. 구식의 군용 나팔로서 자크 비겔로우 자신보다도 더 오래된 것이었다. 군데군데 상처가 나 있었다.

노인은 나팔을 입술에 가져갔다….

이제 그의 손은 더 이상 떨리지 않았다….

이제 재향 군인단은 바싹 긴장한 채 서 있었다….

그리고 노인은 나팔을 불기 시작했다….

그것은 연주라고도 할 수 없는 것이었다. 그가 나팔을 불자 갈라진 소리가 터져 나왔다. 때로는 전혀 소리가 나지 않는 적도 있었다. 그럴 때면 노인의 목에는 힘줄이 툭 불거져 나오며 얼굴은 불에 타오르기라도 하는 것처럼 붉게 변해 갔다. 때로는 입가를 혀로 핥으며 침을 닦아내기도 했다. 그러나 노인은 여전히 나팔을 불었다. 그리고 무덤 주위의 나무들도 산들바람에 살랑거렸고 사람들은 동물의 비명 같기도 한 노인의 나팔소리가 마치 감미로운 음악이라도 되는 것처럼 미동조차 하지 않은 채 귀 기울였다. 갑자기 나팔소리가 멎었다. 자크 비겔로우 노인은 두 눈이 휘둥그레진 채 서 있었다. 게티즈버그의 나팔은 기념비의 댓돌 위로 조그만 소리를 내며 떨어졌다. 순간 모든 것이 정지해 버린 듯했다. 아이들의 조용한 움직임도, 사람들의 숨소리도. 그리고 나뭇잎들의 살랑거림도. 그리고 나서 그 진공 속으로 공포의 속삭임이 파고들었다. 니키는 믿기지 않을 만큼 크게 눈을 떴다가 눈을 곧 감았다. 그 짧은 순간에 그녀는 잭스버그 남북전쟁의 용사들 가운데 유일한 생존자가 스트롱 박사와 앤디 비겔로우의 발 아래로 쓰러지는 것을 보았다.

"박사님, 이번에는 당신 말이 옳았군요."

앨러리가 말했다. 그들은 앤디 비겔로우의 집에 있었다. 자크 노인의 시신은 묘지에서 그 곳으로 옮겨졌다. 집 주위에는 재잘거리는 여자들과 뛰어다니는 아이들로 가득 차 있었지만 방안에는 몇 사람만이 남아서 나지막한 목소리로 이야기를 나누고 있었다. 노인의 시신은 긴 의자 위에 덮개로 덮여 있었다. 스트롱 박사는 시신 옆 의자에 앉아 있었지만 눈에 띌 정도로 갑작스럽게 늙어 보였다.

"이건 모두 내 잘못이야. 작년에 칼렙의 입 속을 검사하지 않았어. 나팔의 입술 부위도 검사했어야만 했는데."

"박사님, 그건 그렇게 쉽게 찾아낼 수 있는 독이 아니었습니다. 잘 아실 텐데요. 그리고 무엇보다도 당시 정황으로 봐서 어쩔 수 없는 측면도 있었죠. 만약 해부를 했다면 그 사실을 곧 알아차렸겠지만 아트웰 가문의 유족들이 그 제안을 일소에 부친 이상 어쩔 수 없었습니다."

앨러리가 그를 위로했다.

"모두 죽었소. 세 사람 다 말이오. 하지만 나팔 속에 누가 독을 넣었을까요?"

스트롱 박사가 날카롭게 고개를 치켜들고 물었다.

"난 아닙니다, 박사. 그런 눈으로 절 쳐다보지 마세요. 누구든 손을 쓸 수가 있었죠."

앤디 비겔로우가 다급히 변명했다.

"누구나 할 수 있었다고?"

스트롱 박사가 날카롭게 고개를 치켜들고 물었다.

"이상하지 않은가, 앤디. 칼렙 아트웰이 죽었을 때 자크가 나팔을 가져왔고 그건 일 년 동안 쭉 이 집에 있었단 말일세!"

"누구든 하려고 마음만 먹으면 쉽게 손을 댈 수가 있었죠."

비겔로우는 완강하게 말했다.

"나팔은 벽난로 위쪽에 걸려 있었기 때문에 누구든 접근할 수가 있었죠. 밤을 이용해서 말입니다. 아무튼 칼렙 노인이 죽기 전에는 나팔이 이 집에 없었죠. 작년 기념일까지는 그걸 그 노인이 가지고 있었으니까요. 그렇다면 누군가가 그의 집에서 독을 쓴 셈입니다. 그것은 도대체 누굴까요?"

"그런 식으로는 아무런 결론도 내릴 수가 없습니다, 비겔로우. 당신의 할아버지는 남북전쟁에서 우연히 발견한 보물에 대해 말한 적이 있습니까?"

앨러리가 중얼거리는 듯한 어조로 말을 꺼냈다.

"말씀하신 적이 있는 것 같습니다만."

앤디는 그렇게 대답해 놓고 곧 후회가 되는 듯 눈을 깜박이며 입술을 깨물었다. 결국 자크가 그런 말을 했다는 사실을 반쯤은 시인한 셈이다.

"그게 무슨 상관이죠?"

"이번 일련의 살인사건 동기는 돈입니다, 비겔로우 씨."

"그런 건 난 전혀 모르는 얘기요. 아무튼 그 보물에 관해서 권리가 있는 사람은 나뿐이오."

앤디 비겔로우는 넓은 가슴을 쭉 펴보았다.

"애브너 체이스가 죽었을 때 할아버지는 마지막 생존자였죠. 그러니 당연히 그 보물은 자크 비겔로우 것이죠. 난 그분의 장손이구요. 그렇다면 그 보물은 당연히 제 것입니다."

"앤디, 자넨 보물을 숨겨 둔 곳을 알겠군, 어딘가?"

스트롱 박사가 몸을 일으키며 눈을 빛냈다.

"그건 말씀드릴 수 없습니다. 이곳은 우리 집이니 그만 나가 주시죠!"

"이봐, 앤디. 난 이곳 잭스버그에서 법률을 대표하는 사람일세. 이건 살인사건이야. 보물은 어디에 두었나?"

스트롱 박사가 부드럽게 말했다. 비겔로우는 웃고 있었다.

"비겔로우 씨, 당신도 모르고 있는 것 아니오?"

마침내 앨러리가 입을 열었다.

"물론 모르죠."

앤디는 다시 소리 내어 웃었다.

"아시겠습니까, 박사? 이분은 당신편이죠. 그런 분이 이처럼 제가 모른다는 것을 증명해 주시지 않습니까?"

"그렇지만 그것은 몇 분 전까지의 일이죠."

앨러리의 말에 비겔로우의 얼굴에서 순간 미소가 사라졌다.

"대체 무슨 말을 하는 거요?"

"자크 비겔로우는 오늘 아침 편지를 썼죠. 스트롱 박사한테서 애브너 체이스가 죽었다는 소식을 들은 직후에 말입니다."

비겔로우의 얼굴이 새파래졌다.

"그리고 당신 할아버지는 그 편지를 봉투에 넣어서…."

"누가 그런 말을 했나요?"

비겔로우가 고함을 질렀다.

"당신 아이들 가운데 한 명입니다. 그리고 우리들이 노인의 시신을 묘지에서 이곳으로 운반하고 난 뒤 당신이 맨 처음 한 일은 노인의 침실로 들어가는 일이었죠. 자, 그것을 넘겨주시오."

비겔로우는 손가락 관절을 꺾는 소리를 냈다. 그리고 나서 그는 다시 한 번 소리 내어 웃었다.

"좋습니다. 보여드리죠. 저 대신 보물을 찾아주세요! 안 될 게 뭐가 있겠습니까? 그건 법률적으로 제것이죠. 자, 여기 있으니 읽어 보세요. 아시겠습니까? 할아버지께선 봉투에 제 이름을 썼습니다."

과연 그의 말대로였다. 봉투 속의 편지에도 같은 필체로 쓰여 있었다.

앤디, 보아라.

애브너 체이스는 죽었다. 이제 내게 무슨 일이 생기면 우리들이 감추어 둔 보물은 모두 네 것이다. 그것은 쇠로 된 상자에 넣어서 칼렙 아트웰의 관 속에 숨겨놓았다. 그것 모두를 내가 사랑하는 손자인 네게 주겠다. 잘 생각해서 처리하거라.

자크 비겔로우

"칼렙의 관에!"
스트롱 박사가 목에 잠긴 듯한 목소리를 냈다. 앨러리의 얼굴은 조금도 표정이 변하지 않았다.
"박사님, 발굴허가증을 받으려면 얼마나 시간이 걸릴까요?"
"지금 당장이라도 가능하죠. 난 이 지역 보안관 대리이기도 하니까요!"

그들은 몇 사람의 인부를 데리고 낡은 묘지로 향했다. 해가 질 무렵에는 칼렙 아트웰의 시신을 파냈다. 관 뚜껑을 열자 시신의 무릎 위에서 비교적 잘 다듬어진 쇠상자를 발견했다. 걸쇠는 걸려 있지만 자물쇠는 없었다.

썩어 문드러진 관을 향해 앤디 비겔로우가 금방이라도 달려들 듯한 기세였지만 두 사람의 건장한 사내가 그의 두 팔을 꽉 움켜잡았다. 한편 의학 박사이자 촌장이며, 아울러 경찰 서장이자 보안관 대리로 있는 마틴 스트롱은 숨을 몰아쉬며 잔뜩 긴장한 채 쇠상자의 뚜껑을 열었다.

그 곳에는 상자 가득히 고액지폐 다발이 들어 있었다. 남군정부가 발행한 지폐였다. 잠시 아무도 입을 열지 않았다. 앤디 비겔로우도 마찬가지였다. 그때 앨러리가 말하기 시작했다.

"이것으로 이야기가 들어맞는군요. 세 사람이 남부의 폐허가 된 저택 지하실에서 상자를 발견했고 상자 속의 물건이 남군정부의 지폐임을 알았죠. 전쟁이 끝난 뒤 그들은 혹시 쓸모가 있을지 모른다는 생각으로 그것을 파내서 잭스버그로 가져왔던 거죠. 하지만 나중에 그들은 이 지폐가 더 이상 쓸모가 없다는 사실을 알고 좀 장난을 치기로 했습니다. 이를테면 1865년부터 세 노인의 짓궂은 장난이 시작된 거죠. 칼렙이 작년 기념일에 죽었을 때 애브너와 자크는 세 사람 중에서 가장 나이가 많은 칼렙이 남부에서 발견한 재보의 보관자가 되는 영예를 차지해야 한다고 결정했을 겁니다. 그래서 그들 가운데 한 사람이 칼렙의 관에 못질을 하기 전에 쇠상자를 관 속에 집어 넣은 거죠. 자크의 편지를 한 번 보세요. 〈사랑하는 손자〉에게 〈보물〉을 준다는 내용은 그 노인이 한 마지막 장난이었던 겁니다."

사람들은 킥킥거리며 웃었다. 다만 시신만이 우울하게 그들의 모습을 지켜보았다. 침묵이 다시 찾아왔다. 마침내 침묵을 깬 사람은 앤디 비겔로우의 약하디 약한 욕설과 당혹스런 스트롱 박사의 다음과 같은 말이었다.

"하지만 퀸 씨. 그걸로 살인사건을 설명할 순 없죠."

"물론이죠, 박사님. 그걸로는 설명이 안 되죠."

그렇게 말한 앨러리는 말투를 완전히 바꾸어 설명하기 시작했다.

"칼렙 노인의 시신을 처음 발견했던 때로 돌아가 다시 생각해 보기로 하죠. 검시를 하기 위해서는 얼마 후 다시 한 번 시신을 관 속에서 꺼내야만 했을 겁니다. 어떻습니까, 박사? 그걸로 기념일 살인사건은 막을 내리지 않았을까요?"

앨러리는 이 사건의 막을 내리기로 했다. 날이 어둑어둑해졌을 무렵, 장소는 마을의 중심지이고 마을사람 누구나가 중요시하고 있는 장소인 키시 체이스의 집 현관이었다.

앨러리와 니키, 스트롱 박사와 키시, 그리고 비겔로우—아직도 쇠상자에 대한 한 가닥 의문을 떨치지 못한 채—는 현관 앞에 서 있었다. 리우 베이글리와 빌 요다, 그 밖에 잭스버그의 마을 사람들이 모두 길가

잔디밭에 선 채 귀를 기울이고 있었다.

  부드러운 초저녁 공기에는 어딘가 모르게 슬픔 같은 것이 배어 있었다. 이 마을의 생활에 생기와 흥분을 불어넣어 주던 무언가가 이제 영원히 사라졌기 때문이다. 앨러리는 말문을 열었다.

  "이번 사건에 트릭 따위는 아무것도 없습니다. 하지만 또한 농담 같은 것도 섞여 있지 않습니다. 왜냐하면 이번에 살해된 분이 비록 머지않아 죽음을 기다리는 노인이긴 했지만 끔찍한 살인사건임에는 틀림없으니까요. 그 해답은 그분들의 성의 머리글자 순서만큼이나 간단한 것이죠. 발견되지 않은 보물이 남부의 지폐였으며 전혀 쓸모가 없는 것임을 누가 알았겠습니까? 그것은 세 사람의 노인 말고는 아무도 없습니다. 세 사람 중 어느 누구도 휴지나 다름없는 낡은 지폐를 손에 넣기 위해 다른 두 사람을 죽일 계획을 세웠다고는 도저히 생각할 수 없습니다. 그렇다면 이번 살인사건의 살인범은 보물이 진짜라고 믿은 누군가임이 분명합니다. 그리고 그 사람은 오늘까지 보물을 숨겨 둔 장소에 관해서는 단서를 조금도 지니지 못했기 때문에 법률상 그것을 요구할 수 있다고 확신하는 자임에 틀림없죠.

  여기까지 추리해 보면 확실히 알 수 있지만 최후에 남는 자가 모든 것을 손에 넣는다는 약속, 그건 모두 저 달빛만큼이나 공허한 것임을 알 수 있죠. 칼렙과 자크, 그리고 애브너, 이 세 사람이 마을 사람들을 의문의 도가니로 몰아넣고 그걸 보며 즐기려고 꾸며낸 얘기에 불과하죠. 하지만 살인범이라고 생각되는 인물은 그걸 몰랐던 겁니다. 그는 모든 이야기가 진실이라는 가정 아래 행동했죠. 그렇지 않았더라면 그는 애당초 살인계획 따윈 생각조차 안 했을 테니까요.

  "세 사람의 노인이 차례대로 죽을 경우 누가 이 보물들에 대한 법률상의 청구권을 가지고 있을까요! 물론 다른 두 사람이 죽으면 맨 마지막에 살아 남은 한 사람이 합법적인 소유권을 갖춘다는 가정 아래서 말입니다."

"최후에 남는 사람의 상속인이겠죠."

스트롱 박사가 말하며 자리에서 일어났다.

"그럼 누가 그 상속인이 되겠습니까?"

"자크 비겔로우의 손자, 앤디죠."

작달막한 잭스버그의 촌장은 긴장된 시선으로 비겔로우를 노려보았다. 현관 아래 모여 있던 사람들 속에서 술렁거림이 일었다. 비겔로우는 몸을 뒤로 빼며 키시의 등 뒤 벽에 붙어 섰다. 그러나 키시는 그를 비켜서며 말했다.

"당신은 보물 얘기를 진짜라고 생각했군요. 그리고 칼렙 아트웰과 우리 할아버지를 죽였군요. 그리고 자신의 할아버지를 최후의 생존자로 만들어 차지하려고…."

니키도 거들었다.

"앨러리 선생님, 이 사람 말대로예요!"

"니키, 유감스럽게도 그렇지가 않아. 전혀 틀렸어. 당신들은 모두 자크 비겔로우를 최후에 남는 사람으로 생각하는 것 같소만…."

"사실이 그렇잖아요."

니키가 놀란 표정으로 말했다.

"어째서 자크가 아니라는 거요? 칼렙과 애브너가 먼저 죽었으니…."

스트롱 박사도 어리둥절한 표정을 지었다.

"그건 분명히 사실입니다. 하지만 여러분이 미처 생각하지 못한 게 있습니다. 자크 비겔로우가 마지막 생존자라는 것은 단순히 과도한 우연의 결과일 뿐입니다. 애브너 체이스는 오늘 아침 죽었습니다. 하지만 독물이나 뭔가 폭력으로 죽었나요? 그건 아니었죠, 박사님. 단순한 뇌일혈로 사망했다는 것은 바로 당신이 한 말로 의심할 수 없는 사실이죠. 살해가 아니라 자연사였습니다. 만약 애브너 체이스가 오늘 아침 자연사하지 않았다면 그는 오늘 저녁에도 살아 있을 겁니다. 자크 비겔로우는 오늘 오후 나팔을 애브너 노인에게 넘겨주었을 테죠. 그리고 사실 그렇게 해서 1년 전 오늘 칼렙 아트웰이 죽었던 거죠. … 그리고 그 순간 애브너 체이스는 마지막 생존자가 되었을 겁니다.

그렇다면 애브너 체이스의 유일한 상속인은 누구일까요? 시간이 흐른 뒤 또는 그의 도움을 받아서 그러한 공작으로 보물의 상속인이 될 자는 누굴까요? 이 노인이 그의 친구와 함께 저 세상 사람이 된다는 것은 시간문제였던 겁니다. 키시, 당신은 우리들을 속였소!"

잽싸게 손을 뻗어 앨러리는 잔뜩 겁에 질린 처녀를 움켜잡았다. 그날 오후 묘지에서 잭스버그 마을 사람들을 사로잡았던 공포가 지금 다시 이곳 군중들을 휘감았다.

"당신은 보물 이야기를 믿지 않는 것 같은 얼굴을 했어. 하지만 그건 당신의 할아버지가 생각지도 않던 발작을 일으켜서 자크 노인이 독살되기 몇 시간 전에 죽고 나서부터였소. 그 막대한 보물을 차지할 수 없게 되었다는 걸 알고부터였소!"

니키는 잭스버그를 출발해 25마일이나 올 때까지 한마디도 말을 꺼내지 않았다. 그 후 그녀가 꺼낸 말은 다음과 같은 것이었다.

"그러면 이제 그 게티즈버그의 나팔을 불 사람은 아무도 없군요."

그리고 그녀는 남쪽의 어두운 곳을 묵묵히 바라다보았다

앨러리 퀸(Ellery Queen)

맨프레드 B. 리(1905~1971)는 1928년 뉴욕에서 영화사에 근무하던 중 광고대행사에 있던 프레데릭 더네이(1905~1982)와 함께 반 다인의 성공에 자극받아 추리소설을 공동집필하기로 결심한다. 필명은 앨러리 퀸으로 정하고, 작품 속의 탐정 이름도 앨러리 퀸으로 결정했다. 『로마 모자의 비밀』(1929)을 시작으로 『그리스 관의 비밀』, 『차이나 오렌지의 비밀』, 『이집트 십자가의 비밀』 등 국명 시리즈를 비롯하여, 바나비 로스 명의로 『X의 비극』, 『Y의 비극』, 『Z의 비극』, 『드루리 레인 최후의 사건』 등 4부작과 가공의 도시 라이츠빌을 무대로 한 작품들이 대표작이다. 그들은 1941년에 〈앨러리 퀸 미스터 매거진〉을 창간했는데, 이 잡지는 벌써 50주년이 넘었다. 애거서 크리스티가 미스터리계의 여왕이라면 미스터리계의 왕은 앨러리 퀸이다. 그는 1960년 MWA 그랜드 마스터 상을 수상했다. 본편은 역사 미스터리로 비서 니키 포터가 등장한다.

돈을 태우는 남자
MONEY TO BURN — 마저리 앨링엄

    돈에 불을 붙여 태우는 남자를 아는가? 그것도 진짜 돈을 여봐란 듯이 태워, 담배를 필 때 성냥개비 대용으로 사용하는 남자이다. 나는 그런 남자를 만난 적이 있기 때문에 지금 막 당신이 얘기한 〈심리학자 같은 사람〉이라는 말에 한 순간 가슴 근처가 울렁거려 목이 갑자기 메어지는 느낌이 들었다. 아마 당신은 분명히 굉장히 과장된 얘기라고 생각할 것이다.
    나는 이 거리에서 태어났다. 어릴 때는 바로 옆에 있는 학교에 다녔다. 이후 런던과 프랑스의 숙녀복 전문점에서 견습을 마치고 지금은 낡은 건물을 임대하여 작으나마 멋진 드레스 숍을 차리게 되었다. 완전히 변해 버린 루이스를 다시 만나게 된 것은 내가 독립하여 가게를 내려고 이 거리로 돌아왔을 때였다.
    함께 학교를 다니던 무렵의 루이스는 상당히 미소녀였다. 금발을 길게 늘어뜨리고 런던 번화가에서 자란 사람답게 남에게 지기 싫어했으며 조숙하게 웃는 모습이 인상적이었다. 주위 어린이들은 모두 다른 여자애보다도 훨씬 예쁜 루이스를 자주 조롱하곤 했다. 거리의 풍경은 당시에 비해서 전혀 변하지 않았다. 소호의 아드레드 거리는 쓰레기가 많아 더럽고 누추한 곳이지만 집들이 울퉁불퉁하게 이어져 있고 한 집 걸러 레스토랑이 있는, 대단히 로맨틱한 거리이다. 따라서 이 일대에서는 어느 나라 요리나 취향대로 골라 먹을 수 있는데 루이스의 아버지가 운영했던 〈르쿡 오 반〉은 대단히 싸고 식당도 깨끗했으며 가게 밖에도 흰색을 칠한 통나무에 야자나무 한 그루가 심어져 있었다.

루이스는 어린 여동생과 아버지와 함께 살았다. 아버지는 영어를 거의 하지 못했지만 이국적인 눈썹과 이국적인 눈은 자만으로 가득 차 있었다. 어머니의 모습은 여태까지 본 적이 없었다. 그런데 어느 날 나와 루이스가 바깥 구경을 하려고 나올 무렵, 안색이 나쁜 여인이 지하실에서 나와 반대를 했기 때문에 루이스는 할 수 없이 주방 일을 거들게 되었다. 그 후에 가끔씩 그 사람이 아마 어머니였을지도 모른다는 생각을 했다.

루이스와는 오랜 세월 생일 축하카드를 주고받았는데 어느샌가 그것도 중단되었다. 그래도 그녀를 잊어 본 적은 없었다. 이 거리로 돌아왔을 때도 〈르쿡 오 반〉의 간판 밑에 아직 프로스네라는 글자가 들어 있는 것을 보자 정말 기뻤다. 왠지 옛날보다 더 활기차고 번창한 듯했다. 이 정도라면 아딜바트가 운영하는 맞은편의 〈글라스 마운틴〉이라는 고급 레스토랑과 비교해도 그렇게 빠지지 않으리라는 느낌이 들었다. 오늘날은 이미 이 거리에 그런 이름의 가게는 없어졌고 아딜바트라는 주인도 없었다. 하지만 2, 3년 전까지 이 근처에서 식사를 한 분이라면 그 남자를 기억하고 있으리라. 가게의 요리는 차치하고라도 푸석푸석한 눈동자에 자만심만 가득 찬 남자였으니까.

나는 틈을 보아 루이스의 가게로 찾아갔는데 그녀가 그토록 변모했으리라고는 생각도 하지 못했다. 루이스는 곧바로 나를 알아보고 카운터에서 뛰어나와 정말 그리웠다는 듯이 환영해 주었다. 마치 그녀의 얼굴을 덮었던 얇은 얼음이 산산조각으로 부서져 내리는 것 같았다. 갑자기 방문한 것이 좋았으리라. 그 동안 쌓였던 서로의 감정을 하나하나 풀어나갔다.

처음 십 분 동안 그 후의 소식을 차근차근 들을 수 있었다. 그녀의 부모님은 두 분 모두 사망했다. 어머니가 먼저 죽었으며 아버지도 몇 년 후에 돌아가셨다고 한다. 그러는 가운데 루이스는 아버지의 변덕스러움도 포함하여 모든 것을 떠맡게 되었는데 그것에 대해서 조금도 푸념을 하지 않았다. 살림살이도 최근에는 조금씩 나아졌으며 여동생 비올레타에게 애인이 생겼는데 이 청년이 상업 공부를 한다는 이유로 약간의 수당을 받고 가게 일을 잘 도와준다고 했다.

보기에 따라서는 이것도 성공담의 부류에 들어갈지 모른다. 하지만 루이스가 그 때문에 얼마나 무리를 했는가는 한눈에 알 수 있었다. 나보다 한 살 아래였지만 지금은 젊음을 잃고 해골처럼 바짝 말라 퇴색해 버린 느낌이었다. 신선한 금발도 퇴색했고 짙은 눈썹도 탈색된 것처럼 하얗게 되어 버렸다. 하지만 그뿐만이 아니었다. 그 밖에도 내가 생각지도 못하는 그 무엇인가에 시달리는 듯한 느낌이 들었다.

나는 그녀 가게에서 일주일에 한 번, 함께 저녁 식사를 하게 되었다. 조촐한 식사를 함께 할 때 그녀는 얘기를 곧잘 했다. 지금까지 그 누구에게도 사적인 얘기를 한 적이 없음은 이미 알아차렸지만 왠지 나만은 신용해 주었다. 그래도 그녀가 무엇 때문에 괴로워하는지 알기까지는 몇 개월이 걸렸다. 일단 그것이 확실해지자 모든 것을 납득할 수 있었다.

〈르쿡 오 반〉에는 빚이 있었다. 어머니 생전에는 빚이 한푼도 없었지만 어머니가 사망한 후 아버지 당신이 사망하기까지의 사이에 아버지는 무엇을 생각했는지 4천 파운드에 달하는 돈을 〈글라스 마운틴〉의 아딜바트에게 빌렸고 그 돈을 아무리 봐도 전망이 없는 돈벌이에 쏟아 부어 몽땅 없애 버렸다. 루이스는 그 빚진 돈을 5백 파운드씩 나눠서 갚고 있었다. 처음 그 얘기를 털어놓았을 때 문득 그녀의 눈을 보았는데 그녀의 눈 속에서 지옥의 고통을 보는 듯한 느낌이 들었다. 세상에는 술을 마신 상태에서 빚을 내는 사람들이 있는데 그런 사람들은 설령 토대는 좀먹어 들어가더라도 그런 내색은 전혀 하지 않는다. 하지만 대개 빚지고 있다고 입 밖에 내지는 않더라도 고통은 충분히 느끼는 법이다. 루이스도 또한 빚 때문에 큰 희생을 치르고 있었다.

물론 나는 루이스한테 주제넘게 뭐라고 할 수 있는 입장이 아니었다. 그런 것은 내가 할 일이 아니었다. 친하다 할지라도 오로지 듣는 역에 철저할 뿐이다. 하지만 그녀의 입에서 그런 말이 튀어나오리라고는 꿈에도 생각하지 못했다.

"일은 정말 힘들어요. 고생도 많고 결국 검소한 생활을 해야 돼요. 하지만 그런 것은 아직 참을 만해요. 내가 죽고 싶을 정도로 싫은 건 돈을 갚을 때의 그 지긋지긋한 의식이에요. 정말 깜짝 놀랐어요."

"너무 지나친 생각이 아닐까. 은행에서 상대방의 구좌로 수표를 보내고 깨끗이 잊어버리면 될 텐데."

루이스는 나에게 묘한 눈길을 보냈다. 퇴색한 속눈썹에 화장을 한 그 눈은 어둡고 침침했다.

"아딜바트라는 남자를 잘 모르는군요. 그 남자는 보통 사람이 아니에요. 빚을 갚을 때는 반드시 현금이어야 하죠. 게다가 그 사람은 매번 확실히 구경거리를 제공하지 않으면 만족하지 않는 모양이에요. 약속시간에 와서 술을 한 잔 걸친 후 구경꾼 대신에 비올레타를 입회시켜요. 내가 당황하는 기색을 보이지 않으면 언제까지나 지껄여대죠. 〈나는 심리학자 같은 사람이지. 그래서 당신 마음속을 훤히 읽을 수가 있소〉라는 둥."

"정말 아니꼬운 사람이군."

나는 내뱉듯이 말했다. 그런 스타일의 남자라면 나도 싫어할 수밖에 없을 것 같았다. 루이스는 주저하면서 말했다.

"사실을 말하면 그 남자는 내가 갚는 돈을 매번 거의 다 태워 버려요. 이쪽은 그걸 구경하고 있어야 해요. 눈앞에서 돈이 타들어가는 것을요."

나는 너무 놀라 당황했다.

"믿을 수 없어! 정상적인 짓이 아냐."

한숨을 쉬는 루이스의 얼굴을 나는 물끄러미 들여다보았다.

"루이스, 그 남자는 스무 살이나 연상이야. 설마 두 사람 사이에 무슨 일이 있는 건 아니겠지? 결국 그… 세상에 흔히 있을 법한 일이…."

"아니에요, 그런 일은 결코 없어요. 정말이에요, 에리."

그 말은 거짓이 아니라고 생각했다. 그녀는 이 건에 관해서는 아무것도 숨기지 않고 다 털어놓았고 분명히 나와 마찬가지로 당혹해 했다.

"내가 아주 어릴 때, 그 남자가 아버지한테 나를 달라고 말을 한 적이 한 번 있었던 것 같아요. 정식 신청처럼요. 당시 이곳에서는 아직 그런 일들이 당연한 것으로 여겨졌으니까요. 결국 어떻게 대답을 했는지 듣지 못했지만 아버지의 성격으로 미루어 보면 곧바로 확실히 거절하지는 않았을 거예요. 내가 기억하기로는, 잠시 나에게 모습을 보이지 말라고 말한 정도였어요. 그러자 어머니는 마치 내가 무슨 일이라도 저지른 것 같은 눈으로 봤어요. 하지만 그 남자와는 말을 한 적도 없어요. 그 남자는 여자가 눈을 줄 만한 타입은 아니잖아요. 하지만 그것도 상당히 옛 얘기죠. 아딜바트가 지금껏 앙심을 품었다고 생각할 수 없는 것은 아니지만 그 때문에 이런 일을 당한다면 정말이지 너무한다고 생각하지 않아요?"

"물론이지. 그런 일을 보고 어떻게 가만히 있단 말이오. 이번에는 내가 입회에 주겠소."

"아딜바트가 기뻐할 거예요."

루이스는 아무 표정 없이 말을 계속 이었다.

"아무튼 그 남자는 말로 설명해도 이해하기 힘들 거예요."

그것을 마지막으로 얘기는 끝났지만 내 머리는 그 일로 가득했다. 내가 일하는 가게의 유리창에서도 두 사람의 모습이 보이는 것 같았다. 입을 꽉 다문 여자가 묵묵히 돈을 세고, 그 모습을 맞은편의 창백하고 뚱뚱한 남자가 희미하면서도 만족스런 웃음을 지으며 보고 있는 듯한 기분이 들었다.

결국에는 초조하여 아무 일도 손에 잡히지 않았다. 그렇게 되자 이미 가슴속에 묻어 둘 수가 없었다. 누군가에게 말해 버릴 수밖에 없었다.

이 일대에는 쉽게 남의 얘기를 퍼뜨리는 사람들이 있다. 나는 이 얘기를 그중에 한 사람인 단골 손님에게 누설했다. 미세스 마틴이라는 이 부인은 내 가게의 쇼 윈도에 처음으로 내건 드레스를 산 이후 항상 특별한 후원을 해 주는 분이었다. 그녀 옷의 대부분을 맡게 되고부터는, 소호에서는 상당히 멀지만 햄스테드의 고급 주택가에 사는 이웃들도 한두 사람 나에게 소개시켜 주기도 했다. 그날은 마침 미세스 마틴의 가봉을 하던 날이었다. 남자는 일단 자존심에 상처를 입게 되면 비열한 짓도 서슴없이 저지른다고, 그녀는 아무렇지 않게 말하기 시작했다. 문득 정신을 차려 보니 내가 루이스의 얘기를 털어놓고 있었던 것이다. 물론 실명은 밝히지 않았지만 이 근방에서 일어난 일이라고 추측했음이 틀림없다. 미세스 마틴은 부드러운 분위기의 소유자로 근본적으로 착했기 때문에 대단한 쇼크를 받은 모양이었다.

"어머, 세상에 그런 지독한 일이. 이보다 더한 일이 있을까! 사람이 열심히 노력해서 저축한 돈을 눈앞에서 태워 버리다니. 그 남자 정말 미쳤군요. 그런 사람은 정말 위험해요."

나는 당황하며 변명을 했다.

"하지만 그 돈은 이미 남자의 것입니다. 게다가 태워 버린 것은 일부고. 친구가 싫은 기색을 내비칠 때까지니까요."

불필요한 말을 해 버린 것을 나는 후회했다. 미세스 마틴이 그토록 쇼크를 받으리라고는 생각도 못했다.

"정말 세상에는 별일이 다 있답니다."

나는 이 말을 일단락 짓고 그녀가 이 얘기를 잊어 주기를 바랐다. 그러나 그것은 내 뜻대로 되지 않았다. 미세스 마틴은 나 이상으로 이 얘기에 빠져 있는 듯했고 이미 열심이었다. 가봉하는 동안에도 계속 그 얘기뿐이었다. 그리고 돌아가려고 모자를 쓰는 순간 그녀의 입에서 생각지도 못한 말이 튀어나왔다.
"내 형부가 런던 경찰청의 감시관으로 있어요. 형부에게 부탁하면 그런 당치도 않는 남자가 당신의 가엾은 친구를 괴롭히지 못할 거예요. 뭔가 좋은 방법을 가르쳐 줄지도 몰라요. 한번 얘기해 볼까요?"
"아니, 당치도 않습니다! 아무튼 그것만은."
나는 필사적으로 말렸다.
"그런 일이라도 없으면 그녀를 만날 일이 없습니다. 경찰의 힘을 빌리고 싶지도 않습니다. 이런 말을 해서 죄송합니다만 사모님께선 이 일에 신경 쓰지 마십시오."

심기는 불편한 것 같았지만 미세스 마틴으로부터 일단 약속은 받았다. 하지만 그런 것이 무슨 상관 있으랴. 여자에게 일단 얘기할 마음만 있으면 그것은 이미 말한 것이나 마찬가지다. 하지만 다행히 아무 일도 일어나지 않아 겨우 안심할 수 있었다.

마침 그 무렵 리젠트 거리의 뒤편에 있는 포간이라는 큰 장식잡화 도매점에 일이 있어 그리로 갔을 때의 일이었다. 쇼핑 보따리를 한 아름 안고 밖으로 나오는데 남자 한 명이 다가왔다. 그 순간 바로 형사라는 걸 알았다. 짧게 깎은 머리하며, 갈색 레인코트, 건실한 사람 같긴 했지만 언뜻 보아 뭐하는 사람이라고 짐작할 수 없는 풍채하며 너무나도 형사다웠다. 경찰청까지 동행하자고 해서 거절할 수가 없었다. 형사는 내가 아드레드 거리에서 멀어져 아무도 알아보지 못하게 될 때까지 계속 미행했던 것이다.

형사는 나를 상사에게 안내했다. 그 상사는 나름대로 호감이 가는 얼굴이었다. 경찰에게서 자주 보이는 독단적인 측면도 없지는 않지만 상당히 성실해서 그만큼 괜찮은 부류에 들어가는 인물로 볼 수 있으리라. 칸바랜드 형사라고 자신의 이름을 댄 상사는 나에게 의자에 앉기를 권하고 홍차를 가져오게 하고 나서 루이스에 관해 대충 취조를 하기 시작했다.

나는 굉장히 당황했다. 일단 아드레드 거리에서 장사를 시작하고 나서는 웬만한 일로는 그녀의 레스토랑을 찾지 않았다. 이웃들과 문제가 생길 일은 피해야 했기 때문이다. 따라서 그런 사람은 물론 모른다고 모든 것을 부정했다. 그러나 칸바랜드 형사에게는 통하지 않았다. 나는 형사에 의해 수갑을 차게 되었다. 몇 번이고 나 자신의 일을 되풀이해서 말하게 시켰다. 여기에 질려 결국에는 다른 일까지도 말하게 만들었다. 나는 드디어 항복했다. 생각해 보면 그 누구도 죄가 될 만한 일을 저지른 것은 아니다. 나는 묻는 대로 아는 것을 모조리 다 실토했다. 일단 말이 끝나자 칸바랜드는 검은 털에 흰 털이 박힌 여우의 모피 같은 짙은 눈썹 아래 빛나는 작은 눈으로 나를 물끄러미 보면서 웃었다.

"그럼, 그렇게 큰일도 아니잖습니까?"

"네에."

나는 왠지 바보가 된 듯한 기분이 들어 무뚝뚝하게 대답했다. 형사는 한숨을 쉬고 의자 등에 몸을 기댔다.

"오늘 일은 잊어버리도록 하시죠. 다만 한 가지 충고를 하고 싶은 점은 경찰도 소위 장사, 결국 각자가 담당부서를 정해 장사를 하는 것입니다. 따라서 나 같은 입장에서는 위에서 뭔가를 조회하라고 하면 조사를 하지 않을 수 없습니다. 지폐를 태운다는 행위는 소위 〈영국 화폐의 손상〉에 해당됩니다. 이는 평소에 다루는 문제에 비하면 아주 하찮은 문제입니다. 일단 조사해서 보고서를 제출하면 그것으로 끝납니다. 그것만 끝나면 깨끗하게 정리될 겁니다. 그렇지 않겠습니까?"

"네에, 그렇게 말한다면 분명히."

나는 안심했다.

밖으로 나오자 이것으로 문제가 일단락됐다고 생각했다. 하지만 이런 경험은 지긋지긋했기 때문에 두 번 다시 입에 담지 않았다. 그 이후 루이스를 만날 기분이 나지 않아 잠시 동안 그녀를 피했다. 이전처럼 뭔가 이유를 만들어 식사하러 가고 싶지가 않았다. 그래도 역시 창 밖을 보면 카운터 안에 있는 그녀의 모습이 떠오르고, 그 모습을 엿보는 아딜바트의 모습이 눈에 보이는 듯한 기분이 드는 것은 어쩔 수 없었다.

그 후 1, 2개월은 아무 일 없이 지나갔다. 그런데 어느 날 비올레타의 애인이 레스토랑의 일에 싫증나서 다른 일을 찾아 북부로 떠났다는 소문이 들렸다. 비올레타도 이를 기회로 결혼하여 제대로 인사도 하지 않고 함께 떠났다고 한다. 그런 식으로 혼자 남게 된 루이스가 가여워 보지 않고서는 마음을 놓을 수가 없었다. 루이스는 아주 잘 견디고 있었다. 운 좋게 새 웨이터도 바로 고용했고 주방을 맡은 여자 요리사도 협력적이었다. 모두 힘을 합쳐 잘 헤쳐 나갔다. 그래도 루이스가 외톨이가 되었다는 점에는 변함이 없었다. 나는 또 이전처럼 주에 한 번, 그녀 가게를 들르게 되었다. 물론 내가 식사한 것은 내가 계산을 했지만 대부분 루이스도 나와 함께 식사를 했다.

나는 가능하면 아딜바트의 화제는 언급하고 싶지 않았지만 6월 24일의 반제일이 임박한 어느 날, 루이스는 거두절미하고 그 얘기를 꺼냈다. 그리고 다음 반제일에는 입회하겠노라고 한 걸 기억하냐고 물었다. 비올레타가 없기 때문에 내 얘기를 아딜바트에게 한 것 같았다.

거절하면 그녀의 기분을 상하게 할까 봐, 그리고 특별한 일도 없고 해서 수락했다. 물론 호기심이 없었다면 거짓말일 것이다. 이것은 소위 애정 없는 연애사건이라고도 할 수 있었기 때문이다.

반제 일시는 6월 24일 폐점하고 나서 30분 동안이었다. 그날 밤, 사람들의 눈을 피해 거리 모퉁이까지 와 보니 이미 〈르쿡 오 반〉의 블라인드는 내려졌고 문도 닫혀 있었다. 밖의 계단에 서 있던 신입 웨이터의 안내로 주방을 통해 어두운 종업원용 계단을 올라갔다. 이미 두 사람은 자리에 앉아 내가 도착하기를 기다리고 있었다.

식당의 조명은 이미 꺼졌고 두 사람이 있는 테이블의 작은 스탠드만이 빛나고 있었다. 나는 두 사람의 모습을 물끄러미 관찰하면서 다가갔다. 아무리 봐도 기묘한 커플이었다.

서양식 벽난로인 맨틀피스 위에 길조를 비는 오뚝이 인형과 뚱뚱한 중국신사 모양의 인형이 놓여 있었다. 인형 둘 다 웃고 있는 것처럼 보였지만 가까이 다가가자 웃는 얼굴에 새겨진 주름 근처가 기묘하게 굳어져 냉혹한 느낌을 자아냈다. 아딜바트는 확실히 그런 인형을 연상시키는 남자였다. 항상 검은 턱시도를 입고 있었는데 매우 헐렁했기 때문에 벗은 후에는 가운처럼 아무렇게나 걸쳐 놓는 것은 아닐까 하는 생각을 자아냈다. 그 이상한 턱시도를 입은 아딜바트는 등을 흰 벽에 기대고 편한 자세로 앉아 있었다.

한쪽에는 검은 원피스에 딱 달라붙는 모직 카디건을 입은 루이스가 마치 말라붙은 가지처럼 앙상한 분위기를 자아냈다. 한 순간이지만 아딜바트가 그녀를 거스르는 것도 무리가 아니라는 느낌이 들었다. 상대에 대해 양보한다든가 기가 질린 모습은 전혀 없고 필요 이외의 것은 무엇 하나 주지 않겠다는 태세였다. 나는 이렇게 철저한 투지의 소유자를 지금껏 만나 본 적이 없었다. 루이스는 아딜바트에게 대항할 자세를 무너뜨리지 않았다.

테이블에는 듀보네의 와인 볼이 있었고 두 사람 앞에는 작은 잔이 있었다. 내가 나타나자 루이스는 나의 잔에도 와인을 따랐다.

그 의식이란 것도 한껏 예의를 갖추었다. 두 사람은 태어나서 지금까지 쭉 런던에서 살았지만 역시 몸 속에 흐르는 프랑스인 피는 사라지지 않았던 것이다. 번갈아 나와 악수를 한 후, 아딜바트는 일어서지는 않았지만 다리로 의자를 꺼내 나에게 권해 주었다.

루이스는 은행용 대형 봉투를 팔로 감고 애완용 동물을 쓰다듬는 것처럼 위에서 쓰다듬고 있었는데 내가 와인을 한 모금 들이키자 재빨리 봉투를 꺼내 테이블 너머 남자에게 건넸다.

"5백 파운드예요. 그리고 영수증도 만들어 두었습니다. 사인을 해 주셨으면 합니다."

분명히, 말하는 태도는 무례하지 않았지만 주위에는 얼음이 펼쳐 있는 듯한 긴장감이 떠돌았다. 아딜바트를 증오하고 있는 루이스는 지불해야 할 것 이외에는 아무것도 허용할 마음이 없었다.

아딜바트는 잠시 동안, 흐리멍덩한 눈으로 그녀의 얼굴을 바라보았다. 마치 미움이라든가 후회하는 표정이라도 언뜻 떠오르지 않는가 하고. 하지만 그것이 쓸데없는 일이란 걸 알자 소시지 같은 굵은 손가락으로 거칠게 봉투를 열었다. 하얀 테이블보 위에 빳빳한 돈 다발이 다섯 개 쏟아졌다. 돈 다발을 보면 누구나 그렇겠지만 나는 무심코 그 다발을 주목했다. 물론 놀랄 정도로 큰돈은 아니다. 하지만 나와 루이스처럼, 몸이 녹초가 되도록 움직이지 않고는 한푼도 그냥 생기지 않는 인간에게 그것은 날마다의 고생과 연구와 자기희생 끝에 겨우 손에 쥘 수 있는 상당히 큰돈이다.

아딜바트가 돈에 손을 댔다. 이 남자에게 품었던 약간의 동정마저 금세 사라져 버렸다. 설령 그 옛날, 이 남자가 아주 어린 소녀였을 무렵 희망대로 루이스와 결혼했다 해도 그녀에 대해서 분명히 싫은 짓을 했을 것임에 틀림없다고 이때 분명히 깨달았다. 아딜바트는 원래 피도 눈물도 없는 짐승이었다. 그것 이외에는 아무것도 느낄 수 없었다.

루이스를 힐끗 보자 그녀는 평정한 모습 그대로 가만히 손을 모은 채 영수증을 기다리고 있었다.

아딜바트는 돈을 세기 시작했다. 은행원이 돈을 세는 솜씨는 언제 봐도 멋있지만 아딜바트의 솜씨야말로 놀라울 정도였다. 마치 능숙한 도박사가 카드를 돌리는 솜씨처럼 마치 돈 한 장 한 장이 살아 있어 손의 일부라도 된 듯한 느낌이 들게 했다. 당사자가 이것을 무엇보다 즐기고 있음을 역력히 알 수 있었다.

"확실하군."

돈을 다 세자 아딜바트는 그렇게 말하고 돈 다발을 안주머니에 넣었다. 그리고 나서 사인한 영수증을 내밀었다. 루이스는 이것을 받아 손가방 안에 넣었다. 이것으로 모두가 끝났다고 착각한 나는 맥이 빠져서 루이스를 향해 글라스를 들고 그녀가 끄덕이는 것을 보고 자리에서 일어났다. 아딜바트가 기다리라고 한 건 그 때였다.

"자아, 기다리게. 담배도 한 대 피우고 와인도 한 잔 더해야 하지 않겠나. 루이스가 상관하지 않으면 말이네."

아딜바트는 빙긋이 웃었지만 루이스는 얼굴색 하나 변하지 않았다. 그녀는 또 한 잔 부어 주고 그 남자가 다 마시기를 아무 감정도 나타내지 않은 채 가만히 기다렸다. 아딜바트는 유연한 자세로 다시 돈 다발을 꺼내, 두꺼운 손으로 그 위를 만지면서 다른 한 손으로 담배 케이스를 넘겨 주었다. 나는 한 대 받으려고 했지만 루이스는 손을 대려고도 하지 않았다. 테이블 위의 금속제 성냥갑을 쥐기 위해 아딜바트는 몸을 내밀었다. 불을 빌리려고 나도 몸을 앞으로 구부렸는데 아딜바트는 웃으면서 몸을 뒤로 젖혔다.

"이렇게 되면 점점 재미있어 지겠는데."

아딜바트는 그렇게 말하면서 돈 다발의 가장 윗장을 꺼내 불을 붙여 그 불을 나에게 건넸다. 이렇게 되리라고 이미 예상했기 때문에 나는 태연했다. 루이스가 포커페이스를 할 수 있다면 나라고 못할 일이 없을 것이다. 돈이 다 타자 아딜바트는 또 한 장 꺼내 불을 붙였다.

두 사람이 태연히 있는 것을 보자, 아딜바트는 이야기를 시작했다. 레스토랑 경영이 얼마나 대단한가라는, 그럴듯한 얘기였다. 불황을 견뎌낸다든가, 동도 트지 않은 새벽에 시장을 다녀온다든가, 손님 때문이라면 내일 일을 전혀 염두에 두지 않고 새벽녘까지 대화 상대를 해 주다가 투덜거리며 집에 돌아갈 수밖에 없다든가. 이것저것 루이스가 회상하고 싶지 않는 일들을 집요하게 반복하여 더 이상 참을 수 없는 기분이 들게 하려는 속셈이었다. 하지만 루이스는 입을 굳게 다물고 멍하니 어두운 눈으로 전혀 움직일 기색조차 보이지 않았다.

그것도 효과가 없음을 알자 아딜바트는 더 깊숙한 얘기를 시작했다. 루이스나 나에 관해서는 어린 시절부터 알고 있지만 요즘은 고생을 많이 해서 너무 늦었다는 말까지 했다. 그리 유쾌한 일은 아니지만 그다지 화를 낼 정도는 아니었다. 나에 관해 기억하고 있는 것이 거의 없다는 것을 그가 말을 꺼내는 순간 즉시 알아챘기 때문이다. 그런데 루이스의 경우는 달랐다. 아딜바트는 그녀의 사소한 부분까지 일일이 기억하는지 추억도 상당히 많았다.

"당신의 머리는 눈에 띄게 아름다운 금발이었소. 눈동자는 유리처럼 맑고 작고 부드러운 입술이 즐겁게 잘도 움직였지. 그런데 지금은 어떻게 되었는가?"

그렇게 말하고 돈 다발을 두드리며 말을 이었다.

"모두 이 돈 때문에 희생되었지. 그렇지 않소 루이스? 나는 심리학자 같은 사람이지. 모든 걸 다 훤히 꿰뚫고 있지. 하지만 이런 돈은 아무 의미가 없어. 정말 무의미해."

나는 그의 말을 들으면서 점점 지루해졌다. 아딜바트의 즐거워하는 모습을 물끄러미 쳐다보고 있는데 갑자기 그가 돈 다발을 한 뭉텅이 들어 양상추처럼 슬쩍 뿌려 버렸다. 루이스는 눈썹 하나 까딱하지 않았다. 입을 다문 채 마치 아무 관계도 없이 스쳐 지나가는 사람이라도 보는 것처럼 그 남자를 바라보고만 있을 뿐이었다. 나는 이 때 루이스에게 정신을 빼앗겨 아딜바트가 다시 성냥개비에 불을 붙이는 걸 보지 못했기 때문에 새 돈 다발에 불이 붙었을 때, 완전히 허를 찔린 상태가 되었다.

"뭐하시오!"

나는 무심코 소리를 지르고 말았다.

"위험하오!"

아딜바트는 재밌다는 듯 개구쟁이처럼 웃음소리를 냈다.

"당신은 어떤가 루이스. 무슨 말을 하고 싶지는 않나?"

루이스는 여전히 싫증난 표정으로 아딜바트를 똑바로 바라보았다. 그런 와중에도 여전히 돈은 불에 타고 있었다. 이런 것은 나에게 아무 의미가 없었다. 나의 인내가 한계에 다다랐는지도 모른다.

아무튼 내가 아딜바트의 손에서 돈 다발을 떼어 내려고 한 순간 그 돈은 한 장도 남김없이 우주 속으로 사라져 가 버렸다. 마루에, 테이블에 돈은 산산이 흩어졌다. 가게 안은 불길에 휩싸인 돈으로 밝아졌다. 아딜바트는 미친 듯이 돈의 뒤를 쫓았다. 예상치 못한 행동이었다. 게다가 저토록 뚱뚱한 남자가 저렇게 재빠르게 몸을 움직일 수 있다고 누가 상상이나 할 수 있겠는가. 비밀을 폭로시켜 준 것은 내 양말에 떨어진 돈이었다. 양말에 불씨가 떨어지자 나는 검게 탄 돈을 들어올려 조명에 비춰 봤다. 그 순간 세 사람이 동시에 돈에 난 상처를 목격하게 되었다. 잉크가 물든 중앙 부분에는 대리석의 줄 모양과도 비슷한 커다란 선이 나타났다.

긴 침묵이 흘렀다. 이윽고 주방으로 통하는 문 쪽에서 무슨 소리가 들렸다. 문이 열리고 경찰 배지가 달린 제복으로 갈아입은 신입 웨이터가 칸바랜드 형사를 데리고 들어왔다.

두 사람은 아딜바트에게 다가갔다. 방금 전까지만 해도 웨이터였다. 젊고 씩씩해 보이는 부하가 그의 어깨에 손을 얹었다. 칸바랜드 형사는 돈 이외에는 눈길도 주지 않았다. 그을린 돈 다발과 아직 타지 않은 돈과 테이블 위의 손대지 않은 돈 다발 네 개를 모으면서 웃음을 지었다.

"아딜바트, 유감스럽군. 이것은 확실한 증거군. 이 일대에서 위조지폐를 사용하는 녀석을 잡으려고 우리 경찰이 이미 수사에 착수했지. 거기에 현금을 태우는 남자가 있다는 정보를 입수했지. 이 녀석을 조사해 볼 필요가 있다고 생각한 거야."

나는 그래도 아직 상황을 제대로 납득하지 못한 채 그때까지 유심히 바라보던 돈을 다시 들여다보았다.

"이 돈은 정말 이상하군."

생각해 보면 정말 바보 같은 대사였다. 형사는 그 말을 받아 으르렁거리듯이 말했다.

"아니, 여기에 있는 것은 모두 진짜 돈이 아닙니다. 미스 프로스네의 돈은 이 남자가 야무지게 포켓 안에 넣어 두었습니다. 이건 위조단의 실패작으로, 보통 이런 것은 인쇄 당시 즉각 처분해 버리죠. 그런데 이 남자는 불행하게도 그렇게 하지 않았습니다. 설령 태운다고 할지라도 위험을 무릅쓴 거죠. 그냥 버리고 싶지는 않았겠지, 아딜바트. 사실 소심한 남자지, 자네는."

"하지만 어떻게 알았죠?"

루이스는 몸을 빙글 돌려 나를 보고 말했다. 칸바랜드 형사가 웃으며 구조의 손길을 보내 주었다.

"부인, 경찰에도 심리학자 같은 사람은 있기 마련이죠."

마저리 앨링엄(Margery Allingham, 1904~1966)
런던 출신. 앨버트 캠피온 경감을 시리즈 캐릭터로 많은 작품을 발표했다. 그녀가 죽은 후에는 남편 영맨 카터(Youngman Carter, 1904~1969)가 계속해서 캠피온 시리즈를 썼다. 본편에는 캠피온이 등장하지 않는다.

선한 수도사의 복수 방법

THE GENTLEST OF THE BROTHERS — 데이비드 알렉산더

　케빈 맥커디는 신학교의 예비 수도사였다. 여동생 로스 캐서린이 자신의 깊은 죄를 견디지 못하고 스스로 목숨을 끊었다는 소식을 접했을 때 그는 평안한 기분으로 학원 정원에 핀 장미 봉오리를 감상하고 있었다. 죽음의 소식만으로도 충분히 슬펐지만 그 불행에 재차 타격을 가하려는 듯이 장례 준비에 착수한 그날, 케빈 앞으로 한 통의 편지와 소포가 도착했다. 편지가 동봉된 소포는 스스로 사랑스런 입에 맹독을 털어 넣은 캐서린 자신의 손으로 준비한 것이었다.
　케빈 맥커디는 슬퍼하면서 동생의 편지를 몇 번이나 반복해서 읽었다. 캐서린 자필의 긴 편지에는 놀랄 만한 내용이 쓰여 있었다. 그 편지를 소포와 함께 부친 직후에 그녀는 목숨을 끊었다. 어머니가 사망한 후 로스 캐서린은 케빈에게는 이 세상에 단 한 명의 혈육으로, 케빈은 여동생이 뛰어난 연극배우가 되리라고 믿고 있었다. 배우라는 직업에 진심으로 찬성하지는 않았지만 결국 배우도 훌륭한 직업이고 게다가 캐서린은 젊고 놀랄 정도의 미인이었다. 조명을 받으며 사람들 앞에 서는 것이 그다지 나쁘지 않았고 빛나는 아름다움을 관객에게 보여 준다고 해서 그녀가 상처를 입을 리도 없었다. 하지만 사실 캐서린은 여배우가 아니었던 듯했다. 그녀는 〈댄서〉였다. 댄서라는 단어에 〈 〉를 친 것은 그녀였다. 캐서린은 로리 오바논이 경영하는 〈무화과나무의 이파리〉라는 나

이트클럽 전속무희로, 편지에 따르면 그 클럽의 〈댄서〉는 춤추기보다도 파란 조명을 받으면서 술 취한 손님들 앞에서 옷을 벗는 것이 본업이었다. 게다가 〈댄서〉들은 부자 손님의 접대도 했다. 캐서린 역시 이런 일을 했는데 그것은 그녀가 로리 오바논을 사랑했기 때문이다.

케빈은 로리 오바논이 어떤 인물인지 지겨울 정도로 잘 알았다. 그것은 그리니치 빌리지의 뒷골목에서 둘이 함께 소년시절을 보냈기 때문이다. 로리는 소년시절부터 돈을 좋아하고 음험한 눈에 빨갛고 더부룩한 곱슬머리를 지닌 덩치 큰 악동이었다. 어릴 때부터 남들을 괴롭히기 일쑤였지만 케빈은 한 번도 반격할 수가 없었다. 이것은 케빈이 몸집이 작다거나 병약했기 때문은 아니었다. 용기는 충분히 있었지만 케빈은 폭력을 싫어했다. 생명 있는 것에 상처를 주는 난폭한 짓을 아무래도 할 수 없었던 것이다. 온화하고 신성한 생활을 원하여 신학교의 예비수도사가 된 것도 그에게는 자연스런 선택이었다.

케빈의 코는 뼈가 약간 굽었는데 그것은 성 이그나티우스 교부 부속학교에서 돌아오는 도중, 로리 오바논으로부터 죽지만 않을 정도로 엄청 맞았기 때문이다. 지금도 날씨가 나빠지면 케빈의 왼팔은 고통에 시달린다. 그 또한 몇 년 전에 로리 오바논이 등 쪽으로 팔을 꺾으며 케빈에게 도저히 입에 담을 수 없는 말로 모친을 모욕하라고 시켰을 때, 그의 말을 듣지 않아 뼈가 꺾였기 때문이다.

케빈 맥커디는 신학교 돌담 밖의 세계로부터 완전히 격리된 것은 아니었다. 신문을 보지는 않았어도 가끔 라디오를 들었다. 그는 로리가 성인이 되어 어떤 사람이 되었는지도 알고 있었다. 경찰은 몇 번이나 로리를 체포했고 법정은 자주 그를 심문했지만 로리가 형무소에 보내진 건 딱 한 번, 무기불법 소지죄로 현행범으로 체포됐을 때뿐이었다. 로리 오바논은 마테로의 부하라는 것이 한결같은 소문으로, 마테로는 마약 밀매나 매춘 중개라는 악업을 일삼는 대규모 범죄조직의 두목이었다. 하지만 로리는 경찰에게 심문당할 때 묵비권을 행사하거나 자신은 세금을 내는 선량한 시민이라고 주장했다. 실제로 로리가 경영하는 나이트클럽이 수상쩍다는 소문이 돌았지만 경찰은 증거를 잡지 못했다.

　푸른 조명 밑에서 옷을 벗고 폐점 후에 가게 손님을 상대하는 것까지는 아직 참을 수 있었다. 로스 캐서린의 편지에는 그렇게 써 있었다. 잠시 동안 그녀는 부부 같은 생활을 한 듯했다. 그러나 로리가 캐서린에게 싫증을 느꼈을 때, 캐서린은 남편이 취급하던 마약에 손을 댔다. 이윽고 그녀의 몸은 〈댄서〉로서 활동할 수 없을 정도로 병들어, 편지에 의하면 약 때문에 자신이 팔 수 있는 단 하나마저 팔 수 없게 되어 버렸다. 결국 그런 생활을 견딜 수 없게 되어 독약을 먹었다. 이미 상처받을 대로 상처받아 쇠약해진 영혼은 또 하나의 죄를 짊어지게 된 것이다.

　편지와 함께 도착한 소포꾸러미에는 캐서린의 일기가 들어 있었다. 캐서린은 로리와 동거하는 동안 일기에 마약거래를 비롯한 범죄에 관련된 자의 이름, 거래 일시, 장소 등을 기록해 놓은 것이다. 일기에는 마테로의 이름이 빈번하게 등장했다. 캐서린은 이 작은 일기에 기록된 정보를 통해 오빠가 로리 오바논과 그의 썩은 왕조를 붕괴시켰으면 하고 바랐다.

　캐서린의 장례식이 끝나자 케빈은 신학교 원장인 프란시스 신부에게 가서, 편지와 일기 내용에 관해서 말했다. 케빈의 가족뿐만 아니라 케빈의 일가가 예전부터 알고 지내던 이웃 사람들과 친숙한 프란시스 신부였다.

　"그 편지와 일기를 다니 미간에게 보냈으면 좋겠는데. 다니는 자네 이웃에 살았던 어릴 적 친구였지 아마. 게다가 다니는 자네의 동생을 사랑했지. 자네도 알고 있겠지만 다니는 형사가 되었으니까."

　케빈은 머리를 저었다.

　"다니를 만날 예정이긴 합니다, 신부님. 하지만 다니에게 말을 한다 해도 오바논에게 죽음이란 죄의 대가를 치르게 할 수는 없을 겁니다. 로리 오바논은 죽어야 합니다. 그가 죽는 것을 지켜보는 것이 제 의무입니다. 그것을 말씀드리러 왔습니다. 신부님. 저는 맹세를 저버리고 속세로 돌아가지 않으면 안 됩니다."

늙은 신부는 자신의 눈을 의심이라도 하듯 왜소한 젊은이를 물끄러미 바라보았다. 젊은이의 창백한 피부는 정원 일을 하면서 태양 빛을 받았는데도 탄 흔적조차 남아 있지 않다.

"맹세를…."

늙은 신부는 혼잣말을 했다.

"예수회 수도사의 충절과 청빈의 맹세를."

케빈 맥커디는 말을 이었다.

"저는 부자도 아니고 책략가도 못 됩니다, 신부님. 하지만 신부님껜 절대로 모르시겠지만 저는 저 나름대로의 충절이 있습니다. 로리 오바논은 죽어야 한다는 내면의 목소리에 따르겠습니다."

"그건 악마의 목소리다."

"네, 지금 제 마음을 사로잡고 있는 건 악마이지, 구세주는 아닙니다."

케빈은 말을 이었다.

"그러나 로리 오바논이 죽는 것을 지켜보는 것은 제 사명이고, 그 사명으로부터 도망칠 수도 없습니다. 신을 모독할 작정은 아닙니다, 신부님. 그러나 신의 자비와 관대함으로 포용할 수 없을 만큼 사악한 인간도 있습니다. 로리 오바논 같은 남자에게는 악마가 어울립니다."

프란시스 신부는 말했다.

"형제여, 자네는 깊은 놀라움과 슬픔에 제정신을 잃었네. 자네가 말하는 것은 로리 오바논을 죽이는 계획과 마찬가지라는 걸 알고 있는가?"

"로리 오바논에게는 죽음이 어울립니다."

케빈은 완강하게 반복했다. 노신부는 머리를 젓고 희미하게 웃었다.

"아니, 형제여. 걱정은 하지 말게. 자네는 어느 신부보다도 선한 남자네. 구세주가 십자가 위에서 사망한 후부터 이 세상에 태어난 자 중에서 누구보다도 선한 사람 중 한 명이네. 그러니 걱정 말게. 언젠가는 기분도 안정이 될 거네. 자네에게 사람을 죽이게 할 수는 없어. 자네는 생명이 있는 그 어떤 생물에게도 상처조차 줄 수 없는 사람이네. 가겠다면 가도 좋아. 지금 관구 신부에게는 알리지 않도록 하겠네. 자네는 돌아오네. 나는 그렇게 믿고 있네."

"저는 원래의 세계로 돌아갑니다, 신부님."

케빈은 고집스럽게 말을 이었다.

"로리 오바논에게는 죽음이 어울립니다. 그것을 지켜보는 것이 제 의무입니다."

케빈 맥커디는 주름투성이로 된, 시대에 뒤떨어진 옷을 입고 신학교를 뒤로 했다. 손에 들고 있는 짐이라곤 편지와 일기뿐이었다.

우선 처리해야 할 문제는 일에 착수할 때까지 당면의 식사비와 숙박비를 해결할 방책이었다. 전혀라고 말해도 좋을 정도로 세상 물정에 어두운 케빈이긴 하지만 그다지 걱정되진 않았다. 소년시절, 그는 부친의 친구인 길버트 형제의 가게 일을 도와 식료잡화 배달을 했다. 성장하고 나서는 프리카 거리에 있는 데리카텍션의 가게에서 점원도 했다. 아무튼 그는 길버트 형제 가게에 들러 또 전처럼 일하게 해달라고 부탁할 작정이었다. 돈은 조금만 있으면 된다.

그 낡은 가게를 방문했다. 가게는 옛날 그대로로 좁고 긴 가게 안은 약간 어두웠고 치즈와 후추 냄새를 강하게 풍겼다. 길버트 형제 쟈코모, 하리, 찰리 세 사람은 나이는 들었지만 예전 그대로 떠들기 좋아했으며 친절했고 가업에 정성을 다했다. 사슴머리도 아직 벽에 걸려 있었다. 길버트 형제는 세 명 모두가 사냥을 좋아해서 케빈의 부친도 때로 그들 세 명을 따라 뉴욕 주 북부나 뉴저지, 나아가서 더 북쪽인 캐나다까지 사냥여행을 떠난 적이 있었다. 그 옛날 쟈모코는 사슴을 사냥한 적이 있었는데 벽에 걸린 것은 그때의 사슴머리이다. 지금은 더러워져 한쪽이 잘라져 나갔다. 한 서린 유리 눈의 사슴 눈을 보고 있자니 케빈은 기분이 상당히 우울해졌다.

길버트 삼형제는 환호성을 지르며 케빈을 맞아 주었다. 처음에는 세 사람 모두 케빈 맥커디가 수도사 생활에 싫증을 내고 정말 속세로 돌아왔다고 믿으려 하지 않았다. 하지만 케빈이 진짜라고 거듭해서 말하자 급료가 싸다는 점을 강조하면서도 기분 좋게 점원으로 고용해 주었다. 찰리가 말했다.

"우리 세 사람 모두 나이가 너무 많이 들어 버렸어. 가게를 여는 시간이 오래 걸리니까 좀 거들어 주겠나?"

케빈은 거리를 사이에 두고 가게의 맞은편에 가구가 달린 방을 찾았다. 2층 방으로 거리에 접해 있어서 창가에 앉으면 차나 마차, 아일랜드인이나 이탈리아인이 지나가는 것이 보였다. 그가 처음으로 성찬식에 나갔던 낡은 교회도 멀리 보였다.

1, 2주일이 지나 새로운 생활이 익숙해지자 케빈은 로리 오바논을 죽일 계획에 착수했다. 길버트 형제와 상의해서 케빈은 매일 아침 8시에 가게를 열었다. 세 사람은 케빈에게 가게 열쇠를 건네준 것이다. 10시가 되면 쟈코모가 도와주러 오고 그 후에는 하리, 마지막으로 찰리가 나타난다. 찰리는 밤 10시 폐점까지 가게 일을 보았다. 케빈은 오후 5시에 일을 끝내기로 약속했지만 가게가 바쁠 때는 저녁 식사 시간이 훨씬 지날 때까지 거들어 준 적도 있다. 식사는 근처 싸구려 식당에서 해결했지만 무엇을 주문하는지 그런 것은 건성이었다. 때로는 식사를 하는 것마저도 잊어버려 한밤중에 쿡쿡 찌르는 듯한 심한 공복에 눈을 뜨고 놀란 적도 있었다.

케빈은 마사 가의 경찰서에 찾아가 다니 미간이 그 주에는 오후 4시부터 심야까지 근무하게 된다는 사실을 알아냈다. 그리고 그날 밤 그는 불쑥 친구를 방문했다. 다니는 형사 사무실 밖에 있는 자기 전용의 작은 사무실로 케빈을 안내했다.

두 사람은 그리니치 빌리지의 거리나 성 이그나티우스 학교의 아스

팔트 교정에서 뛰어 놀던 소년시절의 추억을 말하면서 로스 캐서린을 들먹이자 자연스럽게 로리 오바논의 이야기가 시작되었다.

"자네가 신학교에서 신부들과 사는 동안에 그녀가 그 녀석과 사귀고 있다는 걸 알고 있었네."

다니가 말을 이었다.

"나 나름대로 그녀의 마음을 되돌리려고 노력해 보았지만 능력이 부족해서 그저 보고만 있을 뿐이었지. 다 헛수고였어. 자네에게 편지를 쓰려고 생각도 해보았네. 하지만 자네에게 알린다고 해서 그녀가 포기할 리 없다고 생각했네. 오히려 자네에게 걱정만 끼치는 일이고. 자네의 조용하고 깨끗한 생활을 어지럽히는 건 아닌가 걱정했네. 젊은 아가씨가 그런 식으로 되어 버린 경우에는 어떻게 해볼 도리가 없네. 열병 같은 것이지. 업무상 나는 그녀처럼 되어 버린 아가씨를 몇 명 보았네. 악당이면 악당일수록 그 녀석들은 캐서린 같은 젊은 아가씨를 그냥 놔두지 않지."

케빈은 말했다.

"어떤가. 다니, 만약의 경우지만 로리 같은 남자와 살았던 젊은 아가씨가 일기를 쓴다면, 그 아가씨가 마약 밀매나 불법행위에 관계하는 자의 이름이나 장소를 일기에 적는다면, 그런 증거가 있다면 경찰은 손을 쓸 수 있을까?"

순간 다니는 눈을 가늘게 떴다.

"케빈, 결국 캐서린이 그런 일기를 남겼다는 말인가?"

"아니, 아니 다니."

케빈은 말을 이었다.

"그렇다는 가정일세. 어린 시절에 자주 해보곤 했었지. 자넨 예수회 수도사 학교에 다니지 않았는가. 추상적인 가정에 관한 논의나 추론을 했던 것을 기억하고 있겠지."

"가정인가?"

젊은 형사가 말을 이었다.

"케빈, 만약 가정 이상의 구체적인 증거를 잡는다면 이 또한 가정이지만 아마도 경찰이 개입할 거야."

케빈은 머리를 저었다.

"자네는 행동파야. 지금 대답해 주지 않겠나? 만약 내가 그런 일기를 자네에게 건네준다면 어떻게 되지, 다니?"

"경찰은 이름이 언급된 사람은 한 사람도 빼놓지 않고 조사해 그 곳에 기록된 주소를 덮치겠지. 그리고 충분한 근거가 있다면 체포하겠지."

"체포된 후 그들은 어떻게 되지?"

다니는 쓴웃음을 짓더니 토론하듯이 말했다.

"확실하게 말해 주지. 만약 경찰 측의 주장이 인정된다면 배심원이 유죄판결을 내리고 재판관이 녀석들에게 형을 선고하지."

"어떤 형을 말인가?"

왜소한 예비 수도사는 물고늘어졌다. 형사는 어깨를 으쓱거렸다.

"아마 10년, 아니 5년 정도."

"너무 가볍군. 로리 오바논은 우리와 같은 연배네. 5년이나 10년이라면 아직 젊을 때 출소하게 되겠군. 또다시 젊은 아가씨를 죽게 만들고 고등학생한테 마약을 팔게 되겠지. 로리 같은 녀석은 사형감이야."

다니는 눈을 크게 떴다.

"사형? 파리 한 마리 죽이지 못하는 선한 자네가? 하지만 자네가 말한 대로지. 마약밀매를 한 자는 사형에 처한다는 법안이 몇 번인가 제안되었지만 의회를 통과하지 못했네."

케빈은 일어섰다.

"자네를 만나서 즐거웠네. 〈가정〉의 얘기로 시간을 보내서 유감이지만 말이야. 하지만 로리 오바논은 죽어야 하네. 나는 절대로 그렇게 생각하네."

형사는 놀라는 기색이 역력했다.

"어이 기다리게, 선한 친구여."

형사는 말을 이었다.

"자네는 법의 손을 빌리지 않고 자네가 직접 심판할 생각인가? 자네 혼자서 로리 오바논을 죽일 생각인가? 말해 두지만 로리 같은 쥐새끼를 죽인다 해도 법 아래서는 훌륭한 살인이 된다네."

케빈은 고개를 끄덕이고 깊은 생각에 잠겨 있다가 대답했다.

"알았네, 만약—이건 가정이 아니야—생각나면 또 찾아와도 되겠나, 다니?"

다니 미간은 말을 이었다.

"잘 생각해 보게. 로리 오바논은 꽃을 사랑하고 사색의 시간을 보내는 예수회 수도사가 상대하기에는 너무나 벅찬 깡패일세."

케빈은 형사가 아니었지만 단시간에 로리 오바논의 주소를 알아낼 수 있었다. 공원 안에 있는 로리의 호화스런 펜트하우스 사진이 신문에 가끔 실렸기 때문이다. 일을 마친 후 이틀 밤을 공원 벤치에 앉아 비둘기에게 빵조각을 주면서 로리의 호화스런 펜트하우스 현관을 지켜보았지만 로리와 비슷한 남자의 그림자조차 볼 수 없었다. 사흘째 밤, 케빈은 빨리 가게를 나와 저녁 식사 전에 예의 그 공원으로 가 벤치에 앉았다. 자지 않고 계속 망을 본 보람이 있었다. 중절모 밑으로 더부룩한 빨간 머리를 드러낸 덩치 큰 남자가 유리로 된 금속제의 최신식 현관에서 으스대는 표정으로 걸어 나왔다. 양 옆에는 얼간이처럼 보이는 남자들이 따라붙었다. 두 사람 다 셔츠 어깨부분에 우스꽝스러울 정도로 패드를 넣어 부풀렸고 헐렁한 모자를 쓰고 있었다. 세 사람은 대기하던 리무진에 올라탔다. 불량스럽던 로리가 소년원에 들어간 이후 케빈은 로리를 본 적이 없었지만 바로 그 사나이가 로리라는 걸 알았다. 로리의 사진이 신문에 가끔씩 크게 실렸기 때문이다. 로리는 옛날보다 훨씬 키가 컸다. 배가 남산만큼 나왔고 음험하고 조악한 표정은 옛날 그대로였다. 그 후 일주일 동안 케빈은 매일 비둘기에게 빵부스러기를 주면서 계속 망을 보았다. 매일 밤 로리는 얼간이들을 데리고 영구차 같은 큰 리무진을 타고 나타났다. 로리의 일과는 선량한 시민이 무색할 정도로 규칙적이었다. 예외로 밤마다 몇 분 간만 미칠 뿐이었다.

케빈 맥커디는 이제 주저 없이 망보기를 중단할 수 있었다. 그 이외에도 비둘기에게 먹이를 주는 사람들이 있었기 때문에 비둘기는 지금도 배가 터질 정도로 볼록했고 언제 어디서 로리 오바논을 만날 수 있는지 알아냈기 때문이다.

사악한 인간들이 사는 속세로 돌아오고 나서 두 번째의 안식일이 되었을 때, 케빈은 버스를 타고 신학교가 있는 허드슨 강변의 조용한 마을로 돌아갔다. 신부들은 평범한 일반 사람들과 마찬가지로 각각 나름대로 취미를 가지고 있었다. 프란시스 신부의 취미는 사진촬영으로 그는 여러 종류의 렌즈나 필터가 달린 카메라를 갖고 있었고 창고를 암실 대용으로 사용했다. 또한 신부는 자신의 작품을 모은 앨범을 지니고 있었다. 이 앨범에는 맡은 일에 부지런하고, 면학에 정진하거나, 추도식에 출석한 신부와 신학교 학생, 수도사의 사진이 들어 있었다. 그는 선한 예비 수도사 케빈을 진정으로 사랑했기 때문에 케빈에게 셔터 스피드나 렌즈의 조립과 같은 기본적인 기술을 이것저것 가르쳐 주곤 했다.

태양이 내리쬐는 안식일 오후, 케빈 맥커디가 독서 중인 신부의 방으로 들어가자 신부는 진심으로 기뻐했다. 일렬로 늘어선 책상 위에는 하얀 석고로 된 성모상이 놓여 있었다. 신부는 방탕한 자식이 집에 돌아오기라도 한 것처럼 기뻐했다. 어쩌면 이 신학교 출신 중 최상의 신부가 될 케빈을 꼭 붙잡아 두려는 의지가 엿보였다. 하지만 케빈이 아주 돌아온 것이 아니라 카메라와 암실을 빌리러 왔다는 사실을 알고 신부는 주름진 얼굴에 낙담의 빛을 보이며 시선을 떨어뜨렸다.

"자네는 오바논에게 집착하는데 그쪽은 어떻게 되었나?"
"오바논이라면 몇 번인가 보았습니다. 멀리서 보긴 했지만."
케빈은 말을 흐렸다.

노신부는 납득하지 못했지만 케빈에게 카메라와 암실을 사용할 것을 허락했다. 그렇지만 카메라나 현상액이 악마의 일에 사용될지도 모른다는 두려움마저 느끼는 것 같았다.

케빈은 가지고 있던 일기 중에서 이미 표시를 해 둔 몇 페이지를 촬영했다. 필름을 현상하고 인화지를 줄에 걸어 프란시스 신부의 작은 선풍기로 말렸다. 사진이 마르는 동안 그는 노신부와 포도주를 마시면서 친절한 길버트 형제나 다니 미간에 대해서 얘기했다. 하지만 자신이 현상한 사진과 죽은 여동생, 그리고 로리 오바논의 얘기는 한마디도 꺼내지 않았다. 이윽고 사진이 다 마르자 그는 그것을 봉투에 정리하여 안주머니에 넣고 노신부에게 작별을 고했다.

프란시스 신부는 케빈의 팔을 꽉 붙잡았다.

"형제여, 신의 일은 신에게 맡기게. 나는 아직 관구 신부에게 말하지 않았네."

"로리 오바논은 신에게 맡길 수 있는 인간이 아닙니다, 신부님."

그리고 나서 이틀 동안 케빈은 거의 아무것도 하지 않고 카운터에서 가게를 지키고 배가 고프면 식사를 하고 자기 방의 창가에 앉아 머릿속에서 로리에게 보낼 편지의 내용을 생각하며 지냈다. 그리고 만족할 만한 편지 문구가 생각나자 이내 써 내려갔다.

친애하는 로리.

나를 기억하겠지. 우리들은 어렸을 때 서로 친했고 내 여동생 로스 캐서린의 일도 있지. 신은 여동생의 영혼을 쉬게 했지. 내가 자네에게 편지를 쓰는 것은 지금 내 수중에 있는 로스 캐서린의 일기 때문이라네. 일기 중 일부분만을 찍어 이 편지에 동봉하겠네. 보면 알겠지만 자네나 마테로, 그리고 자네 패거리들의 이름이 빈번하게 등장한다네.

나는 이 일기를 어떻게 해야 할지 아직 결정하지 못했네. 경찰서로 가져가야 할지도 모르겠네. 하지만 그러기 전에 자네에게 이야기하고 싶은 것이 있다네.

만약 내가 경찰서에 가기 전에 이 건으로 나와 얘기하고 싶다면 이 편지에 쓴 내 지시대로 하길 바라네.

다음주 일요일 오후 3시 15분 정각에 아래 주소의 2층 방으로 와 주게. 나는 창문으로 거리를 내려다보고 있을 테니까 누군가를 데리고 온다 할지라도 그들은 안으로 들어오지 못할 걸세. 게다가 정각 3시 15분이 아니면 자네도 방으로 들어오면 안 돼.

함정을 파두었는가 따위의 걱정을 할지도 모르지만, 자신에게 불리한 증거가 경찰에 넘어가는 것을 수수방관하진 않겠지?

만약 일요일 3시 15분에 자네가 나타나지 않는다면 나는 즉시 경찰서로 찾아갈 생각이네. 예정대로라면 일기는 3시 30분까지는 경찰 손에 들어 갈 것이네. 그렇게 되면 자네나 마테로도, 그리고 다른 동료들도 틀림없이 체포되겠지. 그리고 자네와 내가 얘기만 한다면 체포되지 않고 일이 끝날 수 있다는 사실을 마테로에게 반드시 알릴 작정이네.

케빈은 편지에 사진을 동봉하여 우체통에 넣은 뒤 브리카 거리의 작은 가게를 들러 하숙집 현관과 방의 여벌 열쇠 두 개를 만들었다. 그리고 마사 거리로 다니를 찾아갔다. 좁은 사무실에서 다니와 둘이 있게 되자 케빈은 말을 꺼냈다.

"다니, 이번엔 가정이 아니라 확실한 지점에 이르렀네. 만약 내가 말한 대로 해 준다면 자네는 그 녀석을 유죄로 만들 만한 충분한 증거를 입수할 수 있을 거야. 다음주 일요일에 꼭 체포할 수 있을 거네."

케빈은 다니에게 여벌의 열쇠를 주고 종이에 자기 하숙집 주소를 써서 그것도 주었다.

"큰 열쇠로 현관문을 열고 계단을 오른 후 거리에 면한 좌측 방의 문을 작은 열쇠로 열게. 자네가 할 일은 그것뿐이네. 하지만 만약 형사로 출세하고 싶다면 정각 3시 30분에 와 주게. 1분이라도 늦거나 빠르면 안 되네."

다니는 거친 목소리로 도대체 뭘 하려고 그러는지 모르겠지만 로리 오바논이란 작자는 방울뱀처럼 위험한 남자라고 경고했다. 케빈은 다니를 진정시켰다.

"말한 대로 해 주게. 그렇지 않으면 이 얘기는 모두 없었던 것으로 하지."

선한 예비 수도사에게 있어서 다음 문제는 총을 입수하는 일이었다. 그는 총에 대해서 자세히 몰랐지만 화기를 구입하기 위해서는 허가서가 필요하다는 것 정도는 알고 있었다. 하지만 허가서를 받아 낼 만한 좋은 구실이 떠오르지 않았다. 가장 간단한 방법은 길버트 형제가 가지고 있는 사냥용 소총을 사용하는 것이다. 총은 가게에 있는 방 선반에 있다. 그러나 그 소총을 사용한다는 것은 양심에 찔리는 일이다. 케빈 맥커디에게 있어서 선악을 판단하는 것은 매우 쉬운 일이었지만 두 개의 죄 가운데 어떤 것을 선택할 것인가라는 문제는 그렇지가 못했다. 생각 끝에 그는 훔치는 것보다는 거짓말하는 것이 양심의 가책을 적어도 덜 받으리라 여겨졌다. 그리고 어느 날 아침 길버트 형제 중 다른 두 사람이 나오기 전에 케빈은 장남인 쟈코모가 있는 곳으로 갔다. 세 사람 중에서 쟈코모가 가장 속여넘기기 쉬우리라 생각했기 때문이다.

"쟈코모 씨."

자기 목소리 어딘가에 허위의 울림이 번져 가는 것을 느끼면서 케빈은 말했다.

"이번 일요일 친구들로부터 사냥을 가자는 권유를 받았습니다만 총을 좀 빌려 주실 수 있겠습니까?"

쟈코모는 생각만큼 속이기 쉬운 상대는 아니었다. 그는 케빈을 째려보면서 콧수염을 비틀었다.

"네가! 사냥하러 간다고! 놀랍군. 자네가 어릴 때 자네 아버지가 총의 사용 방법을 가르쳐 주려고 했던 때를 나는 기억하고 있지. 자네는 공기총으로 토끼를 쏘는 것조차 싫어했어. 자네가 내 사냥총으로 쏘려는 것은 토끼나 다람쥐가 아니라 더 큰 사냥감이겠지. 그러니까 총은 빌려 줄 수 없네."

노인은 화난 듯이 콧수염을 비비꼬면서 말을 이었다.

"게다가 자네에게는 사냥에 필요한 허가서도 없을 거야."

그날 늦게 쟈코모는 케빈을 불렀다.

"자네가 미워서 빌려 주지 않는 게 아니야. 하지만 내 충고를 듣도록 해. 나는 늙었고 자네 부친의 친구야. 부친의 영혼을 놀래킬 만한 짓은 하지 말게나. 자네는 폭력에 어울리지 않아. 죄인을 벌하는 것은 신과 경찰에 맡겨 두도록 해."

길버트 형제도 캐서린과 로리 오바논의 관계를 알고 있었다. 누구나가 알고 있었다. 모르는 사람은 케빈 혼자였던 것 같다. 그는 신학교에서 신의 정원을 가꾸는 데 너무 바빴기 때문이다. 결국 케빈은 두 가지 죄를 범하고 말았다. 이미 거짓말을 해 버린 것에 더해서 이번에는 도둑질을 하게 되었다.

편지를 부치고 나서 이틀 후인 금요일, 가게 창으로 흘끗 밖을 내다본 케빈은 두 남자가 그의 하숙집을 살피는 것을 볼 수 있었다. 남자들이 입고 있는 셔츠의 어깨는 패드로 부풀어져 있었고 쓰고 있는 모자도 헐렁헐렁했다. 하지만 주위에는 영구차 같은 검고 큰 리무진이나 로리 오바논의 모습도 보이지 않았다. 두 얼간이들은 거리의 모퉁이에 있는 선술집으로 들어갔다가 이윽고 돌아와 길버트 형제의 가게로 들어왔다. 필시 케빈의 어릴 적 친구였던 바텐더에게 케빈이 지금 이곳에 있다는 소식을 들었을 것이다. 두 사람이 곧장 케빈에게 다가오고 있을 때, 케빈은 근처에서 일하는 손님에게 〈영웅〉샌드위치를 만들어 주고 있었다. 가늘고 긴 이탈리아 빵으로 한가운데를 잘라 향료를 바른 고기와 치즈를 넣은 샌드위치였다. 두 사람은 케빈의 왜소하고 허약한 용모를 보자 얼굴을 마주보며 휘파람을 불어댔다. 케빈은 샌드위치를 다 만들고 마치 처음 보는 것처럼 두 얼간이들의 주문을 받으려는 표정을 지었다.

"그걸 하나 주게."

한쪽 남자가 큰 샌드위치를 손가락으로 가리켰다.

"두 개."

또 다른 남자가 말했다. 케빈은 샌드위치를 만들고 나서 물었다.

"겨자는 어떻게 하죠?"

"발라 주게."

한 얼간이가 대답했다.

"내 것도."

또 다른 얼간이도 말했다.

"그리고 소다수 한 병."

한 명이 말했다.

"두 개."

이번에도 또 다른 이가 말했다.

길버트 형제는 옆에 없었다. 케빈이 카운터에서 소다수 병뚜껑을 열자 한 얼간이가 나이프를 꺼내 케빈을 노려보면서 칼을 폈다. 그리고 샌드위치를 힘차게 푹 잘랐다.

"네가 맥커디냐?"

"그렇습니다."

"일요일 3시 15분에 너한테 손님이 찾아갈 거야. 그분에게 우리들이 말한 대로 해라. 그분이 원하는 것을 줘라. 우리들은 집 바로 밖에 있을 테니까."

얼간이는 칼끝을 드러낸 채 나이프를 카운터에 놓았다. 그들은 케빈을 째려보면서 샌드위치를 베어 먹고 소다수를 마시고, 다 먹자 카운터에 지폐 한 장을 놓았다. 한 남자가 나이프를 들어 주머니에 넣었다. 그리고는 50센트의 팁을 케빈 쪽으로 밀었다.

"알았나?"

남자는 위협했다. 그리고 패드로 어깨를 부풀리고 헐렁한 모자를 쓴 두 남자는 돌아보지도 않고 가 버렸다. 그것뿐이었다. 그날도 그 다음 날인 토요일도 로리의 보디가드들은 나타나지 않았다.

밝은 태양이 내리쬐는 안식일, 케빈의 악마의 일은 시작되었다. 브리카 거리는 풀 먹인 프릴이 달린 나들이 옷으로 단장한 소녀들로 북적댔다. 소녀들은 흰색과 붉은색 꽃봉오리로 만든 장미꽃다발을 들고 있었다. 소녀들은 처음으로 성찬식에 출석한다는 흥분으로 하나같이 꿈같은 눈빛을 띠고 있었다.

정오가 되자 케빈은 거리 맞은편에 있는 데리카덱션의 가게로 가 열쇠로 큰 문을 열었다. 그는 거리를 오가는 사람들에게 가벼운 인사를 했다. 사람들은 케빈이 가게에서 일하고 있는 줄 알고 있었기 때문에, 가게가 닫혀 있을 시간인데도 가게 안으로 들어가는 케빈을 보고 전혀 이상하게 생각하지 않았다. 케빈은 안에 있는 방으로 들어갔다. 약간 어두운 전등을 켜고 길버트 형제의 공구 상자에서 나사돌리개를 찾아냈다. 총이 늘어 있는 선반문과 벽에는 바퀴 모양의 자물쇠가 달려 있었다. 5분 정도 걸려 한쪽 바퀴를 떼자 삐걱거리면서 문이 열렸다. 한 번도 방아쇠를 당긴 적이 없지만 케빈은 총에 대해서 얼마간의 지식은 있었다. 자신에게 사냥을 가르치려 한 아버지로부터 소총을 손질하는 법을 배웠던 것이다. 소총의 무게와 크기는 그에게 적당했다. 소총을 들고 그것에 맞는 탄알을 쟀다. 몰래 들고 나간다는 것에 그다지 양심이 찔리지는 않았다. 일이 끝나면 다시 제자리에 갖다 둘 것이다. 물론 탄알을 돌려줄 수 없을 것이다. 한 번이라도 발사된 탄알은 또다시 사용할 수 없기 때문이다. 케빈은 탄알을 한 발만 장전했다. 한 발밖에 필요가 없었기 때문이다.

다음에는 캐서린의 일기를 꺼내 소총이 놓여 있던 곳에 넣었다. 훌륭한 은폐장소였다. 가게에 있는 고기포장용지로 소총을 싸고, 굵은 끈으로 묶었다. 그리고 소총만 빼고 모든 것을 원래대로 정리했다. 그리고는 꾸러미를 옆에 끼고 하숙집으로 돌아왔다.

꾸러미를 풀어 소총을 꺼낸 다음, 포장지와 끈을 부활절에 장식해 넣은 흰 백합 그림이 있는 양철 쓰레기통에 버렸다. 장전이 끝난 소총은 창가 커튼 속에 세워 두고 테이블에서 성서를 꺼내 창가 의자에 앉았다. 정각 12시 30분.

3시 10분 지남. 케빈은 테이블 위에서 째깍째깍 소리를 울리는 자명종 시계를 흘끗 쳐다본 후, 성서를 무릎에 올려 놓고 의자에 앉은 채 몸을 약간 움직여 창 밖을 보았다. 바로 그 리무진이 케빈이 있는 창가 아래를 천천히 달려갔다. 차창에 기댄 얼굴이 흐릿하게 보였다.

차는 거리 모퉁이까지 달려가 차도의 주차장에 멈추었다. 곧바로 세 명의 남자가 내렸다. 한 명은 로리 오바논. 나머지 두 명은 셔츠 어깨를 패드로 부풀리고 헐렁한 모자를 쓴 남자들. 케빈은 희미하게 웃었다. 로리는 혼자 오는 것이 두려웠던 것이다.

〈우리들은 집 바로 밖에 있겠다.〉 그때 그 남자들은 그렇게 말했다. 지금 두 남자는 로리와 언쟁을 벌이는 모양이었다. 결국 한 명이 차로 돌아가고 나머지 한 명은 큰 거리를 가로질러 길버트 형제의 데리카덱션 가게 앞에 진치고 있었다. 로리 오바논은 거리를 가로질러 케빈의 하숙집 앞까지 온 후 번지수를 확인했다. 벨이 울렸다. 정각 3시 15분. 케빈은 테이블에 성서를 놓아두고 손잡이를 눌러 현관의 빗장을 열었다. 창 밖을 보고 로리가 혼자 들어오는 것을 확인한 후 방문을 살짝 열고 창가의 의자로 돌아왔다. 커튼을 내리자 소총의 감촉이 느껴졌다. 계단이 로리의 무게로 삐걱거리는 소리가 들려 왔다. 문을 조용히 노크하는 소리가 들렸다.

"들어오게, 로리. 나는 혼자네."

로리 오바논의 거구가 입구 가득히 가로막으면서 음험한 눈이 좁은 방안을 의심스럽게 둘러보았다. 그는 세 걸음만으로 케빈이 있는 곳까지 다가와 케빈의 팔을 들어올렸다. 그리고 아무 말도 하지 않고 케빈의 주머니와 옆구리를 두드렸다. 그리고 나서 다시 난폭하게 케빈을 의자로 밀었다. 이번에는 갑자기 선반 문을 열고 안을 들여다보았다. 침대 밑까지 조사한 거구의 사나이는 비로소 안심한 듯했다. 그 후 의심스러운 눈길로 케빈을 쳐다보면서 짧게 불쾌한 웃음을 짓더니 의자 끝에 걸터앉았다.

"일기가 있다고? 뭘 바라지?"
"일기는 여기에 없네."
케빈은 말을 이었다.
"나밖에 모르는 장소에 숨겨 두었지. 나에게 그것을 경찰서로 가지고 가게 하지 않으려면 딱 한 가지 방법이 있네. 말하지 로리. 옛날 자네는 내가 말하고 싶지 않은 것을 억지로 털어놓도록 하기 위해 나를 때렸지. 하지만 자네 생각대로 되진 않았네. 자네 부하가 아래에 있다는 걸 알고 있네. 하지만 나를 강제로 데려갈 수는 없어. 거리는 지금 사람들로 가득 차 있으니까. 저 커다란 차까지 나를 데리고 가는 것은 불가능할 거야."

"얼마를 원하지?"
로리가 음침한 목소리로 말했다.
"아니, 우선 자네에게 말해 두지. 그런 것이 무슨 소용인가? 아무 도움도 되지 않아. 어차피 네 여동생은 마약중독의 매춘부였어. 배심원이나 재판관이 마약중독의 매춘부가 쓴 것을 증거로 받아들일까. 하지만 그것 때문에 약간은 귀찮아지겠지. 마테로는 귀찮은 걸 싫어하는 타입이지. 귀찮을 일을 피하기 위해서라면 조금은 내놓을지도 모르지."

케빈은 흘끗 시계를 보았다. 3시 23분. 아직 7분이나 남아 있다. 시간을 너무 길게 잡았는지도 모른다. 꼭 15분이 아니라 10분의 여유를 두었어도 좋을 뻔했다. 케빈은 무엇을 말해야 할지 생각하는 듯한 자세를 취했다. 시계는 째깍째깍 큰소리만 낼 뿐 바늘은 좀처럼 움직이지 않았다.

결국 케빈이 입을 열었다.

"돈을 원하는 건 아닐세, 로리. 나는 예수회에서 청빈을 맹세했으니까. 어떤 사실을 확인하고 싶을 뿐이네. 예수회 수도사는 사물이나 사건을 확인하는 데 열심이지."

시계는 째깍째깍 시간을 새기고 있었다. 3시 25분. 앞으로 5분.

"무슨 엉터리 같은 말을."

로리가 화를 내며 말을 이었다.

"뭘 확인하고 싶은가?"

"나는 자네가 겁쟁이라고 생각해 왔네, 로리. 그것을 확인하고 싶어."

갑자기 로리 오바논의 얼굴이 붉어졌다. 그는 의자에서 일어나 이 왜소하고 선한 남자 쪽으로 다가왔다. 케빈 맥커디는 여전히 의자에 앉은 채였다. 그러나 그의 양손에는 이미 소총이 나타나 총구가 로리 오바논을 겨냥하고 있었다. 3시 26분.

"움직이지 마, 로리."

케빈이 경고했다.

"이 소총에는 탄알이 장전되어 있어. 앉아라."

로리 오바논은 앉았다.

"네 놈이 속였구나."

"속았네, 로리. 그러나 자네에게는 아직 기회가 있어. 내가 약속하지. 분명 자네는 겁쟁이고 사람을 죽일 용기는 없어. 나는 그것을 증명하고 싶네."

3시 27분.

케빈 맥커디는 창 밖을 보았다. 커다란 검은 리무진은 아직 거리에 그대로 있었다. 맞은편에는 얼간이가 움직이지 않고 서 있었다. 그때 케빈은 다니 미간이 다가오는 것을 보았다. 다니는 초조할 정도로 천천히 걷고 있었다.

"앞으로 1분만 있으면 나는 저 문으로 나간다, 로리."

케빈은 말을 이었다.

"일기를 갖고 경찰서로 갈 작정이네. 딱 한 가지 나를 저지할 방법이 있지. 자네가 나를 쏘는 거야."

"네 놈은 미쳤군."

당황한 로리가 급하게 말을 꺼냈다.

"좋아. 돈을 지불하지, 알겠는가? 아주 많이 주겠다고. 너는 그걸 교회에 헌금하면 되잖은가?"

지금 다니 미간은 하숙집 앞에 있었다. 종이 쪽지를 보고 번지수를 확인하고 있었다. 그리고 현관 계단을 올라왔다. 케빈 맥커디가 일어섰다. 방을 가로질러 방 문 앞에 섰다. 아래에서 계단을 올라오는 다니의 발소리가 들려왔다. 케빈은 소총을 로리 오바논의 무릎에 던지며 말했다.

"안전장치가 걸려 있지만 왼쪽의 작은 손잡이를 뒤로 당기면 떨어지지. 나는 간다, 로리. 이것이 자네의 마지막 기회야."

케빈의 손이 문 손잡이에 닿았다.

"쏘려면 지금 쏴, 로리. 자네가 쏘지 않으면 나는 경찰서로 가서 일기가 있는 장소를 말할 셈이야."

로리는 얼굴에 경련을 일으키더니 소총을 억세게 그러쥐었다. 주의 깊은 발걸음이 2층 복도로 다가왔다.

"그럼 간다, 로리 오바논."

케빈은 손잡이를 돌렸다. 그 순간 좁은 방 가득히 총소리가 작렬했다. 케빈이 마루에 쓰러졌다. 선한 예비 수도사는 시계가 딱 60회 째 깍째깍 때를 새길 때까지 숨을 쉬고 있었다. 하지만 그것으로 충분했다. 그 동안에 그는 문이 기세 좋게 열리는 소리를 들었고 소총이 마루에 떨어지는 소리까지 들었다. 그리고 로리의 비명까지 들을 수 있었다.

"쏘지 마! 쏘지 말아 줘! 형사!"

선한 예비 수도사는 로리 오바논이 케빈 맥커디 살인죄로 틀림없이 전기의자에 앉게 되리라는 사실을 확인할 때까지 살아 있었던 것이다.

데이비드 알렉산더(David Alexander, 1907~1973)
뉴욕의 가장 오래된 스포츠 예능전문지 〈모닝 텔레그래프〉의 편집자 겸 칼럼니스트. 브로드웨이의 신문기자 탐정 시리즈로 인기를 끌었다. 본 작품으로 데뷔. 대표작은 『Paint The Town Black』(1954)이다.

일방통행

ONE WAY STREET — 안소니 암스트롱

만약 하롤드 벤트가 트라팔가 광장에서는 차가 한쪽 방향으로밖에 가지 못한다는 것을 알았더라면 제임스 윌슨의 시체가 발견된 것도 5분 정도 늦춰졌을 것이다. 그리고 아마 8백 미터쯤 지나서 발견됐을 것이다. 그 5분과 8백 미터는 특히 런던에서의 살인사건일 경우 매우 중요한 역할을 할 것임에 틀림없다.

사건은 이렇게 해서 일어났다.

신호가 녹색으로 바뀌자 택시 운전사 조지 트라바스는 광장 동남쪽의 모퉁이를 돌아 십자로 교차되는 화이트홀의 흐름에 합류한 후, 교묘하게 그 흐름에서 빠져 나와 승객의 행선지인 페르멜 가로 차를 향했다.

엄청난 교통 혼잡에 휩쓸렸을 때 항상 그는 앞을 가로지르는 차, 진로를 가로막는 차, 그리고 무엇보다도 차의 존재를 무시하는 거만한 보행자에게 계속 욕을 해대곤 했다.

그런 나쁜 습관은 보통 단순한 불만의 토로에 그치고 마는데, 이번에는 그것이 갑자기 진지한 어조로 변했다. 다음 모퉁이에 접어들었을 때 문제의 인물, 하롤드 벤트가 중앙 보도에서 내려 몇 대의 차 사이를 빠져 나와 조지의 택시 앞 반대쪽을 바라보며 가로지르고 있었던 것이다. 순간 조지는 반사적으로 클랙슨을 두 번 울렸다. 그것은 보행자를 깜짝 놀라게 해 그 자리에서 움직이지 못하도록 하기 위한 것이었다. 하지만 상황은 그렇게 되지 않았다. 오히려 반대로 보행자가 차선에 뛰어들었기 때문이다.

조지는 욕설을 퍼부으면서 크게 핸들을 꺾었지만 이미 너무 늦었다. 택시의 범퍼가 상대 왼쪽 무릎 위를 받았던 것이다. 한쪽으로 모자가 날아가고 다른 방향으로 레인코트가 크게 펼쳐져 날아갔다. 경악한 조지는 한 순간 그것이 시체라고 생각했다.

"…! 처음이야. 18년 무사고로 운전했는데 첫 사고라니!"

공포와 분노가 섞인 절규를 내질렀고 택시도 금속성 소리를 내면서 조금 앞에서 멈췄다. 다음 순간, 조지는 안도의 숨을 쉬었다. 도로에서 피투성이가 되어 쓰러진 보행자가 비틀거리며 일어서서, 한 명의 구경꾼으로부터 모자를 또 다른 구경꾼으로부터 레인코트를 받아들고 있었다. 보행자는 노골적으로 화를 내며 발을 끌면서 택시 쪽으로 다가왔다. 안심한 것도 한 순간, 조지는 불끈 화가 났다. 적의를 품은 보행자의 눈은 차선을 무시한 조지가 잘못한 것이라고 항의하고 있었기 때문이다.

"여기는 일반 도로가 아니야, 이 사람아!"

침을 튀기며 조지는 말을 이었다.

"트라팔가 광장은 일방, 일방통행이오. 그런데 당신은…."

하지만 하롤드 벤트는 그 말을 듣지 않았다. 그는 흥분하여 구경꾼들에게 호소하기 시작했다.

"아차 하는 순간 죽을 뻔했소! 난 차가 오는지 잘 살피고 있었단 말이오!"

"나는 아무것도 보지 못했습니다."

덩치가 커서 우둔해 보이는 남자가 주의 깊게 대꾸했다.

"나도 당신이 땅에 쓰러지는 것만을 보았을 뿐이오."

그렇게 말한 머플러를 두른 왜소한 남자는 분명히 증인이 되는 것을 두려워했다. 당황한 피해자는 택시 문을 열고 승객에게 호소했다. 조지가 항의하는 목소리도, 뒤에 있는 11번 버스가 초조하게 경적을 울려대는 것도 무시하고.

"저, 여보세요!"

하롤드는 말을 꺼냈다.

"당신이라면 전부 보았겠죠. 그러니까…."

그는 갑자기 말을 끊고 승객을 흔들어 보았다.

"어이!"

불안스럽게 조지에게 말했다.

"당신 손님, 어떻게 된 거요? 환자잖소."

구경꾼이 안을 들여다보려고 다가왔다. 속에서 웅크리고 앉아 있던 뚱뚱한 젊은 흑인 남자가 좌석에서 앞으로 기대더니 바닥으로 쓰러졌다.

"앞으로 쓰러져 기절한 것일까!"

몸집이 커 우둔해 보이는 남자가 아는 체했다.

"이상하네?"

머플러를 두른 남자가 지적했다.

"쇼크로 정신을 잃었을 테지."

다시 하롤드 벤트가 자신 있게 말참견을 했다. 그때 인파를 헤치고 다가온 경찰관이 축 늘어진 승객을 좌석에 앉히고 흔들었다.

"누구 의사 없소?"

"의사 없소?"

잔물결 같은 말이 퍼져 나갔다. 잠시 후에 검은 코트를 입은 키 큰 남자가 택시 문 앞으로 다가왔다. 그는 택시 안으로 몸을 넣어 간단하게 진찰을 한 후 낮은 소리로 경찰관에게 말했다.

"죽었습니다!"

"네에?"

로빈슨 경찰관의 멍한 표정에 놀라운 빛이 떠올랐다.

"뭐라고! 사고 쇼크 때문입니까? 아니면 머리를 강하게 맞았다던 가…."

"아니."

여전히 낮은 소리로 의사는 말을 이었다.

"내가 살펴본 바에 의하면 저 남자는 찔려 죽었습니다. 오른팔 밑에 단검의 흔적이 보입니다."

일주일이 지나 교외에 있는 작고도 아담한 가구들이 정돈된 거실에서 두 남자가 팔걸이의자에 앉아 있었다. 파이프를 문 두 남자 사이에는 절반 정도 남은 맥주병이 놓여 있었다. 온화한 분위기가 거실을 채우고 있음에도 불구하고 젊은 남자 쪽인 페이튼 형사의 표정은 밝지 않았다.

"도저히 모르겠습니다, 아버님."

파이프의 물부리를 잘게 씹으면서 페이튼은 말을 이었다.

"이 제임스 윌슨이라는 사람이 대낮에, 그것도 스코틀랜드 경찰서에서 4백 미터도 떨어지지 않은 런던의 복잡한 곳에서 찔려 죽었습니다. 그런데도 수사는 전혀 진척이 없습니다."

마치 부양식 도크의 건조물처럼 체격이 큰 페이튼 전직 형사가 크게 웃으며 말했다.

"늙은 너구리 오스본의 말에 의하면 너는 젊은 형사 가운데 가장 촉망받고 있다고 하던데. 그럼에도 불구하고 이미 쓸모 없는 늙은 아버지의 도움을 구하는구나."

"도대체 벌써 퇴직이라니 저는…."

아버지가 가만히 손을 저었다.

"다시 한 번 말해 주겠니? 이것은 흔히 말하는 머리체조를 다시 한 번 해 봐야 할 살인사건인 것 같구나. 그럼 시작하자. 나도 신문 기사를 통해 꽤 자세히 알고 있긴 하지만."

아까보다 약간 표정이 좋아진 아들 페이튼 형사는 주머니에서 몇 장의 종이를 꺼냈다.

"그럼 우선, 아시겠지만 택시 운전사의 진술에 따르면 살해된 남자는 거의 정오에 옥스퍼드 서커스 근처의 선술집에서 탔다고 합니다. 그때 운전사는 같이 탄 그 남자의 동료에게는 주의를 기울이지 않았다고 합니다. 동행한 남자는 그에게 등을 돌리고 있다가 재빨리 탔답니다. 키가 작은 남자로 엷은 레인코트를 입었지만 모자는 쓰지 않았다고 합니다. 윌슨, 즉 살해된 남자가 행선지를 페르멜이라고 말했답니다. 다만 옆에 있는 친구를 먼저 트라팔가 광장의 동남쪽 모퉁이에 내려달라고 운전사에게 덧붙였답니다. 여기서 리젠트 거리와 헤이마켓을 지나 트라팔가 광장으로 가기 위해 좌회전했습니다. 마침 국립미술관 근처에서 범인이 운전석과 뒷좌석 사이의 유리를 탁탁 두드리며 〈내리고 싶다〉고 했답니다. 운전사는 여기는 서북쪽 모퉁이로, 동남쪽 모퉁이는 대각선 방향의 챠링 크로스 쪽이라고 대답했지만 그 남자는 여기가 좋겠다고 말하고 내렸다는 겁니다."

"그렇다면 그것이 택시 운전사가 들은 최초의 그 남자 목소리인 셈인가? 아, 내 말은 신경 쓰지 말라구. 사건의 상황을 그려 보고 있을 뿐이야."

"아니, 좋습니다…. 처음 들은 그 남자의 목소리는 허스키해서 목이 아픈 건 아닌가 하고 운전사가 생각했답니다. 그때 처음으로 남자의 얼굴을 보고 상대가 작고 검은 콧수염이 나 있다는 것을 알았답니다. 게다가 갈색 손장갑도 끼고 있었다고 합니다."

"결국 단서가 될 만한 지문은 문, 손잡이나 칼, 그 밖의 어떤 것에서도 발견되지 않았다?"

"그렇습니다. 그 남자는 지금부터는 페르멜 가로 가달라고 운전사에게 말하고 택시 안에 남은 동료에게 큰소리로 〈그럼 안녕〉이라고 말했답니다."

"물론 상대는 대답하지 않았겠지?"

"네에, 그때는 이미 죽었을 테니까요. 그러니까 아마 좌석 구석에 자연스럽게 보이는 자세로 기대게 만들어 두었겠죠."

전직 형사인 아버지 페이튼은 자신의 잔을 채운 후 자신의 두뇌에 더 많은 공간을 주기라도 하는 것처럼 그 거구를 의자에 깊숙이 파묻었다.

"왜 녀석은 거기서 내렸을까? 네 생각은 어떠냐?"

"일이 끝났기 때문이겠죠."

그 얘기를 듣고 전직 형사는 천천히 3, 4회 머리를 끄덕였다.

"일을 끝내고 나서 범인은 한시라도 빨리 시체로부터 떨어지고 싶었겠죠. 그것은 결과적으로 옳았습니다. 실제로 겨우 몇 분 후에 불의의 사고로 윌슨의 시체는 예상 밖으로 빨리 발견되었으니까요. 그 살인범, 콧수염의 남자는 지금쯤 수염을 깎았을 겁니다. 게다가 허스키한 목소리 역시 아마 꾸민 목소리일 것임에 틀림없기 때문에 우리로선 이 넓은 런던 안에서 그를 찾아낼 도리가 없습니다."

"흉기 쪽은?"

"별로 도움이 되지 않습니다. 어디서나 살 수 있는 얇은 스틸제로 종이 자르는 칼처럼 끝이 날카로운 것이었습니다. 물론 칼 다루는 솜씨는 상당히 뛰어났습니다만."

전직 형사는 뭔가 중얼거리면서 바쁘게 자신의 파이프에 담배를 집어 넣은 후 다시 입을 열었다.

"윌슨 쪽은? 단서가 될 만한 것을 발견하지 못했나?"

"없습니다. 택시 행선지가 페르멜 가와 센트제임스 가의 모퉁이라는 것뿐, 아무 단서도 없습니다. 마찬가지로 옥스퍼드 서커스 선술집에서 그를 기억하는 바텐더도 키가 작은 남자와 술을 마셨다는 증언을 했을 뿐입니다. 워낙 가게가 넓고 혼잡해서. 그렇지만 바텐더의 말에 따르면 동행했던 남자는 콧수염이 없었고 레인코트도 입지 않았던 것이 확실합니다. 아무튼 윌슨은 혼자 선술집을 나간 것 같습니다."

"윌슨의 배경은?"

"그다지 중요한 정보는 거의 없습니다. 그 친구는 미혼으로 햄스테드에 방을 임대해 살았습니다. 하지만 거기에 있는 경우는 거의 없었고 토목 관계의 회사에서 일했습니다. 선술집에 같이 다니던 친구도 많지만 이번 건에 관해서는 혐의를 둘 만한 적은 없는 것 같습니다. 우리들에게 불운인 것은 그 친구에게는 과거부터 잠재적인 적이 많았다는 점입니다."

"무슨 말이지?"

"이 친구는 질이 나쁜 녀석입니다. 전쟁 중 군사찰관 일을 했는데 특별히 체재하고 있던 여러 군데서 유부녀들과 즐겼답니다. 물론 남편이 군복무로 부재중인 집들만 골라서요. 그런 일을 당한 남편의 대부분은 윌슨이 손을 댄 후 집에 돌아오고 나서 그 사실을 발견하게 되었죠. 당연히 그런 관계를 가진 모든 여성들을 체크하기란 불가능합니다. 5년 동안 여러 군데서, 게다가 자신의 정사를 가능한 한 비밀에 부쳐 두려고 했기 때문에."

"그래."

아버지는 다소 곤란하다는 듯한 소리를 내고 맥주로 목을 축였다.

"잭, 뭔가 단서가 있지 않겠니?"

"냉정하게 보면, 지금 말한 것이 유일하게 생각할 수 있는 동기입니다. 윌슨의 경력을 철저하게 조사해 보았음에도 불구하고 다른 적당한 동기는 발견되지 않았습니다."

"그것이 가장 올바른 길이겠지. 그럼 거기에 따라 추리를 해볼까? 됐어? … 좋아! 범인은 최근에야 비로소 윌슨이 이전에 자기 부인에게 손을 댔다는 걸 알았고, 그것이 소위 복수에 가장 큰 원인이 되었다. 그럼, 윌슨은 범인의 정체를 알고 있었을까?"

"아뇨."

현역 형사는 확신에 차서 말을 했다.

"만약 정체를 알았다면 윌슨은 그 남자를 피했을 겁니다. 하지만 윌슨과 그 남자는 택시를 타고 일부러 멀리 돌아 페르멜까지 함께 갈 정도의 면식은 있었겠죠. 그렇지 않으면 택시 합승을 같이 할 리가 없겠죠."

"좋은 지적이야."

아버지가 동의를 표했다.

"그 남자가 일부러 윌슨의 친구인 척했다고도 생각할 수 있습니다. 목적은 살인. 하지만…."

형사의 얼굴이 흐려진다.

"사건 전 두 사람이 어떻게 만났는가를 알아내지 못했습니다. 우리들로서는 윌슨의 행동을 빠짐없이 조사했는데도 말입니다."

"그거다!"

페이튼 전직 형사는 맥주를 더 붓고 말을 이었다.

"그게 고민해야 될 부분이야."

그렇게 말하고 눈을 감았다. 10분 후 전직 형사는 눈을 뜨고 잔을 비웠다.

"언제였는지 알았다, 잭."

그는 말을 이었다.

"그래! 너는 두 가지 잘못된 가정을 하고 있어."

"잠깐만요, 아버지!"

초조한 잭은 큰소리를 내며 말을 이었다.

"그러면 마치 내가 멍청한 형사라는 말입니까? 런던 경찰청의 똑똑한 형사가 아니라?"

"네가 나와 같은 경험을 쌓으면…."

잭의 부친은 말을 이었다.

"그럼. 네가 했던 가정에서 옳은 부분은 범인이 택시 운전사를 속이기 위해 목소리를 변조했다는 점이야. 그러나 너는 놈의 콧수염이 진짜라고 생각하고 있어. 왜 콧수염이 가짜가 아니라는 거지? 대부분의 범인은 나쁜 일을 저지른 후 모습을 바꾼 다음 사라지지만, 그러나 바로 그 범인이 이번 범죄를 위해서만 모습을 바꾸었다면? 결국 단 한 사람에게만 목격된 그 살인범은 범행 후 사라졌을 뿐만 아니라 그 이전에도 존재하지 않았던 거야."

잭 페이튼은 부친이 뭔가 단서를 잡았다는 것을 인정하고 가만히 귀를 기울일 수밖에 없었다.

"우리가 조사해 봐도 윌슨과 콧수염을 가진 남자와의 관계는 찾을 수 없었습니다. 잠깐만요! 그럼, 설마 살인범은 자기를 알고 있는 사람과 함께 택시를 타고 나서 갑자기 콧수염을 붙였다는 말입니까?"

경험이 풍부한 아버지는 너그러운 미소를 지었다.

"그래, 놈은 윌슨을 죽일 때까지는 콧수염을 붙이지 않았다. 택시 안에서였지. 그리고 또 조작된 목소리를 사용한 것도 범행 후였지. 어때 알아듣겠어? 놈이 재빨리 택시에 올라타 운전사는 그의 목소리를 듣지 못했고 얼굴도…."

"알았습니다."

아들은 초조한 어조로 말을 이었다.

"아버님이 말씀하시고 싶은 것은 우리들이 수사해야 할 것은 윌슨이 죽기 전에 함께 있었던 남자로 조작한 목소리를 사용하지 않은, 콧수염도 붙이지 않은 남자라는 말입니까? 도대체!"

"비웃지 마라, 잭. 적어도 우리들은 키가 작은 남자라는 걸 알고 있잖니. 살인을 위해서 다리를 잘랐을 리는 없잖아. 게다가…."

그는 만족한 듯이 파이프를 빨고 말을 이었다.

"옥스퍼드 서커스의 선술집에서 윌슨과 얘기하던 사람은 키 작은 남자가 아니었던가?"

"그렇습니다. 하지만 놈은 레인코트도 입지 않았고 윌슨과 함께 가게를 나서지도 않았다구요."

"더 머리를 굴려라, 잭! 우리들의 상대는 분명히 머리가 좋은 녀석이다. 선술집은 혼란스럽기 때문에 주의를 기울여서 누군가를 지켜볼 수 있는 곳은 아니야. 놈은 바텐더가 볼 수 없는 곳에 레인코트를 놓아두었다가 그가 보지 않는 동안에 그것을 꺼내 입고 재빨리 그 가게를 나온 거지. 피해자가 택시를 잡아타기 전에 그를 따라잡을 시간은 충분하지 않았을까? 택시를 금방 잡기란 쉬운 노릇이 아니지."

잠시 동안 페이튼 형사는 눈썹을 찌푸린 채 생각하다가 이윽고 눈을 반짝였다.

"저도 그것이 대체적인 진상이라고 생각합니다. 아버지의 뇌세포는 아직 건강하군요. 내일 아침 일찍 제가 선술집으로 가서 더 조사해 보죠. 그런데 잘못 생각한 점이 또 있다구요. 아직 말씀하시지 않았잖아요."

"아아, 그렇지. 너는 범인이 트라팔가 광장에서 내린 것은 놈이 일을 끝낸 직후라고 생각했지. 그것이 이상하단 말이다."

"어째서? 이번에는 뭐가 그 명석한 두뇌에 떠오른 거죠?"

"모르겠어."

전직 형사는 시원스럽게 말을 이었다.

"시간을 줘라. 그것과 별도로 맥주를 한 잔. 재촉하지 마라. 확실한 틀을 짜 맞춰야 하니까."

그는 천천히 맥주를 한 모금에 다 마시고 5분 동안 조용히 눈을 감고 난 후 다시 무겁게 입을 열었다.

"그렇지."

나직이 말을 이었다.

"그랬던가."

"가르쳐 주십쇼, 경험이 풍부한 전직 형사님."

아들이 빙긋이 웃으면서 재촉했다.

"이 생각이 잘못된 거야. 일을 끝내는 데 시간은 그다지 걸리지 않아. 평소라면 페르멜 가에 직접 가는 도중 어딘가에서 내려달라고 했겠지. 하지만 놈은 일부러 트라팔가 광장의 모퉁이, 택시가 돌아가지 않으면 안 되는 모퉁이로 가고 싶어했단 말이야. 왜 그랬을까? 게다가 놈은 모퉁이를 잘못 알고 있었어. 과연! 그것은 정말 잘못 알고 있었던 것일까?"

"잘못 얘기했다? 누구나가 북이나 남, 런던을 정확하게 기억하고 있는 것은 아니지 않습니까?"

"그래도 역시 놈은 자신이 가고 싶은 모퉁이를 처음부터 정확히 정해 두었을 거야. 헤이마켓이 끝나는 곳에서 걸으면 1분도 안 되는 모퉁이. 분명한 것은 그를 여기서 내려 주면 택시는 바로 그대로 페르멜 가로 가게 되지. 하지만 동남쪽 모퉁이라면 광장의 두 모퉁이를 돌아 놈이 내리고 세 번째를 돌고 나서 광장으로 처음 들어간 지점으로 돌아온다. 트라팔가 광장은 일방통행이기 때문이지. 마치, 아니 실제로 놈은 광장을 우회하고 싶었지만 시체가 만약 발견되면…. 그렇다!"

전직 형사는 거구를 의자 안에서 움직여 등을 세웠다.

"정말 천재적인데!"

"뭐요? 뭐가 말입니까?"

아들은 흥분해서 몸을 일으켰다.

"진상을 알아냈나요?"

"그 녀석은 스코틀랜드 경찰청 수사원 전원을 상대로 한바탕 속임수를 쓴 거야."

굵고 잘 울리는 목소리로 전직 형사는 승리를 선언했다.

"범인은 대단히 대담한 녀석이야. 남자를 대낮에 거리를 달리는 택시 안에서 성공적으로 살인했어. 내 추리가 맞는다면 놈의 다음 행동은 대담무쌍 그 자체지. 놈의 계획은 우리들이 자신을 주목하고, 사건에 관련 있는 실제 인물로서 조사할 것을 염두에 둔 거야. 놈은 〈배후에서〉 자신이 의심받을 경우를 상정해서 무서울 정도로 깊이 생각했지."

"어떻게요?"

"실제 관계자 중에서 가장 혐의가 적은 사람이 누구지?"

잭 페이튼은 약간 생각하더니 자기 자신이라고 웃으며 말했다.

"저 자신인데요. 그런 의미입니까?"

"그래 좋아. 계속해 봐!"

"그럼 택시 운전사, 의사, 로빈슨 경찰관, 시체를 발견한 남자, 게다가….”

"로빈슨 경관이 시체를 발견했나?"

"아뇨, 달라요. 잠깐 기다리세요. 이름이 뭐였던가? 하롤드 벤트. 차에 치인 인물이 발견했다던데요."

"그래, 그 녀석이다!"

아버지는 쿡쿡 웃으며 말을 이었다.

"누가, 그 남자에게 의혹의 눈길을 보내겠나? 많은 목격자 앞에서 시체를 발견하고 게다가 자기 자신도 위험하게 사고로 죽을 뻔한 사람을."

"음, 저로서는 무슨 말인지 도저히?"

"좋아!"

전직 형사는 짧게 말하고 갑자기 자신만만한 듯 낄낄대며 웃었다.

"놈이 바로 선술집에 있던 키 작은 남자야. 술을 약간 마시고 가게를 나와 레인코트를 입고 택시를 탄 다음, 운전사로부터 얼굴을 숨겼지. 범행을 실행한다. 그리고 나서 콧수염을 붙이고 목소리를 변조하여 택시가 트라팔가 광장의 세 번째 모퉁이를 돌도록 일을 꾸민 다음 택시를 내린다. 택시에서 나와 레인코트와 장갑을 벗고 콧수염을 떼고 레인코트 주머니에서 모자를 꺼내 쓴다. 그리고 빠른 걸음으로 걸으면 자신이 내렸던 택시와 네 번째 모퉁이에서 만나기에는 충분한 시간이 있다. 택시가 세 번째 모퉁이를 돌 때면 50미터쯤 되는 그 거리는 간단히 걸을 수 있으니까 말이야. 아마 택시는 신호에 한 번이나 두 번은 걸렸을 테니까 시간은 충분했겠지. 놈은 기다렸다. 택시가 달려온다. 차도를 건너기 시작한다. 기억하겠지? 운전사가 말한 것을. 클랙슨을 울려도 서지 않고 앞으로 뛰어드는 것 같았다고. 놈은 다리를 다칠 위험 따위에는 신경도 쓰지 않았어. 이 모두는 무죄를 증명하는 증거이기 때문이지. 결국 우리들 앞에 나타난 증인이 동시에 범인이라는 얘기지."

전직 형사는 기침을 하고 맥주를 다 마신 후에 엄숙하게 말했다.

"늙은 너구리에게 이 추리를 들려주면 아마 그는 〈우리들의 호프 젊은 형사의 멋진 추리야〉 하고 말을 할 거야. 백점만점이다. 네 주가가 조금 더 오를 거다."

다음날 아침, 잭 페이튼은 아버지에게 전화를 걸었다.
"아버님, 여전히 훌륭하군요. 전부 말씀하신 그대로입니다."
그는 말을 이었다.
"하롤드 벤트의 부인은 1944년 윌슨이 있던 북쪽 시골마을에서 살았습니다. 놈은 벤트가 미얀마에서 포로로 잡혀 있는 동안 부인을 욕보였답니다. 그 후 부인은 자책감을 이기지 못하고 남편에게 편지를 남기고 자살했습니다. 벤트는 남자를 찾아내려고 긴 세월을 허비했고 결국 최근에야 겨우 찾았다고 합니다. 그리고 이번 살인계획을 실행한 거죠."
"그를 체포했는가, 형사?"
"아, 아뇨. 하지만 어느 의미에서는 그렇게 되지 않았다는 사실을 저는 다행으로 생각하고 있어요. 저어 아버님, 인과응보라는 게 있긴 있나봅니다. 벤트는 어제 차에 치었어요. 그것도 트라팔가 광장에서. 그래서 오늘 아침 죽었습니다…."

안소니 암스트롱(Anthony Armstrong, 1897~1976)
영국의 극작가. 은퇴한 경감과 현역 경무보인 페이튼 부자가 시리즈 캐릭터.

광란의 개 쇼

MURDER AT THE DOG SHOW — 미뇽 에버하트

확성기가 울리는 소리가 병원 복도에 퍼졌다.
"마—리—선생. 마—리 선생. 리차드 마아아리이 선생."
나는 리차드 마리 선생이라고 해석하고 수화기를 들었다. 진으로부터 온 전화였다.
"리차드, 나 지금 공원에서 저격당할 뻔했어요."
"뭐라고! 지금 당신, 누군가가 당신에게 총을 쐈다고 말한 거야?"
"말이 아니라 진짜예요. 공원에서. 하지만 노린 것은 스키퍼 같아요. 산보하러 데리고 갔어요. 오늘밤이 쇼의 최종심사로…."
"쏜 사람은 누구지?"
"모르겠어요. 수풀이 우거져서 보이지 않았어요. 거리까지 스키퍼를 질질 끌듯이 간신히 데리고 와서 택시를 탔어요. 분명 누군가가 스키퍼를 쇼에 못 나가게 하려고 음모를 꾸민 것 같아요."
"그럼, 경찰에…."
"경찰에 뭐라고 하면 좋죠?"
진의 의문은 더 이어졌다.
"네에, 리차드. 오늘밤 쇼에 와주지 않겠어요? 망을 봐줬으면 해요. 창구에 티켓을 맡겨 둘게요."
지금 우리 두 사람 사이는 약간 소원해졌는데 처음 발단이 바로 〈개

쇼〉였다. 내가 기르는 캐리 블루종인 부치가 대회의 상과는 인연이 먼 개라는, 진의 악의는 없지만 단호한 의견 때문이었다.

"괜찮다면 다른 사람에게 부탁해 보면 어떨까?"

애매하게 말을 흐렸다. 아무튼 그녀의 의견에 따르면 부치의 발은 스트리트 팬츠와 비슷했고, 털은 너무 까맣거나 지나치게 푸른색이 많았다. 결국 부츠는 개 쇼에는 어울리지 않는다는 말이었다. 그것에 비해 그녀가 훈련시키는 역시 캐리 블루종인 스키퍼는 틀림없이 최우수상을 탈 것이라고 자신만만했다.

하지만 나는 상한 자존심을 급히 다독거리고 쇼에 가기로 약속했다. 진은 전화를 끊었다. 나는 가능한 황급히 회진을 마치고 차를 타고 집으로 돌아갔다.

진은 고민을 쓸데없이 사서 하는 타입은 아니다. 하지만 진이 말한 스키퍼를 노린 총격이란 것도 뭔가 황당무계했다. 개의 인연으로 맺어진 우리 두 사람은 역시 개가 원인이 되어 소원해졌다. 진은 병원에 찾아온 환자였다. 자신이 훈련시키는 개 한 마리가 늙은 고양이와 싸우는 와중에 중재자가 흔히 그렇듯이 진이 부상을 당했던 것이다. 어쩌면 내가 치료를 지연시켰는지도 모르지만 아무튼 우리는 자주 만나게 되었다. 그녀는 어릴 적에 아버지를 잃었다. 남겨진 딸과 어머니에게는 재산도 거의 없었다. 진이 말하길, 그녀의 유일한 재능은 개나 고양이를 비롯한 모든 동물을 이해하고 사랑하는 것뿐이라고 했다. 어른이 되자 이 재능이 직업으로 바뀌어 어머니와 함께 교외에서 작은 개 사육장을 시작했다. 처음에는 장사가 썩 잘되는 편은 아니었지만 진이 개의 훈련, 나아가서 개 쇼에서의 조련사를 맡자 눈에 띄게 번창하게 되었다. 그녀에게는 훈련에 필요한 무한한 인내력이 있었다. 스키퍼는 그녀가 최초로 떠맡은 개로 그 자신과 진의 빛나는 경력을 쌓으며 대회에서 계속 우승해 나갔다.

오늘 밤, 만약 최우수상을 탄다면 진에게 대단한 명예를 가져다 줄 것이다. 〈헤어 도그 쇼〉는 규모나 돈에 있어서 연간 최대 쇼 중 하나였다.

스키퍼의 사육주는 미세스 플로리 캐리스터로 진과 같은 마을에 사는 부유한 부인이다. 그녀는 주식중개인인 이혼한 전 남편 레지나르드 캐리스터로부터 상당한 재산을 상속받았다. 그 밖에 단 한 가지, 스키퍼가 내 부치보다도 값비싼 개라고 진이 생각하고 있다는 사실을 제외하면, 내가 스키퍼에 대해 알고 있는 일은 전무했다. 그러니 누군가가 진이든 혹은 스키퍼를 저격한 이유는 상상조차 할 수 없었다. 개 쇼의 라이벌들이 지나치게 열을 올린 나머지 흥분해서 이성을 잃었다 해도 총격까지 하지는 않았을 것이다.

아파트로 돌아오자 나는 요리사 겸, 집사 겸, 전화당번인 스키에게 외출처를 알려 주었다. 사랑하는 부치를 위로하듯 쓰다듬으면서 쇼에 나가는 개보다 네가 훨씬 뛰어나다고 달래 준 후 밖으로 나왔다. 행선지는 개 쇼가 행해지는 〈아모리〉였다. 〈아모리〉 일대는 정말 광란의 소용돌이가 되어 있었다. 택시들이 속속들이 도착하고, 곳곳에서 카메라의 플래시가 터지고 보석과 모피로 장식한 부인과 그녀들을 에스코트하는 남성—혹은 완벽하게 치장한 개—이 로비에서 안으로 들어갔다. 내 입장권은 창구에 맡겨져 있었다. 〈아모리〉 안으로 들어가 보니 이 세계에 온통 개를 좋아하는 사람만이 사는 것처럼 매우 혼잡했다. 나는 프로그램 팸플릿을 샀다. 안내원이 가르쳐 준 2층으로 올라가 특별석에 가서 앉았다. 여기는 가장 안쪽의 특등석으로 손님은 많지 않았다. 맨 앞줄에는 두 명의 여성이 이야기꽃을 피우면서 무대를 침착하게 걸어다니는 몇 마리의 개를 바라보고 있었다. 역시 맨 앞줄이긴 하지만 반대측의 벽 바로 옆 좌석에는 한 남자가 난간에 몸을 기댄 채 열심히 보고 있었다. 맨 앞줄의 여자 하나가 뒤를 돌아보더니 나를 알아보고 옆 사람과 하던 얘기를 중단하고 나에게 말을 걸었다.

"마리 선생 아니세요? 전 미세스 캐리스터예요. 진으로부터 선생님의 티켓을 부탁받았죠."

그녀는 큰 키를 앞으로 구부려 불안정하게 앉아 있었다. 통로 측의 여자가 돌아보자 미세스 캐리스터가 소개했다.

"미스 랜스웰, 이쪽은 마리 선생. 진의 친구죠."

미세스 캐리스터는 다시 나를 보았다.

"내 스키퍼는 생후 6주일 때 미스 랜스웰의 개 사육장에서 샀지요."

미스 랜스웰은 트위드 셔츠에 가죽모자와 손장갑 차림의 세련되고 신중한 여자로 보였다. 이때 미세스 캐리스터가 시선을 돌렸다.

"어머 저기, 진이에요!"

나는 두 번째 줄에 앉아 진을 바라보았다. 볼 만한 가치는 있었다. 키가 크고 늘씬한 몸매에 아름다웠다. 짧게 커트한 검은 머리카락, 좀처럼 움직이지 않는 푸른 눈. 파란 스커트와 흰 상의에 빨간 스카프 차림으로 옆에 아름다운 청회색의 코리를 데리고 세련되고 정확한 행진을 하고 있었다. 하지만 진에게 간절하게 부탁받았다고 해도 무얼 어떻게 망봐야 하는지 짐작할 수가 없었다. 망볼 것이 많다면 많고 적다면 적다고도 할 수 있었다.

나는 무대에 등장하여 나름대로 연기를 펼치는 개들에게 시선을 옮기면서 이렇게 많은 사람들이 지켜보는 가운데서는 폭력행위 같은 건 일어나지 않으리라고 생각했다. 맨 앞줄의 두 여성은 계속 재잘댔다. 실제로 미세스 캐리스터는 한시라도 입을 다문 적이 없었다. 벽 쪽의 남자도 개를 바라보고 있었다. 두 번째 심사가 끝난 후 미스 랜스웰이 자리에서 떠났다가 오렌지 주스를 두 잔 가지고 돌아와 하나를 미세스 캐리스터에게 건넸다. 그리고 다음 심사가 시작되기 직전, 한 남자가 계단을 내려와 내 앞 좌석에 앉아 미세스 캐리스터의 어깨에 손을 얹었다.

"야아, 플로리."

남자는 다정하게 말했다. 미세스 캐리스터는 인사치레라도 미인이라고 할 수 없을 정도였지만 남자는 40대 중반의 미남으로 차림새도 멋졌다. 미세스 캐리스터가 그를 돌아보았다.

"어머, 레지나르드."

미스 랜스웰도 돌아보고 초면인 양 인사를 나누었고 다음으로 미세스 캐리스터가 나를 소개했다.

"이쪽은 마리 선생, 내 전 남편인 미스터 캐리스터예요."

우리들은 가벼운 인사를 나눴다. 미세스 캐리스터가 말했다.

"이제 훈련 실연이에요. 오늘 밤은 텔레비전 중계를 하니까 정해진 시간대로 진행될 거예요."

그녀는 화제를 무대 쪽으로 돌려 다시금 활발하게 이야기를 계속했다. 미스 랜스웰은 거의 듣는 편이었다. 미스터 캐리스터는 무릎 위에 코트를 가지런히 접었다. 한편, 나는 희미한 불안감을 느꼈다. 훈련 실연, 프로그램대로 정확히 표현하면 사냥개 실기인 셈인데 결국 총을 사용한다는 말이 아닌가? 그러나 훈련 실연에 진은 출연하지 않을 것이다. 사건 따위가 일어날 리 없다.

옥수수를 쌓아 놓은 산과 관목이 무대로 운반되었다. 진행요원들은 이 옥수수 산이나 관목을 판 위에 얹어 운반해 와서는 녹색 천으로 덮인 무대에 일정한 간격을 두고 배치했다. 영국산 사냥개의 일종인 세터 한 마리가 사냥용 빨간 셔츠를 입은 남자에게 이끌려 등장했고, 이윽고 총성이 울리자 소위 〈훈련 실연〉이 시작되었다. 이번 총성은 분명 공포였다.

나는 뒤에 기대어 어느새 사냥개의 빨간 털과 훌륭한 재주에 흠뻑 빠져들었다. 미세스 캐리스터조차 얘기를 그만두었다. 내 앞자리의 미스터 캐리스터가 설령 움직였다고 해도 나는 알아채지 못했을 것이다. 사냥개의 멋진 연기가 끝났어도 특별석에서 입을 여는 사람은 없었다.

벽 옆자리 남자가 일어선 후 통로와의 사이에 의젓하게 자리잡은 미세스 캐리스터를 피해, 재주 있게 좌석의 열을 헤치고 특별석을 빠져나갔다. 불현듯 내가 이 사람을 어디선가 본 적이 있는 듯한 느낌이 들었다. 하지만 어딘가 인상이 부자연스럽고 내 기억과 다른 점도 있었다. 옷 때문일까? 하지만 극히 평범한 검은 코트에 모자를 썼을 뿐이다. 그가 모습을 감춤과 동시에 무대 위에 진행요원들이 다시 나타나 무대를 정리하기 시작했다. 나는 아마 병원에서 본 얼굴일 것이라는 결론을 내렸다.

쇼는 훌륭하게 진행되었다. 갑자기 긴장된 분위기가 무대에 떠돌기 시작했다. 미세스 캐리스터는 얼마나 열중했는지 보아 주기 힘들 정도로 자세를 무너뜨렸다. 한편 미스 랜스웰은 조금씩 기지개를 펴는 듯했다. 미스터 캐리스터가 어깨 너머로 말했다.

"드디어 최우수상의 심사입니다."

나의 맥박이 빨라졌다. 앞으로 몸을 내밀고 바라보았다. 차례차례 무대에 입장한 개들은 어느 개나 실로 위풍당당하게 걸었다. 이윽고 진이 스키퍼를 데리고 등장했다. 스키퍼의 믿을 수 없을 정도로 우아한 걸음걸이를 보면서 역시 아름다운 개라고 인정하지 않을 수 없었다. 네모진 콧등은 진의 명령을 빠뜨리지 않으려는 듯 위를 향했다. 다시 미스터 캐리스터가 약간 내 쪽으로 얼굴을 돌렸다.

"진의 솜씨가 놀랍군요. 캐리블루는 결코 훈련하기 쉬운 개가 아닙니다. 엄한 체벌을 가한다면 얘기는 달라지지만."

"그렇지 않아요. 내가 기르는 캐리블루는 어떤 말이나 다 이해합니다."

미스터 캐리스터는 너그러운 미소를 입가에 담았다.

"저 스키퍼의 서 있는 자세를 보세요! 정말 다른 개들은 따라오기 힘든 훌륭한 맵시 아닙니까?"

과연 그 문제의 캐리블루는 다른 개들에 비해 단연 돋보였지만 약간 긴장하고 있는 듯했다. 당당한 체구의 드벨만은 뭔가를 생각하는 것처럼 옆의 체사핑크 체트리바를 물끄러미 바라보고 있었다. 진은 상반신을 구부려 아마추어는 알아챌 수 없을 정도로 은밀하게 캐리블루의 수염을 매만지며 스키퍼의 긴장을 풀어 주려 했다. 이윽고 개들이 무대의 주위를 천천히 행진하면서 심사가 시작되었다. 그때 호기심에 찬 웅성거림이 장내에 퍼져 가는 것을 깨달았다.

 나중에 들은 얘기로는 어느 개 쇼에 가도 이런 일은 일어나지 않는다고 한다. 조련사가 없는 캐리블루 한 마리가 어떤 이유에서인지 의기양양하게 행진에 참여한 것이다. 스키퍼보다 약간 털색이 짙고 단정 지어서 말하긴 어렵지만 털도 약간 흐트러진 듯했다. 하지만 놀랍도록 생기발랄했다. 나는 갑자기 당황하여 일어섰다. 저것은 내 개가 아닌가. 부치다!

 정말 알 수 없는 일이다. 자기도 쇼에 나가 스키퍼와 우열을 가리고 싶었던 것일까? 다음 순간, 부치는 진을 발견하고 기뻐서 날뛰기 시작했다. 당연히 스키퍼는 화가 나서 부치에게 달려들려고 했지만 날뛰는 행동은 진에 의해 교묘하게 억제되었다. 부치는 관대한 성격이다. 다만 불쾌감을 느낀다면 얘기가 달라진다. 한 순간, 팽팽한 공기가 무대 위에 흘렀다. 드벨만의 조련사를 재빨리 쳐다보았다. 그는 드벨만에게 이리저리 끌려 다니면서 애써 개 줄을 놓치지 않으려 했다. 〈아모리〉 전체가 흥분의 도가니처럼 시끄러워졌다. 개들의 폭동이 벌어진 것이다. 무대 위의 조련사들도 심사원도 이리저리 달리고 외쳐댔다. 호루라기를 불면서 정면 입구에서 몇 명의 경찰관이 시위진압이라도 할 것처럼 살기등등하게 달려왔다. 미스 랜스웰은 자리에서 일어나 계단으로 급히 달려갔고 나도 지지 않고 그녀의 뒤를 따랐다. 미스 랜스웰은 길을 잘 알고 있는 것처럼 개싸움으로 인해 험악한 외침이 울려 퍼지는 통로를 약삭빠르게 빠져 나가, 무대로 통하는 좁고 길쭉한 쇼 플로어로 향했다. 하지만 나도 필사적으로 뒤쫓아갔다. 무서웠던 것이다. 아무리 부치가 영리한 개라도 혼자 택시를 타고 〈아모리〉에 도착하기란 불가능한 일이다. 우선 그 등장의 타이밍은 우연이 아니다. 쇼 플로어에 도착하자 미스 랜스웰이 무대로 올라섰다.

 한편, 내 앞에서는 분별력을 잃은 진행요원이 퀸 하운드의 등에 빗자루를 마구 휘둘러댔다. 나도 발끝을 물고늘어지는 작은 퍼그를 떼어 냈다. 대신에 멋진 모자를 쓴 우리 집 집사인 스키가 나를 붙잡았다. 그는 지팡이를 잡고 눈이 흥분으로 번들거렸다.

"말한 대로 했을 뿐입니다. 누군가가 전화를 걸어서 선생님이 이 시간 이 쇼 플로어에 부치를 데리고 오라고 말씀하셨다고 했어요. 그리고 목걸이를 풀어 놓으라고…. 아아…."

이렇게 말하면서 스키도 난투극의 한가운데로 뛰어들었다. 동양인다운 침착함도 저 멀리 사라진 것 같았다. 결국 모자도 날아가 버리고 주위에서 움직이는 것에 대해 상대를 불문하고 지팡이를 휘둘렀다. 한 심사원이 정신없이 여기에 반격했는데 그것이 한 조련사를 때렸다. 그 조련사도 지지 않고 무턱대고 뭔가를 휘둘렀는데 이번에는 그것이 경찰관의 턱을 때렸다. 이 잇따른 연쇄반응이 어디까지 계속될지 모를 상황이었다. 이것을 중단시키려고 한 경찰관이 내 목덜미를 잡은 순간 난 비명을 지르며 손을 떨쳐 냈다. 그리고 커다란 개들을 피해 이쪽저쪽으로 도망쳐 다녔다.

하지만 이상하게도 갑자기 사람도 개도 진정하기 시작했다. 즉시 질서를 회복했다고는 말할 수 없지만 심사원도 조련사도 단호한 의지를 지닌 사람들임에는 틀림없었다. 개들은 점차 난투극에서 떨어져 나갔다. 의사 한 명과 적십자 제복을 입은 아가씨 몇 명이 무대 구석에 응급치료대를 준비했다. 환자 제1호는 내 목덜미를 잡은 바로 그 경찰관으로 그는 바짓단을 많이 올릴 수 없었음에도 불구하고 바지 벗는 것을 완강히 거부했다.

아직 약간의 소동이 남아 있을 무렵 내가 부치에게 다가갔을 때는, 스키와 진, 미스 랜스웰, 여기에 덧붙여 많은 사람들이 도와주어 겨우 부치와 스키퍼를 떼어 놓는 데 성공한 후였다. 놀랍게도 두 마리의 개는 이제 물끄러미 상대를 바라보았다. 설마 서로의 건투를 비는 윙크를 나눴다고는 할 수 없지만 너무나도 만족스런 표정이었다. 진의 볼은 핑크빛으로 물들었지만 안심시키려는 듯 손을 내저었다.

"그 개를 데려가."

누군가의 외침소리에 스키와 나는 순순히 이에 따르려 했지만 그리 간단하지는 않았다. 부치가 그 곳에 남아 있고 싶어했기 때문이다. 그러나 겨우 쇼 플로어까지 데려가 목걸이를 묶은 다음 스키에게 집으로 데려가라고 말했다. 부치는 매우 원망스런 눈길로 나를 쳐다보았음에도 불구하고 스키의 뒤를 따라 사라져 갔다. 그때는 이미—맙소사—무대 위의 모든 개가 제자리로 돌아가 멋진 포즈를 취하고 있었다.

동요를 숨기지 않는 어조로 심사를 다시 시작하는 안내방송이 스피커에서 흘러나왔을 때 나는 자리로 돌아왔다. 자리에 앉아 거친 숨을 조절하면서 주위를 둘러보았다. 특별석 안은 거의 변하지 않았다. 역시 숨을 헐떡거리고 있는 미스 랜스웰은 맨 뒷줄의 좌석 팔걸이에 걸터앉아 있었다. 미스터 캐리스터는 일어선 채 무대를 둘러보고 있었다. 미세스 캐리스터는 여전히 맨 앞줄에서 점점 앞쪽으로 몸을 깊숙이 기울이고 있었다. 벽 쪽에 있던 사나이는 아직 돌아오지 않았다. 아직 장내는 여흥을 즐기려는 듯한 웅성거림이 남아 있었지만 다시 심사가 시작된다는 방송 탓에 이내 조용해졌다. 진이 내 쪽으로 얼굴을 들었기 때문에 나도 손을 흔들며 격려했지만 이윽고 그녀의 시선은 아래로 내려갔다.

나의 시선 역시 그녀의 시선에 맞춰 이동했다. 이제 진은 눈을 크게 뜬 채 창백한 얼굴로 미동조차 하지 않았다. 나는 미세스 캐리스터 옆으로 가, 처음으로 진이 무대 위에서 본 장면을 자신의 눈으로 볼 수 있었다. 미세스 캐리스터는 여전히 앞으로 몸을 기울이고 있었는데 그 자세가 너무 깊숙해서 부자연스러웠다.

그녀는 죽은 것이다.

어느샌가 미스터 캐리스터와 미스 랜스웰도 옆으로 다가왔다. 우리 세 명의 눈은 미세스 캐리스터의 셔츠 아래 흰 블라우스를 빨갛게 물들이고 있는 얼룩에 주목했다. 이미 손쓸 수 없는 지경이라는 사실을 나는 즉각 알 수 있었다. 곧바로 미스터 캐리스터에게 경찰을 부르라고 했다. 이때 나는 다시 집단공황이 일어날 것을 우려했다. 미스 랜스웰에게 조용히 하라고 말했을 때 그녀가 숨을 내쉬면서 입을 꼭 다물던 모습을 지금도 기억하고 있다. 나는 심사가 진행되는 것을 멍하니 바라보았다. 진을 바라보니 그녀는 핏기는 없지만 단정한 얼굴로 스키퍼에게 무대를 걷도록 하고 있었다. 이윽고 경찰들이 도착해 특별석 주위에 푸른 장막을 둘렀다.

그중 한 명이 부인은 찔려 죽은 것 같다고 말했다. 경찰은 흉기인 칼을 수색했지만 어디에서도 찾을 수가 없었다. 갑자기 장내에 박수가 터져 나오고 플래시가 터졌으며 진이 트로피를 받고 있었다. 결국 스키퍼가 최우수상을 받았고 그 주인인 미세스 캐리스터는 살해된 것이다. 그때 나는 누가 살인을 저질렀는지 추측할 수 있었다.

그러나 그것을 증명할 방법이 없었다.

그리고 잠시 동안 상황은 거의 변함이 없었지만 진과 나는 스키퍼를 데리고 돌아가도 좋다는 말을 듣고 이미 텅 비어 버린 〈아모리〉에서 더없이 커다란 하품을 해대는 개와 함께 택시로 내 아파트에 돌아왔다. 진은 이것으로 모두 끝났다고 생각한 모양이었다. 그러나 수사는 겨우 시작단계였다. 경찰은 단서를 잡으려고 여러 군데에 안테나를 드리우고 있었다.

현재 칼은 발견되지 않았다. 진과 미스 랜스웰을 데리고 잠시 동안 자리를 비운 여자 경찰관과 나와 미스터 캐리스터를 조사한 형사반장의 견해에 따르면 우리들은 아무도 칼을 휴대하지 않은 것 같다. 칼을 찌른 각도에 대해서도 그들끼리 소근거리는 말에 의하면 특별석에 있던 손님이라면 누구나 미세스 캐리스터를 살해할 수 있었다는 것이다.

그런 와중에서 몇 가지 사실이 중요하게 떠올랐다. 예의 그 벽 쪽에 있던 손님의 정체는 아무도 알지 못했다. 혹은 안다고 해도 확인할 자가 없었다. 나는 얼굴은 어디선가 본 듯하지만 옷차림은 생소했다고 진술했지만, 오히려 이 어정쩡한 진술 때문에 경찰로부터 의심의 눈길을 받을 수밖에 없는 처지가 되었다.

미스터 캐리스터는 전처와는 원만한 관계를 유지하고 있었기 때문에 죽일 이유가 없다고 주장했지만 상당히 많은 액수의 부양료를 지불하고 있다는 사실은 솔직히 인정했다. 또한 그만이 유일하게 자리에서 한 번도 떠난 적이 없다는 것을 역시 솔직히 인정했다.

진은 자신이 공원에서 총격을 당했다는 말을 했다. 미스 랜스웰과 미스터 캐리스터가 총을 소지하고 있으며 두 사람 다 진이 스키퍼를 공원으로 데리고 갔을 때의 알리바이가 없다는 점이 밝혀졌지만 두 사람 다 진이나 스키퍼를 저격할 동기가 전혀 없었다.

나는 부치가 야기한 무대 위의 소동과 그 원인이 수수께끼의 전화 때문이라는 사실을 알고 있었다. 하지만 담당형사는 나를 오랫동안 쳐다보고 나서 겨우 질 나쁜 농담은 어떻다든가 정말 젊었더라면 좋았을 텐데 등등 그런 말밖에 꺼내지 않았다. 나로서는 무엇 하나 증명할 수 없었기 때문에 직업적 긍지를 가진 의사가 개싸움을 부추길 정도로 한가한 것은 아니라고 말하고 싶은 욕구를 꾹 참았다. 바로 후에 진과 나는 돌아가도 좋다는 어쩐지 무뚝뚝하게 들리는 말을 들었던 것이다.

스키는 이미 라디오에서 뉴스를 듣고 우리들이 오기를 기다려 진에게는 뜨거운 우유와 샌드위치, 그리고 고맙게도 나에게는 하이볼을 갖다 주었다. 두 마리의 개는 다시 얼굴을 마주친 순간 서로 긴장했는데 이번에는 무슨 이유인지 서로 신용할 수 있는 친구라고 판단한 것 같았다. 그 문제의 전화내용에 관해서 스키로부터 상세한 보고를 받았지만 그다지 참고가 되지 않았다. 전화를 건 사람이 여자인지, 여자 목소리를 흉내 낸 남자인지 그것도 확실치 않았다.

"하지만 명령은 명령이니까요, 선생님."

그는 말을 이었다.

"그러니까 뒷문으로 들어가 전화에서 지시받은 대로 정각 11시에 그

쇼 플로어로 부치를 데려가 거기서… 결국 끈을 풀었습니다. 아무도 저지하지 않았고요. 하지만 그 많은 개를 보자마자 부치는…."

스키는 마치 숙명론자처럼 어깨를 으쓱거렸다.

쇼 프로그램 팸플릿만 있으면 최종심사가 11시에 시작된다는 것쯤은 누구나 알 수 있다. 그렇다면 용의자는 수천 명으로 넓어진다. 나는 낙담했지만 진의 눈은 뭔가 기적이라도 기대하듯 밝게 빛났다. 스키에게 내 리볼버를 갖고 오도록 했다. 이것은 꽤 인상적인 행동이었던 모양으로 진이 눈을 크게 떴다. 하지만 스키는 화가 날 정도로 침착한 태도로 아무런 쓸모가 없을 것이라고 말하며 주머니에서 권총을 꺼냈다.

"탄알을 채우게."

나는 실추한 명예를 회복하려는 듯 말했다.

"이미 장전이 끝난 상태입니다, 선생님."

스키는 내 옆의 책상에 리볼버를 내려놓았다. 그래도 진의 눈빛은 아직 어떤 설명을 요구하고 있는 것 같아 몇 가지 질문을 하기로 했다.

"진, 미세스 캐리스터는 전남편 얘기를 한 적이 있소?"

"어머, 물론이죠. 뭐든 얘기하는 사람이니까. 나는 한쪽 귀로 듣고 한쪽 귀로 흘려 버려요. 미스 랜스웰과도. 항상 둘이서 스키퍼의 상태를 보러 저를 찾아왔어요. 미세스 캐리스터는 스키퍼를 우승시키는 데에 열중했어요. 만약 우승한다면 자신이 개사육장을 시작할 생각이었어요."

"미세스 캐리스터가? 미스터 캐리스터나 미스 랜스웰은 그것을 알고 있었나?"

"글쎄, 전 남편은 어땠는지 모르겠어요. 하지만 미스 랜스웰에게는 자주 말하곤 했어요. 스키퍼가 큰 챔피언 타이틀을 얻으면 굉장히 가치 있는 개가 될 거라고. 사실 그 개는 가치가 있어요. 종자견으로 교배료만 해도 상당하죠."

"그럼 미스 랜스웰은 라이벌인가? 적어도 경쟁 상대가 되는 거군."

"어머, 미스 랜스웰은 상관없어요. 그녀의 개사육장을 미세스 캐리스터가 이어받는다고 말했어요. 그녀는 일을 그만둘 작정이었던 것 같아요. 미세스 캐리스터에게 팔 생각이었어요."

나는 한숨을 쉬었다.

"당신, 그들에게 뭔가를 말하지 않았소. 즉 나에 대한 말 같은 것을, 아니면 부치에 대해서?"

"네에, 그래요. 그 사람들은 뭐든 물어 보는 사람들이지요. 그러니까 부치 얘기를 했어요. 쇼에 나갈 만한 개는 아니지만 귀엽다고."

부치는 자기 이름을 듣고 만족했다는 듯이 진의 무릎 위에 자신의 큰 머리를 얹었다. 부치는 여러 자질을 가진 개지만 귀엽지는 않았다.

이때 전화가 울려 나는 수화기를 들었다.

"선생님."

프랑스 사투리가 많이 섞인 목소리였다.

"앙리입니다."

"앙리라고?"

그 말을 듣는 순간 아까 특별석의 사나이 얼굴이 번쩍 떠올랐다.

"앙리! 맞아. 자네, 아까 특별석에 있었지!"

영어와 프랑스어가 섞인 목소리가 내 귀에 들렸다.

"제 심장이 별로 좋지 않아서요. 의사가 흥분하지 말라고 했습니다. 빨리 사라질 수밖에 없던 이유는…."

"어째서 사라졌지. 아니 결국 돌아왔지만."

앙리는 상당히 자세히 설명했다.

"고마워."

내가 마지막으로 말을 이었다.

"아니, 경찰은 이해해 줄 걸세. 전화번호를 가르쳐 주지 않겠나?"

번호를 듣고 나는 전화를 끊었다. 진의 눈동자에 의문이 소용돌이쳤다.

"앙리라면 웨이터잖아요."

진은 그렇게 말하고 번화가에 있는 레스토랑 이름을 들먹였다.

"미세스 캐리스터로부터 오늘 밤 쇼의 티켓을 받았대. 그는 훈련 실연 후 돌아갔지."

나는 전화번호 수첩을 꺼내들고 침실로 갔다. 얘기를 진행할 수 있을 만한 증거를 입수했기 때문에 이전에 내 환자였던 경찰 간부에게 전화를 걸기 위해 다이얼을 돌렸다. 그때 거실에서 대혼란이 발생했다.

나는 손을 더듬어 총을 찾았지만 거실 책상 위에 총을 놓아두었다는 것을 기억해 내고 개 짖는 소리에 귀가 멍멍할 정도로 시끄러운 거실로 뛰어갔다. 미스터 캐리스터가 내 서재로 모습을 감추었고 스키와 진이 둘이서 미스터 캐리스터를 향해 쉬지 않고 짖어대는 부치를 잡았고, 미스 랜스웰은 스키퍼의 끈을 요령 있게 끌어당기고 있었다. 두 마리의 개는 특별히 심각한 상태는 아니었기 때문에 모두가 서재로 모였다. 다만 미스터 캐리스터는 불만이 가시지 않는 모양으로 내 책상 위에 웅크리고 앉아 있었다.

미스 랜스웰이 입을 열었다.

"당신이 걱정돼서요, 진. 호텔에 없었기 때문에 여기에 있지 않을까 생각했어요."

그녀는 스키퍼의 끈을 단단히 잡고 놓아 주지 않았다. 미스터 캐리스터는 약간 차가운 눈으로 부치를 노려보며 말했다.

"거두절미하고 단도직입적으로 이야기하죠. 선생, 오 늘밤 선생은 그 특별석에 있었소. 그 살인사건에 대해서 의견이 있다면 꼭 들려주시오."

"물론 좋습니다."

나는 말을 이었다.

"지금 바로 경찰에 전화해서 범인을 체포하라고 하죠."

미스터 캐리스터는 눈을 동그랗게 떴고, 진은 흠모의 눈길을 보냈다.

나는 수화기를 들어 다이얼을 돌렸다.
"여보세요…."
내 환자였던 경찰 간부가 졸린 듯한 소리로 대답했다.
"의사 마리입니다. 미세스 캐리스터 살인범을 체포해 주었으면 싶어서. 우리 집에 경찰관을 보내 주시겠습니까. 네, 증거는 있습니다."
내 등 뒤에서 뭔가가 움직였다. 갑자기 개들이 맹렬히 짖어대자 나는 총을 잡았다. 전화기를 통해 큰소리가 들려왔다.
"또 개싸움이야, 뭐야?"
"빨리요!"
화난 듯이 나는 전화를 끊었는데, 얼떨결에 총까지 떨어뜨리고 말았다. 달아나려던 미스 랜스웰을 코트걸이 벽장으로 몰아붙인 것은 두 마리 개로 우리 모두 그것을 거들었다. 그리고 마지막으로 스키가 재빠른 손놀림으로 벽장에 자물쇠를 걸었다. 미스터 캐리스터는 부치를 보고 책상 위로 몸을 피하면서 물어 왔다.
"결국 저 여자가 플로리를 죽였다는 것인가? 하지만 어째서?"
"오늘 밤 당신이 그 특별석에 온다는 것을 미스 랜스웰이 알고 있었기 때문입니다. 당신에게는 전처를 살해할 훌륭한 동기가 있다는 것도 그녀는 알고 있었고."
"뭐라고요?"
"그건 소위 양동작전이라는 거죠."
나는 계속해서 설명을 했다.
"당신 부인은 상당히 말이 많은 여성이었죠."
캐리스터는 어두운 표정으로 고개를 끄덕였다.
"미스 랜스웰은 그녀에게서 당신이 오늘 쇼에 온다는 얘길 들었겠죠. 나와 나의 개 얘기도 때마침 들었겠죠. 진을 쏘았던 것은, 그 목적은 진이나 스키퍼를 노린 것이 아니라 다만 진이 나를 오늘 밤 그 곳으로 불러내도록 하기 위한 작전이었죠. 그리고 쇼 도중에 오렌지 주스를 사러 간다는 이유로 자리를 떠나 스키에게 전화해서 내 개를 〈아모리〉로 데려오라고…."

"그러나 이 개가 그 소동을 일으키기 시작했잖소!"

"사실 그것이야말로 미스 랜스웰이 노렸던 거죠. 부치가 뛰어들어…. 따라서 미스 랜스웰은 그때 특별석에서 멀리 떨어져 있을 속셈이었죠. 혼란이 일어나고 관객의 주의가 흩어졌을 때 살인이 행해졌다고 경찰은 생각할 겁니다. 당신은 그녀의 기대대로 자리에 남아 있었기 때문에 안성맞춤의 용의자가 되는 겁니다. 그러나 부인이 살해된 것은 실은 한창 훈련 실연이 진행되고 있을 때입니다. 그러니까 경찰은 칼을 발견할 수 없었던 겁니다. 흉기는 바로 앞에 있던 옥수수 산에 던져졌고 무대를 정리하던 직원이 자연스럽게 치워 둔 셈이죠."

"하지만 어떻게 그 사실을 알았죠?"

"앙리라는 사람이 그 특별석에 왔었습니다. 그는 훈련 실연 직후 돌아갔습니다. 미세스 캐리스터의 자리를 넘어 통로를 나가 바로 그 사람입니다. 아시겠지만 우리가 앉았던 특별석이 가장 안쪽에 위치해 있었습니다. 다른 사람들은 칼이 떨어져도 제대로 볼 수가 없죠. 방금 앙리가 전화를 걸어 자기가 일어서서 나갈 때 옥수수 산에 칼이 떨어져 있는 것을 보았다고 했습니다. 물론 그때만 해도 그것이 살인도구라고는 생각할 수 없었죠."

"그러나 도대체 왜 아내를 죽인거죠?"

미스터 캐리스터의 말이다. 그 이유는 단 하나밖에 없었다.

"아마 미세스 캐리스터는 미스 랜스웰의 개사육장에 상당한 경영자금을 빌려 줬을 겁니다. 친구 사이에서 돈을 빌리고 받는 것이니만큼 미스 랜스웰도 개사육장이 정식으로 담보가 잡힌 것은 아니라고 생각했겠죠. 그런데 미세스 캐리스터는 미스 랜스웰의 개사육장, 즉 생계수단을 탈취하려고 한 겁니다. 그리고 미스 랜스웰이 그것을 알아챘구요. 겉으로는 친구인 척했지만 결국 미세스 캐리스터가 행동을 개시하려고 했죠. 그래서 미스 랜스웰이 선수를 친 겁니다."

진이 내 팔을 잡았다.

"하지만 리차드, 당신은 앙리로부터 전화가 걸려 오기 전에 이미 범인이 누군지 알았다고 했잖아요. 어떻게 알아낸 거죠?"

"아아."

나는 주저하지 않고 말을 이었다.

"그렇지. 훈련 실연 때였을 거야. 쉬지 않고 지껄이던 두 명의 여자가 얘기를 중단한 것은. 미세스 캐리스터가 얘기를 중단한 것은 이미 살해됐기 때문에 너무나 당연한 일이지. 미스 랜스웰은 미세스 캐리스터가 죽었다는 사실을 알고 있었기 때문에 말을 걸 필요가 없었지."

그날 밤 미스터 캐리스터는 다소의 미련을 보이면서도 기분 좋게 스키퍼를 진에게 선물했다. 그가 돌아간 후 진은 마침 생각났다는 듯이 두 마리의 개를 바라보았다.

"이 녀석들 서로 마음에 든 것 같은데."

마음이 맞는다는 건 좋은 일이다. 하지만 한 지붕 밑에 캐리블루가 두 마리나?

"부치는."

내가 이윽고 입을 열고 말을 이었다.

"쇼에 나갈 만한 개는 아니지만…."

"하지만 당신의 개예요."

진이 미소를 지었다.

"게다가 정말 귀여워요."

미뇽 에버하트(Mignon Eberhart, 1899~1996)

여류작가. 작품으로 『Call After Midnight』(1964).

경찰관은 거짓말을 하지 않는다
ALWAYS TRUST A COP — 옥타버스 로이 코헨

"지금 로스앤젤레스 공항이야."

전화 속의 목소리는 그렇게 말했지만 조니 노튼에게는 실감이 나지 않았다. 조니에게 그 목소리는 태평양 저쪽 6천 마일이나 떨어진, 남태평양의 연기를 내뿜는 섬에서 들려 오는 것 같았다. 예전에 이 목소리를 들었던 것은 6년 전, 한밤중의 방공호 속이었다. 그때 그 목소리는 이렇게 말했다.

"왜 뾰루퉁하지 조니? 왜 아무 말도 없지?"

조니는 가까스로 대답할 수 있었다.

"텍스 그레암인가?"

"그래 텍스네. 누구라고 생각했나?"

"아냐, 자넬 거라고 생각했지. 하지만 무슨 일로 지금…."

"그 지긋지긋한 섬에서 떠날 때, 언젠가는 만나자고 약속하지 않았나? 그런데 당신은 그 동안 잘 지내셨나?"

텍스는 원래 당신이란 말 따위는 쓰지 않는 친구다. 그는 해병대 시절의 거친 말투를 즐겨 썼다.

"잘 있어. 그쪽은 어떤가?"

"좋아, 일은 어때? 결혼은 했겠지?"

"아아, 벌써 반년이 되었네. 집은 할리우드에 있네."

"알고 있어. 전화번호부에서 이름을 찾았지. 자네가 건실한 시민이라는 뜻이지. 무슨 장사하나?"

"정직한 일이지."

"아아 그건 아무래도 상관없어. 나는 새벽 2시에 여길 떠나. 차는 있나?"

"그럼."

"바로 타고 오게. 부인도 데리고 와. 함께 저녁이라도 먹고 떠들어 보세. 여기까지 얼마나 걸리지."

"40분 정도 걸리겠지."

"아메리칸 항공 빌딩에서 기다리겠네. 정말 여기서 만나게 될 줄이야! 게다가 여기서는 일본군에게 붙잡힐 염려를 하지 않아도 되겠지."

조니 노튼은 전화를 끊었다. 나이는 28세, 체중은 80킬로 정도, 키가 큰 금발의 사나이다. 그는 벽에 기대 아내를 바라보았다. 아내인 메리도 금발로 역시 푸른 눈을 지녔다. 조니가 말을 건넸다.

"텍스 그레암."

"설마!"

"그래. 지금 공항에 있어. 우리들을 저녁 식사에 초대하고 싶대. 당신도 함께."

그녀는 남편에게 다가가 한쪽 손을 남편의 팔에 걸었다.

"저어, 두려워요."

"하지만 할 수 없어. 나는 경찰이니까."

분명히 그는 경찰이었다. 그녀에게 있어서 조니는 로스앤젤레스에서 가장 믿음직한 경찰이었다. 그가 깨끗이 다림질한 감색 셔츠에 금과 은으로 만든 커다란 배지를 단 제복을 입고 검은 샘 브라운 벨트를 맨 모습을 보면 이상한 얘기지만 그녀는 가슴이 설레곤 했다. 지금 그녀는 남편의 모습을 보면서 물었다.

"권총은?"

"에디 모간한테 갖다 줬어. 손잡이 부분을 교환해 달라고. 내일 아침 점호까지는 다 돼 있을 거야."

여기서 그는 아내가 뭔가 묻고 싶은 것이 있음을 알아차렸다.

"아무 일도 일어나지 않을 거야. 저쪽은 내가 경찰이란 걸 모르니까. 사복을 입으면 돼."

"하지만 그렇게 간단하지는 않아요. 그렇죠?"

"그 얘기는 나중에 하자구."

"꼭 가야만 하나요?"

"당연하지. 전부터 손을 써 두었던 일이야. 나는 그저 텍스를 FBI 친구들에게 가르쳐 주기만 하면 돼."

"하지만 사진이 있잖아요?"

"FBI라곤 하지만 지부에 있는 사람들은 아직 그 내막을 몰라. 게다가 사진을 찍을 때보다 훨씬 많이 변했을지도 모르고. 변장했다든가 아니면 자연스럽게 얼굴이 변했다든지. 하지만 내가 알아보지 못할 정도로 변하진 않았을 테지."

그녀는 조니가 걱정스러웠다. 이것은 꺼림칙한 임무다. 조니는 전쟁 중의 일은 별로 얘기하지 않는 편이지만 그래도 그가 얘기할 때마다 텍스 그레암이 빠진 경우는 한 번도 없었다. 그녀는 남편이 전화 다이얼을 돌리는 것을 지켜보았다.

"FBI입니까? 코너는 있습니까? … 그럼 힐튼은? 두 사람 중 누구든 연락이 안 될까요? 매우 중대한 용건입니다. 저는 할리우드 지구 분서의 노튼 경찰관입니다만…. FBI가 쫓고 있는 남자가 이 도시에 나타났습니다. 아니, 저는 외출해야 합니다. 저희 서장님께 전화하라고 전해 주십쇼. 자세한 것은 그쪽에 말해 둘 테니까."

그는 경찰서에 전화해 서장을 찾았다.

"서장님, 조니입니다. FBI에서 얘기한 텍스 그레암 건 기억하시죠?"

"자네가 해병대에서 함께 있었다는 녀석 말인가? 오클라호마에서 살인 강도를 하고 도망다니는 녀석이지?"

"네에. 그 친구가 지금 여기에 와 있습니다. 2시까지 말입니다. 코너와 힐튼이라는 FBI 친구들에게 지금 전화를 했습니다만 두 사람 다 자리에 없습니다. 저쪽은 대규모 수사망을 펼치고 이 기회를 기다려 왔습니다. 두 사람에게 연락이 되면 바로 서장님께 전화하라고 해 두었습니다."

"그래 전할 말은 뭔가?"

"조금 있다 국제공항에서 텍스와 만날 겁니다. 아메리칸 항공빌딩입니다. 집사람과 함께 저녁 식사나 하자고 해서. 그 곳에 없다면 분명히 비행장 식당에서 식사하고 있을 겁니다. 뭔가 일이 생기면 그쪽에 전화하세요."

"형사를 두세 명 붙여 줄까?"

"그건 맘대로 하십쇼. 그렇지만 이건 FBI의 일입니다. 저는 사복차림으로 갈 겁니다."

"조심하게."

"괜찮습니다. 저와 직접적인 관계가 없는 일이니까요. 지금 말한 대로 FBI의 일입니다. 저쪽에서는 그저 녀석으로부터 연락이 오면 알려달라고 했고 직접 만나 확인만 해 주면 된다고 했습니다. 체포할 때 무엇을 해야 할지 저는 아는 바 없습니다. 쓸데없는 간섭은 하지 않을 겁니다."

지서장이 오케이라고 말했기 때문에 조니는 전화를 끊었다. 그는 제복을 벗어서 차근차근 옷걸이에 걸어 작은 장롱에 넣었다. 스포츠 재킷과 바지를 입은 다음 화려한 할리우드 풍의 스포츠 재킷을 입었다. 구두도 검은 구두를 벗고 갈색으로 갈아 신었다. 메리를 향해서 미소를 보이려 했지만 자연스런 미소가 나오지 않아 단념했다.

그녀는 잘 알고 있었다. 조니가 이 일을 어떻게 생각하는지, 메리는 항상 잘 알고 있었다.

"그러니까 나도 가는 거죠?"

"아무것도 하지 않아도 돼."

그녀는 남편에게 다가가 그의 손을 잡았다.

"내가 가는 것은 이 일이 끝난 후 당신이 비참한 기분을 느낄 것 같아서예요."

그는 아내의 마음 씀씀이가 고마워 무심코 고맙다는 말을 입 밖에 내 버렸다. 아무것도 위험한 일은 일어나지 않을 것이다. 아무튼 FBI의 일이다.

"조니, 당신은 자신이 배반자이거나 비열하다고 생각하지는 않겠죠. 당신이 하는 일은 괴롭긴 하지만 그냥 임무일 뿐이에요."

"알고 있어. 하지만 그 녀석이 오지 않았으면 좋았을 것을. 누군가 다른 녀석에게로 갔으면 좋았을 텐데. FBI는 텍스와 친했던 사람들이 있는 곳은 모두 다 전국적으로 수사망을 펴놓고 있는데 말이야. 따라서… 제기랄! 나는 그 녀석을 좋아한단 말이야."

"하지만 사람을 살해했어요. 그렇죠?"

"그래. 확실히 살인을 했지. 그렇지만 내가 아는 그 친구는 그런…."

그렇다. 그런 사람은 아니었다. 그는 그 해병대 기지와 파나마의 엄격한 훈련을 떠올렸다. 그리고 나서 그 섬을 떠올렸다. 좋은 기억도 있지만 고통스러울 때도 있었다. 텍스 그레암은 거친 해병대 중에서도 가장 거친 사나이였다. 조니는 텍스와 가장 친한 친구라는 점이 언제나 자랑스러웠다.

텍스는 해병대에 있을 때도 살인을 했다. 하지만 그때의 그런 일은 전혀 다른 기준에서 판단된 것이다. 죽이는 것은 자신이 살아 남기 위한 수단이었고 임무였다. 작은 전투와 맞부딪친 적도 한두 번 있었다. 타라와 섬에서도 전쟁은 소규모 전투였다. 그도 그럴 것이 그는 텍스와 함께 항상 주력에서 떨어진 척후로만 있었기 때문이다. 그런 때 남자는 맨주먹의 진짜 사나이가 된다. 그와 텍스, 그 밖에도 몇 명이 척후에 나갔다. 하지 않으면 안 되는 것은 그것이 무엇이든 해야만 했고 나중일은 떠올리지 않았다.

텍스가 그런 삶의 방식을 익히는 데는 많은 시간이 걸리지 않았다. 그때까지 고생하며 살아와 전쟁 정도는 예사로웠다고 할 수 있었다. 결코 좋았다고 할 수 없는 그 정글에서도 텍스는 곧 익숙해졌다. 눈 깜짝할 사이에 그는 조니나 부대의 다른 동료들을 가르치는 입장이 되었다. 그는 하사가 되어 전속해야 했지만 척후에 없어서는 안 될 귀중한 존재였기 때문에 계속 군대에 남았다. 그는 손에 넣으려고 한 것은 뭐든 손에 넣을 수 있는 남자였다.

조니는 항상 그와 함께였다. 틈만 나면 그와 많은 얘기를 했다. 생각해보면 이상했다. 텍스의 입장이 되어 보면…. 그런 생각도 떠올랐다. 그는 텍스가 장난으로 전화한 것은 아닐까라는 생각을 떨쳐버리기라도 하듯 어깨를 으쓱거렸다. 하지만 그는 그 전화가 진짜라는 것을 알고 있었다. 그가 그렇게 생각하는 데는 충분한 근거가….

공항을 향해 차를 몰면서 조니는 젊은 아내의 현재 입장을 생각해 보았다. 텍스가 타라와 섬에서 들것으로 운반되어 갔을 때가, 그를 만난 마지막이었다는 것은 이미 이야기했다. 그 이후 오늘까지 아무런 내왕도 하지 않았다. 하지만 그에 관한 소문이라면 얘기는 달라진다.

조니는 텍스에게 악운이 끊임없이 되풀이되었다는 것은 꿈에도 생각하지 못했다. 전쟁 중에는 그런 일은 아무도 몰랐다. 다만 전쟁이 끝난 후부터 나빠진 것은 확실했다. 거친 일을 전전한 끝에, 오클라호마에서 은행털이부터 살인까지 하는 처지가 되었다. FBI의 손이 미치기 시작한 것은 그 무렵이었다. FBI에서는 텍스의 신원을 남김없이 파악하고 있었다. 그 남자를 아는 모든 사람을 조사하여 연락을 취했다. 조니도 그중 한명이었다. 언제 어디선가에서 텍스가 그중 한 사람에게 연락을 취하리라고 생각한 것이었다. 텍스의 행동 패턴을 볼 때 그것은 분명히 올바른 조치였다.

"여보, 한 가지 신경 쓰이는 게 있어요. 당신이 경찰이란 것을 그 사람은 정말 모를까요?"

"그래. 알았다면 전화하지 않았겠지."

이 두 사람의 관계가 그녀에게는 아무리 봐도 기묘하게만 보였다. 남편인 조니와 그 텍스 그레암이라는 남자가 친구라는 것이 믿기지 않았다. 한 사람은 아주 성실한 남자고, 또 한 사람은 현상금 붙은 악당이다. 남편은 경찰인 점을 자랑스럽게 여기고 죄와 범죄자를 미워했는데 그 친구는 원하는 것은 뭐든 권총으로 손에 넣는 사람이다.

아무튼 조니가 할 일은 간단하다. 텍스를 만나 FBI 사람들이 올 때까지만 상대하고 있으면 된다. 그리고 나서 그 사람을 지목해 보이면 된다. 조니로서 하고 싶지 않은 일이지만 달리 방법이 없다. 한번 경찰이 되면 설령 친구일지라도 살인범인 이상 도망가게 해서는 안 된다. 확실히 친구를 배반하는 것은 고통스러운 일이고 손대기조차 싫은 일이다. 그런 일은 다른 사람이 해 주었으면 싶었다. 하지만 다른 사람이 없다면, 자신이 나서서 명령을 따르지 않으면 안 된다.

공항에 도착했을 때는 이미 어두워진 무렵이었다. 조니는 마지막으로 주의 사항을 말했다.

"굳어 있지 마. 텍스는 민감한 사람이야. 뭔가 낌새를 보이면 안 돼."

"조니, 소동이 일어나면요?"

"그런 일은 있을 수 없어. 텍스는 FBI 사람들의 얼굴을 모를 거야. 그가 뭔가 낌새를 채기 전에 그들은 양쪽에서 꽉 붙잡을 거야."

그는 핸들에서 손을 떼고 기운내란 듯이 그녀의 손을 꽉 잡아 주었다.

"위험한 곳에 당신을 데려가지 말아야 하는데. 그렇지?"

그녀가 〈네에, 하지만 괜찮아요〉라고 말한다고 해서 고민이 사라지지는 않을 것이다. 위험하다고 해도 몸이 위험하다는 건 아니었다. 그런 위험이 없다는 것은 그녀도 남편의 말로부터 납득할 수 있었다. 다만 남편이 고통스럽게 생각하는 것, 그런 것에 휘말리고 싶지 않다는 기분을 잘 알았다.

공항은 밝았다. 주차장에 차를 주차시키고 그 다음에는 걸어갔다. TWA 항공, 유나이티드, 웨스턴, 팬 아메리칸 등의 건물을 지나 아메리칸 항공의 건물로 들어갔다. 비교적 작은 건물이지만 카운터나 접수대, 화물 취급소 등이 있고 뉴스 스탠드도 한 칸 있었다. 표를 내거나 화물의 무게를 재는 승객들을 향해 벽에 걸린 스피커가 드나드는 비행기의 시간을 알렸다.

두 사람은 안으로 들어갔다. 가죽 의자에 앉아 있던 한 남자가 일어서서 두 사람 쪽으로 다가왔다. 30세 정도의 조니와 체구가 비슷한 남자였다. 눈도 머리카락도 검었다. 언제 어디에서나 무슨 일이든 처리할 수 있다는 자신감이 넘치는 그런 남자였다.

그는 조니의 손을 잡고 흔들어댔다. 조니는 여러 이름으로 그를 부르더니 친한 사람에게 흔히 그러듯 욕을 해댔다. 그리고 나서 주위를 둘러보더니 메리를 보며 말했다.

"이 사람이 집사람이야."

텍스는 크고 거친 손을 내밀었다. 그는 만나서 기쁘다, 왜 조니 노튼과 같은 시시한 남자와 결혼했냐는 등의 말을 했다. 악의 없이 전우와의 만남을 기뻐하는 텍스를 보자, 메리는 이 남자가 가엾어졌다.

텍스는 조니에 관한 여러 가지 얘기를 그녀에게 했다. 정말 입이 험한 남자였다. 여자들과의 관계도 늘어놓았는데 농담이란 걸 곧바로 알 수 있을 정도로 과장되게 이야기했다. 그 와중에도 그녀는 조니가 입구 쪽을 바라보는 것을 알아챘다. FBI가 체포하러 오는 것을 기다리는 중이었다.

"식사는 어떻게?"

조니가 화제를 바꾸었다.

"배는?"

"내가 배고프지 않은 적이 있었나?"

"여기에 좋은 레스토랑이 있네."

"그만두게. 나는 여태껏 공항의 레스토랑에서만 식사를 했다네. 부인이 손수 요리해 준 음식을 먹고 싶은데. 새벽 2시까지는 시간이 있으니까."

텍스는 그렇게 말했을 뿐이지만 조니는 그 말의 뒤에 더 깊은 의미가 있음을 알았다. 텍스는 위험한 다리를 건너온 것이다. 그는 쫓기고 있다. 언제 어디서 추격자에게 잡힐지 모른다. 몇 시간이나 다른 사람들의 시선 속에서 지내려면 용기가 상당히 필요하다. 물론 조니는 이곳에 그냥 머물고 싶었고 그렇게 주장했다.

"그건 안 돼! 텍스, 메리는 오늘 밤 아무것도 준비하지 않았어."

텍스는 그녀에게 빙긋이 웃어 보였다.

"남편의 옛 친구가 부탁해도 안 됩니까?"

여기서 물론 메리는 기쁘게 준비하겠다고 했다. 텍스는 무척 기뻐했다. 마치 어린애 같았다. 조니의 집에서 조니의 부인이 손수 해 준 요리를 먹게 된 것은 멋진 일이라고 말했다.

메리는 일의 경과가 남편의 생각과는 다르게 흘러가고 있음을 알았다. 그가 마음속으로 서장에게 왜 더 자세히 FBI와의 계획을 정리해 두지 않았는지 자기 자신을 꾸짖고 있음을 그녀도 알 수 있었다. 그는 FBI 친구들이 공항에 오지 않은 것을 애석하게 생각했다. 그녀는 조니가 이 사건에 휘말려 당황하는 건 아닌지 걱정스러워 이번에는 자신이 고삐를 잡기로 했다. 그녀는 함께 차로 돌아가는 도중에 맥주와 요리재료를 구입하자고 했다. 조니는 그녀의 생각을 알아채고 함께 자리를 떴다.

슈퍼마켓에 도착하자 조니는 차를 세웠다. 메리는 노골적으로 말했다.

"당신은 이분과 차에서 기다리세요. 나는 바로 돌아올 테니까요."

슈퍼마켓 뒤쪽 전화박스로 가기 전에 그녀는 두 사람이 따라오지 않는 것을 확인했다. 할리우드 지서를 호출하여 서장을 대달라고 했다. 자신의 이름을 말하고 그녀는 도대체 어떻게 되었냐고 물었다.

"부인, 그건 이쪽에서 묻고 싶은 말입니다. 지금 공항에 가 있는 FBI로부터 도대체 어떻게 되었냐는 전화가 걸려 왔습니다."

그녀는 지금 있는 곳을 말하고 텍스 그레암이 의심을 품지 않도록 하느라 이렇게 되었다고 설명했다. 게다가 조니는 무기를 가지고 있지 않지만 텍스는 확실히 갖고 있다. 집으로 가서 그녀가 식사를 준비하고 텍스가 공항으로 돌아갈 때까지는 집에 있을 거라고 설명했다.

"그럼, 바로 FBI 사람들에게 그렇게 연락하도록 하죠."

서장은 말을 이었다.

"당신들이 들어간 후에 집 주위에 잠복하게 하죠."

"어느 아파트인지 아세요?"

"아니 번지만 알고 있습니다만."

"1층의 북쪽이에요. 우리 집은 뒤쪽이죠. 바깥 측에도 한 채 있고 그것과 같은 것이 남측에 두 채 있습니다. 2층도 같은 구조예요."

그녀는 목소리를 낮추었다.

"아파트에서 체포하게 되나요?"

"당신이 있는 곳에선 체포하지 않을 겁니다. 이쪽에서도 FBI를 지원하기 위해 형사를 두세 명 보내도록 하죠. 건물 사방을 둘러싸도록 하죠. 걱정할 것은 없습니다. 우르르 몰려가지는 않을 겁니다. 그런 위험한 짓은 하지 않겠습니다. 여성과 경찰이 머물러 있는 작은 아파트에 총을 쏘지는 않을 겁니다."

"그럼 어떻게 잡죠?"

"나갈 때죠. 네에 부인, 건물 뒤쪽에도 잠복할 겁니다. 뭔가 구실을 만들어 밖으로 나오면 어떻겠습니까? 즉 쓰레기를 버린다든가 하면서 잠복형사에게 상황을 알려 주면 좋을 텐데요."

"집에는 쓰레기 처리장치가 있어요. 만약 다른 구실이 생각난다면…."

"그렇습니까? 하지만 조심하십쇼. 이 그레암이라는 남자는 위험한 녀석입니다."

전화를 끊고 그녀는 맥주에 빵, 그리고 필요도 없는 사소한 것들을 약간 사서 시간이 걸린 점을 이상하게 생각하지 않도록 꾸러미 수를 많이 만들었다. 차에 돌아온 후 남편의 묻는 듯한 시선을 받고 텍스가 눈치 채지 않도록 희미한 웃음을 지어 보였다. 주차장에서 차를 후진시켜 빠져 나와 집으로 향했다.

그녀는 서장에게 두렵다고 털어놓았다. 지금 생각하면 그것은 두려움이라기보다 염려였다. 무슨 일이 일어난다는 걸 알지만 그것이 언제 어디서 어떤 식으로 일어날지 모르기 때문에 생기는 염려였다. 그녀는 지금 자신과 어깨를 나란히 하여 앉아 있는 건장한 이 남자가 살인자라는 사실이 여전히 머리에서 떠나지 않았다. 이 남자가 잡히면 일이 일단락된다는 사실도 잊지 않았다. 그녀에게는 앞일을 모른다는 것이 불안했고 남편이 뭔가 실수를 하지 않을지 걱정이었다. 게다가 그녀에게는 그러한 점 이외에도 더 큰 불안의 씨앗이 있었다. 아파트에 잠복할 형사들의 일이었다.

조니 노튼은 제복경찰이었고 할리우드 서에 온 지는 그리 오래되지 않았다. 경찰서 1층에서 근무하는 경찰들과는 아는 사람들이 많았지만 형사들과는 좀처럼 얼굴을 마주한 적이 없었다. 형사와 제복경찰은 그다지 교류가 없는 것이다. 용의자를 데리고 가거나 보고서를 가져가 가끔 형사들이 근무하는 2층으로 올라간 적도 있지만 그것도 당직 형사가 있는 곳으로만 갈 뿐이었다. 게다가 조니는 항상 제복을 입고 있었다.

게다가 이런 점도 생각할 수 있다. 조니는 낮 근무조다. 그가 아는 두세 명의 형사, 저쪽에서도 조니를 아는 사람들은 역시 같은 시간대에 근무하는 형사들뿐이다. 그들도 5시에 교대하여 그 이후를 맡는 형사는 조니가 모르는 사람들이고, 저쪽도 조니를 모를 것이다. 그렇다. 야근 형사는 조니를 모를 것이다. FBI 사람들은 이번 일로 만난 적이 있기 때문에 얼굴을 알겠지만 두 명의 FBI가 건물 사방을 모두 감시할 수는 없다. 만약 상황이 발생했을 때 어느 쪽이 텍스 그레암이고 또 어느 쪽이 조니 노튼인지 모르는 형사가 한 명이라도 있으면 위험하다.

세 사람은 아파트에 당도하자 차를 보도에 올려 놓고 안으로 들어갔다. 조니가 등을 켜자 텍스가 말했다.

"좋은데! 그 섬에는 이렇게 좋은 아파트는 없었어. 안 그래 조니?"

조니도 그렇다고 말하면서 텍스에게 가장 좋은 의자에 앉으라고 한 후 담배를 권했다. 메리는 두 사람의 모자와 외투를 침실 측 복도의 선반에 걸었다. 그녀는 부엌으로 가 저녁 식사 준비를 시작했다. 두 사람이 얘기하는 소리가 들려왔다. 여전히 옛날 얘기뿐이었다. 전쟁과 두 사람이 함께 했던 경험담뿐이다. 텍스가 새로운 담배에 불을 붙이며 말했다.

"지독히 더웠지. 누구도 그 곳에서 탈출하는 생각밖엔 안 했지. 훈련이 있든 없든 마찬가지였어. 타라와에서 총알을 맞았을 때는 마치 휴가를 얻은 듯한 기분이었어."

"어떻게 되었지?"

"저쪽으로 가고 나서는 잘 치료해 줬어. 하지만 정글에 있던 5시간 정도는 지독한 악몽에 시달렸어. 일본새끼가 잡으러 오지 않을까 하고 바들바들 떨었어. 놈들은 해병대를 싫어해."

"그랬군."

"아무튼 아군이 나를 발견했어. 지겹도록 뭔가를 주사받고 정신 차려 보니 야전병원이더군. 그 다음에 정신을 차렸을 때는 기지였고 그 다음엔 배 안이더군. 그리고 나서 오스트레일리아의 군병원이었지. 중요한 인물로 대해 주더군."

텍스는 조니에게 빙긋이 웃어 보이며 말을 이었다.

"자넨 심한 부상은 안 입었지?"

"응, 하지만 남은 친구들은 씁쓸했어. 척후도 전과는 완전히 달라졌고."

메리는 한쪽 귀로 그런 얘기를 들으면서 저녁 식사 준비를 계속했다. 돼지갈비 구이에 야채 샐러드, 아스파라거스 통조림과 빵, 커피, 간단한 과일. 그녀는 냉장고에서 사과파이 세 조각을 꺼내 디저트용으로 따뜻하게 데웠다.

그녀는 밖으로 나가 거기에 잠복하는 누군가와 얘기하고 싶었다. 하지만 두려웠다. 텍스는 감이 빠르다. 분명 이상하다고 생각해서 보러 올 것이다. 그녀가 할 수 있는 건 뒤쪽 창문이 있는 곳으로 가 구석에서 살펴보는 것뿐이었다. 그늘에 몸을 반쯤 숨기고 있는 사람이 FBI 사람인지 형사인지 알 수 없지만 한 남자의 모습이 눈에 들어왔다. 분명 그 사람들은 와 있다. 뒤에도 옆에도. 텍스에게는 도망갈 방법이 없다. 그들이 붙잡든지 쏘든지 할 것이다. 이게 마지막이다. 하지만 맞은편 방에서 들려 오는 웃음소리에는 조금도 그런 기색이 없었다.

도대체 뭘 그리 웃는지 그녀로서는 알 수 없었다. 분명 뭔가 은밀한 체험담일 것이다. 두 사람은 서로 속삭이듯 얘기하고 있다. 조니의 군대 생활에도 그런 면이 있을 것이다. 이 친구가 잠시 후 체포될 범죄자가 아니었다면 오늘 밤은 조니에게 필시 멋진 밤이 되었을 거라고 그녀는 문득 생각했다.

식사는 즐겁게 끝났다. 설거지를 하고 그녀가 거실로 나왔을 때는 10시를 넘고 있었다. 밖에서는 아무 소리도 들려 오지 않았다.

그녀는 조니의 눈매에 긴장감이 서려 있음을 보았다. 그녀도 상황은 제대로 몰랐지만 조니보다는 잘 알았다. 또한 분명히 조니가 매우 불안해 한다는 걸 알았다. 가끔씩 그는 텍스의 말을 건성으로 듣는 것 같았다. 힐끗 그녀를 보았지만 그녀는 아무런 눈짓도 하지 않았다. 남편을 안심시키기 위해서 텍스의 의심을 살 만한 눈짓은 하지 않으려 했다. 그녀가 할 수 있는 일은 그저 웃는 얼굴을 하고 만사에 신경을 쓰지 않는 듯한 인상을 줘야 한다.

그렇지만 시간은 계속 흘러갔다. 벽시계의 바늘은 점점 텍스가 돌아가야 한다고 말한 시간에 다가갔다. 그녀는 그것이 두려웠다. 이제 앞으로 몇 분 후면 모든 일을 다른 사람의 손에 맡겨야 할 시간이다. 그녀는 이제 더 이상 텍스를 가엾게 생각하지 않았다. 그녀의 머리를 온통 채우고 있는 것은 조니의 안전뿐이었다.

늦든 빠르든 밖에 있는 사내들은 총을 쏠 것이다. 그렇게 되지 않을 수 없다. 그렇다면 조니는 바보처럼 맨손으로 텍스에게 대항할 것이다. 그것이 의무다. 조니는 경찰로서의 책임감이 지나칠 정도로 강한 남자다. 게다가 위험한 일이 벌어지면 그는 필사적으로 아내를 지키려 할 것이고….

텍스가 일어서서 복도로 갔다. 그녀는 그가 옷장 문을 여는 모습을 지켜보았다. 외투 주머니를 더듬어 새로운 담배를 가져온다. 텍스는 두 사람에게 빙긋이 웃어 보이고 북쪽 창가로 갔다.

"좋은 경치군."

그는 전등갓에서 1인치 정도 떨어져, 이렇게 말하고 다시 자기 의자로 돌아왔다. 의자에 앉아 담배 갑을 뜯어 한 개비 꺼내들고 불을 붙였다. 그리고 나서 상의 안으로 손을 넣어 군대용 45구경 권총을 꺼냈다. 그는 곧바로 조니를 노려보면서 말했다.

"너는 경찰이 되었지?"

조니는 깜짝 놀라 어째서 그런 생각을 하게 되었냐고 물었다.

"방금 담배를 가지러 갔을 때, 옷장에 경찰제복이 있더군."

조니는 애써 웃음을 지으려 했다.

"경찰이 된 게 뭐 나쁜가?"

텍스는 조용하게 말을 꺼냈다.

"밖에 다른 경찰이 있어. 저 창에서 두 사람을 봤지. 한 명은 총을 가지고 있어. 아는 녀석인가?"

조니는 그렇다고 대답하고 이제 단념하는 편이 좋을 거라고 말했다. 옛 친구에게 이런 말을 하는 것은 너무나도 어려운 법이다.

"사람들 눈에 띄지 않으려고 했지, 조니. 이제 여기 주저앉을 수도 없어."

조니는 목이 막혀 버릴 것 같았다. 그는 텍스한테 왜 자신에게 연락을 취하는 바보스런 짓을 했냐고 물었다.

"로스앤젤레스에 와서 나한테 연락하다니, 저쪽은 다 알고 수배를 해 놓고 있는 상태인데."

"저기에는 몇 명이나 있지?"

"몰라."

대신 메리가 대답했다.

"텍스, 많은 사람이 있으니까 희망은 없어요."

그는 머리를 저었다.

"난 목숨이 붙어 있는 한 희망을 버리지는 않소. 내가 무슨 죄로 쫓기고 있는지 아는가?"

조니는 살인강도라고 대답했다.

"그것까지 알고 있으면 됐네."

텍스는 잠시 동안 침묵을 지키다가 말을 이었다.

"만약 녀석들이 이 안으로 들어올 작정이었다면 벌써 들이닥쳤겠지. 결국 여기 있는 동안은 안전하다는 얘긴데."

조니가 그럴 거라고 했다.

"하지만 언제까지나 여기 머물러 있을 수는 없지. 어떻게든 빠져 나가야 돼."

"어떻게든 빠져 나간다고?"

"조니, 이런 때 좋은 방법이 없을까? 기억하나? 저 작은 섬에서 있었던 일을. 척후에 나가서 처음으로 함께 있을 때 일이었어. 그때도 희망은 별로 없었어. 이 상황과 비슷했지. 하지만 우린 피가 튀는 길을 뚫고 도망치지 않았나."

"그랬지."

"그날 밤이었어, 자네가 마음에 든 것은. 이상한 훈련을 받기도 하고 파나마로 가기도 하고 여러 가지 일이 있었지만 그날 밤의 너에 비하면 그리 대단치 않았어. 넌 아마 뛰어난 경찰이 될 거야."

그러나 조니는 한마디도 하지 않았다. 30초 정도 지난 후 텍스가 메리에게 물었다.

"슈퍼마켓에서 당신이 전화했소?"

그녀는 머리를 끄덕였다.

"저쪽은 뭐라고 했죠?"

"이 아파트에 잠복형사를 배치한다고 했어요."

"조니, 자네 권총은 어디 있나?"

조니는 손잡이를 바꾸려고 맡겨 뒀기 때문에 집에는 없다고 설명했다.

"바보 같은 녀석. 나와 똑같군. 권총도 없이 나를 만날 생각을 했나?"

조니는 서에서 돌아올 때까지는 아무것도 몰랐다고 설명했다. 전화가 걸려 온 것은 집에 돌아오고 나서였다.

"어떻게 나를 잡을 예정이었나?"

"나는 아무것도 하지 않을 요량이었네. FBI 형사 두 사람이 공항에 오기로 했어. 나는 가능한 한 계속해서 자네를 상대하고 그들이 오는 것만 기다리면 됐지. 그들이 오면…. 어이 텍스, 자네 바보 아닌가? 이미 상황은 어렵게 됐어. 그런 걸 생각해 봐야 달리 방법이 없다구."

"그렇겠지."

그는 또 잠시 생각에 잠겼다.

"조니, 나를 여기서 나가게 해 줘."

"불가능한 일이야."

"나가지 않으면 안 돼. 나는 이 근처 지리를 하나도 모르고 있어. 자넨 알고 있지. 녀석들의 손이 미치지 않는 출구가 어딘가 있을 텐데."

"희망은 없어 텍스. 저 친구들이 그걸 간과했으리라 생각하나."

"생각해 봐. 뭔가 생각해 보는 편이 신상에 이로울 거야. 그 방법만은 동원하고 싶지 않으니까."

"어떤 방법이라도 있나?"

텍스는 약간 수그러든 표정으로 말했다.

"조니, 부인을 휩쓸리게 하고 싶진 않겠지. 다른 방법이 없다면…"

"그렇다면…"

"결국, 녀석들이 들이닥치지 않는 것은 부인 때문이지. 그러니까 무슨 일이 있어도 함부로 총을 쏠 순 없을 거야. 쏘려고 하지 않지. 나는 곧바로 밖으로 나갈 거야. 부인을 데리고. 그리고 누군가가 조금만 움직여도 부인을 쏜다. 농담이 아냐, 조니."

확실히 농담이 아니었다. 다른 방법이 없다면 그는 그가 말한 대로 실행할 것임에 틀림없다. 텍스는 메리에게 말했다.

"내 입장도 이해해 주었으면…"

그녀는 그 점은 이해할 수 있지만 과연 여자에게 총을 쏠 수 있을까 하고 물었다.

"그건 가능하죠. 그 외에 다른 여지가 없다면. 이해하시겠죠?"

조니도 텍스가 말한 대로라고 이야기했다.

"하지만 그런 짓을 한다고 해서 해결될 일이 있나? 얼마 남지 않은 목숨이야. 언젠가는 잡힐 걸세."

"언젠가는. 하지만 지금 잡히기보다는 그 편이 낫지. 게다가 부인을 걱정한다면 자네도 무모한 짓을 하진 않겠지. 정말 이런 일은 하고 싶지 않지만 어쩔 도리가 없네."

"알았어. 하지만 텍스. 그 방법이 제대로 되리라곤 생각하지 않네. 진짜야. 하지만 딱 한 가지 생각해 둔 게 있지."

"뭔가?"

"밖에 있는 친구들에게 이야길 할 수 있도록 해 주게. 아니면 서에 직접 말을 전할 수 있기만 해도 좋겠지. 물러나라고."

"결국 나한테 미행을 붙이겠지?"

"아마 그럴 거야."

메리는 두 사람의 얼굴을 살폈다. 옛 친구 두 명이 너무도 조용하고 태연하게 말하고 있었다. 그녀는 자신의 목숨이 위험에 빠졌다는 걸 믿을 수 없었다. 또한 어차피 텍스에게는 희망이 없고 조니가 그 틈새에 끼어들게 된 현실도 이해할 수 없었다. 먼 곳에서 일어난 일에 대해 농담을 하고 있다는 편이 더 어울렸다. 그녀가 입을 열었지만 그 소리는 놀라울 정도로 조용했다.

"이제 움직이면 안 돼요. 여기 함께 있는 동안은 밖에 있는 사람들은 아무 짓도 하지 않을 거예요. 하지만 주위를 완전히 둘러싸는 건 할 수 있겠죠. 게다가 언제까지나 여기 이렇게 앉아 있을 수도 없어요."

"그렇게 하고 싶지는 않소. 지금 말한 대로 당신은 나와 함께 가 주어야겠소. 딱 달라붙어 권총을 당신에게 대고 있을 거요. 녀석들도 쏘진 않겠지. 이쪽으로 다가올 수도 없을 거고."

조니가 말했다.

"텍스, 여러 가지 방법을 생각해 보았네. 모두 트릭이지. 하지만 그게 트릭이라는 걸 자네는 곧바로 알아챌 거야."

텍스는 고개를 끄덕였다.

"분명 자네는 나를 쫓아올 거야. 하지만 이상하군. 자넨 이런 상황에 빠졌는데도 왜 화를 내지 않는 거지?"

조니는 메리 외에는 아무것도 생각하지 않는다고 말했다.

"나도 그럴 거라고 생각했네. 너 혼자였다면 십중팔구 위험한 짓을 했겠지. 하지만 부인을 데리고 간다면 섣불리 손을 쓰진 않을 거야. 좋은 부인이야, 조니. 그런 부인을 손에 넣을 수 있는 행운아는 그리 많지 않아."

그 동안에도 시간은 시시각각 흘러갔다. 시간이 급박했다. 텍스는 경계를 풀지 않고 의자에 편안히 앉아 있었다. 입을 열고 싶지 않았기 때문에 두 사람은 묵묵히 소리를 내지 않았다. 다만 두 사람은 서로의 눈을 노려보았다. 메리는 엷은 웃음을 지어 보였다. 그녀는 웃는 얼굴을 보일 작정은 아니었다. 단지 조니에게 두렵지 않다는 걸 알리고 싶었던 것이다.

그러나 실제로 그녀는 두려웠다. 견딜 수 없을 정도로 두려웠다. 오늘밤 내내 두려웠다. 공항을 나오고 나서, 창 밖으로 총을 든 형사들을 보고 나서. 그때 그녀는 이미 목숨을 건 도박이 시작되었다는 사실을 알 수 있었다. 5분이 지났다. 텍스가 부드럽게 말했다.

"조니, 너는 나서지 않겠지?"

"물론이지. 메리 때문에."

"밖에 있는 건 형사인가?"

"그래."

"너는 제복경찰이지. 아는 형사가 몇 명이나 있지?"

"아주 조금."

"저쪽에서 네 얼굴을 아는 녀석은?"

"아주 적겠지. 게다가 야간 근무하는 녀석은 한 명도 몰라."

"조니, 안에서 둘러봐. 몰래 살펴보란 말이야. 조심해서. 이쪽 저쪽을 살펴봐. 아는 녀석이 있는지 말해 줘."

조니는 일어섰다. 메리도 일어났다. 조니가 살펴보는 동안 텍스는 권총을 겨눈 채 두 사람에게 착 붙어 있었다. 텍스의 지시대로 세 사람은 거실로 다시 돌아왔다.

"내가 볼 수 있었던 세 명 중에서 아는 녀석은 한 명도 없어."

"확실하지 조니. 내 생각대로 잘 안 되면 메리가 위험해."

"텍스 정말이네. 밖으로 드러나 있는 사람들은 한 번도 본적이 없는 친구들이야. 아직 몸을 드러내지 않은 친구가 있을지도 몰라. 만약 FBI 사람들이라면 나도 그 친구를 알 것이고 그 친구도 나를 알겠지."

텍스는 잠시 생각에 잠긴 후 조용히 말했다.

"좋아, 괜찮을 거야."

조니는 가만히 기다렸다.
"기억나나? 해병대에 있을 때 둘이서 때로 옷을 바꿔 입던 걸."
"그게 어쨌는데?"
"그걸 지금 할 수 있지 않을까 싶네."
조니는 텍스가 어떻게 할 작정인지 모르겠다고 했다.
"이렇게 하겠네. 자네 제복을 내가 입는 거야. 그리고 메리를 데리고 뒤로 나가는 거지. 자네처럼 행동하면서 메리와 함께 나가는 거지. 뒤편에 있는 녀석들이 자네를 모른다면 뒤바뀌었다고는 생각하지 않을 거야. 만약 네가 거짓말을 했다면 곧 총격이 시작될 거고 난 메리를 방패로 사용할 거야. 그러니까 분명히 확인해 두는 편이 좋아."
조니는 생각에 생각을 거듭했다.
"텍스, 일이 어떻게 될지 모르겠어. 이렇게 불확실한 상황에서는 그 방법을 실행할 수 없어."
"뭐가 문제지?"
"뒤편에 있는 형사에게 나라고 말을 할 순 있겠지만 그것만으로 그들이 쉽게 속아 줄까?"
"집 안에서 어떤 일이 일어났는지 녀석들은 아직 모르고 있어. 게다가 녀석들은 내가, 자네가 경찰이란 것을 알아냈다는 사실도 몰라. 녀석들은 그런 일이 있으리라고는 생각도 못했겠지. 나는 단지, 메리와 함께 밖으로 나가서 범인이 집에 있다고 말하는 것만으로 충분할 거라고 생각하네. 녀석들은 그 말을 진짜로 받아들이고 나를 자네라고 생각하겠지. 집을 돌아 다른 패들에게 알리러 가겠지. 그때 나는 뒷문의 다른 통로로 메리와 함께 달아나는 거야."
"그리고 나서?"
"차를 세우지. 어떤 운전사라도 경찰이 부르면 차를 세우기 마련이지. 나는 그 녀석에게 지금 생각해 두고 있는 방향을 가르쳐 주는 거야. 어떤가?"

조니는 계획 가운데 앞부분은 좋지만 차를 타고 도망친다는 것은 아무래도…. 아무튼 바로 경찰과 여자를 태운 차를 쫓으라는 지령이 떨어질 것이라고 말했다.

"모습은 보이지 않지. 차에 타기만 하면."

텍스는 말을 이었다.

"나도 메리도 바닥에 엎드려 모습을 숨기지. 그녀는 움직이지 않을 것이고 운전하는 놈도 움직일 수 없을 거야. 그 놈은 내가 시키는 대로 할 수밖에 없지."

"하지만…."

조니는 애원하듯 메리 쪽을 보았다.

"부인 말인가? 거역만 하지 않으면 돼. 그녀는 느낌이 좋은 여자야. 아무튼 좋은 여자야. 그런데 이 계획의 어디에 문제가 있단 말인가?"

"자네는 메리와 함께 나가지. 권총을 그녀에게 대고 말이지. 별로 모양이 좋지 않잖아?"

"그녀에게 총부리를 대지는 않을 거야. 다만 언제나 총을 쏠 수 있도록 만반의 태세를 갖추고 있을 거야. 내가 자네 행세를 하는 거야. 서슴없이 두 명의 형사가 있는 곳으로 가서 말을 거는 거야. 범인이 욕실이나 어딘가에 들어가 있는 동안에 빨리 작전을 개시하라고."

그는 어깨를 으쓱거리고 말을 이었다.

"안전하다곤 할 수 없지. 하지만 내가 생각해 낸 가장 좋은 방법이야. 게다가 언제까지나 여기에 앉아 있을 수도 없고."

조니는 비참한 표정을 지었다. 그는 아내를 보면서 그렇게 하는 방법 이외에 다른 방법이 없다고 말했다.

"뭔가 위험한 짓을 해서는 절대 안 돼. 텍스는 자기가 한 말은 꼭 지키는 친구야."

그녀는 알았다고 말했지만 그녀로서는 오히려 조니가 걱정이었다. 텍스가 그 이유를 물었다.

"형사는 이 사람 얼굴을 몰라요."

그녀는 날카로운 어조로 말을 이었다.

"우리들이 나간 다음 조니가 밖으로 나올 거예요. 그것을 당신이라고 생각하고 쏠지도 몰라요."

"난 여기 가만히 있을게. 경찰에 전화해서 자세하게 보고를 하지. 그 동안 형사들에게 연락이 갈 거고 두 사람은 도망칠 수 있을 거야."

텍스는 찬성한다는 듯이 고개를 끄덕였다.

"가능한 한 시간을 벌어 줘. 메리를 생각해서."

텍스는 옷을 갈아입었다. 제복이 몸에 딱 맞았다. 그는 군용 권총을 조니의 빈 총집에 넣었다.

"이런 일이 벌어지리라고는 꿈에도 생각 못했는데."

"나도 유감스럽군. 다시 한 번 뒤쪽 창문을 살펴보겠네."

텍스가 그 옆에 착 붙으며 조니를 감시했다. 조니는 천천히 살펴보았다. 제대로 확인하지 않으면 안 된다. 역시 아까와 마찬가지였다. 뒤에는 두 명의 형사가 있었다. 이름도 모르는 친구들이었다. 그는 텍스에게 이렇게 말했다.

"메리에게 무슨 일이 생기진 않겠지?"

"걱정 말게."

그녀는 남편에게 웃어 보였다.

"괜찮아요."

조니는 거실로 돌아왔다. 텍스가 메리에게 뭐라고 이야기했다. 이윽고 그가 문을 열었고 두 사람은 깊은 어둠 속으로 걸어갔다. 그리고 문이 닫혔다. 조니는 미동도 하지 않고 서 있었다. 몸이 딱딱하게 굳어 왔고 불안이 그의 전신을 스치며 지나갔다. 이제 그가 할 수 있는 일은 아무것도 없었다. 이곳에 서서 아내가 무사하기만을 기다릴 수밖에 없었.

짧은 정적이 마치 영원의 시간처럼 느껴졌다. 여기서 그는 날카로운 소리와 서로 싸우는 듯한 소리를 들었다. 그것을 그는 기다리고 있었다. 부엌을 빠져 나가 뒷문을 열고 밖으로 나갔다. 플래시 빛 때문에 급히 눈을 감았다. 보이지 않는 곳에서 한 번도 들어 보지 못한 사내의 목소리가 들려 왔다.

"움직이지 마."

그는 그 자리에서 얼어붙었다. 이윽고 어둠 속에서 누군가가 그에게 다가왔다. 그의 목덜미를 끌어안은 것은 메리의 팔이었다. 그녀는 울고 있었다.

"당신…. 조니… 당신."

그녀는 같은 말을 계속 부르짖었다. 플래시 불이 꺼졌다. 그는 메리를 으스러져라 껴안고 머리를 쓰다듬었다. 7, 8명의 남자가 다가오는 것이 눈에 띄었다. 그 가운데 세 사람이 또렷한 모습을 드러냈다. 한 남자가 말했다.

"이 녀석이 텍스 그레암이죠?"

조니는 그렇다. 그 사람이 텍스 그레암이라고 말했다. 텍스의 손은 등 뒤로 돌려져서 수갑에 채워져 있었다. 텍스가 말을 꺼냈다.

"네가 메리를 이렇게 위험한 처지로 내몰리라곤 생각도 못했어."

조니는 아무 말도 하지 않았다.

"자네가 뒤에 잠복하고 있던 사람을 모른다고 했을 때 나는 분명히 정말이라고 생각했어."

"자네 말대로일세."

"이 바보 같은 남자가 있는 곳으로 갔을 때 어떤 일이 벌어졌는지 알아? 손쓸 사이도 없었어. 오른팔을 잡아채고 다른 녀석에게 뭐라고 지껄이더군. 완전히 포위되어 버렸지. 너를 모르는 사람이었다면 그렇게 재빨리 움직일 순 없었을 거야."

"텍스, 난 거짓말을 하지 않았어. 단 이렇게 되리라고는 예상했지."

텍스는 그 이유를 알 수 없다고 말했다.

"내 제복을 입고 나가겠다고 했을 때 난 반대하는 척했지만 처음부터 이렇게 되리라는 걸 알고 있었어."

"하지만 그건 왜지? 도대체 어떻게?"

"텍스, 그건 자네도 말하지 않았나? 밖에 있는 사람들은 집 안에서 어떤 일이 일어났는지 모른다고. 그대로지. 하지만 밖에 있는 사람들이 알 수 없는 가장 중요한 일은 뭘까? 결국 내가 경찰이란 것을 자네가 눈치 챘다는 사실이지. 따라서 누군가가 경찰제복을 입고 뒷문으로 나오면 그게 내가 아니란 것을 그들이 바로 알아챌 것이라고 생각했지. 내가 경찰이란 것을 모르는, FBI에게 쫓기는 사람의 눈앞에서 내가 사복을 제복으로 바꿔 입으리라고는 아무도 생각할 수 없을 거야."

옥타버스 로이 코헨(Octavus Roy Cohen, 1891~1959)

유대인 작가. 대중적이고 유머러스한 작품을 미국 잡지에 발표해 인기를 얻음. 시리즈 캐릭터는 데이빗 캐롤. 30편 이상의 장편이 있다. 작품으로 『The Backstage Mystery』(1930)가 있다.

제발 죽어 줘

THE WITHERES HEART — 진 포츠

　차가 달려오는 소리를 듣는 순간 바스는 금세 잠을 깼다. 간밤에 꾸었던 꿈의 한 자락도 생각이 나지 않았다. 그의 머리는 재빠르게 돌아갔다. 어제 생각해 두었던 대로 매우 차분하게 움직였다. 자리에서 일어나 침대 가장자리에 앉아 손목시계에 손을 뻗었다. 마틀의 자리는 물론 비어 있었다. 아직 8시 15분 전이다. 차가 정차하는 소리를 듣고 누가 온 설까라고 생각했다. 이렇게 빨리 누군가가 찾아오리라고는 전혀 생각하지 못했다. 그러나 그것이 어떻다는 건 아니다. 언제 누가 오더라도 좋도록 충분한 준비를 해 두었다.

　그는 다음 소리를 기다렸다. 이윽고 베란다의 새시를 노크하는 소리가 들려 왔다. 침실 전체가 숨을 죽이고 조용히 기다리는 듯했다. 들려오는 것이라곤 우울한 공기를 시끄럽게 돌아가게 하는 선풍기의 윙윙거리는 소리뿐이었다. 가차없는 남미의 열기가 창틈으로 새어 들어왔다. 이렇게 이른 아침에조차 그 내리쬐는 열기로부터 도망칠 방법은 없었다. 그것에 익숙해지기도 할 때였다. 이곳에 온 후로 꽤 오랜 세월이 흘렀기 때문에. 이곳에선 더운 것 이외에는 무엇 하나 새로운 일도 일어나지 않았다. 그는 이 버려진, 삭막한 환경 속에서 10년 이상이나 생기 없는 삶을 계속해 왔던 것이다.

　아, 누군가가 노크하고 있다. 파자마 바지에 슬리퍼 차림으로 바스는 발을 끌듯이 베란다로 나아갔다. 친구인 프랭크 달라스가 현관 앞에서 기다리고 있었다. 자색 담쟁이덩굴 줄기가 서로 엉켜 있는 틈으로 안을 들여다보고 있었다. 생기 있고 건강해 보였다. 린넬의 복장은 아직 낡아 빠졌다고까지는 할 수 없었다. 줄어든 머리카락에도 가지런한 빗질의 흔적이 보였다.

"일어나, 일어나. 이 게으름뱅이야. 그만 일어나라고!"

그 프랭크의 목소리에 우울한 울림이 있었던가? 바스는 아무것도 느끼지 못했다. 프랭크의 밝은 얼굴에는 근심어린 그림자가 하나도 없다. 안심하라고 자기 자신에게 일렀다. 그 일을 알아차리기엔 지나치게 빠르다고 생각한 것이다. 그는 다른 이유로 온 것이다.

"아니 무슨 일인가? 이런 시간에 사람을 깨우다니…."

그는 하품을 하면서 베란다의 고리를 풀었다.

"도대체 지금 몇 신 줄이나 알아?"

"8시 15분 전이지. 일어나도 좋을 시간이야. 자아, 바스…."

그는 숨을 죽이고 공모자에게 속삭이듯이 말을 이었다.

"마틀은 안에 없겠지?"

"물론."

그는 기계적으로 말을 이었다.

"동생한테 갔어. 이틀 정도 머물다 오겠다고 오늘 아침 일찍 6시 전에 나갔어."

"아아, 그건 나도 들었어. 그러니까 들러도 괜찮겠다고 생각했지. 이니드가 이 편지를 전해달라고 했네. 어제는 그녀가 완전히 이성을 잃었어. 불쌍하게도 지금까지의 입장에서 벗어나겠다고 말하더군. 아무튼 이 편지네. 자네가 받는 걸 확인하겠다고 약속했으니까…."

가여운 프랭크 녀석. 전달자의 역할을 이렇게 신경 써서 한 적은 한 번도 없었다. 오늘도 그는 6개월 전에 바스와 이니드가 비밀 관계를 시작한 그때와 마찬가지로 초조해서 안절부절못하고 있었다. 게다가 이것은 바스의 억측이지만 프랭크는 은밀하게 스릴을 맛보고 있는 것은 아닐까. 프랭크는 행복한 결혼생활을 하고 있지만 노처녀처럼 남의 일을 훔쳐보기 좋아하는 기질이 있었다. 게다가 미국의 영사로서 그는 이니드의 고용주였기 때문에 그가 이 둘 사이에 끼어든 건 매우 자연스러운 일이었다. 처음에는 굉장히 재미있었다. 하지만 나중이 되자, 그래 이니드는 너무나도 일편단심이어서 열렬하고 정열적이었다는 말만으로 표현할 수 없을 정도였다. 이 정사가 평범하지 않게 된 것도, 또한 이니드 스스로가 대항하기 어려운 힘으로 바스를 끌어들이려고 한 것도 그녀에게 그 나름의 무언가가 틀림없이 있었기 때문이다. 하지만 그는 거기에 응해 줄 수 없었다. 그는 연애감정에 빠져 허우적대긴 싫었다. 단순히 가벼운 연인 사이이길 바랬다. 게다가 그는 이미 그녀를 만족시켜 줄 만한 힘을 상실해 버렸다. 그것은 마틀이 이미 그의 마음을 황폐하게 만들어 버렸기 때문이다.

이니드의 휘갈긴 서명이 있는 이 편지에는 이별의 말, 분명 처음 쓰기 시작했을 때는 그럴 작정이었을 내용들이 들어 있었다. 하지만 이 편지를 읽고 있어도 그의 상실된 감수성은 되살아나지 않았다. 그는 지금 자신의 무력감 때문에 연인을 상실하는 마당에서도 기껏해야 께름칙한 권태감밖에 느낄 수 없었다.

어젯밤에는 확실히 뭔가를 강하게 느꼈다. 갑자기 그의 마음에 마틀의 얼굴이 생생하게 떠올랐다. 어제 저녁 악의에 찬 그 천박한 수다쟁이인 아내의 얼굴….

"그래, 당신의 걸 프렌드는 떠나 버렸죠?"

그녀는 말을 이었다.

"꽁무니를 뺐단 말인가요? 정말 당신이 그녀를 떠나 보냈다고는 생각도 할 수 없지만…."

자기가 저지른 일에 꽤나 만족한 모양이었다. 이니드가 떠나게 된 것은 사실 그녀의 공작이었다. 마틀과의 결혼 후 그 지겨운 세월은 그로

하여금 감수성을 완전히 묵사발로 만들어 놓았다. 정말 철저했다. 그러나 그 모든 것을 상실하지는 않았다. 어젯밤이 그 증거였다. 미워하는 마음이 남아 있었다. 미워한다면 사랑도 할 수 있으리라. 그러니까 결국 이니드와는 관계가 채 정리되지도 못하고 끝난 셈이었다.

이 얼어붙은 마음을 녹이기까지는 시간이 걸리리라. 바스는 심한 허탈감으로 아직도 멍했다. 하지만 여러모로 생각해 보면 잘된 일인지도 모른다. 왜냐하면 오늘 아침이야말로 그에게는 일생에서 가장 감정에 흔들리지 않는 침착한 마음이 필요한 시기이기 때문이다. 기계처럼 냉정하고 들끓지 않는 마음이.

"어이, 자네 기분은 괜찮은가?"

프랭크가 걱정스런 표정으로 물었다.

"이제 좋아지겠지."

이니드의 편지를 버드나무 탁자 위에 살며시 내려놓은 후 자신이 슬퍼하고 있다는 사실을 프랭크가 충분히 알 수 있을 만큼의 시간을 조용한 침묵으로 기다렸다.

"자네는 이니드에 대한 내 마음을 알아주겠지."

"알지, 그럼. 애달픈 것이지."

프랭크는 무심한 동정을 표시했다. 그것을 거부하면 친절하지 못한 행동이 될 것이다.

"커피 한 잔 할까?"

바스는 말을 이었다.

"내가 직접 끓인 커피이긴 하지만…. 마틀은 외박할 때는 항상 가정부에게 휴가를 준다네. 나도 여기서 혼자 먹는 것보다는 클럽으로 가는 게 편하고. 그 가정부가 만든 음식은 도저히 먹질 못하겠어. 그러나 누구든 간에 이렇게 먼 곳까지 와주는 것만으로도 다행스럽게 생각해야겠지."

그의 집은 미국인 거주지 중 가장 외곽에 위치해 있는데 다른 집들과는 멀리 떨어져 한 채만 덩그렇게 서 있었다. 그래서 어젯밤은 그런 일도 벌어질 수 있었던 것이다!

부엌으로 돌아가면서 바스는 갑자기 신경이 고조됨을 느꼈다. 배우가 무대에서 잔뜩 긴장되는 것과 비슷한 감정이다. 바로 이곳에서 그 일이 일어난 것이다. 깨끗하게 치워진 타일 위로 흐르는 물소리가 경쾌하다. 하지만 뭔가 증거가 될 만한 흔적이 남아 있지 않을까?

아무것도 없었다. 머리카락 하나 없었다. 그는 안도의 숨을 내쉬었다.

베란다에 돌아오자 커피 잔에 눈길을 돌리면서 프랭크가 진지한 표정으로 두서없이 이야기하기 시작했다. 그가 본 바로는 이렇게 되는 것이 당연하다. 자기도 관계가 있기 때문에 말은 안 했지만 어느 면에서 보면 그렇게 하는 것이 가장 좋은 방법이다. 결국 이니드가 그로부터 물러나는 것이. 그녀는 바스의 상대로는 너무 젊었기 때문에 어쩔 수 없이 단념했을 것이다. 게다가 이런 점도 있다. 남자가 마틀과 같은 아내를 버릴 수는 없다. 일말의 양심이 있다면 불가능한 일이다. 대충 이런 말이었다.

"그래."

바스는 희미한 미소를 보이며 맞장구를 쳤다.

"마틀을 버릴 수는 없지."

하지만 양심 때문은 아니라고 그는 속으로 중얼거렸다. 그는 어젯밤 일을 생각해 보면서 약간이나마 양심의 가책이라든가 일말의 후회가 남아 있는지 마음속으로 찾아보았다. 아무것도 없다. 모든 감정이 어디론가 사라져 버린 것 같은 이 이질감….

"마틀은 좋은 여자야."

프랭크는 손수건을 꺼내 흐르는 땀을 닦으며 말을 이었다.

"나는 항상 마틀에게 호의를 갖고 있었어."

아아 그랬던가! 마틀은 어느 누구보다 재미있는 여자였다. 누구나 그렇게 말하곤 했다. 어느 파티에서나 인기였다. 갑자기 그 단조롭고 언제나 비슷비슷한 파티가 오늘도 내일도 계속될 것이란 생각이 위를 뒤

틀듯이 그를 덮쳐 왔다. 그는 항상 마틀의 덜렁거리며 얘기하는 목소리나 빨갛게 달아오른 볼우물이 불만스러웠다. 그는 신경질이 나고 우울해서 언제나 자리에 죽치고 앉아 술만 들이키곤 했다. 그렇지만 그녀의 싱싱한 젊음과 활달함과 그녀의 익살맞은 몸짓이 과거의 그에게는 일종의 참을 수 없는 매력이었는지도 모른다.

"내가 말하는 것은."

프랭크는 횡설수설 말을 이어 나갔다.

"자네와 마틀처럼 두 사람이 오랜 세월을 살아왔다면 앞으로도 그리 어렵지 않을 거라는 얘기지. 마틀은 눈치 채지 못했겠지? 응?"

프랭크다운 질문이었지만 미처 이런 질문에 마음의 준비를 못했기 때문에 바스는 잠시 주저했다. 하지만 그것은 한 순간이었다. 마틀이 눈치 채지 못했다고 프랭크에게 단정적으로 말해 버리는 것은 위험하다고 생각했다. 그의 외도가 쭉 비밀을 유지해 왔다는 상상은 프랭크 같은 천진난만한 남자가 아니면 할 수 없는 일이다. 십중팔구 마틀은 누군가에게 이 얘기를 떠벌림으로써 나름대로 불만을 해소하려고 했음에 틀림없다. 따라서 나중에 이런 의문이 제기될 때를 대비해서 지금은 안전하게 적당히 둘러대는 것이 상책일 것이다.

"그녀는 아마 일시적인 바람이라고 생각했을 거야."

그는 말을 천천히 이어 나갔다.

"하지만 그것이 심각한 상태라고는 생각하지 않았을 거야. 이런 곳에서의 외도가 어떤 것인가는 자네도 알겠지만, 일시적인 불장난은 우리 주위에서 흔히 볼 수 있는 것 아닌가?"

"아아, 그렇겠지."

세상 물정에 통달한 것 같은 말투였다. 프랭크는 말을 이었다.

"다행스러운 건 그녀가 이틀 간이나 집을 비워서 자네가 새롭게 마음을 진정시킬 기회가 있다는 점일세. 그녀는 정말 적당한 때에 여행을 떠났군."

"정말 그렇네."

바스는 진지한 표정으로 그렇게 말했다. 프랭크가 돌아가려고 일어섰을 때 그는 다시 한 번 애써 슬픔을 억누르는 듯한 말투로 덧붙였다.

"편지를 가져다 줘서 고맙네, 자네의 정신적인 위로에도 감사하네."

일이 이렇게 순조롭게 진행되지만은 않을 것이라고 그는 생각했다. 그의 마음이 이렇게 훌륭히, 기계적으로 움직이면서 오전의 남은 시간을 아무 지장도 없이 헤쳐 나가지 않으면 안 된다. 필요한 것은 단지 주도면밀한 계획과 머리다. 괜찮다. 머리는 냉정하다. 그리고 마틀의 그늘에서 쇠약해진 자신의 마음도 언젠가는 반드시 다시 살아날 것이다.

프랭크가 폭탄을 떨어뜨린 것은 바스가 그렇게 희희낙락하고 있을 무렵이었다. 그는 차를 타고 시동을 걸 무렵 겨우 생각났다는 듯이 농담처럼 던졌다.

"마틀은 파파를 함께 데리고 갔나?"

그는 등 뒤에서 불쑥 말을 꺼냈다.

"당연하겠지. 마틀은 이웃집에 갈 때도 파파를 데리고 가지, 그렇지?"

바스는 꼿꼿이 서 있었다. 하지만 주위의 세계는 빙빙 돌았고 영화의 슬로모션처럼 웅대한 효과를 동반하면서 와해되어 갔다. 나중에는 프랭크만이 남아 그의 대답을 기다리고 있었다.

"아아, 그렇지."

자신의 목소리를 먼 꿈속의 목소리처럼 들으면서 말을 이었다.

"물론 파파를 데리고 갔지. 마틀은 파파를 데리고 가지 않으면 어디도 나가지 않으니까."

"그 여행용 케이스에 넣어서? 특별 주문한 여행용 케이스를 가진 개라니. 호강하는 개라니까."

명랑하게 손을 흔들고 프랭크는 가버렸다.

믿을 수 없는 일이었다. 그는 자신의 실패의 중대한 의미를 조금밖에 파악하지 못했다. 자신의 마음을 뒤엎는 일이다. 이 심적인 동요를 아무런 대책 없이 지켜볼 수밖에 없었다. 무엇 하나 빠뜨리지 말아야 한다는 강박관념 탓인지 너무나 시시하고 당연한 실수를 범하고 만 것이다. 파파를 잊어버린 것이다.

파파는 마틀의 그림자와 같은 존재였다. 그녀는 자신을 개의 〈마마〉라고 불렀다. 파파는 비글루 종으로 화려하고 외향적인 성격의 개였다. 하지만 파파에 대한 마틀의 강한 애착심에도 불구하고 가끔씩 마마의 명령을 거부하고 밤놀이에 탐닉하곤 했다. 그리고 어젯밤이 그 탈선 행위의 밤 가운데 하나였다. 바스는 눈을 감았다. 베란다가 어제 저녁과 마찬가지로 마틀의 금속성 목소리로 가득 찬 것처럼 느껴졌다.

"이리 와라. 파파, 파파."

하지만 두 사람은 바람맞고 말았다. 파파가 관목 사이를 빠져 나가 찻길로 뛰어드는 발소리도, 멍멍거리는 소리도 들리지 않았다. 평상시라면 개가 늦든 빠르든 부끄러움과 자랑스러움이 교차하는 표정으로 모습을 보일 때까지 마틀은 일정한 간격을 두고 계속해서 불렀을 것이다. 아냐, 평소라면 그 개가 아직 돌아오지 않았다고 해도 하등 문제가 될 것은 없다.

하지만 어제 저녁도 오늘 아침도 평상시와는 전혀 다르다. 그것이 문제인 것이다. 바스는 이 평상시와는 완전히 다른 미쳐 버린 비밀의 몇 시간을 평상시와 똑같이 보이도록 하지 않으면 안 되는 것이다. 하지만 그건 불가능했다. 그의 계산은 모두 파파를 제외한 것이었기 때문이다.

공포가 전류처럼 그의 몸 안을 흘렀다. 그는 마음을 다잡아 냉정을 유지하려고 애썼다. 지금은 당황하고 있을 때가 아니다. 바보스럽게 자책하고 있을 때도 아니다. 생각하지 않으면 안 된다. 어젯밤처럼 훌륭하고 침착하며 정확히 생각하지 않으면….

파파는 이 근처를 뛰어다니며 사람들의 눈길을 끌고 있을 것이다. 이것은 엄청난 시한폭탄이다. 하지만 개를 부르면 개가 없어야 할 곳에 있다는 사실을 바스가 인정하는것이 되고, 근처에 알려 점점 더 치명적으로 될 뿐이다.

그럼, 그저 기다릴 수밖에 없다.

식은땀으로 축축한 손을 손수건으로 닦아냈다. 무릎이 쿡쿡 쑤시는 듯했다. 그러나 도저히 앉을 기분이 나지 않았다. 베란다 밖을 내다보았다. 거기에 담쟁이덩굴이 싹을 내려 하고 있었다. 마치 마틀처럼. 그 싹을 피우기 시작한 담쟁이덩굴. 이 거친 촉감의 자색 꽃은 그녀가 좋아하는 색이었고, 위로 뻗어 가는 그 한없는 속물 근성은 그녀의 삶의 방식이었다.

기다릴 수밖에 없다….

그때 느닷없이 파파가 모습을 드러냈다. 파파는 초인종을 울리기라도 하듯 짖어댔다. 마치 집으로 들어가도 좋을까요, 이건 무리한 얘기는 아니겠죠라는 뜻으로 짖어대는 것 같다. 바스가 비틀거리며 다가가 문을 열어 주자 개는 약간 기가 죽어 있으면서도 허세를 부려 기세 좋게 뛰어들었다.

온몸을 떨면서 바스는 버드나무 의자에 털썩 주저앉았다. 개는 자신을 더욱 극진히 환영해 줄 사람을 찾아 집 안을 돌아다니며 짖어댔다. 그가 아무리 떠올리지 않으려 해도 어제 저녁의 그때부터, 그래 그 직후부터 완벽(에 가까운)한 그의 행동계획이 역력히 떠올랐다. 그것은 마술처럼 정확하고 빈틈없이 진행되리라 여겨졌다. 우선 마틀이 여동생에게 간다는 천혜의 조건이 있었다. 그녀의 여동생은—그녀에게 축복이 있기를!—오지에 살고 있어서 거기로 가는 차는 매우 드물었다. 게다가 굴곡이 심하고 곳곳이 절벽이었다. 바스의 목적을 달성하기에는 안성맞춤의 조건이었다. 그리고 마틀의 시체와 자전거를 그녀 차 뒷좌석에 묶어 한밤중인 3시에 그가 집을 나갔을 때, 혹은 바스가 자전거로 혼자 돌아왔을 때 그 어느 쪽이든지 누군가가 밖에 나와 있다가 그를 본 사람이 있을까?

대답은 노다. 달도 없고 통행인도 없는 밤에 그는 추락 사고를 다른 모든 것과 마찬가지로 마치 꿈처럼 정확한 수법으로 해치웠다.

앞으로 마틀의 시체와 차가 그 계곡에서 가루처럼 부서져 버린 사실이 발견될 때 누가 시간을 버려 가며 수사에 매달릴 것인가? 게다가 마틀의 난폭한 운전 솜씨는 사람들이 다 알고 있었다.

그는 모든 걸 생각에 넣었다. 마틀이 고생스럽게 꾸려둔 슈트케이스도, 그녀가 이번 여행을 위해 사둔 모자도. 이 모자는 빨간 베일이 달려 있고 이것과 같은 계통의 꽃으로 장식되어 있다. 이 모자를 잊지 않고 챙겼다는 점이 그를 만족시켰다.

하지만 파파를 잊어버린 것이다. 그녀는 어디를 가든 항상 파파를 데리고 다녔다. 파파를 혼자 남겨 두려면 옷을 벗어 나체가 되는 편이 낫겠다고 말할 정도였다. 그녀는 여행 도중 파파가 자신의 좌석 옆에 온순하게 앉아 있으리라고는 생각하지 않았다. 창을 스치는 풍경의 무언가가 파파의 호기심을 자극할 것이라고 그녀는 걱정했다. 여기서 파파를 위해 특별 주문 여행용 케이스를 만든 것이다. 아무리 짧은 여행일지라도 그녀는 그 케이스 속에 파파를 넣고 앞 좌석에 놓았다.

그 케이스를 사용하지 않을 때는 차고 구석에 두었다. 지금도 그것은 차고의, 바스가 출퇴근 때 사용하는 차 옆에 놓여 있을 것이다. 만약 어젯밤 그가 잠깐이라도 그것을 보았다면…. 지금이라도 빨리 그것을 처리하지 않으면 안 된다. 그리고 파파도 처치해 버리지 않으면 안 된다.

적어도 파파는 그의 손이 닿는 이곳에 있다. 게다가 이곳은 사람들이 자주 드나드는 곳은 아니다. 어쩌면 파파가 이미 사람들 눈에 띄어 버린 건 아닐까? 혹시 그렇다면 어떻게 해야 할까, 바스는 자기 자신에게 속으로 물었다. 어떤 가능성이 더 클까? 괜찮을지도 모른다. 그러나 원기 왕성한 파파가 이 집에 있고 그 증거가 될 수 있는 여행용 케이스가 차고에 있다는 점은 누구에게도 납득시킬 수 없는 문제다. 바스는 자기가 프랭크에게 대답한, 저 먼 목소리를 다시금 되새겼다.

"아아, 그렇지. 물론 그녀는 파파를 데리고 갔지."

그것이 바로 정답이다. 그것이 어디까지나 틀림없다고 한다면 파파와 여행용 케이스는 계곡의 차 안에 있어야만 된다.

그렇다면 개를 그 곳에 데리고 가면 된다. 그는 자신의 차를 갖고 있다. 아직 시간은 있다. 아직 기회가 남아 있다는 것을 알고 그는 약간 흥분된 기색을 보이며 희망을 되살렸다. 하지만 어젯밤보다 훨씬 위험한 도박이다. 어젯밤은 그의 출입을 눈치 챈 사람이 없었다. 지금은 대낮이다. 그래도 그가 파파와 케이스를 계곡으로 데려가기만 하면 괜찮다. 안전하다. 거기까지 가는 게 귀찮은 일이다. 절벽의 급한 커브 길을 가기 위해서는 미국인 거주지 안을 쭉 빠져 나가야 한다. 어젯밤에는 인적이 없는 조용한 길이었지만 지금은 오전이므로 사람이나 차도 다닐 것이다. 분명히 누군가가 자기를 볼 것이다. 그래도 치명적이라고는 할 수 없다. 문제는 누군가가 파파가 짖는 소리를 들을지도 모른다는 점이다. 개는 케이스에 넣어질 때면 항상 심하게 짖는다. 목적지에 도착할 때까지 계속 짖어댄다. 할 수 없다. 어차피 건너야만 하는 위험한 다리다. 파파를 최후의 여행에 데리고 가기 전에 영원히 잠들도록 해야 한다.

그 방법은? 이것이야말로 최후의 승패를 가르는 문제다.

마침 신호라도 받은 것처럼 파파가 베란다와 거실 사이의 문에 모습을 드러냈다. 사람처럼 쭉 목을 내밀고 있다. 개는 언제나 놀 준비가 되어 있는 동물이다. 하지만 반대로 개가 좋아하는 사람이 정말로 자신을 놓고 가버렸다면….

파파는 가만히 있을 개가 아니다. 이 놈은 누군가의 묘지를 판다든가 아무것도 먹지 않은 채 그림자처럼 야윌 때까지 침울하게 세월을 보낼 것이다. 이 작고 위세를 잘 부리는 개는 애정에 매우 연연하는 편이다.

바스가 물끄러미 보자 파파는 뭔가 재미있는 일이 있지 않을까 착각하고 굽실거리며 기분 좋게 다가왔다. 그래. 놈이 나에게 다가온다. 이것으로 그의 수명은 늘어나고 그만큼 파파의 수명이 줄어들게 된다. 그러나 개는 그런 것을 모른다. 게다가 바스의 마음이 황폐해질 만큼 황폐해져 어떤 생명에 대해서도 일말의 연민조차 느낄 수 없게 되었다는 점을 파파가 알 리 없었다. 쾌활하고 무심하게 개는 바스의 발 밑에 와서 앉았다. 꼬리를 바쁘게 살랑거린다. 얼룩이 있는 머리를 들어올린다. 개는 미소 짓는 것처럼 보였다.

"저쪽으로 가."

바스는 차갑게 말했다. 파파는 그 말을 알아차리고 역시 애교 있게 미소 지으면서 거실 문 쪽으로 어슬렁거리며 걸어갔다. 권총이 가장 간단할 것이다. 한 방으로 깨끗이 끝낼 수 있다. 누군가가 듣더라도 차의 소음 정도로 생각할 것이다. 그리고 재빨리 눈에 띄지 않도록 묻으면 된다. 파파처럼 작은 시체라면 매우 간단하다. 그러나 바스에게는 권총이 없었다.

그러면 가스를 쓰는 방법도 있다. 하지만 이곳은 가스가 들어오지 않는다. 모든 것이 전기로 작동된다.

찔러 죽인다면 어떻게 되나? 그렇다면…. 바스가 문 쪽을 보았다. 거기에는 파파가 아무리 작은 소리라도 간과하지 않으려는 듯 방심하지 않는 태도로 앉아 있다. 개의 신체 구조는 인간과 큰 차이가 없을 것이다. 그러나 파파의 앞발이 바스의 머릿속에 복잡한 생각을 불러일으켰다. 파파는 크지는 않지만 근육질이고 강하다. 게다가 생명에 애착이 있기 때문에 전력을 다해 저항할 것이다.

파파의 신뢰가 담긴 눈길을 애써 피하는 바스의 눈에 문득 담쟁이덩굴이 들어왔다. 줄기 하나가 그물을 뚫고 안에 들어와 있었다. 아마 파파가 들어올 때 들여온 것이리라. 그것은 손잡이 쪽으로 뻗어 있었다. 바스는 난폭하게 덩굴줄기를 밖으로 밀어내고 다시 들어오지 않도록 그물 문을 닫았다.

파파는 집 안을 부지런히, 아무런 의미도 없이 걸어다니며 그때마다 위치를 바꿨다. 개는 조금씩 밝은 표정을 상실하고 초조해 하는 것 같았다. 개는 분주히 뛰어다니다 바스의 옆으로 다가와서는 무슨 소린지 계속 짖어댔다. 큰소리는 아니지만 끈질겼다.

개를 영원히 처치해 버릴 방법을 결정할 때까지 개를 조용하게 만들어야만 한다. 먹을 걸 주는 게 좋겠다. 바스는 일어났다. 부엌에는 만들 수 있는 재료가 조금은 남아 있을 것이다. 아무튼 사형선고를 받은 파파에게 정성을 다한 아침 식사를 즐길 권리가 부여되었다. 개는 크게 짖으며 바스를 가로질러 부엌으로 뛰어들었다. 벌써 뭘 하려는지 알아채고 기분이 좋아진 듯했다.

개 통조림을 열어 파파의 그릇에 가득 넣어 주는 일은 간단했지만 벌써 9시가 넘었다는 사실을 알고 크게 놀랐다. 1시간 전에는 출근했어야 했기 때문이다. 그는 급히 전화를 걸어 생각나는 대로 변명거리를 늘어놓았다.

그의 비서는 경박한 여자로 두통이란 말에 잘 넘어가 주었지만 토마토 주스나 아니면 개털을 끓여 마시라고 했다. 그는 배꼽을 잡으며 웃고 싶은 위험한 충동에 사로잡혀 일을 그르칠 뻔했다.

"그럼 점심 후에."

차갑게 말하고 수화기를 놓았다.

한편 파파는 조용하게 아침 식사를 만끽한 후 한숨 자려고 식당 테이블 아래의, 항상 그가 즐겨 찾는 장소로 들어갔다. 개의 부푼 배가 리드미컬하게 위아래로 움직인다. 때때로 이마의 주름을 잡기도 하고 앞발을 바삐 움직이기도 한다. 꿈속에서 토끼라도 쫓고 있으리라. 그런 개를 보자 바스는 마취약이 몸 속으로 퍼져 가듯 잠기운이 몰려 오는 것을 느꼈다.

시끄러운 전화벨 소리에 그는 벌떡 일어섰다. 눈이 크게 떠지고 갑자기 식은땀이 흘러내렸다. 그러나 벨이 세 번째 울렸을 때 그는 정신을 차리고 평상시의 신중한 목소리로 응답할 수 있었다.

"형부세요? 무슨 일 있어요? 왜 출근하지 않으셨어요?"

마틀의 여동생은 급하게 말했다. 하지만 그녀는 언제나 그런 식이었다. 게다가 말하는 도중에 끼어드는 경우도 많았다. 그가 두통 때문이라고 변명하려는 찰나에 그녀가 먼저 선수를 쳤다.

"하지만 형부, 언니는 어떻게 된 거죠? 오늘 아침에 출발한다고 해서 몇 시간이나 기다렸는지 몰라요."

아니 아직 처제한테 가지 않았나?"

그는 충분히 시간을 두고 나서 말을 이었다.

"알 수 없군. 6시 전에 여기서 떠났는데."

"6시라구요. 지금은 벌써 10시 30분이에요. 아무리 천천히 와도 차로 3시간밖에 걸리지 않는데."

"알아."

그의 목소리가 초조하여 심사가 뒤틀린 것도 무리는 아니다. 뭔가 걱정이 있는 사람은 무뚝뚝하게 되는 법이다.

"지금쯤은 틀림없이 도착했을 텐데. 이상하네. 무슨 일인지 누군가에 연락을 해보면…."

"서두르지 않는 편이 좋아요. 아마 아무 일도 없을 거예요."

"어째서 그런…."

그는 풀죽은 것처럼 말투를 바꿔 계속 얘기했다.

"전화해 줘서 고마워. 지금 프랭크 달라스에게 연락을 해보지. 그에게 좋은 생각이 있을 거야. 그에게 뭔가 들은 후에…."

"물론이에요. 다시 전화할게요."

그녀의 목소리는 떨고 있었다.

그것은 예정된 일이었다. 마틀의 여동생으로부터 전화가 올 것도 이미 계산에 넣었다. 단지 한 가지 다른 점은 그의 다음 행동, 즉 이 문제를 친구인 프랭크에게 보고하겠지만 일단 그 일은 파파가 죽어 계곡으로 운반될 때까지 연기해야만 한다.

파파가 입구에서 지극히 기분 좋은 듯이 하품을 늘어지게 하더니 다리를 서로 교차하며 뻗고 나서 느릿느릿 들어왔다. 그것을 보고 바스는 갑자기 한기를 느꼈다. 자신의 위험을 앞에 두고도 태평하게 있는 자신의 태도가 더없이 싫었기 때문이다.
 자신이 약하게 주저했기 때문에 이 오전의 몇 시간을 그냥 보내 버렸음을 깨달았다. 그의 계획을 엉망으로 만들어 버리고 있는 파파를 상대로 이렇게 한가롭게 있는 것은 도대체 어떤 속셈일까?
 파파가 당하지 않으면 자신이 당한다고 그는 생각했다. 살든가 죽든가. 개가 죽는 것이 당연하다. 이제 시간에 쫓겨 그는 미친 듯이 식당으로 뛰어들었다. 서랍에서 칼을 꺼냈다. 파파가 그의 발에 달라붙어 무릎 근처로 뛰어오르려고 했다. 개의 얼굴을 잡고 목을 베는 것은 실로 쉬운 일이다. 그리고 재빨리 나이프를 휘둘러….
 하지만 여기서는 안 된다. 부엌에서다. 등심초가 그려진 카펫 위에서가 아니라 타일 위에서다.
 하지만 그 순간. 전화벨이 울렸다. 그의 최초의 용의주도한 스케줄 속에서 하나만 남겨진 것이 시작된 것이다. 전화는 프랭크가 건 것으로 평소의 목소리보다 더 친근했고 걱정을 숨기려고 노력하는 것이 분명했다.
 "저어, 바스 방금 마틀의 여동생으로부터의 시외 전화가 왔는데 마틀이 아직 도착하지 않았다는데?"
 뭐라고 마틀의 여동생이! 하지만 나도 나다. 그녀가 나한테 맡겨 두지 않고 나 몰래 프랭크에게 전화할 거라는 정도의 예측을 못하다니….
 그러나 그는 희미한 희망을 버리지 않았다.
 "들었어. 아까부터 자네에게 걸려고 했지만 통화중이라서."
 "하지만 너무 걱정하지 말게, 바스. 여동생에게도 말했지만 뭔가 대수롭지 않는 일이 생겼을 거네. 파파가 자동차에 부딪쳤는지도 몰라. 놈은 항상 자동차만 보면 달려가지 않았나. 빨리 조사해서 뭔가 알게 되면 바로 연락하지."
 바스는 이제 파파와 그 여행용 케이스를 계곡으로 가져갈 생각을 포기했다. 그만두자, 시간이 없다. 개를 죽여 시체와 케이스를 어딘가에 숨겨 두고 추락현장에 그것이 보이지 않는 점을 간과해 주기만을 열심히 기도할 뿐이다. 그리고 나서….

그때 문득 기분이 좋아졌다. 최선의 방법이다. 아까 바로 생각했으면 좋았을 텐데…. 당연한 방법이다. 수의사가 하는 것과 같은 방법으로 놈을 재울 수 있지 않을까. 이제 문제가 해결됐다고 생각하자 가벼운 현기증이 났다. 바스는 세면실로 가 약 선반 문을 열었다. 그와 마틀은 수면제 처방을 받은 적이 있었다. 그것이 한줌만 있으면….

그는 기뻐하면서 병을 하나 꺼냈다. 텅 비었다. 마틀은 분명 자신의 몫을 여행용 가방에 넣었나 보다. 한 알도 보이지 않는다. 이제 소용없다. 그러나 그는 수면제를 찾는 손을 멈출 수가 없었다. 다시 전화벨이 울렸다. 이번 프랭크의 목소리는 평소의 따뜻함을 느낄 수 없는 무거운 소리였다.

"바스, 나쁜 소식을 각오하지 않으면 안 되겠네…. 사고가 있었네. 지독한…. 10분 후에 그곳에 도착하겠네."

10분. 파파가 아직 여기에 있는 걸 본다면 〈사고〉의 줄거리가 뭔가 이상하다는 걸 눈치 챌 것이다. 개가 있음으로써 프랭크는 놀랄 것이다. 그리고 의심을 할 것이고 조금만 조사하면 모든 것이 밝혀질 것이다. 파파가 바스의 발 밑에 서서, 〈제가 도와드릴 일이라도〉라고 묻는 것처럼 복숭아 색의 혀끝을 활기차게 내밀고 있었다.

"제발 죽어 줘."

바스는 중얼거렸다.

앞으로 10분. 아마 9분밖에 남아 있지 않을 것이다. 바스는 핏기 선 눈으로 매우 강렬한 색채로 디자인 된 마틀의 옷가지가 흐트러진 방안을 돌아다녔다. 책상 위에 놓여 있는 문진이 눈에 띄었다. 서류가 날리지 않도록 종이 위에 얹는 물건으로 꽤 무겁다. 단단한 쇳덩어리로 잡기에도 딱 알맞은 크기다. 이것으로 파파 뒷머리의 갈색 반점에 겨눠 일격을 가하면 모든 것이 끝난다. 바스는 문진을 꼭 쥐고 앉았다. 파파에게 다가오라는 듯이 무릎 위를 두드리면서 말했다.

"어이, 파파."

파파는 바로 뛰어올랐다. 항상 그렇게 안고 쓰다듬어 주었기 때문이다. 그 작은 머리를 왼쪽 팔로 안았다. 바스는 천천히 문진을 들어올려 상태를 확인하고 치명적인 일격에 눈과 손과 의지를 집중시켰다.

그러나 그는 그 짓을 할 기분이 나지 않았다. 지금 이때가 아니면 안 되는, 이 운명을 결정하는 찰나에 황폐해진 마음이 그를 지배한 것이다. 이니드에 대해서 느꼈던 것처럼.

그의 팔이 축 늘어졌다. 문진이 바닥에 떨어졌다. 그는 파파의 따뜻한 몸을 양손으로 안고 그 신뢰에 찬 눈을 뜨거운 눈길로 바라보았다. 이 바보 같은 동물을 마음 깊이 좋아했던 것은 아니다. 하지만 그가 파파를 끌어안고 있는 동안 마치 자신의 생명의 근원을 끌어안고 있는 느낌이 들었다. 그것은 그의 몸 속에 서로 상응하는 피의 흐름을 소생시켜 얼어붙은 마음을 녹이고, 그의 오장육부의 구석구석까지 뜨거운 피가 솟아나게 했다.

그렇다. 고양하는 마음이다. 그는 패배하였으며, 자신도 그것을 알아차렸다. 바로 그때 프랭크의 차가 다가오는 소리가 들렸다.

그의 손이 발작적으로 파파의 목을 졸랐다. 파파도 역시 소리를 듣고 몸을 빼려고 발버둥쳤다. 이윽고 바스가 절망적으로 웃었다. 하지만 그건 흐느껴 우는 것인지도 모른다. 그리고 나서 개를 놓아 주었다.

한달음에 빠져 나가, 파파는 환영사절처럼 베란다로 뛰어나갔다. 순간 주저하다 바스는 그 뒤를 따라 베란다까지 걸어가 프랭크를 맞이했다.

진 포츠(Jean Potts, 1910~1999)

MWA 신인상을 수상한 여류작가. 2년에 1편의 페이스로 30년 간 15편의 장편 발표. 『The Diehard』(1956), 『An Affair of the Heart』(1970)

살인자에게 시집간 여자
THE GIRL WHO MARRIED A MONSTER — 안소니 바우처

　이번 일은 시작부터 무리하게 너무 서두른다는 인상을 받았다. 안소니 바우처와의 약혼이 정식으로 발표되기도 전에 결혼식 날짜가 이미 정해져 있었다. 도린이 꼭이라고 했기 때문에 마리는 신부 들러리 역을 맡아 급히 할리우드로 갔는데 그쪽 저택에 도착해 보니 약혼 파티는 이미 시작된 다음이었다. 그리고 샤워를 할 틈도 없이 옷도 채 갈아입지 않고 마리는 사촌인 도린에게 이끌려 〈살인자〉를 소개받았다. 물론 처음부터 그가 살인자라는 것을 안 것은 아니다.

　도린 친구 중 한 명이 장난스럽게 즉흥 웨딩마치를 치고 다른 친구들이 거기에 맞춰 우스꽝스런 노래를 불렀고 다른 손님들 사이에서는,

"어머 저런!"

"내 에이전트가 말하길…."

"이 술 아교처럼 끈적끈적한데…."

"텔레비전의 드라마? 옛날 얘기!"

　등등, 잡다한 얘기들이 서로 오갔기 때문에 표면상으로는 성숙한 여성의 본능만이 발휘되었을 뿐이다. 하지만 마음속으로는 지금은 잊어버린 소녀시절의 기억이 꿈틀대기 시작했다. 나중에야 회색 옷을 입은 남자와 눈에 보이지 않는 파리를 쫓는 그 기묘한 친구 덕분에 모든 것이 두려울 정도로 확실히 보이게 되었다. 처음에는 아직 애매한 조짐

같은 것이었는데 그래서 오히려 더 이상한 느낌이 들었는지도 모른다.

마리는 그 남자에게 편견이 있었다. 도린은 27세로 마리보다 한 살 위였지만 실제로는 더 젊어 보였다. 그런 그녀가 50이 지난 남자를 결혼 상대로 골랐다는 불결함을 씻을 수 없었다. 피터 아논의 풍자만화에서 빠져 나온 것 같은 늙은 호색한을 상상했던 마리는 상대가 극히 평범한 남자임을 알고 약간이나마 안심했다. 거리의 식료품점 주인 같은 어디에나 있을 법한 남자. 아니 그것보다는 몰몬교의 사제를 겸한 선량한 약사 타입이었다. 게다가 거드름 피우지 않고 사교적인 성격에도 호감이 가, 초로의 다른 남자들에게서 느낄 수 없는 매력 같은 것조차 느껴졌다. 그는 마리의 친척에 관하여 상세히 묻고—물론 그것은 도린의 친척이기도 하다—유타 주의 얘기나 솔트레이크 시티의 최근 상황도 알고 싶어했다. 그러면서도 당신에 관해서 알고 싶다는 태도를 계속 유지했다.

잠시 동안, 할리우드 파티의 소란함은 사라지고, 어쩌면 여기는 아직 솔트레이크 시티일지도 모른다고 착각할 정도로 친숙한 분위기를 자아냈다. 아무리 나이 차이가 난다 해도 이런 사람이라면 도린이 결혼하고 싶은 심정을 이해할 수 있었다. 한편 마음 한구석에서는 〈루사 피보디〉라는 이름—그것도 검고 굵은 문자로 쓰여진—과 거기에 덧붙여진 한 장의 사진—훨씬 젊었을 무렵의—을 어딘가에서 본 것 같은 소녀시절의 기억이 살아나고 있었다.

이윽고 도린이 자신의 신랑을 향해 미소 지으며 말했다.

"루사, 마리를 기쁘게 해 줘요. 난 다른 사람을 접대하고 올 테니까."

도린이 잠시 떠난 후 마리는 루사 피보디와 둘이서 남겨졌다. 편집이 엉망인 영화 장면처럼 파티는 떠들썩한 소용돌이 속으로 빠져들었다. 무엇이 걱정스러운지도 말할 수 없었고, 술이 있는 카운터로 가자고 하면서 아무렇지도 않게 어깨에 올려 놓은 그의 손에서 이상한 점을 느끼지도 않았다. 확실히 그의 말투는 묘한 의미를 담고 있는 듯했고 손을 놓는 방법도 보통 신랑이 신부 들러리에게 하는 것과는 달랐다. 하지만 그것보다 더욱 소름이 끼쳤던 점은 지나치게 온화한 목소리와 지나치게 부드러운 손끝, 게다가 눈매였다. 방에는 자신들밖에 없기라도 한 것처럼 마리를, 마리만을 물끄러미 바라보는 눈. 그 눈은 너무나도 차가웠다.

소녀시절의 기억은 아직 단편밖에 떠오르지 않았다. 하지만 그것이 무엇이든 그 기억이 마음속에 있었던 덕분에 성숙한 여인의 본능은 위험을 감지할 수 있었다. 정신을 차려 보니 마리는 무의식중에 피보디의 곁을 떠나 방송계의 담합에 대해 토론을 하고 있는 두 남자의 뒤를 돌아 방구석의 깊숙한 의자로 모습을 숨기고 있는 자신을 발견했다.

마치 대중들 앞에서 공포에 사로잡힌 사람처럼 몸을 덜덜 떨고 있었다. 그 남자와 비교한다면 피터아논 같은 호색한에다 대부호인 쪽인 훨씬 청결하게 여겨졌다. 사촌언니의 결혼 상대로서도 훨씬 나았을 것이라고 그녀는 생각했다. 마리가 회색 옷을 입은 남자를 만난 것은 바로 그 자리에 있을 때였다.

"도린의 사촌동생 마리죠?"

남자는 말을 이었다.

"저는 맥도날드. 술은 마시지 않나 본데. 그래도…."

그는 계속해서 말을 이었다.

"갖고 오는 걸 잊었나요?"

그렇게 말하면서 자신이 양손에 갖고 있던 마티니 하나를 내밀었다. 실로 기적이라고 해야겠지만 마리는 마티니를 한 방울도 엎지르지 않았다. 그러나 두 모금을 마실 때까지는 고맙다고 미소를 지을 수 없었다.

"고맙습니다."

"안심했소. 당신에게 말을 걸어도 될지 망설였는데. 솔트레이크의 젊은 여성은 다른 사람들과는 다르니까."

"어머, 저는 특별한 성녀가 아니에요."

"성녀가 그렇게 많으면 안 되죠. 신에게 감사하고 싶은데요."

"그런 의미가 아니라―이제 즐겁게 미소는 지을 수 있게 되었다―전, 모르몬교 신도가 아녜요. 도린도 달라요. 우리들의 아버지는 두 사람 모두 어머니가 돌아가신 후에 솔트레이크로 이사했어요. 아기인 우리들을 안구요. 그리고 나서 유타의 여성과 재혼한 거죠. 결국 도린의 기사로 유명한 몰몬교의 대가족이란 것은 그 재혼 상대의 가족이죠."

"언젠가 도린을 혼내줘야겠군."

그는 쌀쌀맞게 말을 이었다.

"도린 정도 나이라면 신문에 실리는 소개 기사에 사실대로 밝힌다고 해서 문제가 될 건 없습니다."

그는 야단법석이 시작된 방을 둘러보다가 말을 이었다.

"장래 유망한 예비 스타라는 것까지 고려해서 말이죠. 예비 스타라고 불린 지 몇 십 년 된 사람들도 있고 어쩌면 죽을 때까지 붙어 있는 경우도 있지요. 민주당 청년당원에도 나 같은 중년 아저씨가 있는 법이죠. 대머리를 감추기 위해서 돈을 사용해야만 하는 나이가 되어도 청년단의 회비를 내는 거죠."

"하지만 당신은 아직 젊잖아요!"

그녀는 그 즉각 그렇게 말했다. 하지만 그런 친숙한 말은 하지 말았어야 했다고 그녀는 반성했다. 눈앞의 남자는 적어도 37, 38세는 되었을 것이다. 그러나 그녀는 더 이상 떨지 않았고 상대는 편안하고 따뜻함을 느끼게 하는 남자였다. 아까 부드러운 손끝과 지옥의 눈을 지닌 저 낡은 기억의 그림자로 채색된 남자와는 전혀 달랐다.

맥인가 뭐라는 남자는 마리가 생각하는 바를 읽어 낸 것 같았다. 그는 방 반대 측에 있는 카운터를 슬며시 보았다. 그곳에는 루사 피보디가 어떤 칼럼니스트 조수 정도 되는 각선미가 잘빠진 여자에게 경애를 표하고 있었다.

"방금 막 도착했죠?"
남자가 말했다.
"네에."
마리는 불쾌한 기분을 숨기지 않았다.
"급하다고 해서…."
"그럼 살짝 빠져 나가도 지장은 없겠군요. 그럼 저의 차에서…."
그것은 질문이 아니었다.

"저기에 보이는 것이 카타리나죠."
맥도날드와 마리를 태운 차는 파로스 벨데스에 있는 언덕 정상에 멈춰 섰다. 일몰이 가까워졌다.
"뭔가 들뜨는 기분이군요."
마리는 조용하게 말을 이었다.
"높은 곳에서 지금까지 보지 못했던 것들을 보고…. 이곳에 와서 좋다는 느낌이 들어요."
"이 세상의 왕궁…."
맥도날드는 중얼거리며 말을 이었다.
"실은 나는 도린이 이곳에 처음 왔을 때부터 알고 지냈죠. 라디오 극을 전문으로 하던 여배우로부터 소개받았소."
이상하게 그의 어조는 약간 딱딱했다.
"어쩌면 당신…?"
하지만 마리는 마지막 말을 내뱉지 못하고 삼켜 버렸다. 그런 질문을 해도 좋을 만큼 기분이 풀어지긴 했지만 그래도 아직 서먹한 느낌이 들었기 때문이다.
"도린에게 빠져 있다는 말을 하고 싶은 거요?"
맥도날드는 힘없이 웃었다.
"그건 아니오. 나와 도린을 소개해 준 여자를 생각했소. 내 친구가 그녀를 죽였지."

그때, 예의 사진과 검고 굵은 문자가 갑자기 선명하게 떠올랐다. 사진에 덧붙여진 기사도 완전히 다 떠올랐다.

맥도날드는 마리가 갑자기 놀라는 것을 눈치챘다. 그리고 깊은 시선을 보냈다.

"당신을 금방 알아볼 수 있었던 것은 그 때문이죠. 도린의 옛날 일을 알고 있었기 때문에. 지금은 좀 다르지만 예비 스타 취급을 받기 전의 도린은 당신과 아주 비슷했소…. 이곳에 와서 좋다고 그녀도 자주 말했는데."

"그런데 지금은…."

마리가 말했다.

"그래, 그런데 지금은…."

맥도날드는 그렇게 반복하고 순간 침묵에 빠졌다가 다시 갑자기 말을 이었다.

"걱정되는 점이 있소? 나에게 말해 봐요. 도린에게 말할 수 없는 일인 것 같은데 자기 가슴에 혼자 묻어 두어도 어쩔 수 없잖소?"

자신에게도 의외였지만, 마리는 고개를 끄덕이고 있었다.

"그전에 마티니를 마시고 싶어요."

좁고 손님이 거의 없는 해변의 주점이었다. 흔히 말하는 것처럼 머리카락을 늘어뜨리고 편안히 지내기에는 최적의 장소라는 생각이 들었다.

"당신은 머리카락을 처음부터 길게 늘어뜨렸군."

마리는 웃으려고 했다.

"정말 멋진 머리군. 옛날의 도린과 다른 점은 이거군. 도린은 항상 머리카락을 스트레이트로 했었소."

"내 머리카락에 웨이브가 져 있는 걸 항상 부럽게 생각했죠. 그래서 그걸 알리고 싶지 않아 일부러 스트레이트로 했는지도 몰라요. 하지만 그런 심술궂은 상상은 하고 싶지 않아요. 도린이 나를 부럽게 생각한 것은 그것만이 아니니까. 당신은 나빠요. 쓸데없는 말을 해 버렸어요."

"직업병이겠죠."

맥도날드는 그렇게 말했지만 마리는 아직 그의 직업을 몰랐다.

술을 갖다 준 웨이터가 자리를 떠나자 마리는 자신의 두려움을 설명할 적당한 말을 찾으려고 했다.

"즉, 그…. 당신은 잘 알 테죠. 나쁜 남자를 사랑하면 어떻게 되는지. 성격이 나쁠 뿐만 아니라 마음까지 나쁜 남자를 말하는 거예요. 저는 버클레의 방사능 연구소에서 전에 비서를 한 적이 있어요. 그때 연구원 한 사람과…. 이름 정도는 당신도 알겠죠. 신문에도 나왔고. 그 남자는 매국노였어요. 과장인지도 모르지만 아무튼 그랬어요. 나는 몇 개월이나 그 남자와 사랑에 빠졌는데도 그가 어떤 인간인지 몰랐어요. 언제까지나 나를 지켜 줄 것이다, 내편이 되어 주리라 여겼어요. 하지만 기소되고 나서 드디어 본성을 드러내고…. 그런 일이 있어 유타로 돌아갔어요. 그래서 나는 알았어요. 아무리 사랑을 한다고 해도 도린으로서는 상대의 성격을 볼 수 없는 것은 아닐까 하고 말이에요. 그저 〈여자의 육감〉이 아녜요. 눈이 너무 차갑다든가, 손끝이 너무 부드럽다든가 그런 것만이 아니에요. 저, 생각났어요. 훨씬 전, 10년 정도 전의 기억인데 아직 중학생 정도였을 거예요. 포틀랜드인가 시애틀인가 어디에서 사건이 일어났어요. 범인은 파랑 머리의 사나이였죠. 부인을 죽였어요. 신문에 크게 나오고 장안이 그 소문으로 떠들썩했어요. 당신이 살인 얘기를 꺼냈을 때 갑자기 생각났어요. 그때의 신문이 눈앞에 떠올랐어요. 이름도 얼굴도 같았어요."

모든 것을 말해 버린 후 그녀는 마티니를 단숨에 마셔 버렸다. 맥도날드는 놀라지 않았다.

"내가 생각한 사건과는 다른데?"

태연히 그가 말했다.

"서로 다른 시기에 중학교를 다녔기 때문인가요? 흥미로운 점은 어렸을 때는 누구나 살인사건에 흥미를 갖는다는 것이죠. 1931년의 비니 루이스 재드 사건은 평생 잊히지 않을 겁니다. 그 사건을 절반도 이해하지 못했다고 해도 말입니다. 방금 내가 생각한 것은 그보다 약간 전인 1929년의 사건이오. 무대는 이 로스앤젤레스입니다. 같은 이름, 같은 얼굴이었소."

"하지만 그럴 리 없겠죠. 한 남자가 두 번이나? 처음 사건이 발생한 후 가스실로 보내지지 않았나요?"

"당시엔 교수형뿐이었소. 아마 무죄였을 거요. 이 사건이나 당신이 말한 시애틀 어디선가 사건이 발생했을 때도. 천진난만한 어린이는 사건의 내용은 기억해도 재판의 결과까지 기억하지 않는 법이죠."

"그렇다면 두 번이나 무죄가 선고되었나요? 그런 일이 있을라구요?"

"살인범, 그것도 재범을 거듭한 흉악범이 어느 정도의 확률로 무죄가 되는지 통계로 알고 싶다면 가르쳐 드릴까요. 당신 눈 앞에 있는 남자는 그런 일을 하고 있소."

마티니 탓인지도 모르지만 갑자기 마리는 모든 게 잘될 것 같은 기분이 들었다. 회색 옷을 입은 이 남자가 있으면 왠지 안심이 될 것 같았다.

"정식 명함은 로스앤젤레스 시경살인과 맥도날드 형사요. 수백 명이나 되는 살인범을 체포했다고는 할 수 없지만 아까 말한 라디오 드라마의 여배우를 죽인 그 친구는 지금 종신형으로 산 퀘틴 형무소에 있소. 공식 비공식을 불문하고 루사 피보디에 관한 정보를 가능한 입수해서 당신에게 가르쳐 주겠소. 그것을 도린에게 밝힌다면 아무리 그 남자를 사랑한다 해도 뭔가 깨닫는 게 있겠죠."

"맥도날드 형사님, 당신만 믿겠어요. 바로 파일을 조사해서 아는 바를 가르쳐 주세요."

"파일? 물론 파일도 조사하겠지만."

이렇게 말하고 나서 맥도날드는 애매한 말을 했다.

"이쪽에는 더 유용한 정보원이 있지요."

"도대체 어떻게 된 거니?"
도린은 퉁명스럽게 말을 이었다.
"어제 파티 도중에 빠져 나갔지? 중요한 모임이었고 신부 들러리라면 약혼 파티의 주최측이란 말이야. 루사도 걱정했어. 네가 걱정돼서 제대로 말도 못하더라고."
마리는 스타킹을 늘어뜨려 올을 일직선으로 만들기에 여념이 없었다.
"루사를 정말 사랑해?"
"으응, 그렇게 생각해. 좋아 그 사람. 즐겁고 어른답고. 어머! 이 지퍼 위로 올려 주지 않을래? 항상 내려온다니까…. 도대체 어떻게 된 거니?"
"그냥 저… 그 루사 말인데…."
"나이 차이가 너무 많이 나? 세상에서 가장 중요한 점은 인생경험이야. 할리우드의 젊고 경박한 핸섬보이들만 보면…."
"도린…."
지퍼를 다 올리고 마리는 또 한쪽의 스타킹을 다시 고쳤다.
"응?"
"식객이 늘었다고 생각하겠지만 오늘 아는 사람들을 칵테일 파티에 초대하기로 했어."
"어머 그래? 오늘 오후는 루사도 부르고 셋이서 쉬려고 했는데. 어제 저녁의 실수를 벌충하려고 그러지? 아는 사람이라니, 누구?"
"파티에서 만난 맥도날드라는 멋진 남자."
"그 맥? 너 그 남자와 파티에서 빠져 나갔니? 그 사람 좋은 사람이야. 씩씩한 경찰이 좋다면. 둘이서 내 험담을 했겠구나. 도린 알렌은 실업중인 여배우라고."
"그랬어? 도린, 그럼 앞으로 어떡하니?"
"하지만 괜찮아. 걱정할 것 없어. CBS와 계약하자는 얘기도 있고 독립프로덕션에서도, 어머 벌써 루사가 왔는지 모르겠어. 내 얼굴 어때! 급해서!"

하지만 손님은 루사 피보디가 아니라 도날드 맥도날드 형사였다.

"자아, 도린. 실례지만 손님을 또 한 명 데려왔소."

도린은 어깨를 으쓱거렸다.

"그럼 나에게 미리 연락이라도."

그러나 말은 도중에서 끊겼다. 도린도 마리도 새롭게 맥도날드의 동행인을 바라보았다. 인간이라고는 생각할 수 없을 정도로 야윈 왜소한 남자. 나이는 40대로 보이기도 하고 60대로도 보였다. 아마 80이 되더라도 지금과 별로 다르지 않을 것이다. 마리가 강한 인상을 받은 점은 그 피부의 창백함이었다. 마치 지하 동굴에서 사는 사람이나 죽은 사람의 피부 같았다. 그 후 반짝반짝 빛나는 푸른 눈동자를 보았다. 그 푸른 눈동자 속에는 많은 것들이 깃들어 있는 듯한 불가사의한 인상을 주었다. 지극히 건강하지 못한 혈색이었지만 해골같이 야윈 몸이라는 느낌을 빚진 않았다. 이 사람에겐 이 사람 나름대로 강인한 생명력이 있다고 생각했다.

"미스 도린 알렌. 미스 마리 알렌. 미스터 노블을 소개하죠."

"맥의 친구라면 환영해요. 들어오세요. 루사도 나중에 올 거예요. 술은? 맥 당신이 적당히 준비해 주실래요?"

이윽고 네 사람은 거실에 모였고 맥도날드가 칵테일을 준비하자 파티가 시작되었다. 그러나 맥도날드의 친구인 미스터 노블은 한마디도 하지 않았다. 미스터 노블은 얼음조각을 또 가져올지의 여부로 맥도날드와 도린의 입 싸움이 시작되었을 때, 마티니를 잘 만드는 비결은 얼음을 많이 사용하는 것이라고 중얼거리는 마리를 향해 처음으로 입을 열었다.

"맞아."

그는 이렇게 말했을 뿐이다.

"네?"

"당신이 말한 것이."

미스터 노블은 다시 입을 다물었고 맥도날드가 술 쟁반을 가져오자 머리를 저으며 겨우 다음 말을 했다.

"세리주는?"

"있어요."

도린이 대답하고 말을 이었다.

"부엌에 있어요. 큰 것이 아니라 요리용만…."

"그것도 괜찮소."

방을 나가면서 맥도날드에게 귓엣말을 들은 도린은 물을 마실 때 사용하는 큰 글라스와 세리주가 들어 있는 술병을 가지고 돌아왔다. 당혹한 듯했지만 의연하게 접대 역을 해냈다. 마리는 미스터 노블이 이상스레 흰 손으로 큰 글라스에 세리주를 따르는 것을 보았다. 〈당신이 말한 게 맞아〉라니, 이 사람은 뭘 말하려고 했던 것일까? 맥도날드는 무엇 때문에 그를 데려온 것일까?

또 초인종이 울리고 이번에는 루사가 들어왔다. 그리고 도린에게 키스했다. 약혼자에게 하는 키스였지만 왠지 타인을 의식한 행위 같았다. 이윽고 루사는 이미 사촌이 된 듯한 웃음을 지으며 마리에게 다가왔다. 〈이 남자에게 키스 받는다면…〉라고 생각하자 마리는 갑자기 소름이 돋았다.

그 때, 세리주가 든 큰 글라스로부터 얼굴을 든 미스터 노블이 무표정하게 말을 걸었다.

"피보디."

루사 피보디는 누구냐고 묻는 듯이 도린을 바라보았다.

"이분은…."

그는 다시 미스터 노블에게 눈길을 주었다. 맥도날드 형사는 바 카운터로 돌아가 빙긋이 웃었다. 루사는 노블의 뼈와 가죽만이 남아 있는 흰 얼굴을 보면서 그 위에 살과 핏기가 있을 때를 상상하는 것 같았다.
"노블 형사인가?"
갑자기 루사 피보디가 말을 꺼냈다. 여성에게 말을 건넬 때의 목소리와는 전혀 달랐다.
"전직이지."
미스터 노블은 말을 이었다.
"옛날 얘기는 이제 그만. 당신은 달라졌어, 피보디. 지금도 옛날과 같은 걸 하고 있나?"
"도린!"
루사의 목소리에는 잔뜩 힘이 들어가 새로운 위엄마저 더해졌다.
"이건, 이 바보 같은 만남은 어떻게 된 거요? 분명히 노블 형사는 자신의 승진 때문이겠지만 몇 년 전부터 나를 쫓아다녔어. 살인범이라나. 첫 아내는 단순히 사고로 사망했을 뿐인데. 경찰의 기록에도 확실히 남아 있어. 나는 무죄였어. 재판소에서 죄가 없다는 게 증명되었다고. 어째서 오늘날까지 젊었을 때의 비극을 다시 문제 삼아야 되지?"
마리에게는 믿어지지 않았지만 도린은 틀림없이 지금도 웃고 있는 것으로 보였다. 미스터 노블은 루사에게 시선을 둔 채였지만 무엇을 생각하는지 그 파란 눈동자는 멍해 보였다.
"페닉스."
미스터 노블이 말을 이었다.
"1932년의 일이지. 죽음의 원인은 마찬가지로 의자에서 떨어진 〈사고〉. 손해보험에 들어 있는 것도 똑같았지. 증거는 불충분. 불기소처분을 받았지."
"이거 보시오."
피보디는 흥분해서 말했다.
"그것도 불행한 사고로…."
"산타페. 1935년. 같은 사고. 같은 보험. 무죄. 시애틀. 1938년."

그는 마리에게 가볍게 고개를 끄덕이며 말을 이었다.

"같은 사고. 보험은 없고. 필요하지 않았지. 유산이 많았기 때문에. 재판이 세 번. 판사가 세 명. 주(州)는 고소를 기각했지. 그 뒤에는 오랫동안 중단되었고. 시애틀에서 충분히 벌었겠지. 뷰토. 1945년. 같은 사고. 여자는 죽지 않았지. 고발당하지 않았지만 이혼하기로 했지. 라스베이거스. 1949년. 무죄."

"또 하나 재밌는 것이 빠졌어, 닉."

맥도날드가 말을 이었다.

"바클레. 1947년. 치한행위로 유죄가 되어 60일 간 형무소 살이를 했지. 말을 걸어 온 여자의 머리카락을 잘라 기소되었지."

"페르난데스."

미스터 노블은 이름만 언급했다.

"페르난데스 일을 연상시켜도 기분 나빠하지 않겠죠, 피보디 씨? 당신 동료 레이몬드 페르난데스, 1949년 뉴욕에서 일어난 노처녀 연속살인의 범인 역시 머리카락을 좋아했지. 여성의 마음을 사로잡는 마술을 위해 머리카락을 사용했지만 페티시즘(역주 : 이성의 옷, 장신구 등을 이용해 성적 쾌감을 얻는 변태 성욕의 일종)이었는지 몰라. 그렇다면 당신의 경우 어떻소? 피해자 중에는 세간의 화제가 될 만한 흔적이 남아 있는 여성도 있었는데."

"나를 페르난데스 같은 흉악범으로 취급할 생각인가?"

"생각해 보면."

맥도날드는 조용히 말을 이었다.

"페르난데스에게 페티시즘이 있었다는 건 옳지 않을지도 모르죠. 흉악범은 원래 단순한 법이죠. 페르난데스의 동기가 마술이었던 것은 틀림없어요. 그런데 진짜 페티시스트라면 언뜻 보기에 선량한 시민처럼 보이는 법이거든요. 우리들은 불필요하게 피보디 씨를 모욕한 것 같군요, 닉. 피보디 씨와 페르난데스를 비교하면 머리카락에 접근하는 방법이 상당히 다르죠. 다만….”

그는 끝까지 말하지 않았다. 마리는 숨을 고르게 가다듬으며 도린을 보았다. 사촌언니 도린은 루사 피보디로부터 눈을 떼지 못했다. 하지만 공포나 미움의 눈으로 바라보고 있는 것도 아니었고, 사라지기 어려운 사랑의 불꽃을 태우고 있는 것도 아니었다. 아무리 보아도 웃음을 꾹 참으려는 것으로밖에 보이지 않았다.

“맥도날드 형사!”

루사는 화난 표정으로 외쳤다.

“당신 전 동료에게는 책임이 없을지도 모르겠소. 상당히 취한 것도 같고.”

하지만 미스터 노블은 정확하게 세리주를 따르고 있었다.

“그러나 당신은 현직 형사요. 아시다시피 나는 법을 어겨 기소되지는 않았소. 당신들의 말은 명예훼손에 해당되오. 공교롭게도 여기는 내 집이 아니라 약혼자의 집이오. 당신과 거기서 세리주만 마시는 친구에게 즉각 떠나달라고 말하고 싶지만 일단 그 결정은 약혼자에게 맡기기로 하겠소.”

그때 도린은 참았던 웃음을 터뜨리더니 큰 소리로 웃기 시작했다.

“멋져요, 달링! 화난 당신이라니 정말 멋져요.”

도린 이외의 사람들은 어안이 벙벙한 표정이었다.

“네에, 맥. 그런 건 이미 다 알고 있어요. 신문기사도 사진도 모두 기억해요. 루사와 사귀게 된 계기도 그것이었어요. 유죄를 모면한 프로의 푸른 머리. 그것도 살아 있는 실제인물과 만나보는 것도 재미있을 거라 여겼어요. 그런 가운데 상대를 만나게 되자 좋은 사람이라고 생각했고 그가 일부러 변명할 필요도 없었어요. 그는 지금까지의 일은 모두 사고였고 자신은 얄궂은 운명의 희생자라고 설명할 작정이었을 거예요. 하지만 그럴 필요도 없었죠. 내가 먼저 말을 꺼냈으니까. 맥, 당신도 알겠죠. 노블 씨, 당신도. 이 집에서 나가주셨으면 해요. 하지만… 당신들이 더 이상 여기 있어도 아무런 의미가 없다고 생각하지 않나요?"

"왜, 도린? 어째서?"

도린의 반응에는 루사 피보디 본인도 맥 빠져 했다. 도린은 잠시 뒤에 돌아와서 말했다.

"그가 〈나는 혼자 있고 싶소. 혼자 당신이 보여 준 귀중한 신뢰를 음미할 작정이오〉라고 하는 거야. 그러니까 말인데 저 사람이 좋아졌어. 그가 말하는 것이라면 뭐든지 믿을 수 있을 것 같아."

"하지만 무리야. 그것이 모두 우연이라고는 생각할 수 없어. 몇 번이고 되풀이되었잖아. 게다가 머리카락 일도 이상하고…."

도린은 스트레이트한 머리카락에 손을 대면서 인정했다.

"그렇지, 여자라면 그렇게 생각할 수도 있지. 하지만 그는 내 머리카락에 못된 장난은 하지 않을 거야. 그 사람이 설마 페티시스트라니."

마리는 나이트 테이블 위에 놓인 작은 책을 손에 쥐었다. 육군 여성부가 발행한, 여성을 위한 호신술 교과서였다.

"그를 정말 믿고 있구나."

"알아. 내가 틀릴 가능성도 5% 정도 있다는 것은 인정해. 여자도 호신술 정도는 익혀둬야 한다는 게 내 지론이야. 그럴 마음만 있으면, 하지만…."

"그럼 그럴 마음이 없다는 거니? 무슨 일이 일어나도…."

도린은 담배에 불을 붙였다.

"미안해. 하지만 너의 사고방식은 이미 알고 있어. 고마워. 하지만 혼자서 잘 해나갈 거야. 나 역시 살해될지도 모를 바보스런 짓은 하지 않을 거야. 그럼 잘 자. 나는 거실에서 20세의 천재 여배우가 텔레비전에 나오는지 볼 거야."

"한 가지만 질문해도 되니?"

"그럼. 질문은 한 번에 한 가지. 네가 질문하면 나도 질문하나 할게. 그럼 너부터 먼저."

"그와… 보험 얘기를 한 적이 있어?"

"물론 있지. 당연해. 네가 생각하는 이상으로 그는 부자야. 나는 아직 젊고 건강하기 때문에 매달 넣는 보험금도 적은 편이야. 첫 부금은 그가 지불해 주었어. 10만 달러짜리 보험이지. 걱정은 적중했다는 식이군. 이것으로 네 질문에 대한 대답으로 충분하겠지. 이번에는…."

"도린, 너 괜찮아?"

"이번에는 내 차례야. 갈매기와 예배당이 있는 마을로 돌아가는 것을 좀 기다려주지 않을래? 잠시 동안만 여기 있어 줘. 뭣하면 우리들이 일거리를 찾아줄게. 연줄이 있으니까."

"혹시 너도 그 연줄 때문에…."

"있을 거지? 그 사람을 믿어 줘. 그렇지 않고서야…. 그래. 이제 좋아! 돌아가고 싶으면 돌아가. 원리주의자와 결혼해서 아리조나의 사막에 처박힌다고 좋을 건 아무것도 없잖아. 루사는 나와 결혼하면 착실한 결혼생활을 해나갈 거야."

"돌아가지 않을게. 잠시 동안만 있겠어, 도린. 하지만 알지? 넌 그냥 사촌이 아냐. 옛날부터 우린 친구였어. 그런데 지금은… 너를 알 수 없어."

"별로 이상한 일은 아니야."

그렇게 말하고 도린은 등을 껐다.

조촐한 결혼식이었다. 식이 진행된 것은 〈스모카크 오자 프레이스〉 교회로 신부 들러리가 신랑과 한 번도 시선을 마주치지 않은 점이 특이하다면 특이한 결혼식이었다.

식이 계속되는 동안 마리는 결혼이란 무엇인지에 대해 생각했다. 자신이 꿈꾸는 이상적인 결혼을 머릿속으로 떠올렸다. 그런데 눈앞에는 도린과 루사가 있다.

"왜지? 어째서?"

신혼커플이 주말을 보내러 팜 스프링스로 출발한 후 맥도날드에 기대듯이 차에 타고나서 마리는 울려고 했다.

"지금부터 가는 곳에 그 답을 해줄 인물이 있소. 수수께끼를 푸는 데는 로스앤젤레스 최고의 남자지. 당신도 만나야 되오. 그때는 화려한 활약이라고 할 만한 것이 없었지만, 그가 꼬리를 잡을 뻔한 것은 그것으로 두 번째였지. 닉에게 인간적인 감정이 있다면 충분히 화낼 만한 일이지."

"그 사람 어떤 사람이에요, 맥? 그때는 이상한 일만 일어나서…."

로스앤젤레스의 다운타운으로 향하면서 맥도날드는 로스앤젤레스 최고의 전직형사, 닉 죠피 노블의 경력을 간단히 설명했다. 로스앤젤레스 최고의 살인과 수사관이었는데, 부정을 범해 내사를 받고 있던 악덕상사의 농간에 걸려 죄를 뒤집어쓰게 되었다. 불황이 시작될 무렵 오명을 뒤집어쓰고 자리를 잃었기 때문에 아내의 수술비도 마련하지 못했다. 결국 아내가 죽고 모든 희망을 잃고 마침내는 빈민가까지 흘러들어 갔다. 오늘날 그의 생활을 유지해 주는 것은 세리주, 그리고 수수께끼뿐이다.

"10년 전 내가 처음 사건을 담당할 때 보수적인 선배 하나가 그를 소개해 주었소. 로스앤젤레스 시경 미치광이과라나. 이유를 알 수 없는 사건이 생길 때, 도저히 밝혀 내기 어려운 사건에 봉착한다면 그런 때는 닉 노블에게 상담하라고 했소. 내가 맡은 사건도 완전히 이유를 알 수 없는 것이었소. 닉의 눈이 멍해지면 머릿속의 뭔가가 움직이기 시작하는 거죠. 이윽고 단서 속에서 패턴이 떠오른다는 겁니다. 도린의 얘기는 내가 상세히 이야기했죠.

그는 피보디를 재조사했소. 특히 시애틀의 사건을. 내 생각으로는 문제는 두 가지인 것 같소. 도린은 연속살인범이라고 생각되는 남자와 스스로 결혼했소. 그 이유는 무엇일까? 이번에도 또 〈사고〉가 일어나는 것을 어떻게 막을 수 있을까? 츄라 카페로 가면 알 수 있을지 모르겠소. 거기에 있는 좌측 세 번째 좌석이지."

그 좁은 멕시칸 카페는 노스 메인 스트리트에 있었다. 옆에는 새로운 연방 빌딩과 낡은 플라자가 있었다. 안팎으로 새로운 유니온 스테이션과 오래된 멕시코 교회도 있고 두 사람의 차가 통과한 새로운 프리웨이도 있었다. 가게 안에는 상당히 낡은 레코드가 들어 있는 신식 주크박스가 놓여 있으며 금이 간 낡은 잔으로 싸구려 포도주를 팔고 있었다.

좌측 세 번째 좌석에 예의 창백하고 왜소한 남자가 있었다. 테이블에는 절반 정도 빈 잔이 있었다. 그는 맥도날드와 마리에게 인사를 건넨 후 날카롭고 뾰족한 코앞으로 이상스레 흰 손을 휘둘렀다.

"파리야."

그는 다시 말을 이었다.

"다가온다."

하지만 파리 따위는 어디에도 없었다. 얼굴을 숙이면서 마리가 말했다.

"맥도날드 형사께서 말씀하시길 당신의 힘을 빌려…."

"맥의 말은 들었소."

미스터 노블은 마리의 말을 끊었다.

"당신의 말을 듣고 싶소. 말하시오."

맥도날드가 젊은 멕시코계 웨이트리스를 손짓으로 불러 포도주를 부탁한 후 마리는 말을 꺼내기 시작했다. 이야기를 마친 마리는, 잔뜩 기대를 하고 반짝이는 푸른 눈동자를 바라보았다. 하지만 쉽사리 그의 트레이드마크라는 멍한 표정은 떠오르지 않았다. 그 대신 미스터 노블은 머리를 저었다. 답이 나오지 않아 고민하는 것처럼 보이기도 했고 눈에 보이지 않는 파리를 쫓으려는 것으로도 보였다.

"부족해. 패턴이 보이지 않아."

"범인 찾기라는 것도 있지만."

맥도날드가 한마디 했다.

"이건 동기 찾기야. 한 여성이 자청해서 살인자와 결혼하려 한 이유는 뭘까? F. 테니슨 제시라는 여류작가는 살해된 측의 사람들을 연구하여 치밀하게 납득할 만한 이론을 정립했지. 그것에 따르면 사람은 자신이 살해되길 원하는 경향이 있다는 거지."

"하지만 도린은 달라요!"

마리는 항변했다.

"알고 있소. 제시 여사도 그렇게 생각했을 거요. 도린은 그런 타입이 아냐. 여성 가운데는 도착된 쾌락을 추구하여 일부러 수준 낮은 변태적인 남자를 찾는 사람도 있소."

마리는 주저 않고 말했다.

"최면술이란 걸 책에서 본 적이 있어요. 실제로 루사의 눈에는 묘한 힘이 있고…."

"아니오."

노블은 말을 이었다.

"그녀는 자신이 하는 짓을 잘 알고 있소. 부족해. 패턴이 보이지 않아."

그는 포도주를 다 마셨다.

"그녀를 지키려고 경찰을 동원할 수도 없어."

맥도날드가 퉁명스럽게 말을 이었다.

"가장 초조한 점은 그거야, 쓸데없는 일에 세금을 축낸다고 분명 항의가 들어올 거야. 보험회사도 손쓸 수 없어. 사우스웨스트 내셔널 보험의 단 라페티가 오늘 아침 만나러 왔어. 사우스 웨스트의 변호사를 만나고 싶다면 피보디에 관한 비망록을 빌려 준다고 했네. 그도 낙관하지는 않았네. 피보험자가 누구를 수취인으로 정하는가에 대해 불만을 토로할 수도 없지. 할 수 있는 것은 보험금의 지불을 거부하는 것뿐이지. 그때는 이미 늦겠지만."

마리는 천천히 일어섰다.

"감사합니다, 맥도날드 씨. 여기까지 데려오셔서."

목소리가 자신이 흥분하고 있다는 사실을 드러내지 않았으면 좋겠다고 생각하며 마리는 말을 이었다.

"당신이나 당신 친구가 기적을 일으켜 주리라고 여긴 것이 잘못이었어요. 당신이라면 적어도 형사로서 그녀를 지켜 주리라 생각했는데."

"잠깐 기다려, 마리!"

맥도날드는 일어서며 말했다.

"괜찮아요. 맥도날드 씨. 혼자 돌아갈 테니까. 도린이 팜 스프링스에서 돌아왔을 때, 나도 집에 있으면…."

"당신이 집에 있겠다고?"

노블은 날카롭게 그리고 건조하게 말을 이었다.

"같이 사는가? 두 사람이 결혼한 후?"

"도린의 부탁이었어요."

"자세히 말해 주시오."

노블은 명령조로 말했다. 약간 주저하다 마리는 의자에 다시 앉았다. 그리고 말했다. 노블의 푸른 눈동자로부터 색이 사라지고 그 뒤에 생각에 빠져들어 가는 것을 보았다. 뜻밖에 노블이 고개를 끄덕이더니 맥도날드에게 말했다.

"다시 한 번 그 상투적인 수법을 들려주지 않겠나?"

"피보디의 수법 말인가요? 당신이 담당했던 사건과 똑같은 수법이 항상 반복되었죠. 우선 수면제를 약간 먹여 여자가 푹 잠든 후 목 뒤를 손으로 내려치죠. 변호인 측은 약을 지나치게 많이 먹어 사고로 목뼈가 부러졌다고 주장하죠. 그러지 않다는 것을 증명하기란 거의 불가능한 일입니다."

다시 얼빠진 기미가 노블의 눈에 나타났다. 그것이 사라졌을 때 또다시 그 눈동자는 아플 정도로 빛났다.

"패턴이 확실하네. 도린의 결혼 동기도 명백해. 하지만 입증은…. 들어 주게, 두 사람 다."

통통하고 귀여운 웨이트리스는 아무 말도 하지 않았는데 포도주를 다시 따랐다.

도린과 루사가 팜 스프링스에서 돌아와 이틀이 지났다. 문자 그대로 신혼이 끝났다.

이런 곳에서는 더 이상 살기 싫다고 마리는 생각했다. 설령 도린을 도와주기 위해서라도 더 이상 참을 수가 없었다. 하지만 맥이나 닉 노블은 2, 3일만 더 참으라고 했다. 마리는 맥과 처음 만났을 때처럼 방의 구석에서 몸을 웅크린 채 거친 말싸움의 폭풍을 피하려 했다.

"하지만 그건 상식적으로 생각해도 알 수 있지 않아요!"

도린은 계속해서 외쳐댔다.

"마리가 경찰과 사귀는 건 우리들에게 오히려 좋아요. 시애틀 사건수사를 다시 시작한 것도 맥이 입을 열어서라는 것을 알잖아요? 당신, 아무 손도 써 보지 못한 채 저쪽 주로 인도되기만을 기다린단 말인가요?"

루사 피보디의 말투는 냉정하고 침착해서 화낸다고는 할 수 없지만 적어도 그 음량은 도린의 목소리에 지지 않았다.

"시애틀 검사국은 바보 집단이야. 나를 재조사하다니, 나는 무죄였어."

"하지만 소용없어요. 저쪽은 집요하게 추궁할 거예요. 당신을 또 재판에 건다면. 내가 그냥 참을 것 같아요?"

"알았어. 그럼 무죄방면이 안 될 거라는 말이군. 하지만 나는 세 번 모두 석방되었어. 유죄로 할 수 없어. 당신 덕분에 이 집에서 지내기가 마음 편해. 그러니까 쭉 여기 있을 작정이오."

"살인사건 피고의 처라니, 나는 절대로 싫어요! 다른 곳으로 가요. 어디라도 상관없으니까 이사해요. 잠시 동안 다른 이름을 사용하고 잠잠해질 때까지 기다리는 게 좋겠어요."

"도린, 나는 쭉 이곳에 있고 싶어."

"당신이 무슨 생각하는지 다 알아요! 팜 스프링스에서 만난 그 여 상속인 때문이죠! 주석 광산에서 돈을 벌었다는 그 볼리비아의 천박한 여 재벌 탓이죠! 그 여자가 이 거리에 있는 동안에는 당신은 그 여자와 함께 이리저리 놀러 다닐 생각뿐일 거예요. 여기에 있으면 안 돼요. 기소당하거나 다른 주로 옮겨지거나 해서 큰 스캔들이 될 거예요! 내 일은 어떻게 되죠!"

"실례지만 당신에게 〈일〉이 있었던가?"

그 후로는 험악한 욕지거리가 튀어나올 거라고 마리는 우울하게 생각에 잠겼다. 이쪽 계획대로 잘 진행되지 않았다. 시애틀에서 수사가 재개되었다는 소문은 시간을 단축시키기 위한 것으로 루사로 하여금 도망가고자 하는 마음을 충동질해 그를 심리적으로 압박하기 위해서 흘린 것이다. 맥은 다른 형사에게 자기 일을 맡기고 일주일 간 휴가를 얻어 개별 행동을 하고 있었다. 맥과 그가 고용한 사립탐정이 지금 교대로 이 방을 망보고 있다. 만약 마리가 약간이나마 이상한 기미를 포착하면 밖으로 신호를 보내기로 되어 있다. 하지만 어떤 신호였더라? 자고 싶다는 생각밖에 들지 않는다.

신혼 부부는 발소리도 거칠게 각각의 침실로 들어갔다. 멀리 떨어진 각자의 침실에서 서로 욕하는 것도 이제 그친 모양이다. 마리는 엄청난 졸음이 몰려와 침대에 들어가는 것조차 귀찮았다. 눈을 뜨기 위해 강하게 허벅지를 꼬집었다.

"약간이나마 이상하다고 느낀다면…."

그래, 그런 것이었다. 그 남자가 처음에 하는 일은 집 지키는 개를 잠재우는 게 아니었던가. 도린이 탔다는 코코아를 그 남자가 가지고 왔었다. 신호를 보내지 않으면… 신호를….

몇 주 동안 푸른 반점이나 검은 반점이 남겠지만 마리는 허벅지를 계속해서 꼬집었다. 도린의 명령으로 저택의 블라인드는 가로 판을 수직으로 세워 모두 다 닫혀 있었다. 이 블라인드를 수평으로 열어 두면 그것이 신호가 된다. 고맙게도 마리는 블라인드가 탁 열리는 소리를 들었다. 그 후 블라인드 끈을 잡았던 손이 떨어지고 눈꺼풀이 감겼다.

"1시간 전에 교대하기로 했잖아요?"

오블린 탐정사무소의 남자가 불만스럽게 말했다.

"알고 있어. 아무리 휴가 중이라도 살인과의 상사로부터 전화가 왔다면 나가지 않을 수 없지. 한 달 전에 낸 보고서 건으로 물어 볼 게 있으니 본부로 와 달라고 해서, 아니 저건 뭔가?"

"네에, 말하려고 했는데, 한 시간쯤 전에 저 블라인드가 저런 식으로 걷어졌습니다. 이미 이쪽으로 신호가 보내졌다고 생각했지만 당신도 오지 않고 전화통화도 없었습니다. 내가 저 집에 뛰어든다면 탐정면허가 취소될지도 모르고…."

맥도날드는 이미 저택의 현관까지 쏜살같이 뛰어갔다. 탐정과 마찬가지로 자신도 여기에 뛰어들 권한은 없다. 그러나 그에게는 자신감이 있었다. 초인종을 눌러 살인자에게 자신이 왔다는 걸 알리고 싶지는 않았다. 그리고 수중에는 만능열쇠가 있다. 탐정은 긴장했는지 약간 떨고 있었다. 두 사람은 현관 홀에서 거실로 이어진 아치형 통로에서 멈췄다.

도린의 방식대로 블라인드를 모두 닫아걸면 주위는 깜깜했겠지만 신호로 사용된 블라인드가 열려 있었기 때문에 쓰러져 있는 사람이 달빛에 모습을 드러내고 있었다. 할리우드 예비 스타들이 모두 그런 것처럼 그녀도 가장자리에 모피가 둘러진 멋진 가운을 걸치고 있었다. 얼굴의 화장이 나무랄 데 없는 것도 예비 스타의 모습에 잘 어울렸다. 그리고 멋진 매니큐어를 한 예비 스타의 손톱에 달빛이 비추었다. 모발은 짧게 잘라져 머리카락이 거의 없는 것 같았다.

맥도날드는 전등 스위치를 넣고 엎드렸다.

"숨이 붙어 있다!"

그는 외쳤다.

"다행이다! 전화!"

살인과로 전화가 연결되자 정식 증원을 요청하고 급히 구급차를 보내라고 했다. 정면 아치 밑에는 총을 들고 뭔가 미심쩍어 하는 표정의 사립탐정이 서 있었다. 반대 측의 아치, 침실로 이어지는 통로에 서 있는 사람은 루사 피보디였다. 그 눈은 의식을 잃고 마루에 쓰러진 여자를 물끄러미 바라보고 있었다.

"이제 단념하지. 이 색정광!"

맥도날드는 잘라 말했다. 지금의 입장이 직무를 떠나 있다는 점에 오히려 감사하고 싶은 심정이었다.

"부하가 지켜보고 있다. 쓸데없는 짓은 하지 마. 너는 이제 아무것도 할 수 없어. 증원군이 오겠지만 그 전에 두세 가지 궁금한 점을 물어 보고 싶군. 우선 마리는 어디 있는가?"

"도대체 어떻게 된 일이오?"

피보디는 중얼거리듯 말을 이었다.

"무슨 소리가 들려서 나와 봤더니…."

그 눈은 여자에게서 떨어지지 않았다. 맥도날드는 약간 기세가 수그러들었다. 어딘가 이상하다. 이 남자는 분명히 푹 자다가 방금 막 일어난 모양을 하고 있다. 더 이상한 것은—이 남자가 세계최고의 프로연기자라면 얘기는 다르지만—여자를 쳐다보는 그 시선엔 믿을 수 없는 일을 본 듯한 완벽한 놀라움이 표현되어 있었다.

마루로부터 흐느끼는 소리가 들려왔다. 그 소리가 겨우 온전한 말 가까운 것으로 변했다.

"저…."

맥도날드는 무릎을 꿇으면서 피보디로부터 눈길을 떼지 않고 여자 얼굴을 살폈다.

"저어… 분명히 블라인드를 열었죠?"

빛나는 분홍색 루즈를 칠한 예비 스타 입에서 흘러나온 말이었다.

"아니 마리!"

맥도날드는 놀라움에 숨을 삼켰다.

"그럼 누가…?"

갑자기 그는 일어섰다. 이때 탐정 뒤에 제복경찰이 나타났다.

"살인과의 맥도날드요."

그렇게 말한 그는 수첩을 열어 보이며 앞으로 나갔다.

"피해자는 살아 있소. 구급차는 불렀소."

제복경찰은 말했다.

"여기서 급하게 뛰어나오던 부인을 발견했습니다. 잘 보호하고 있습니다. 클라렌스, 데려와!"

90킬로도 더 나갈 것 같은 거구의 클라렌스가 데려온 것은 손톱과 이빨을 세운 난폭한 여자—분명 도린 알렌 피보디가 아닌가.

"일부러 애매하게 말할 작정은 아니었네."

파리를 쫓으면서 닉 노블은 말을 이었다.

"당신도 패턴을 알아챘다고 생각하는데, 어때? 시애틀의 일은 피보디를 궁지로 몰아대기 위한 소문이 아니었어. 감시당한다는 걸 알면 당연히 행동을 삼가겠지. 하지만 도린은 궁지에 몰렸을 걸세. 피보디가 집에 있는 동안에 행동을 일으키려고 했기 때문이지."

"병원에서 들은 바에 의하면 마리는 내일 퇴원할 수 있다더군요. 큰 부상은 없었으니까요. 호신술 교과서도 도린에게는 그다지 쓸모가 없었던 것 같더군요. 그러나 내가 마리의 생명의 은인으로서 감사 받으려면 무슨 일이 있었는지 정확하게 알아 둘 필요가 있습니다. 정리하고 싶으니까 좀 도와주세요."

"정리? 필요 없네. 간단한 패턴이야. 마리가 잠시 동안 그들 집에서 함께 산다는 말을 들었을 때 영감이 반짝였지. 납득이 돼나? 생각할 수 있는 동기는 단 하나야. 실업, 보험, 가족, 공수, 발모. 특히 발모지."

"알았어요. 생각해 보죠. 도린은 입을 다물고 있어요. 결국 석방되겠죠. 피해자가 고소하지 않는 한 살인미수는 성립하지 않으니까요. 마리는 유타의 가족을 생각하는 것 같습니다."

"의리 있는 가족이겠지."

닉 노블이 말했다.

"그래, 그것이 열쇠인 셈입니다. 도린의 경력이 넓어짐에 따라 그녀의 뒤에는 대가족이 있다고 모두들 생각했겠죠. 그런데 실제로 그녀의 혈연은 마리뿐입니다. 이번 계획은 그 덕분에 성립한 거죠. 피도 눈물도 없다고 생각하는 것은…. 아니 그 전에 뭐가 있었는지 재구성해 보죠.

우선, 도린이 피보디와 만난다. 희미한 기억을 단서로 조사해 보면 여러 가지를 알 수 있겠죠. 여기서 그녀는 이렇게 생각했는지도 모릅니다. 그런 일을 계속해왔기 때문에 언젠가는 체포될 사람이라고. 그리고 이렇게 생각했겠죠. 만약 그의 주위에서 살인사건이 생긴다면 누구나 범인은 그라고 생각할 것이라고."

"동기지."

닉 노블이 말했다.

"그렇죠. 연속살인범과 결혼한 동기는 그것밖에 없습니다. 자신이 범할 예정인 살인에 완벽한 희생양을 준비할 수 있다는 것. 그녀는 사촌 동생을 불러들인다. 옛날부터 두 사람은 아주 닮았다. 말투나 생활 태도를 빼고 두 사람에게 다른 점이 있다면 예비 스타인 도린은 두꺼운 화장을 했고, 웨이브가 진 마리의 머리카락뿐이다. 여기서 도린은 자신에게 다액의 보험을 건다. 그리고 그것은 피보디가 들라고 했는지도 모른다. 그도 그럴 작정이었으니까. 그러나 도린은 불안하지 않았다. 피보디와 같은 수법으로 마리를 죽이고 시체에 자신의 옷을 입혀 짙은 화장을 한다. 나머지는 머리카락 문제가 남지만 피보디에게는 발모에 관한 이상한 취미가 있다. 전에도 피해자의 머리를 자른 적이 있다. 이번에는 그것을 층층으로 많이 자르면 된다. 웨이브 진 머리인지 스트레이트한 머리인지를 알 수 없을 정도로. 그 후 자신의 화장을 지우고 수수한 메이크업을 해서 마리의 옷을 입는다. 그리고 머리를 웨이브지게 한다. 그것만으로도 유타주 사촌여동생으로 충분히 변신이 가능하다. 예전에는 그녀도 시골 출신의 여자였다. 생활 태도도 지금의 마리 그대로였다. 그 역을 연기하는 건 간단한 일이다.

피보디는 처를 살해하여 유죄가 된다. 그녀는 유타로부터 온 사촌여동생이 되어 증언대까지 설 요량을 하고 있었는지도 모른다. 피보디가 가스실로 보내지든 정신이상으로 판단되든 그녀는 아무래도 좋았다. 어떻게 되더라도 보험금은 그에게 지급되지는 않을 테니까. 보험금은 유산으로 간주된다. 유산상속의 자격이 있는 사람은 유타의 사촌여동생뿐이다. 그 10만 달러가 손에 들어오면 어디든 도망가면 된다. 완벽하군요!"

"그녀는 그렇게 생각했지."

맥도날드는 고개를 끄덕였다.

"그래 그것이 그녀의 생각이었죠. 닉, 로스앤젤레스 시경 미치광이과의 비공인 책임자인 당신이 봐도 이것은 이상적일 정도로 틀을 벗어난 사건이겠죠. 프로와 아마추어의 차이를 증명하는 사건으로서도 최적이죠. 만약 피보디가 도린을 죽였다면 동기나 당신이 말한 패턴도 일목요연했을 겁니다. 나쁘게 말해서 또 미해결의 사건이 되었겠죠. 그런데 도린은 복잡기괴한 패턴을 구성한 겁니다. 만약, 만약에 말입니다.

그녀의 살인이 성공했다면 분명히 가스실로 보내졌을 겁니다. 능수능란한 여배우의 살인이라 해도 도린은 결국 잡혔을 겁니다. 계획의 어딘가에서 꼬리를 잡힐 게 분명하죠. 경찰의 간단한 수사로 1인 2역으로 분한 가면은 쉽게 벗겨질 테니까요."

"방사능 연구소지."

닉 노블이 말했다.

"그래요. 마리는 국가기밀에 관계된 곳에서 근무했었기 때문에 파일에 지문이 남아 있을 겁니다. 물론 모발도 있겠죠. 도린은 손가락으로 살짝 웨이브를 만들 때에 내가 저택에 잠입하면서 낸 소리를 듣고 당황한 거죠. 시간이 더 있었더라면 여배우답게 일 처리를 매끈하게 했을 텐데. 그런데 1인 2역을 벗어나 〈이득을 얻는 사람은 누구인가〉에서부터 수사가 시작된다면 그녀는 그것으로 끝이죠. 당신은 모든 것을 간파하고 있었죠. 다만 다음에 무슨 일이 일어날지 몰랐을 뿐이죠."

"너무 훌륭해."

닉 노블은 고개를 끄덕였다.

"피보디가 데뷔할 무렵에 영국에서 일어난 〈불타는 차〉의 살인범과 비슷합니다. 범행에 이르기까지는 그렇게 훌륭한 계획이 없었지요. 그 후에는 엉망이었고요. 살인 다음날 체포되어 4개월 후에는 사형집행. 도린도 그와 마찬가지가 되었을지도 모르죠. 그런데 당신 덕분에…."

"앞으로 어떻게 될까?"

로자리오가 새 글라스를 가져왔을 때 닉 노블이 물었다.

"모르겠어요. 당신의 패턴으로 추리해보지 않으시렵니까? 도린은 허락해 준다면 피보디에게 돌아가고 싶다고 하더군요. 역시 좋아하나 봅니다. 마리는 틀릴 겁니다! 마리는 처음부터 그 남자를 굉장히 싫어했죠."

"자네를 싫어하지는 않는다는 얘기군."

해골처럼 창백한 얼굴에 만면의 미소가 흘러넘치는 것을 맥도날드가 본 것은 그때가 처음이었다.

"마리는 마사와 비슷하더군, 맥. 약간이긴 하지만."

맥도날드는 마사 노블의 비극적인 수술을 떠올렸다.

"하지만 운이 좋았어."

"모두 당신 덕분이죠."

그는 빨갛게 상기되어 일어섰다.

"내일 마리를 데려오게나. 머리카락이 잘린 그녀를 보고 싶군. 그리고 그녀는 정말 사랑스러워. 아무튼…."

맥도날드가 노블의 말을 가로챘다.

"터무니없는 살인사건이었어요. 살인도 일어나지 않았고 형무소에 갇힌 자도 죽은 자도 없다니."

"불만인가?"

눈에 보이지 않는 파리를 쫓으면서 닉 노블이 말했다.

안소니 바우처(Anthony Boucher, 1911~1968)

최고의 미스터리 평론가. 안락의자 탐정 닉 노블이 등장. 그를 기린 안소니 상은 유명하다.

8시부터 8시까지

BETWEEN EIGHT AND EIGHT — C. S. 포리스터

마나스는 겨우 대국에 몰두할 수 있었다. 체스 판에 몸을 내민 채 생각에 몰두했다. 상대는 앞을 읽을 수 있을까? 이제 마나스의 퀸이 한 눈금만 전진할 경우 상대가 단 한 수로 이에 대응할 수 없다면 전세는 그에게 매우 유리해질 것이다. 당장 체크 포인트가 되지는 않더라도 말 하나쯤은 얻을 것이다. 하지만 마나스의 대국상대는 결코 중요한 점을 간과하는 타입이 아니었다. 장고 끝에 그는 퀸을 움직였다. 그것도 괴멸적인 타격을 줄 수 있는 곳에.

"체크."

그는 무심하게 소리쳤다. 마나스는 새삼스럽게 판을 다시 쳐다보았다. 상황이 너무 좋지 않았다. 이렇게 공격당하면 이제 도망갈 방법도 없다. 그가 지는 건 시간문제다. 체스를 잘하는 사람을 보내 달라고 몇 번이나 재촉한 결과, 소장이 새로 보내 온 이 교도관은 의외로 강적이었다. 마나스가 재차 체스 판에 눈을 돌렸을 때, 교도소 담 밖에서 교회의 종소리가 또다시 시간을 알렸.

우선 정오의 신호가 울렸다. 그리고 나서 대충 8번이 울렸다. 마나스의 가슴이 쿡쿡 찌르는 것처럼 아팠다. 저 종소리가 다시 8시를 알릴 때, 자신은 어디에 있을까? 마나스는 이미 알고 있었다. 늘어진 자신의 육체는…. 그는 종소리에 대해 화가 나지는 않았다. 하지만 이처럼 소

리가 잘 들리는 사형수 감방에 인간이 있다는 사실을 충분히 알고 있을 테니 교회 측은 종을 울리는 일은 이제 그만두는 것이 좋지 않을까. 그는 일어나 체스 판으로부터 등을 돌렸다.

"이제 그만 합시다."

그 말투가 응석부리는 아이 같았음을 자신도 느끼고 있었다.

"그럴까."

교도관은 또 아무렇게나 말했다. 이제 한 수만 더 두면 이길 것이 뻔한데도 싫은 내색을 하지 않고 어디까지나 관대했다. 앞으로 겨우 12시간밖에 목숨이 남아 있지 않은 인간에게 엄하게 대한다는 것은 불가능할 것이다.

"물 좀 마시는 게 어떤가?"

또 다른, 건장한 교도관이 말했다.

"뜨겁게 해서 주시오."

마나스는 그렇게 말하고 감방 안을 왔다갔다하기 시작했다.

두 사람의 교도관은 서로의 얼굴을 쳐다보았다. 그렇게 될 것을 이미 예상한 모양이었다. 마나스는 지난 3주 동안 사형집행을 기다리는 긴장감에 잘 견뎌 왔다. 커다란 스트레스에 시달렸다는 것은, 짧게 깎은 머리가 그 동안에 밤색에서 새하얀 머리로 변했다는 데서도 잘 알 수 있었다. 하지만 그가 보여 준 스트레스는 그것뿐이었다. 단지 지금, 감방 안을 돌아다니기까지는…. 세로로 7보, 가로로 5보, 다시 세로로 7보. 종… 횡… 종… 횡. 그의 생각은 그의 발걸음보다도 훨씬 빨리 돌아갔지만 명확한 결론에 달할 전망은 전혀 없었다. 종… 횡… 종… 횡. 교도관도 같은 인간이다. 마나스가 쉼 없이 돌아다니자 신경이 날카로워진 것 같았다.

"목사는 어떤가?"

건장한 교도관이 말을 이었다.

"만나보지 않겠나?"

"좋은 얘기죠."

마나스는 발걸음을 멈추지 않고 말했다. 가슴이 고동쳤기 때문에 목소리가 떨려 정확한 발음이 되지 않는다. 두 명의 교도관은 우리에 갇힌 동물을 보듯 마나스의 움직임을 달게 받아들였다. 사형수가 이 세상에서 보내는 마지막 3주 간. 이때 가장 가까운 존재인 사형수 감방의 교도관은 많은 일을 달게 받아들여야 한다.

하지만 때마침, 감방 밖에서 열쇠 소리가 나더니 문이 열리고 소장이 들어왔다. 그의 등 뒤에서 다시 문이 닫힌다. 소장은 마나스와 비슷한 야위고 왜소한 신체를 갈색의 셔츠로 감고 있었다. 가늘고 긴 핑크색의 코와 스페인 왕처럼 합스브루크계의 입술을 지닌 그를 마나스는 싫어했다. 소장의 등장으로 감방 안의 분위기가 일순 긴장되었다. 어쩌면 소장은 사형연기 소식을 알리러 온 것은 아닐까? 하지만 그렇지 않다는 사실은 소장의 기색으로 미루어 볼 때 한눈에 알 수 있었다.

"이번에는 어떤가?"

소장은 말을 이었다.

"대국은?"

"시시했소."

마나스는 등을 돌렸다. 그 틈에 소장은 교도관들을 향하여 질문하는 듯이 눈썹을 치켜 올렸다. 두 사람은 머리를 저었다. 지금까지 마나스는 고해를 신청한 적도 없었고 목사의 말을 듣는 것도 계속 거부해 왔다.

"그거 유감이군. 뭐가 안 좋은가?"

"뭐가라뇨?"

마나스는 히스테릭하게 흥분된 목소리를 내뱉었다.

"그건 당연한 노릇이죠."

그는 도중에서 말을 그만두었다. 날이 밝으면 교수형에 처해질 남자가 체스에 열중할 수 없는 이유를 설명할 필요는 없다. 그런 점을 강조라도 하듯이 8시 30분을 알리는 교회 종소리가 철장 안으로 들려 왔다.

"그럼 목사를 만나보는 건 어떤가?"

소장은 본성을 숨긴 부드러운 소리로 말했다. 교도관들과 마찬가지로 까다로운 어린이를 대하는 듯했다. 마나스는 소장을 물끄러미 바라봤다. 신경 쓰는 듯한 관대한 어조에 치미는 화를 참을 수 없었다. 이 3주 동안 수없이 들어온 어조였다. 소장에게 위안을 받는 행동은 하고 싶지 않다. 그 점에 관해서는 사형집행인에 대해서도 마찬가지 기분이었다. 똑같은 이유로 고해의 요청에도 응할 마음은 없었다.

"만나고 싶지 않소."

그는 뾰루퉁하게 말했다. 최후의 최후까지도 무관심한 마나스였다.

"아아 그렇게 말하지 말고. 우리들의 기분도 약간은 생각해서…."

핑크색의 가는 코를 떨면서 소장을 설득하려 들었다. 그가 일방적으로 내뱉는 상투적인 말을 마나스는 거의 듣지 않았다. 왜일까. 상대의 합스부르크계 입술에 신경이 쓰였던 것이다. 하지만 소장이 계속해서 설득하는 가운데 마나스는 기가 꺾이는 것을 느꼈다. 사형수 감방에 3주 간이나 있으면 기력도 쇠약해지는 법이다. 차라리 고해해 버릴까라는 생각도 들었지만 역시 고해는 아무런 의미가 없었다. 아무튼 소장에게 다소라도 만족감을 주긴 싫었다. 역시 소장은 계속 지껄였고 마나스는 합스부르크계의 가늘고 긴 입술을 마치 매료당하기라도 한 것처럼 물끄러미 쳐다보았다.

"우리들이 말하고 싶은 걸 알겠는가?"

"흥, 그만두시오."

그렇게 말하는 순간 마나스의 초조함이 한꺼번에 폭발했다. 단 한 걸음만에 그는 충분한 거리에 도달했다. 그와 동시에 오른손을 내질렀다. 몸 안에 꾹꾹 눌러 오던 끓어오르는 분노가 담긴 주먹은 소장의 긴 턱을 명중시켰다. 그 소리가 감방 안에 날카롭게 울려 퍼짐과 동시에 소장은 마루에 쓰러져 정신을 잃었다. 마나스가 괜히 아마추어 복싱계에서 이름을 날린 건 아니었다.

"뭐하는 거야!"

건장한 교도관이 날카롭게 소리쳤다. 두 명의 교도관이 그 자리에서 벌떡 일어나 마나스에게 달려들었다. 건장한 교도관이 어깨를 틀어 뒤에서 잡으려 했고 대국 상대였던 교도관이 양팔을 누르려 했다.

하지만 마나스의 힘은 대단했다. 분노와 절망이 그에게 힘을 준 것이다. 게다가 그는 야위기는 했지만 단단한 신체를 갖고 있었다. 양팔을 휘둘러 대국 상대였던 교도관의 목덜미를 한 손으로 잡고 다른 한쪽 팔로 건장한 교도관을 짓눌렀다. 분노의 힘은 의외로 상대들을 간단히 해치웠다. 대국 상대였던 교도관의 머리는 건장한 교도관의 머리와 충돌해 두 개의 나무상자가 부딪히는 소리를 냈다. 일격만으로도 충분했겠지만 흥분한 마나스는 자신을 억제할 수 없었다. 그는 저항할 수 없게 된 두 머리를 몇 번이나 짓뭉갰다. 이윽고 힘이 다하자 녹초가 된 두 명의 몸을 침대로 쓰러뜨렸다.

마나스는 비틀비틀 뒤로 물러나 자기가 한 짓을 바라보았다. 겨우 몇 초 안에 일어난 일이었다. 그리고 나서 얼마 지나지 않아 그의 머릿속은 확실히 정리되었다. 제일 먼저 생각한 것은 이 3주 만에 처음으로 혼자가 되었다는 사실이었다. 지금이라면 자살하여 그 법이란 것에 대해 한 방 먹일 수도 있다. 이 3주 동안, 두 교도관이 방지하려 했던, 그 짓을 확실히 해낼 수도 있을 것이다.

정신을 잃은 소장의 몸이 약간 움직였다. 지금 곧바로 행동을 취해야만 한다. 한 방에 나가떨어진 사람들은 의외로 회복이 빨랐다. 짧은 순간 마나스는 생각했다. 법에 한 방 먹이는 것으로 만족할 수 있을까? 도망칠까?

탈주에 성공할 가능성은 거의 없지만 일말의 희망은 남아 있다. 5분 전에 비하면 그 가능성은 늘어났다. 그는 필사적으로 생각에 매달렸다. 떨리는 손을 억제할 수 없었고 심장은 고동쳤으며 전신이 떨려 왔지만 머리는 신속 정확히 움직였다. 마나스는 천성적인 책모가였다.

소장이 신음소리를 내며 회복의 기미를 보이자 몸을 덮쳐 일단 그의 입을 손수건으로 묶었다. 침대 위의 조악한 커버를 벗겨 소장 얼굴에 감았다. 문득 양팔을 묶어야겠다는 생각이 들어 우선 상의와 조끼를 벗겼다. 그리고 나서 양손을 묶었는데 여기에는 자신의 바지 끈을 사용했다.

소장의 움직임을 봉쇄하고 두 교도관을 보았지만 어떤 조치도 취할 필요가 없음을 한눈에 알아보았다. 불운한 두 사람은 의식불명인 채로 좀체 회복의 기미를 보이지 않았다. 어쩌면 죽었을지도 모른다. 마나스는 알 수 없었지만 신경도 쓰지 않았다. 소장의 구두와 바지를 벗겨, 말쑥한 양복을 떨리는 손으로 재빨리 입었다. 이미 소장은 몸을 비비꼴 정도로 회복이 되었지만 소리를 낼 수는 없었다. 양손이 뒤로 묶였기 때문에 일어나려면 다소 시간이 걸릴 것이다.

양복 포켓에는 유용한 물건들이 여러 가지 있었다. 우선 돈이다. 잔돈 한 주먹과 지폐 1, 2파운드가 있었다. 그리고 열쇠 5, 6개가 한 고리에 달려 있었다. 가장 큰 것이 사형수 감방의 열쇠인 듯했다. 그리고 감방용이 아닌 열쇠가 두 개. 순간 마나스는 열쇠꾸러미를 갖고 놀아 볼까 하는 생각도 들었지만 허비할 시간이 없었다. 생각과 행동을 동시에 해야 한다. 문을 열기 전에 그는 다시 몸을 숙였다. 이제 문이 열리면 약간의 주저도 허용되지 않는다. 가장 큰 열쇠를 사용하자 문이 열렸다. 물론 당연히 열려야만 했다. 그는 복도에 발을 내밀었다. 심장이 세차게 쿵쾅댔다. 그는 희미한 기억의 실타래를 하나씩 차근차근 풀어 출입구를 떠올리려고 했다. 재판에 출정 갈 때와 사형수로 확정되어 돌아왔을 때 몇 번은 다닌 적이 있었다. 예배당에도 가끔 간 적이 있었다. 다름아닌 그날 아침도—그날은 일요일이었다—교도관에게 양팔을 단단히 잡힌 채 가보았다. 하지만 그는 긴 복도에 늘어선 문 중에서 특히 하나의 문을 생각해 내려 했다. 그것은 감방의 문이나 예배당의 문과도 달랐다. 언제나 교도관을 따라 그 앞을 지나갔을 때 소장이 혼자서 나온 적이 있었다. 소장의 개인 실이라고 마나스는 확신했다.

복도를 나아가면서 그는 그 문을 머리에 떠올리려고 기를 쓰고 노력했다. 문의 색은 생각났다. 놋쇠 손잡이가 달려 있었던 것도 생각났다. 열심히 기억을 더듬어 소형 놋쇠 손잡이 안에 열쇠구멍이 있었고, 게다가 그 열쇠구멍은 문의 오른편에 있었다는 점도 생각해 냈다. 문 앞에서 조금이라도 주저하면 일을 그르치게 된다.

포켓 속에 있는 두 개의 열쇠. 그 어느 쪽인가가 소장실의 열쇠이다. 어느 쪽일까. 실수는 바로 위험으로 이어진다. 하지만 모험을 하지 않으면 안 될 위험이다. 어느 쪽, 둘 중 하나이다. 포켓에 손을 넣어 열쇠 하나를 잡았다. 그렇게 하면서도 그는 자신의 목숨은 운명이 어느 쪽 열쇠를 쥐게 되느냐에 달려 있다고 생각했다. 머릿속에서는 수많은 생각이 지나쳤지만 이제 겨우 5, 6보밖에 전진하지 않은 상태였다. 잘 기억하고 있는 긴 복도는 벽의 군데군데에 전구가 설치되어 있어 약간 어두웠다. 그곳은 1층으로 그가 나온 방은 맨 끝이다. 처형이 행해지는 작은 방과 교도관을 따라 운동하기 위해 산보를 한 적이 있는 안뜰이 가까웠지만 지금은 그것과는 반대의, 정면 홀과 소장실이 있는 곳으로 가야 한다.

멀리 맞은편 끝에 한 명의 교도관이 이쪽을 향해 의자에 앉아 있었다. 하지만 거리가 있는 데다 마나스는 체형이 소장과 거의 비슷했다. 또한 소장의 옷을 입고 있었다. 무엇보다도 내일 아침 8시에 죽게 될 남자가 멋대로 복도로 나와 확고한 발걸음으로 자신을 향해 다가오리라고는 생각지도 못하리라. 그리고 전구의 빛은 희미하여 눈을 속이기 쉽다.

마나스는 교도관을 향해 걸어갔다. 나란히 붙어 있는, 아무도 없는 세 개의 감방 앞을 지나 예배당 문을 뒤로 하여 소장실 문 앞에서 타이밍 좋게 멈춰 섰다. 그와 동시에 포켓에서 예의 열쇠를 꺼내 열쇠구멍에 넣었다. 순간, 열쇠는 돌아가지 않았다. 가슴이 찢어질 것처럼 팽창했지만 다음 순간, 열쇠가 움직여 문이 열렸다. 마나스는 안으로 들어가 손 뒤로 문을 살짝 닫았다. 처음 보는 그 방은 국기가 걸려 있었고 문이 여러 개 있는 홀이었다. 마나스는 고민에 찬 시선으로 주위를 둘러보았다. 맞은편에서 밖으로 통하리라 여겨지는 문을 발견했을 때는 더할 수 없을 정도로 심장이 뛰었다. 그래도 스스로를 억제하고, 모자와 코트가 없는가 주위를 둘러보았다. 그런데 그때 문 하나로부터 여자 목소리가 들려왔다.

"당신, 조지?"

꾸물거리고 있을 틈이 없었다. 그는 살금살금 홀을 가로질러 정면의 문을 열고 어둠과 자유를 향하여 발을 내딛으며 문을 닫았다. 비가 심하게 내리고 차가운 바람이 불어왔지만 멈춰 설 여유가 없었다. 계단을 내려와서 문을 빠져 나가 보도에 나오자 시선을 아래로 향하고 등을 구부려 빠른 걸음으로 걷기 시작했다.

악천후였기 때문에 인적은 드물었다. 모자와 코트를 더 찾아보지 않은 게 후회되었다. 이런 상태로는 사람들의 눈에 띄기 쉽다. 그렇게 생각할 무렵 더 나쁜 일이 생겼다. 결국 운이 다했는지 가로등의 옆에서 경찰관과 맞닥뜨리는 처지가 되고 말았다.

경찰의 비에 젖은 방한용 외투는 가로등 불빛에 빛나고 있었다. 등을 구부리고 급한 발걸음으로 지나치는 인물을 의심스럽게 보는 눈치였다. 한편 마나스도 경찰관을 훔쳐 보았다. 경찰관은 쉽게 믿을 수 없다는 듯이 잠시 주저하더니 마음을 정했는지 그를 불러 세웠다.

마나스는 재빨리 뛰기 시작했다. 5초 후 경찰이 호루라기를 불었다. 마나스는 사력을 다해 뛰었다. 등 뒤에서 호루라기가 무자비하게 계속 울어댔다. 방한용 외투가 달린 무거운 코트를 입은 경찰관이 그를 따라잡을 가능성은 없다.

교도소의 문은 큰길에서 움푹 들어간 곳에 있었기 때문에 일요일인 그날은 평소보다도 주위가 어두웠다. 마나스는 막다른 골목에 다다르게 되자 그 곳을 뛰어넘었고, 다음에서 다음으로 모퉁이를 돌면서 필사적으로 계속 뛰었다. 악몽 같았다. 이르는 곳마다 호루라기 소리가 들리는 것 같았다. 한 번 누군가에게 팔을 붙잡혔지만 몸부림쳐 빠져 나와 계속 뛰었다. 조용한 교외의 뒷골목과 악천후, 인적이 거의 없다는 사실이 지금은 불행 중 다행이었다. 어깨 너머로 힐끗 뒤를 돌아보자 추적하는 경찰차의 라이트가 보였다. 눈이 아찔할 정도로 밝은 헤드라이트가 그를 비추었다. 그는 몸을 날려 모퉁이를 돌아 어느 주택 담을 있는 힘을 쥐어짜 겨우 뛰어넘었다. 줄기차게 내리는 빗속에서 담의 그림자에 몸을 숨기고 웅크리고 있는 동안 추적했던 차가 맹렬한 스피드로 지나쳐 가고 많은 사람들이 달려가는 소리가 들렸다.

"없다."

누군가가 헐떡이며 말했다.

"없어? 꼭 찾아야 돼."

마나스는 웅크린 채로 있었다. 등 뒤로 불이 켜지고 커튼이 쳐진 창으로 음악과 웃음소리가 들려 왔다. 일요일 밤, 아담한 교외주택의 사람들은 밖에서 벌어지는 요란한 추적 극에는 아무런 신경도 쓰지 않았다.

추적하는 소리가 상당히 멀어진 것 같았기 때문에 마나스는 피곤한 몸을 일으켜 세웠다. 비와 땀으로 흠뻑 젖어 추위 때문에 몸이 떨려 왔다. 하지만 가만히 있는 동안에 다음 행동을 생각할 수 있었다. 몸을 숨길 장소를 찾아야 했다. 호텔이나 하숙집은 금방 들통이 날 것이다. 그는 지금 젖은 쥐처럼 덜덜 떨고 있었고, 정원의 부식토로 인해 온몸이 진흙투성이였다.

아내는 어떨까? 아마 이미 어딘가로 가버렸을 것이다. 게다가 숨겨줄 마음이 없을지도 모른다. 아니 틀림없이 없다. 더욱이 탈옥을 안 경찰이 제일 먼저 찾을 사람은 아내일 것이다. 거기로 가서는 안 된다. 그는 거의 자동적으로 행선지를 정했다. 에셀밖에 없다. 경찰은 그와 에셀과의 관계를 전혀 몰랐다. 수많은 여자들이 재판에 불려나온 건 확실했지만 에셀에 관해서는 무엇 하나 아는 게 없었다. 천성적인 책략가인 마나스는 살인을 범하기 훨씬 이전부터 그녀와의 교제를 아무도 모르도록 숨겨 왔다. 게다가 살인범인 마나스와의 관계를 에셀이 먼저 떠벌리리라고는 전혀 생각할 수 없었다. 에셀은 혼자 살았다. 에셀은 그를 사랑했다. 그래서 혼자서 산다고도 할 수 있을 것이다. 에셀이 있는 곳이라면 안심하고 몸을 숨길 수 있으리라. 그는 억수로 쏟아지는 비를 맞으며 피곤하고 딱딱해진 몸을 이끌면서 에셀이 있는 곳으로 걸어갔다.

교도소는 자신이 잘 모르는 교외에 있었기 때문에 현재 있는 곳을 짐작하기 힘들었지만 에셀이 사는 교외의 강변 쪽에 있었기 때문에 대략 동쪽을 향하여 뒷골목을 더듬어 가면 될 것이다. 상당히 젖어 있는 데다 흥분하여 무턱대고 달렸기 때문에 피로가 심했다. 상소가 기각된 이후 3주 동안 힘들게 견뎌 온 것이 건강을 해친 것이다. 하지만 한 순간이라도 쉴 수 없었다. 에셀을 보기 전까지는. 발소리를 들을 때마다 깜짝 놀랐다. 경찰이 오는 건 아닐까 하고 두려운 눈으로 쉼 없이 주위를 살폈다. 통행인이나 경찰이 다가올 때면 그때까지의 방향을 바꿔 돌아가는 길을 택했다. 초조한 생각인진 모르지만, 비가 심하게 내리는 한밤에 모자와 코트도 없이 진흙투성이 차림으로 사람들과 마주치는 위험을 무릅쓸 수 없었다.

큰길에 이르자 자신을 격려하며 가로질러 갔다. 쇠약한 심장이 심하게 고동쳤다. 그것만으로도 피곤해지기에는 충분했다. 더욱이 끊임없이 긴장을 강요받으면서 무자비하게 비가 쏟아져 내리는 어두운 길을 걷고 또 걷고 계속 걸었다. 이윽고 그는 공포 이외의 것은 아무것도 느낄 수 없게 되었다. 의기소침하여 희망을 잃은 것이다.

현재 많은 신문사에서 그의 탈주가 대대적으로 취급되어, 영국에서 탈옥에 성공한 사형수는 잭 셰퍼드 이후 처음이라는 뉴스가 계속 작성되고 있을지도 모른다는 사실이 그의 머리에는 한 번도 떠오르지 않았다. 그가 할 수 있는 일은 심한 고통에 몸을 맡기고 끊임없이 주위를 살피면서 오로지 계속 걷는 것뿐이었다. 서에서 동으로, 길고 긴 거리였지만 이윽고 눈에 익은 어느 일대로 접어들었다. 그리고 모퉁이를 또

한 번 돌자 에셀의 집이 있는 골목이 나타났다. 그는 그 아파트에 들어가서 안뜰로 들어간 후 문을 살짝 닫았다. 잠시 멈춰 서서 얼어붙은 것 같은 머리를 무리하게 회전시켰다. 문을 노크할 수는 없었다. 새벽 4시에 아파트 문을 노크하는 것은 이웃 사람들의 주의를 끄는 일이었다. 게다가 문을 여는 사람은 에셀이 아닐지도 모른다. 그는 창가에 숨어 어두운 실내를 들여다보았다. 희미한 그림자를 불안한 눈으로 바라보는 가운데 그것이 눈에 익은 가구라는 것을 알았다. 에셀은 아직 이곳에 살고 있었다. 그 방은 그녀의 거실이었다. 침실은 그 뒤쪽에 있었다. 그는 그것을 잘 알고 있었다. 창이 뒤뜰로 향하여 열린 것도. 이 집은 두 채로 이루어진 집이었다. 그는 옆쪽 문을 살짝 열어보았다. 열쇠가 달려 있다. 또 한 번 잘해내지 않으면 안 된다.

멈춰 서서 귀를 기울였다. 단조로운 빗소리 가운데 경찰의 고무장화가 내는 은밀한 소리가 들리지는 않나. 아무것도 들리지 않았다. 그는 몸을 낮췄다가 굳어진 손발을 펴려고 다시 일어났다. 전신이 땀으로 젖은 몸을 실질 끌면서 반대 측으로 갔다. 어두운 통로에서 발소리를 내지 않고 살그머니 뒤쪽으로 향했다. 몸을 숨겨 줄 장소로 결국은 도달한 것이다. 모퉁이를 돌아 뜰 안으로 들어가 창가에 숨었다. 유리를 살짝 두드린 후 피곤해서 창가에 기댔다.

에셀은 침대에서 자고 있었다. 단순히 침대에서 시간을 보냈다고 하는 편이 더 어울릴지도 모른다. 그 두려운 저녁동안, 계속 전전긍긍했다. 독서로 마음을 다잡으려 해도 손은 책장을 잡지 못하고 아래로 떨어지기 일쑤였다. 등을 끄고 자려했지만 그것도 허사였다. 다음날 아침 죽을 운명에 빠진 남자의 일이 도저히 머리에서 떠나지 않았다. 그 팔로 그녀의 몸을 안아주었고 꿀처럼 달콤한 말로 자신에게 구애했던 남자가….

추운 저녁임에도 불구하고 침대가 이상하리만큼 뜨겁게 느껴졌다. 큰길 가에 있는 시청사의 시계가 무자비하게 15분마다 때를 알린다. 그 소리를 들을 때마다 참을 수 없는 기분이 되었다. 지금도 그 남자를 사랑하는 건 아니었다. 재판 기사에서, 그에 관해 자신이 몰랐던 일을 많이 알게 되었다. 그는 살인범일 뿐만 아니라—그것은 어쩌면 참을 수 있었는지도 모른다—유부남이며 그 밖에도 많은 여자가 있었다. 결국 그는 자신을 속였고 자신은 그것을 용납할 수 없었다. 하지만 그래도 다음날 8시가 되면 예전에 자신을 안았던 팔을 교도관이 잡고 감방에서 데려가, 자신이 키스했던 목덜미를 사형집행인의 밧줄이 찢어 놓는다는 걸 아는 지금, 도저히 잠을 이룰 수가 없었다. 하지만 새벽녘 가까이 되자 열에 괴로워하면서도 꾸벅꾸벅 졸았다. 그런데 무슨 소리에 눈이 확 떠졌다, 누군가가 창문을 두드렸다. 그녀는 일어났다. 다시 유리창을 두드리는 소리가 들렸다. 에셀은 용감한 여성이었다. 이불을 걷어내고 손전등을 가지고 창가로 다가갔다.

유리창 너머로 희미한 사람 그림자가 보였다. 그녀는 손전등의 스위치를 넣고 그 그림자를 비췄다. 일순 그라는 걸 알았다. 머리카락은 새하얗고 얼굴에는 불안에 사로잡힌 그림자가 드리우고 있었다. 자신이 아는 말쑥하고 자신감에 찬 마나스와는 닮았으면서도 어딘가 닮지 않은 모습을 그녀는 아무 말 없이 바라보았다. 그는 더럽고 피로 얼룩진 손을 유리창에 대고 있었다. 축 처진 입이 열리기도 하고 닫히기도 하고, 양손은 마치 기도하는 듯했다. 에셀은 모든 것을 깨달았다. 창을 조용히 열고 손전등의 빛을 그에게 비추면서 방안으로 물러섰다.

마나스는 피로에 지친 몸을 천천히 이끌면서 실내로 반쯤 들어왔다. 하지만 몸을 일으켜 창문을 닫고 새삼스럽게 그녀를 보았다.

"나한테 무슨 용건으로?"

에셀은 본능적으로 소리를 죽여 말했다.

"에셀!"

무심코 그녀를 향해서 비틀거리며 다가갔다. 하지만 에셀은 더 뒤로 물러설 뿐이었다.

"오지 마!"

그녀가 말했다. 마나스는 발을 멈추고 어깨를 축 늘어뜨렸다. 이미 피로와 불안이 극도에 달했지만 흐릿해진 의식을 최후에 또 한 번 작용시킨 결과 자신의 기대가 어리석은 오산이었음을 깨달은 것이다. 에셀을 사로잡아 헌신적이게 했던 예전의 매력은 이미 힘을 잃었다. 피로와 불안에 낙담과 낭패가 겹쳤다. 가슴이 무겁고 무릎에 힘이 빠져 몸이 흔들렸다.

"처음부터 부인이 있었죠?"

에셀이 말했다. 신랄한 어조였다. 마나스는 입 속에서 간신히 소곤거릴 뿐이었다.

"그러면 부인에게 도움을 요청하면 되잖아요?"

그 순간 그녀는 마나스를 미워할 수밖에 없었다. 온몸이 떨려 올 정도로 심한 미움이 치밀어 올랐다. 하지만 그 증오도 비명을 지르고 도움을 요청할 정도로 강하지는 않았다. 자신의 비명은 이윽고 냉혹한 남자를 불러내 마나스를 교수대에 올릴 것이다.

에셀의 어조에 깃들인 심한 적의가 지친 마나스에겐 최종적인 타격이 되었다. 마나스는 흐느끼는 소리를 흘림과 동시에 의식을 잃고 마루에 쓰러져 그대로 움직이지 않았다. 에셀은 오랫동안 서 있었다. 손전등 빛의 고리 속으로 쓰러진 마나스를 보고 있었지만 이윽고 시청사의 시계소리에 문득 정신이 들었다. 정각 6시였다. 그 소리에 시간이 한참 흘렀음을 깨닫고 그녀는 다시 현실로 돌아올 수 있었다.

마나스가 어떻게 탈옥했는지 그녀로서는 짐작도 할 수 없었지만 현명하게 수색이 진행되지 않았음을 알 수 있었다. 어떻게 해야 할지 아무런 생각도 나지 않았다. 어떻게 하고 싶은지 자신도 모르고 있다는 사실에 점점 초조했다. 마나스를 경찰에 인도하는 짓은 도저히 할 수 없었다. 그렇다고 해서 그를 도와주고 싶지도 않았다. 게다가 현실적인 문제로서 자신의 방에 그를 계속 은닉할 수도 없을 것 같았다.

이윽고 그녀는 자신이 추위에 떨고 있음을 깨달았다. 어두운 실내를 살며시 걸어가 적당한 것을 걸쳤다. 밖에서 평소와 같이 새벽을 알리는 종소리가 울렸다. 그때 그녀는 갑자기 공포에 휩싸였다. 어쩌면 경찰은 마나스가 여기에 있다는 것을 알아낼지도 모른다. 이미 이집을 은밀히 포위했는지도 모를 일이다. 확인해 보고 와야 한다. 어차피 밖으로 나가 머리를 맑게 하지 않으면 안 된다. 마나스가 의식을 회복한다면 음식물도 필요할 것이다. 개점 시간이 빠른 모퉁이의 식료품점에서 빵을 사고, 집에서 차를 타 줄 수는 있다. 그녀는 아무리 마나스를 미워한다 해도 음식까지 주지 않을 수는 없다는 것을 알고 있었다. 모자와 코트를 걸친 다음 쓰러진 마나스를 살폈다.

"마나스."

작은 소리로 불렀지만 응답은 없었다. 몸을 흔들어도 아무 반응이 없었다. 옷이 완전히 젖어 마루에 작은 물웅덩이를 만들고 있었다. 하지만 심장의 고동소리는 아직 확실했다. 에셀은 침대에서 모포를 벗겨 그에게 덮었다. 그리고 나서 소리가 나지 않도록 문을 열어 조심스럽게 문을 닫았다. 살그머니 현관을 나가 걸쇠를 풀고 통로로 나가 거리로 향했다.

에셀이 이름을 부르며 몸을 흔든 것이 어떤 작용을 했는지 마나스는 다소 의식을 회복하기 시작했다. 열이 지독했다. 폐렴을 동반한 일시적인 착란상태에 빠진 것이다. 그 때문에 전날 밤에 일어난 일에 관한 정확한 기억을 상실해 버렸다. 감방에서 싸운 기억이나 용서 없는 추격자에 쫓겨 어두운 길을 무턱대고 도망친 기억이 머릿속에서 이리저리 엉켜, 무엇 하나 정확한 연결을 갖지 못했다. 이윽고 갑자기 무서운 사실을 생각해 내고는 전신이 더 뜨거워졌다. 자신은 오늘 교수형에 처해진다.

거칠게 몸을 뒤척일 때 어제 오후 감방문의 철창 사이로 눈에 익지 않은 얼굴이 이쪽을 들여다보았던 것이 생각났다. 사형집행인이 보러 왔던 것이다. 목을 관찰하고 체중을 짐작하고 덫을 어떻게 할지 견적을 내기 위해….

마나스는 신음했다. 겨울 아침의 희미한 빛이 창으로 들어오기 시작했다. 그때 종소리가 울렸다. 5… 7시. 교도관들이 건성으로 깨우러 오는 시간이다. 그리고 어느새 안뜰에서 운동중임을 깨달았다. 이제 사형 집행이 이루어지는 그 작은 방으로 끌려갈 것이다. 그때 문에서 열쇠 소리가 났다. 소장이다. 순간 그는 발버둥치려고 했다. 하지만 미친 듯이 고동치는 심장은 이미 더 이상의 긴장감을 이길 수 없게 되었다.

방에 들어선 에셀은 자신의 고민이 해소되었음을 알았다.

C. S. 포리스터(C. S. Forester, 1899~1966)

카이로 태생의 영국 작가. 전형적인 런던의 교외에서 소년시대를 보내기 전에는 코르시카, 스페인, 프랑스 등에서 살았고, 그 후에도 세계 각지를 여행했다. 청년시대에는 의사가 되기 위해 공부를 했으나 코난 도일, 서머셋 모옴, 크로닌 등과 마찬가지로 의학에 관한 뜻을 버리고, 글을 쓰기 시작했다. 대표작은 『The Paid Piper』(1924), 『Payment Deferred』(1926), 『Plain Murder』(1930) 등이 있다.

지금 생각하면

KNOWING WHAT I KNOW NOW — 배리 페로운

트렁크를 화물차에 실을 때 빨간 모자가 거들어주었다. 그 트렁크는 나무틀로 된 흔한 갈색의 인조섬유제로 이와 비슷한 트렁크는 아마 백만 개 정도 더 있을 것이다. 무거웠다.

"이야, 뭐가 들어 있죠?"

빨간 모자가 묘한 표정을 지으며 덧붙였다.

"시체라도 들어 있습니까?"

나는 간신히 웃어 보일 수 있었다. 이상한 소리로 들리지 않으면 좋겠지만 나 자신의 귀에도 왠지 거슬렸다. 하지만 아무도 알아채지 않은 것 같다. 트렁크에는 프랭크 벤홀드라는 이름과 주소, 그리고 〈런던행〉이라고 쓴 화물표가 붙어 있었다. 이름도 주소도 모두 엉터리였다. 차라리 〈지옥행〉이라고 하는 편이 더 적당할 것이다. 이 트렁크를 런던 변두리까지 가지고 갈 예정은 아니었다. 두 번 다시 보고 싶지 않았다.

빨간 모자에게 팁을 주었다. 화물차가 기차의 한가운데에 있었기 때문에 플랫폼 앞쪽으로 걸어갔다. 객차문은 아직 열려 있었다. 어느 문이나 환송하는 사람들이 무리지어 지껄이고 있었다. 변함없는 기차역 냄새, 여전히 시끄럽게 메아리치는 소음이 심한 역이었다. 하지만 무엇 하나 변하지 않았는데도 모두가 평소와는 달리 낯설었다. 덮쳐 누르려는 듯 좁게 서 있는 암벽으로부터 이상하게 메아리가 되돌아오는 계곡이라

도 걷는 기분이었다. 하지만 본능적으로 눈을 올려보아도 비에 젖은, 더러운 유리 지붕을 지탱하는 거미집 같은 철골밖에 보이지 않았다.

나는 레인코트의 깃을 세워 모자 가장자리를 눈까지 내려오도록 푹 눌러 썼다. 역 입구에서 날카로운 감시의 눈길을 보냈다. 뼛속까지 시려오는 추위였다. 이가 덜덜 떨리는 소리를 냈다. 소리 내지 않으려면 이를 악물고 있어야 했기 때문에 턱이 아플 정도였다. 지금도 감색제복을 입은 거친 경찰관들이 잡으러 오는 건 아닌지 그것만 생각하고 있었다. 객차 문 밖에 서서 나는 포켓 속으로 주먹을 꼭 그러쥐고 있었다. 역의 시계가 하얗게 빛나 기묘한 달처럼 보였다. 그렇게 말을 하니 역 전체가 정지한 느낌이었다. 시계의 문자판을 올려다보면서, 주위에 있는 사람을 힐끗 훔쳐보았지만 그들도 마치 걷다 정지된 것 마냥 손 하나 움직이지 않는 것 같았다. 희미하게 보이는 긴 바늘이 살짝 움직이자 마치 주술이 풀린 듯, 주위의 복잡한 인파가 내는 소리, 슈우 하고 증기를 내뿜는 소리, 탁 문을 닫는 소리 등이 한꺼번에 들려왔다.

플랫폼을 역무원이 걸어왔다. 기적이 울리자 녹색 기를 한 손에 들고 또 한쪽 손에 있는 시계를 보았다. 그때서야 나는 휙 돌아 객차 통로에 올라섰다. 눈앞의 객실에는 중년의 세 여자와 만화책에 코를 묻고 있는 남자아이가 타고 있었다. 나는 통로 측의 끝에 차의 진행방향을 향해서 자리에 앉았다. 트렁크를 실은 화물차는 바로 내 뒤쪽에 있었다. 덜커덕 진동 소리가 고장 난 실로폰을 두드리는 것처럼 객차에서 객차로 전해지면서 플랫폼의 광경이 뒤로 미끄러졌다. 창 밖의 머리 위로 더러운 유리 천장이 사라지고 석양 무렵에 내린 비 때문에 회색 하늘이 나타났다. 기차가 속도를 내자 마치 트렁크가 뒤에서 따라오는 듯한 느낌이 들었다.

창 밖을 보면서 억지로라도 거기에 가만히 앉아 있어야 했다. 미들랜드의 어둠침침한 교외가 사라지고 평평한 녹색 초원과 튼튼한 다리가 걸려 있는 작은 강, 흔들거리며 줄지어선 버드나무가 나타났다.

자아, 이제 트렁크와는 이별이다. 여기까지는 그럭저럭 좋았다. 담배가 몹시 피고 싶었지만 손을 포켓에서 꺼내기가 두려웠다. 손이 떨리고 있었기 때문에 객실의 여자나 아이들이 눈치챌 것이 분명했다.

그때 객실 문을 여닫는 소리가 먼 객차로부터 점점 다가왔다. 마치 누군가를 찾으려는 것 같았다. 나는 숨을 죽이고 기차의 칙칙폭폭, 칙칙폭폭 거리는 금속성 소리 외에 무슨 소리가 나지 않나 싶어 귀를 기울였다. 갑자기 흰 상의를 입은 급사가 통로에 나타났다. 급사는 객실의 문을 열더니 얼굴을 내밀었다.

"저녁 식사가 준비 되었습니다. 어서 자리로."

급사의 목소리는 점점 멀어져 갔다. 나는 한숨을 내쉬었다. 여자 손님 중 두 명이 일어나 객실을 나가 통로에서 오른쪽 방향으로 갔다. 이제 담배를 피우지 않고는 더 이상 견딜 수 없게 되었다. 만화책 위에서 눈 하나 깜빡거리지 않던 꼬마가 이쪽을 바라보았다. 아이들의 직감은 놀라운 법이다. 일어서서 통로로 나가 문을 닫고 담배에 불을 붙였다. 저녁 안개가 초원과 버드나무의 자태를 삼키고 있었다. 등은 이미 켜져 있었다. 다른 승객들이 나를 밀치고 식당차로 향했다. 문득 식당차에 가려면 화물차 안을 통과해야 한다는 사실을 깨달았다. 그러면 트렁크가 아직 무사한지 어떤지 확인해 볼 수 있을지도 모른다. 너무 빨리 드러나면 곤란하다.

더 이상 나를 밀치고 식당차로 가는 승객은 없었지만 급사가 식당차로 돌아가는 것을 기다린 다음 그 뒤를 따랐다. 세 칸의 객차를 빠져 나와 화물차에 도착했다. 객차에 연결되어 희미하게 흔들리는 강철판의 끝에 멈춰 섰다. 화물실 안을 들여다보았지만 전등이 희미해서 어느 것이 그 트렁크인지 제대로 확인할 수가 없었다. 통로를 둘러보았다. 아무도 보이지 않는다. 화물실 안으로 들어가 보았다. 이쪽엔 전혀 인기척이 없었다. 평평한 상자더미로부터 말린 청어 냄새가 났다. 자전거 몇 대와 접혀진 유모차, 환자용 휠체어, 그리고 네 개의 트렁크. 그 중 두개는 완전히 똑같았다. 순간 어느 것이 나의 것인지 알 수 없어서 깜짝 놀라 머리에 핏발이 섰다.

나는 몸을 숙여 가까이에 있는 트렁크의 화물표를 확인하지 않으면 안 되었다. 화물표에는 G. N. 트레벨리안, 런던행이라고 써 있었고 주소는 쓰여 있지 않았다. 내 것은 바로 옆에 있는 것이었다. 둘 다 완전히 똑같았다. 몇천 개인지 몇만 개인지 똑같은 제품들 가운데 두 개의 트렁크였다. 그 순간 어떤 생각이 떠올랐다.

나는 원래 첫 정차 역인 옥스퍼드에서 내려 프랭크 벤홀드라는 화물표가 달린 트렁크가 멋대로 런던까지 가게 해 유실물 담당자의 손에 넘길 작정이었다. 하지만 뭔가 마음 한구석에 걸리는 게 있었다. 트렁크를 화물차에 쌓을 때 도와준 빨간 모자가 이 기차에 타고 있는 수하물 담당직원이 아닌가라는 의문이 시종 떠나지 않았던 것이다. 만약 그렇다면 내가 옥스퍼드에서 내리는 걸 보고,

"당신 트렁크는?"

이렇게 고함치며 따라 올지도 모른다.

이 트렁크의, G. N. 트레벨리안이라는 화물표를 보고 원래 계획보다 더 좋은 생각이 떠올랐다. 이 화물표는 헐렁했다. 틀림없이 풀이 말랐으리라. 한 번 잡아당겨 보니 완전히 떨어져 버렸다. 가슴속에서 심하게 고동이 쳤다. 재빨리 주위를 둘러보았다. 화물실 끝의 작은 선반에는 여러 가지 황색 전표나 빨간 유리를 붙인 휴대용 석유등, 화물표 다발, 그리고 솔이 삐져 나온 풀병 등이 있었다.

지금 생각하면 도대체 뭐하는 자가, 누가, 이런 줄거리를 만들었는가 묻고 싶다. 신인가? 악마인가? 운명인가? 아니면 그저 우연의 장난인가? 운명의 수수께끼는 뭔가? 왜 그런 곳에?

트레벨리안의 화물표를 벤홀드의 화물표 위에 붙이고, 새로이 벤홀드의 화물표를 써서 트레벨리안의 트렁크에 붙이는 데 잠깐의 시간밖

에 걸리지 않았다. 그리고 나서 나는 통로로 돌아왔다. 사실 그때까지는 큰 희망을 가지지 않았는데 이제 어느 정도의 희망이 보였다. 나는 기뻤다. 내 마음을 읽어버릴 것 같은 꼬마가 있는 객실에는 돌아가고 싶지 않았다. 통로에서 문득 다른 객실을 들여다보니 여자 혼자 있는 빈 객실이 눈에 띄었다. 여자는 눈을 감고 있었다. 자고 있는 모양이었다. 조용히 문을 열고 그녀와 반대쪽 구석에 앉았다. 기차의 진행방향으로 향해 있었다. 칙칙폭폭 칙칙폭폭. 그 두 개의 트렁크가 내 뒤에서 흔들리는 것처럼 느껴졌다. 아까보다는 편안한 기분을 가질 수 있었다. 모자를 선반에 올려 놓았다. 레인코트의 벨트도 풀었다. 창을 보자 어두운 저녁 안개 사이로 희미하게 내 얼굴이 비쳤다. 나 자신이 한 번도 본 적이 없는 듯한 얼굴이었다. 35세의 험악해 보이는 얼굴에 벗겨진 이마로부터 검은 머리카락을 뒤로 넘겨 올백을 했다.

담배 꽁초를 버린 후 밟아 끄고 포켓에서 또 하나 꺼낼 때, 여자가 이쪽을 바라보는 시선을 느꼈다. 눈이 마주쳤다. 짙은 회색 눈으로 눈동자가 컸다. 귀여운 아가씨인데 어딘가 묘한 구석이 있는 눈매였다. 짙은 금발에 짧지만 지금 유행하는 헤어스타일이었다. 허리까지 닿는 멋진 상의 주머니에 양손을 찔러 넣고 큰 깃이 머리를 덮을 정도로 세워 구석진 좌석에 웅크리고 있는데 얼굴이 지독히 창백해 보였다. 늘씬한 발목이 보이고 굽 낮은 회색구두는 대단히 귀여워 보인다.

나는 담배를 권했다. 아가씨는 주저했다. 눈동자가 이상스레 작게 오므라져, 그 눈을 천박하게 만들었다. 이윽고 그녀가 몸을 내밀어 내가 내민 손에서 담배를 받았다. 상당히 단단한 손으로 길지만 강한 느낌을 주는 손가락이었다. 상상력이 풍부한 성격의 소유자일 것이다. 손톱엔 매우 엷은 산호색 매니큐어를 발랐다. 라이터를 켰다.

"죄송합니다."

그렇게 말하고 담배에 불을 붙이기 위해 나를 바라보면서 그녀의 눈이 다가왔다. 눈동자가 크게 되기도 하고 작게 되기도 하는 현상에 대해 어딘가에서 읽었던 기억이 난다. 〈히파스〉라고 불리는, 신경이나 감정의 불안정한 징후라고 했던 것 같다. 이 기억을 증명이라도 하듯이 아가씨가 몸서리치는 듯한, 확실히 이상한 동작으로 어깨를 으쓱거리는 걸 알아챘다. 나도 좋은 기분은 아니었다.

"괜찮습니까? 춥나요?"

"괜찮아요."

아가씨는 그 자리에서 편안히 고쳐 앉으며 말을 이었다.

"약간 나쁜 예감이 들었을 뿐이에요."

그런 말을 들어도 역시 기분은 나아지지 않았다. 어두운 저녁 안개를 뚫고 예의 두 트렁크가 바로 내 뒤를 쫓아오는 듯한 기분이 들었다. 나는 아무런 대답도 하지 않았지만 아가씨는 이상한 눈매로 나를 바라보았다.

"동물의 예지능력이라는 것을 어떻게 생각하세요?"

갑자기 그녀는 말을 꺼냈다.

"당신 생각을 듣고 싶어요."

"별로 생각해 본 적이 없군요. 나는 정신과 의사가 아니라서."

"무슨 일을 하시죠?"

그녀의 말투가 점점 마음에 들지 않았다. 나는 트렁크가 줄줄 내 등 뒤를 따라오는 듯한 기분이 들었다. 이 아가씨의 입을 다물게 하기 위해. 그녀의 말투에서 인텔리 여성처럼 보였기 때문에 이렇게 말을 꺼냈다.

"나 말입니까? 나는 중세연구가죠."

아가씨가 액면 그대로 받아들였는지 어땠는지는 몰랐지만 또 다시 그녀의 눈동자가 커지기도 하고 작아지기도 하는 것을 보았다.

"그런 사람이 정신과 의사보다 더 잘 알지도 몰라요. 본질적인 진리, 즉 영혼 등 여러 가지 신비적인 일들을."

"당신은 그 신비적인 일인가 뭔가 하는 것을 연구하고 있소?"

나는 야유 섞인 말투로 말했다.

"저는 미술을 합니다. 런던의 어느 장학금을 받기로 되어 있어 지금 런던으로 가는 길입니다."

예비 화가인가. 재주가 있는 듯한 손을 가진 것도, 묘하게 아름다운 눈에 감정적인 동요가 떠오른 점도 비로소 이해하게 되었다. 등 뒤에서 트렁크가 탁탁 흔들리고 있다는 것을 생각하면서도 왠지 이 아가씨에게 끌리는 자신을 느꼈다. 아가씨의 말투에는 약간의 사투리가 섞여 있었기 때문에 이 점을 물어 보았다.

"당신은 영국인이 아니죠?"

"캐나다에서 자랐어요."

그녀는 그렇게 말한 뒤 또 춥기라도 한 듯 묘하게 어깨를 으쓱거리고 말을 이었다.

"그랬어요."

아가씨는 입을 다물었다. 그녀는 담배를 깊이 빨아들이며 갓 아래 달린 전구 쪽으로 올라가는 연기를 바라보았다. 머리 위의 선반에는 작고 부드러운 녹색 모자와 작은 손가방이 칙칙폭폭 거리는 단조로운 열차의 리듬에 맞춰 희미하게 흔들렸다.

"당신이 들어오셨을 때, 전 캐나다에서 일어난 일을 생각하고 있었어요. 그렇게 멀리, 수천 마일이나 떨어진 곳에 있는데다가 매우 오래 전의 일이었기 때문에 안심하고 회상할 수 있었습니다. 그런 걸 생각한 것도 이번에 장학금을 받아 런던으로 가게 되어 정말로 새로운 인생을 시작할 수 있었기 때문이랍니다. 게다가…"

그녀는 약간 흥분된 듯했다.

"잊을 수가 없어요! 잊으면 정말 좋겠지만! 하지만 그 생각은 항상 떠나지 않고 나를 쫓아다니고 또 나를 기다리고 있어요."

아가씨는 귀엽고 불안한 듯한 눈으로 나를 보며 말을 이었다.

"그런 느낌을 알아요? 분명히 누구나 어떤 형태로든 그런 느낌을 가지고 있을 거예요. 뭔가가 자신을 앞질러 기다리는 듯한 느낌, 물질적인 것인지 정신적인 것인지 알 수 없지만 상상할 수 없는 두려움으로, 피할 수도 없는 것입니다. 피할 수도 도망갈 수도 없어요. 그것은 차갑고 두려운 집요함으로 기다리고 있습니다. 미리 정해진 장소에서."

"아마 누구나가 그런 느낌을 안고 있겠죠."

그렇게 대답했지만 난 식은땀이 흘러내리는 것을 느낄 수 있었다.

"죽음이죠. 누구나가 한 번은 맞닥뜨리지 않으면 안 되는. 그것은 두 번 다시 반복할 수 없소!"

"아버지는 다른 이름으로 불렀어요. 파멸이라고 했어요. 하지만 어쨌든 그건 충분한 답이 아니에요. 그건…."

그녀는 담배를 보고 눈썹을 찡그리다 이윽고 이쪽으로 눈을 돌렸다.

"캐나다에서의 일이었어요. 아버지와 내가 살았던 곳은 상당히 큰 마을이었는데 집은 마을에서 외진 곳에 있었어요. 빨간 기와로 만든 대단히 낡은 집이었죠. 아버지는 혼자되어 적은 월급을 받았죠. 그 집은 우리 집이었지만, 저당을 잡힌 상태였고 2층을 아파트로 만들이 세를 놓았죠. 우리들은 그 아래의, 반 지하 같은 곳에서 살았어요. 아버지는 항상 〈정원이 있는 아파트〉에서 살고 싶어했어요. 가엾은 아버지를 나는 진정으로 사랑했지만 분명히 아버지는 무능하고 운이 나쁜 사람이었어요. 그때는 그 사실을 잘 알 수 없었지만요.

하지만 어린애의 마음에도 어째서 우리 집에는 아무것도 좋은 일이 일어나지 않는지 이상하게 여겼지요. 시시한 일조차 그랬어요. 아버지는 항상 노력했죠. 하지만 가령 가구를 하나 새로 장만해도 다른 집보다 빨리 낡곤 했죠. 아버지가 아무리 열심히 정원을 돌보아도 근처 정원에는 잔디나 꽃들이 예쁘게 피었는데 우리 집의 정원은 잡초밖에 나지 않았어요. 무서운 녹색 잡초! 불운의 연속이었어요. 우리들에게는 불운으로부터 도망칠 길이 없는지, 정말 끝이 없는 구렁텅이 같았어요. 나는 그것이 얼마간은 그 집 탓도 있다고 생각했어요. 그저 넓기만 하고 기분 나쁜 그 집 때문이라고요. 마침내 그 집에 있는 한 나는 아무

희망도 가질 수 없다고까지 생각하게 되었어요. 나는 그 집이 싫었어요. 조지 가 15번지의 그 집이"

이제 말을 그만했으면 좋겠다고 생각했다. 이런 얘기는 더 이상 듣고 싶지 않았다. 기차는 단조로운 리듬으로 흔들거렸고 선반의 물품도 따라서 흔들렸다. 저녁 안개의 어둠과 접하고 있는 창에, 두 사람의 얼굴이 희미하게 비쳤다. 나는 다시 속으로 얘기를 멈추었으면 좋겠다고 간절히 바랐다.

"내가 열 살 정도였을 때 어느 비 내리는 오후였어요. 나는 혼자서 학교에 다녔어요. 그날 오후 선생님이 사막의 나라나 선인장의 나라, 기후가 건조하여 색채가 뚜렷한 멋진 나라의 사진을 보여 주었어요. 책을 들고 혼자서 집으로 돌아오던 나는 고무장화에 레인코트를 입고 있었지요. 젖은 고무의 감촉을 아시죠. 비가 내리는 날이면 나는 언제나 비를 저주했어요. 촉촉한 잔디나 물방울을 머금은 나무들, 회색으로 탁해진 하늘 따위를 저주했어요. 축축한 것, 녹색, 끈적거리는 것은 모두 저주했어요."

그녀는 담배를 버린 후 귀여운 구두로 밟아 껐다. 그녀의 얘기가 귀에 들어오지 않았다. 두개의 트렁크가 내 뒤를 쫓아오고 있었다.

"항상 아버지보다 먼저 집에 돌아왔지요. 청소를 해주러 오는 아주머니가 있어서 저녁 식사를 금방 할 수 있도록 부엌의 스토브를 켜 주곤 했지요. 나도 열쇠를 가지고 있었죠."

그녀는 아랫입술을 깨물었다. 이상하게 자주 움직이는 눈이 나를 바라보았다.

"그날은 집에 돌아가기 싫었어요. 그 정도로 우리 집이 싫었던 거예요. 한 발짝도 닿고 싶지 않았던 거예요. 어떻게 해서 정원의 샛길을 지나, 낡아빠진 녹색 문의 열쇠를 열었는지 지금도 나는 알 수 없어요. 문을 열고 외투를 거는 갈고리 따위가 있는 오른쪽 복도로 들어갔어요. 왼쪽에는 우리들의 거실 문이 있고 그 맞은편이 아버지 침실이었죠. 그쪽은 4개의 계단과 돌로 만든 복도로 되어 있었지요. 그 복도 오른편에 밖으로 나가는 문이 달려 있었죠. 복도 왼쪽은 온실처럼 유리가 끼워져 있었고, 더러운 정문으로 통하는 문이 달려 있었죠. 복도의 맨 끝이 부엌이었고요."

그녀의 숨이 거칠어졌다. 목소리가 들리지 않을 정도였다.

"나는 그 네 개의 돌계단을 내려가 복도로 갔습니다."

그렇게 말하는 그녀의 눈은 그 광경을 생생하게 떠올리는 듯했다.

"복도에는 더러운 창으로부터 회색 빛이 가득 들어오고 있었어요. 보슬보슬 유리에 닿는 빗소리를 들었어요. 나는 평상시처럼 긴 장화를 벗고, 화분을 놓기 위해 유리창 밑에 만들어 둔 선반 위에 레인코트를 벗어 놓았죠. 레인코트로부터 물방울이 떨어져 돌 위로 흐르는 걸 보았어요. 유리창 너머로 키 큰 해바라기와 그것과 어깨를 나란히 하는 쐐기풀을 봤어요. 해바라기는 벌써 제철이 지나 무거운 목을 늘어뜨린 채 비에 젖어 희미하게 흔들렸어요. 쐐기풀은 무럭무럭 자라 진한 녹색이었는데 마치 수풀처럼 무성했어요. 그런 쐐기풀은 어디나 있는 게 아니랍니다. 아주 튼튼한 쐐기풀이 유리에 딱 붙어 우거져 있는 거예요. 내 키 정도였어요. 그것을 바라보는 것조차 싫었어요. 나는 휙 돌아 부엌으로 갔어요."

그녀는 입술을 깨물었다. 입술에 핑크빛 자국이 새로이 생겨날 정도였다. 그녀의 눈동자 역시 놀라우리만치 커졌다.

"부엌문은 열려 있었어요. 오른쪽에서 안쪽으로 열도록 되어 있는 문이었지요. 문은 열려 있었어요. 부엌은 어두웠고 구식 스토브의 화구로부터 석탄의 불이 빨갛게 빛나고 있을 뿐이었어요. 스토브와 엇갈려서 낡은 버드나무 팔걸이의자가 있었어요. 의자에는 낡아빠진 쿠션이 있었고 항상 그 밑에는 낡은 신문이 꾸깃꾸깃 처박혀 있었죠. 우리 고양이가 앞다리를 가슴 밑으로 집어 넣고 그 위에 앉아 있었어요. 불빛이 고양이 눈에 비치는 걸 보았어요. 마치 뭔가를 기다리는 것 같았어요.

스토브 위쪽의 선반에는 째깍째깍 큰소리를 내는 낡은 자명종 시계가 있었죠. 그 시계가 째깍째깍 하면서 뭔가를 묻는 듯한 소리를 내는 걸 들었어요. 저는 움직일 수가 없었어요. 입 안이 까칠까칠하게 타들어갔지요. 필사적으로 뒤로 물러나 도망치려고 했지만 꼼짝도 할 수 없었어요. 그저 뭔가에 앞으로 끌려가는 듯한 기분이 들었어요. 하지만 나는 조금도 움직이지 않았어요. 거기에 그 열린 문 사이로 뭔가가 있다는 걸 알아챘지요. 형태는 없었지만 오싹하게 만드는 기운이 그쪽에서 흘러왔어요. 그것이 나를 기다리고 있었던 거예요. 시계는 째깍째깍 말을 토해내고 고양이는 불을 바라보고 있었고, 쐐기풀은 창가에 무성했고 해바라기는 시들어 비에 젖은 머리를 흔들고 있었어요. 왠지 알 수 없지만, 무엇인가가…"

갑자기 그녀는 양손으로 얼굴을 감싸안았다. 마치 가슴속으로 울고 있는 것 같았다. 이런 깊은 상처와 슬픔은 본 적도 없었고 꿈속에서도 생각해 본 적이 없었다. 양들로 가득한 초원에서 유년 시절을 보낸 남자에게는 상상도 할 수 없는 슬픈 세월의 무게가 이렇게 발작적으로 나타난 것이리라.

"자아."

잠시 후에 나는 무뚝뚝하게 말했다.

아가씨는 내가 내민 손수건을 대고 눈을 찍었다. 코도 풀었다. 깊은 숨이 그녀가 아직도 흐느끼고 있다는 사실을 가르쳐 주었다. 나는 창으로 얼굴을 돌리고 내 얼굴이 유령처럼 비쳐지는 것을 보았다. 다시 트렁크를 떠올렸다. 그때였다. 도망칠 수 없다고 느낀 것은. 나에게는 도망칠 길이 없다는 사실을 깨달았다. 그 어디에도! 반드시 잡히고 말 것이라고 생각했다. 그 이유는 알 수 없었지만 어쨌든 나는 알고 있었다.

"정신이 들어 나는 밖으로 나갔어요. 빗속으로 뛰쳐나가 계속 달리다가 누군가와 부딪쳤어요. 아버지가 나를 잡고 〈왜 그러니 지나, 무슨 일이냐? 왜 그래?〉라고 물었어요. 그때 나는 아버지에게 아무런 설명도 할 수 없었어요. 하지만 집으로 돌아가기는 싫어요. 아무튼 싫어요라고만 계속 대답했죠."

아가씨는 잠시 동안 입을 다물었다.

"아버지는 나를 집으로 데려가지 않았어요. 그날 밤은 호텔에서 지냈어요. 나는 어떻게든 아버지한테 설명해 보려고 했어요. 아버지는 내 침대 끝에 앉아서 말을 들어주었어요. 아버지가 몸집이 작다는 걸 내가 말했나요? 부드러운 눈을 가진 작은 남자였어요. 내가 하는 말을 들으면서 아버지는 뭔가에 얻어맞은 듯한 슬픈얼굴을 했지요. 〈파멸이야〉라고 아버지가 말하는 걸 들었어요. 〈그 집에는 파멸이 깃들어 있어.〉 그 후로 난 자주 그 말을 생각했어요. 아버지는 당신 자신의 그림자인지 아니면 다른 무언가 형태 없는 것이 그 집에 붙어서 기다리고 있다고 했지요. 마치 당신 자신의 등에 있는 무거운 짐이라면 두렵지 않지만 그것이 나에게 옮겨 가는 것을 두려워하는 듯한 말투였어요. 아버지의 귀여운 딸인 내게로."

그녀는 머리를 저었다.

"하지만 그런 것으로는 확실한 것은 알 수 없었어요. 나는 충분히 생각해 봤어요. 그 두려운 순간의 일, 영원히 계속될 듯한 그 순간의 일을. 그 이후 나는 몇 번이나 꿈에서까지 보았어요. 쐐기풀과 해바라기와 비, 돌로 된 복도 위에 괸 물, 열려 있는 문, 스토브의 화구에서 타오르는 빨간 불빛과 눈을 빛내며 바라보는 고양이. 그 방은 그대로였고 모든 것이 그 자리에 있으면서, 시간을 새기는 큰소리를 내면서 나를 기다리고 있었죠. 아버지는 그로부터 1년도 채 안 돼 돌아가셨어요. 영국에, 여기 미들랜드에 아버지의 친척이 있어 나를 맞으러 와 주었어요. 나를 기다리는 그 방과의 거리가 수백 마일, 수천 마일이나 멀리 떨어져 있다는 것이 기뻤어요. 하지만 그 방이 아직 거기에 있다는 것을 나는 알아요."

아가씨는 내 의견이나 조언을 구하기 위해 나를 보았지만 나는 아무 말도 해 줄 수가 없었다. 기차의 단조로운 리듬이 깨지며 신호를 바꾸는 칙칙거리는 소리가 났다. 아가씨는 자기 손에 있는 구겨진 내 손수건을 힐끗 쳐다보았다. 그리고 나서 아마 깨끗한 손수건을 꺼내려는지 선반 위의 작은 손가방을 내리려고 했다. 그때 내가 일어서서 손가방을 내려주었다.

그렇다. 지금 와서 생각하면, 이러한 모든 것은 이미 정해져 있었던 것이다. 이 아가씨의 객실에 내가 들어온 것은 신의 인도인가, 운명인가, 아니면 단지 우연인가?

손가방을 내려 주면서 비로소 거기에 붙어 있는 이름표를 보았다. G. N. 트레벨리안, 런던행이라고 써 있었다.

기차는 속도를 늦췄다. 어두운 창 밖으로 플랫폼의 등이 미끄러져 가듯 흘러간다. 확성기의 소리가 노래 부르듯 흘러나왔다.

"옥스퍼드, 옥스퍼드. 4번선 도착 열차는 파딘튼행."

"바로 돌아오겠소."

나는 중얼거리듯 말했다.

하지만 통로에 나와 객실의 문을 닫았을 때 나는 객실에 다시 돌아올 생각은 전혀 없었다. 옥스퍼드에서 기차를 내릴 계획이었다. 탁 하면서 기차가 정지하고, 그 진동이 고장난 실로폰처럼 객차를 훑고 지나가자 그 아가씨의 모습이 마음속에 떠올랐다. 그리고 두 개의 트렁크.

나는 별 볼일 없는 일생 동안 온갖 나쁜 짓을 저질러 왔다. 그러나 그 트렁크의 화물표를 원래대로 바꿔 붙이기만 하면 앞으로 일이 어떻게 될진 모르지만 잘못된 나의 인생을 용서받을지도 모른다는 생각이 문득 머리에 떠올랐다.

가능하면 다시 원래대로 바꿔 붙이고 싶었다. 그리고 그렇게 할 작정이었다. 하지만 이것도 정해진 운명 가운데 하나였다. 창의 성에를 지우고 밖을 내다보자 약간 어두운 플랫폼에는 경찰이 쫙 깔려 있었다.

녀석들이 누구를 쫓고 있는지 나는 알고 있었다. 이제 그 아가씨 일 따위는 머리에 들어오지도 않았다. 나는 당황했다. 급히 통로를 따라 기차의 끝까지 달려가 보니, 거기에는 선로 측으로 난 문이 있었다. 문에는 열쇠가 걸려 있었다. 창을 내린 반대쪽의 플랫폼에는 경찰이 두 사람밖에 없었다. 열려진 창으로 한쪽 발을 내밀었다. 이어서 다른 발도 내밀어 선로로 뛰어내렸다. 열차를 따라 주저없이 앞쪽으로 걸어갔다. 만약 발견되어도 해머를 가지고 차량의 연결기를 조사하는 사람으로 보일 것이다. 기관차에 다다랐다. 동체에서 슈우 하는 하얀 증기를 내뿜는 기관실로부터 빨간 빛이 새어 나왔다. 그때 어디선가 외치는 소리가 들려와 내가 발각되었음을 알아차렸다.

반사적으로 달리기 시작했다. 선로 위를 나는 것처럼 재빨리 달려갔다. 철교에 왔다. 더러운 강에 놓인 철교라는 걸 나도 알고 있었다. 옥스퍼드라면 누구보다 잘 알고 있었다. 니도 여기시 교육을 빋있던 것이다. 조금 더 나은 인간이었다면 훨씬 다른 삶을 살았으리라. 나는 기회가 있었다. 그것만 붙잡았다면 이렇게 도망갈 생각은 하지 않았을지도 모른다. 철교 가장자리에서 양손을 축 늘이고 건너는 순간, 니스로 손가락이 끈적거리고 강한 방부제 냄새가 코를 찔렀다. 나는 밑으로 떨어진 것이다. 다행히 탄가루를 쌓아 둔 곳에 떨어졌다. 나는 온갖 힘을 내어 달렸다.

꽤 먼 곳까지 달려온 후 숨을 헐떡거리며 생각을 정리하기로 했다. 나는 가스공장의 가스 미터기 사이에 있었는데 그 함석지붕 밑에서 기차의 기적소리를 들었다. 어두운 밤안개를 뚫고 굴뚝이 빨간 열기를 빛내며 연기를 토하는 것이 보였다. 차바퀴가 굴러가는 소리도 들렸다. 등불이 비치는 창이 이어지는 거리가 보였다.

그 화물표를 바꿨어야 했다고 생각했다. 여태껏 그것만 생각하고 있었다. 기차나 지나 트레벨리안의 일, 화물차 안에 있는 것들이 생각났다. 지나라는 이름에는 어딘가 호소하는 듯한 울림이 있었다. 그 아가씨의 묘한 눈매나 예쁜 손, 어딘지 모르게 여려 보이는 듯한 모습을 생각했다. 그 아가씨는 철커덕 흔들리는 객실에 혼자 앉아 런던으로 향하고 있을 것이다. 무서운 고독 속에서 내가 저지른 일에 대한 아무 준비도 없이. 머리카락을 내려 묶고 고무장화에 레인코트를 입고, 캐나다의 음울하고 큰 기와로 만든 집으로 학교에서 돌아오는 그녀의 어렸을 적 모습을 생각했다. 나는 그 아가씨에게 돌이킬 수 없는 나쁜 짓을 저지른 것이다. 이 어둠 속에 앉아 그녀를 위해 눈물을 흘리고 싶었다.

왠지 모르게 힘이 빠져 나갔다. 그때까지 저지른 나쁜 짓들에는 태연할 수 있었지만 화물표를 바꾼 죄의식이, 그로 하여금 투쟁할 의욕과 살아갈 의지를 빼앗아 버린 것이다.

지금 생각하면 나는 두 장소에 동시에 있을 수 있었다. 도주 중인 나 자신으로도 될 수 있었고 기차에 탄 지나의 몸으로도 될 수 있었다. 우선 나는….

정신을 차려 보니 그 아가씨의 일을 생각하면서 점점 걸어가 회색 돌다리까지 와 있었다. 다리의 등이 강가에 접한 보트를 비췄다.
등이 켜진 센트 올디트 사원의 비탈길을 올랐다. 주위에는 아무도 없었다. 때로 학생이 가운을 목에 두르고 자전거를 타고 갔다. 톰 타워와 카펙스를 목표로 올라가면서 센트 에브스 사원을 생각했다. 그 곳의 미로 같은 골목길에 들어서면 안전할지도 모르겠다. 펜브록 칼리지 뒷길부터 골목길에 들어섰다. 하지만 마음은 지나와 함께 기차에 있었다. 전부터 계획해 온 것들이 왠지 현실에서 멀리 떨어져 있는 것처럼 보였다. 그 화물표를 원래대로 해 놓아야 한다는 건 알고 있었다. 나는 두려웠다. 이처럼 두렵다고 생각한 적은 없었다. 나는 어둠과 안개가 덮인 골목길을 헤매고 있는 도망자였다. 나는 어둠이 두려웠다.
어두운 곳에 혼자 있는 것보다 차라리 잡히는 쪽이 낫다고 생각할 정도였다. 아무튼 가스등과 사람 그림자를 보았고, 나팔소리를 들었다. 나는 그 사람과 함께 아무런 장식도 없이 니스만 칠한 한 현관으로 들어갔다. 가스등은 번쩍번쩍 빛나고 있었다. 구세군의 교회였다. 현관으로 들어선 후 나무의자의 열 뒤에 섰다. 사람들은 〈떠오르는 신〉을 부르고 있었다. 함께 부르려고 했지만 부를 수가 없었다. 지나와 두 개의 트렁크가 계속 떠올랐다. 그 아가씨에게 미안해서 눈물이 볼을 타고 흘러내렸다.

어깨에 누군가가 손을 얹는 게 느껴졌다.

"자아, 케아드. 조용하게 따라오는 편이 좋아."

사람들이 내 얼굴을 훑어보는 것이 강한 빛 사이로 비쳐 보였다. 망사를 쓴 여자들의 얼굴과 속세의 괴로움이 새겨진 남자들의 얼굴이 보였다. 사정을 이해하고 가련해하는 기색이 보였다. 모두 선량하고 친절한 사람들이었다. 나는 수갑에 채워져 호위병과 함께 다음 기차로 런던으로 향했다. 지나는 아직 파딘튼에 도착하지 않았을 것이다. 원래는 프랭크 벤홀트의 화물표가 붙어 있었지만 지금은 G. N. 트레벨리안의 화물표를 달고 있는 그 트렁크에 관해서 경찰들은 아무것도 모른다. 만약 그 아가씨에게 연락이 갈 수만 있다면 트렁크에 관해서 경찰에 말해 버리고 싶었다. 하지만 아직 녀석들이 트렁크에 관한 일을 모른다면 희망이 남아 있는 셈이다. 나를 교수대로 보낼 얘기를 나 스스로 꺼낼 수는 없었다.

그 대신에 지금이 몇 시냐고 물었다. 경찰관이 대답해 주었다. 그녀가 탄 기차가 파딘튼에 도착할 무렵이란 걸 알았다.

지금 생각하면 지나도 함께 있을 수 있었다. 마치 그녀가 손을 이끌어 주는 것처럼, 그녀의 뒤를 따라갈 수도 있었다.

그녀가 탄 기차가 런던의 거대한 파딘튼 종착역에 도착하자 지나는 작고 부드러운 모자를 썼다. 작은 가방은 이미 옆 좌석에 두었다. 레인코트를 입은 남자는 나갔다가 어떻게 되었는지 궁금했다. 그녀는 파딩튼 역의 빨간 모자를 불렀다.

"화물차에 수하물 트렁크가 있어요. 이름은 트레벨리안."

"택시에 실을 건가요?"

"네, 가서 택시를 잡아 주세요. 트렁크는 거기에 실을 거예요."

"무겁군요."

그는 운전사 바로 옆의 좁은 트렁크 틈으로 트렁크를 세로로 넣으면서 한참 힘들어 했다.

"뭐가 들어 있죠? 금덩이인가요?"

"내 전재산이에요. 무거운 건 책 때문이에요. 미안해요."

"아니 괜찮습니다."

빨간 모자는 거기에 트렁크를 세로로 세워 끈을 매면서 대답했다.

"어디로 갈까요?"

운전사가 물었다. 지나는 조금 돌아다녀 달라고 했다. 알맞은 가격의 호텔을 찾고 싶었던 것이다. 택시가 역을 떠나자 그녀는 창 밖을 내다봤다. 안개가 자욱하게 낀 밤이었다. 거리의 등은 모두 안개모자를 쓰고 있는 것처럼 보였다. 상점의 쇼윈도 앞을 안개로 희미하게 보이는 사람들이 오가고 있었다. 운전사는 옆의 트렁크에 팔을 걸고 그녀의 요구에 따라 호텔 앞에서는 속도를 늦추며 서서히 달렸다.

"안 되겠어요."

그녀는 머리를 저으면서 말했다. 너무 고급이라든가 너무 지저분하다든가 둘 중 하나였다. 하지만 어느 좁고 짧은 거리를 지날 때, 그 거리에서 유일한 가게인 찻집이 눈에 띄었다. 바로 그때 철책에 빈방이 있다는 간판이 살짝 보였다. 그녀는 불쑥 몸을 내밀더니 운전사 머리 뒤의 유리 칸막이를 두드렸다.

지나는 차에서 내려 운전사에게 기다려 달라고 부탁했다. 돌계단을 올라가 벨을 눌렀다. 잠시 후에 문이 열리고 칠칠치 못한 여자의 모습이 약간 어두운 불빛을 배경으로 나타났다.
"하숙집을 찾고 있습니다만, 댁에 빈방이 있습니까?"
여자는 옆으로 비켜섰다.
"그럼요, 들어오세요."
여자는 지나를 안내하여 닳아빠진 카펫이 깔려 있는 좁은 계단을 올라가 비록 다락방이지만 크고 청결한 방으로 데려갔다.
"천장 창에서 빛이 들어오는 군요. 그림을 그리니까 이곳이 딱 좋겠어요. 가격은?"
요금이 정해지자 일주일분을 선불하고 두 사람은 계단을 내려갔다.
"택시에 트렁크가 하나 있어요. 상당히 무거운데…."
여자는 다시 돌아가 지하실 같은 곳을 향해 소리를 질렀다.
"아서!"
아직 젊지만 뚱뚱하고 대머리 남자가 니더니 슬리퍼를 끌고 계단을 올라왔다. 그 남자와 운전사가 트렁크를 운반하여 복도에 내려놓았다. 운전사에게 돈을 지불하고 예를 표하자 운전사는 곧바로 떠났다. 아주머니가 방문을 닫고 트렁크를 보았다.
"아서, 이건 저 방까지 운반하지 말아요. 복도에 두었다가 필요한 것만 조금씩 운반하면 될 테니까."
"그렇게 하죠."
"내 이름은 미세스 고우예요. 아직 무슨 용건이 남아 있나요? 아서와 바에 가려는데."
"이제 됐습니다. 도와주셔서 감사합니다."
"그럼 잘 자요."
"안녕히 주무세요."
지나는 자기 방으로 올라갔다. 문이 탁 하고 닫히는 소리가 들렸다.

지금 생각하면 그때는 내가 작고 창 없는 진한 감색의 호송차에 태워진 무렵이었다. 차는 기차역에서 기다리고 있었다.

호송차 안은 밝았다. 두 명의 경찰관이 나를 바라보면서 팔을 잡고 앉아 있었는데 내 눈에는 아무것도 들어오지 않았다. 다만 지나와 트렁크만을 계속 생각하고 있었다. 거대하고 음울한 런던에서의 첫 밤을 그녀 혼자서 어떻게 보낼 것인가를 계속 생각하고 있었다.

나는 그녀가 했던 이야기를 계속 떠올렸다. 그리고 갑자기 절망적으로 발작하며 울었던 것도. 나는 또한 그 아가씨 손에 구겨진 내 젖은 손수건을 생각했고, 적막한 캐나다의 이름 없는 마을에서 금발을 늘어뜨려 묶은 어린 소녀가 고무장화와 레인코트를 입고 비 내리는 오후 늦게 학교에서 돌아오는 모습을 떠올렸다. 그리고 자신이 어떻게 될 것인지. 자신의 모든 힘이 왜 그 아가씨의 묘한 눈매에 빨려 들어갔는지 알 듯한 기분이었다.

"훨씬 전에 그 아가씨를 만났다면…."

내가 생각에만 몰두하고 있는 이유도 알았다. 생애 처음으로 사랑에 빠진 것이다. 그 아가씨가 울음을 터뜨린 순간, 나는 사랑에 빠졌던 것이다. 이렇게 깨닫고 보니 새로운 결심을 할 수 있었다. 지금 내가 무엇을 해야 하는지 알았던 것이다.

호송차는 경찰청으로 향했다. 그리고 나는 템즈강변에 임한 음울한 느낌의 작은 탑에 위치한 높은 건물 가운데 밝은 등이 천장 높이 켜져 있는 방으로 옮겨졌다. 책상 옆에는 은발에 입가를 오므린 깐깐해 보이는 남자가 앉아 있었다.

나는 그 책상 앞에 수갑이 채워진 채 경찰과 함께 나란히 서 있었다.

"솔직히 자백하겠습니다. 왜냐하면 어떤 한사람을 위해서입니다. 그 전에 먼저 택시 운전사를 찾아 주었으면 합니다. 그녀는 분명히 택시를 탔을 겁니다. 녹색 모자를 쓰고 허리까지 내려오는 긴 체크 상의를 입은 아가씨를 태운 운전사입니다. 바로 전 기차로 파딩튼에서 내린 아가씨입니다."

책상 앞에 앉은 남자가 엄격한 눈으로 나를 바라보았다. 내 말이 진심이라는 것은 내 얼굴을 보면 금방 알 수 있으리라.

"그리고 좀더 자세히 알고 있는 사항은?"

그때 내 입에서 도저히 내 목소리라고는 생각할 수 없는 소리가 나왔다. 맑고 투명한 녹색 계곡의 갈라진 틈에서 들리는 듯한 목소리였다.

"네에, 이름은 G. N. 트레벨리안. 화물차에 수하물로 큰 갈색 트렁크를 얹었습니다."

"그 트렁크에 무엇이 들어 있지?"

"아아, 트렁크 안에 물건이 들어 있소."

남자가 전화기에 손을 뻗는 순간 템스 강이 보이는 창가로 비가 후드득 후드득 떨어지는 것이 들렸다.

아무튼 처음부터 정해졌던 것이다. 이렇게 되기로 예정되어 있던 것이다. 지금 생각하면 뭐든. 비까지. 이 비를 내리게 한 것도.

지나는 침대에 앉아 런던에서의 최초의 자기 방을 둘러보았다. 평범한 방이지만 그녀는 벽에 자신의 그림을 걸고, 선반에 그림책을 진열하는 모습을 상상하는 것만으로 가슴이 뿌듯했다. 천장의 빛 덕분에 이 방을 화실답게 꾸밀 수 있을 것 같았다.

그녀는 문득 배가 고프다는 사실을 떠올렸다. 기차에서는 식사를 하지 않았었다. 바로 이 앞 거리에 찻집이 보였던 것이 생각났다. 아직 문을 닫지 않았는지도 모른다. 그녀는 벌떡 일어났다. 모자와 손가방을 침대 위에 둔 채 좁고 약간은 어두운 계단을 내려갔다. 난간에는 손을 대지 않았다. 낡은 집과 낡은 집의 감촉이 왠지 싫었다.

그 집은 죽은 듯 고요했다. 밖으로 나가 살짝 문을 닫았다. 저녁안개의 감촉이 얼굴과 입술, 머리카락을 감쌌다. 잰 걸음으로 걸었다.

찻집은 아직 문을 닫지 않았지만 서투른 장식의 작은 가게였다. 커피와 반숙계란을 가져온 사람은 나이든 여자였다. 지나는 걸신들린 것처럼 먹어댔다. 담배에 불을 붙이려고 할 때 여자는 미안하다며 계산서를 건넸다.

"미안하지만 가게 문을 닫아야 해서…."

지나는 돈을 지불했다. 문을 열었다. 이슬비가 내리고 있었다. 그녀는 잠시 주저했다. 상의가 매우 얇았기 때문이다. 찻집은 그 골목의 중간쯤에 위치했고 하숙집은 막다른 골목에 가까이 있었다. 비는 본격적으로 내릴 것 같았다. 밤새 이 가게 앞에 서 있을 수는 없었다. 그녀는 양손을 상의 주머니에 넣고 고개를 숙인 채 빠른 속도로 달렸다.

거리의 등이 전보다도 밝게 빛나 보였다.

이때는 마침 경찰에서 갈색 트렁크를 가진 녹색 모자를 쓴 아가씨를 파딘톤으로부터 어딘가로 태워 준 운전사를 찾으라는 명령이 떨어졌을 때였다. 경찰청의 밝은 방에서 나는 살인을 자백하고 내 목에 오라를 감도록 진술을 할 무렵이었다. 하지만 템즈 강변에 내리는 비가 창을 적실 때 내가 생각하고 있던 건 지나뿐이었다.

돌계단을 오를 때 그녀는 흠뻑 젖어 있었다. 문에 열쇠를 넣었다. 안으로 들어가 문을 잠갔다. 한쪽 손을 젖은 머리에 대고 재빨리 털었다. 비좁은 계단의 등이 멍하니 점을 이뤘다. 오른편 벽에는 외투를 거는 갈고리가 즐비했다. 그녀는 지긋지긋하다는 눈길을 던지며 발 밑을 보았다. 방으로 가져왔던 손가방에는 갈아입을 옷이 없었다.

자기의 트렁크를 찾으려고 주위를 둘러보았지만 어디에도 없었다. 아마 아서가 밑으로 옮겨 놓았을 것이다. 주인 아주머니가 사는 곳의 낮은 계단 쪽으로 다가갔다.

"아주머니?"

그녀는 말을 하고 귀를 기울였다.

"아주머니?"

또 한 번 불렀다.

안에서는 아무 소리도 들리지 않았다. 빗소리밖에 들리지 않았다. 계단 밑의 복도에 트렁크가 보였다. 트렁크는 반은 빛을 받고 반은 그늘 속에 있었다. 평범한 트렁크였다. 수천이 넘는 똑같은 가방이 있으리라. 그녀는 포켓에서 두 개의 열쇠를 꺼냈다. 계단을 내려가기 시작했다.

계단은 돌로 만들어졌다. 모두 네 개였다. 4단? 그녀는 앞으로 한 발짝인가 두 발짝 떨어진 곳에 있는 트렁크를 보면서 잠시 주저했다. 어두운 곳에서 시계의 째깍거리는 소리가 들려 왔다.

고무장화를 신고 레인코트를 입은 소녀가 학교에서 비를 맞으며 어두운 집과 그녀를 기다리는 방의 수수께끼를 향하여 돌아가는 모습이 머리에 떠올랐다. 하지만 그건 수천 마일이나 떨어진 캐나다에서의 일이다.

시계의 째깍거리는 소리는 점점 커지고 왼편 유리창에 비가 탁탁 떨어지는 소리가 났다. 그녀는 전에도 느꼈던 것과 비슷한 소름끼치는 느낌에 휩싸였다. 몇 번이나 꿈에 나타났던 바로 그 기억이었다. 뭔가가 그녀를 기다리는 느낌. 확실한 형태는 나타나지 않았지만 뭔가 오싹하는 느낌이 전해 왔다. 그녀는 그 느낌에 저항했다. 트렁크를 노려보았다. 빗물인가 무엇인가가 트렁크에서 흘러나와, 마루에 작은 물웅덩이 같은 것을 만들었다.

갑자기 그녀는 몸을 굽혀 트렁크에 열쇠를 꽂았다.

뚜껑을 열었다. 오싹한 느낌이 정면으로 부딪쳐 왔다. 한기가 물결을 이뤄 그녀의 몸을 빠져 나갔다. 그녀는 트렁크를 보며 뒤로 물러나 한쪽 손으로 입을 막았다. 어두운 곳으로 뒷걸음질쳐 갔다. 달려 나가려는 듯 몸을 휙 돌리자 앞의 반쯤 열린 문으로부터 부엌용 스토브의 화구 속에 빨갛게 불타는 불이 보였다. 낡은 버드나무 의자가 비스듬히 스토브를 향하여 놓여 있었고 의자에는 고양이가 앞다리를 가슴 밑에 넣고 앉아 있었다. 물끄러미 바라보는 고양이 눈에 불빛이 비쳤다. 어디에 있는지 보이지도 않는 시계가 째깍째깍 큰소리를 내고 있었다. 왼편 유리창에 비가 탁탁 소리를 냈다. 휘감긴 쐐기풀의, 수염뿌리 투성이의 이파리가 유리창에 무성했다. 시들은 큰 해바라기 꽃이 젖은 목을 숙이고 비에 흔들리는 모습이 눈앞에 어른거렸다. 모두 나를 기다리고 있었던 것이다.

전화가 걸려 왔을 때, 나는 진술서에 서명하고 있었다. 펜을 손에 들고 나는 책상 앞에 앉은 은발의 무뚝뚝한 남자가 수화기를 향하여 말하는 것에 귀를 기울였다.

그 남자가 명령을 하고 전화를 끊으려 할 때 나는 급히 그를 저지했다.
"기다려!"
그 남자는 힐끗 나를 보았다.
나는 알고 싶었던 점을 몇 가지 물어 보았다. 그는 그것을 전화로 물어 주었다. 대답을 반복해서 들려주었다. 나는 묘한 눈매를 지닌 지나를 생각하면서 머리를 싸안았다. 지나와 그 아가씨의 운명이 이렇게 되지 않고 다르게 끝날 수도 있었을까 라고 생각하면서. 하지만 이것은 모두 우리들 두 사람에게 미리 정해진 것이었다.
책상 앞의 남자가 말했다.
"케아드, 왜 그런 걸 듣고 싶은가? 부엌이라든가 불이라든가, 고양이나 의자나 시계나 정원, 해바라기와 쐐기풀, 이런 것들은 영국이라면 어디를 가든 낡은 집에서 흔히 볼 수 있는 것들 아닌가?"
"영국뿐만이 아니오."

나는 마음속으로 중얼거렸다.

그 말을 입 밖에 내진 않았다. 책상 앞에 앉아 파이프에 불을 붙이는, 명석하고 이성적일 것 같은 이 남자를 바라보았다. 이 남자에게 신이나 악마, 운명이라든가 우연의 장난 등의 말을 하면 뭐라고 할까? 이 남자가 아는 것은 법률과 사실뿐이다.

확실히 그녀가 숙박한 곳의 번지수는 〈사실〉이었다. 그가 전화로 말해 준 번지수를 들었지만 그것은 〈사실〉이었다. 그 트렁크를 가진 그녀를 안개 속에 빈방이 있다고 쓴 간판이 있는 그 집으로 가게 한 것은 과연 무엇이었을까?

"지나, 사랑스런 지나…."

만약 내가 그 트렁크의 화물표를 바꾸지만 않았다면…. 조금은 달라졌을까? 나는 모른다. 나로서는 아무것도 알 수 없다. 내가 그녀를 죽인 것일까? 당연하다. 그녀는 런던의 밤안개 속에서 발견했던 그 집의 번지수를 알고 있었던 것일까? 거기는 조지 가 15번지였다.

배리 페로운(Barry Perowne, 1908~1985)

영국 작가. 본명은 필립 애트키. 색스폰 블레이크를 시리즈 태릭터로 사용. 래플즈 시리즈를 쓰기도 했다. 본 단편은 이상심리소설.

1960년대 THE SIXTIES

환경 바꾸기 / 우슐라 커티스

타임캡슐 / 로버트 블록

꿈속의 요람 / 셀리아 프레믈린

언제나 청결하게 / 조지 하먼 콕스

도망가야 부처님 손 / 샬롯 암스트롱

끊어진 연줄 / 앤드류 가브

디어혼에서의 위기 / 도로시 B. 휴즈

꼼짝도 하지 못했다 / 앤소니 길버트

여자에 정통한 남자 / A. H. Z. 카

권총 / 아브람 데이빗슨

환경 바꾸기

CHANGE OF CLIMATE — 우슐라 커티스

6월도 끝나 가는 어느 날 저녁, 아홉 살 먹은 클로에 카펜터는 그녀의 일기에 이렇게 썼다.

"양고기, 찐 감자 하나, 콩 조금, 그리고 애플파이 한 조각."

그녀는 자기가 쓴 것을 바라보다가 일기를 정확하게 써야 한다고 생각했지만 오자를 고치는 부호를 몰랐기 때문에 마지막 부분을 모두 다 지워 버리고 〈작은 애플파이 한 조각〉으로 고쳤다.

다행히도 헤스터 카펜터는 딸이 어머니의 식사량에 관해 지나치게 세심한 일기를 쓰고 있는 줄 몰랐다. 헤스터가 만약 그 일기를 보았더라면 더 신경이 쓰여 식사를 전혀 못했을 것이다. 그러나 톰 카펜터는 그것을 알고 있었다. 그리고 딸의 행동에 깊은 감동을 받았고 반가워했다. 비록 그런 말은 별로 입 밖에 내고 싶지 않지만 톰은 그것이 매일 매일의 기적의 기록이라고 생각했다.

두 달 전에 매사추세츠 주에서 의사가 이렇게 충고했다.

"남쪽에 가면 틀림없이 부인의 건강은 좋아질 겁니다. 솔직히 말해서 부인이 이곳에서 한겨울을 더 견딜 수 있을지 의심스럽습니다. 하지만 주의해야 할 점이 있습니다, 톰. 남쪽으로 가서 빠르게 병세가 호전되더라도 마음을 놓진 마십시오. 새로운 알레르기 질환을 얻을 가능성도 있습니다. 위험은 항상 도사리고 있습니다. 그러니 기적은 바라지 마십시오."

헤스터는 건강했던 적이 한 번도 없었다. 톰이 처음에 그녀에게 끌렸던 것도 실은 투명하리만큼 빛나는 창백함과 연약함 때문이었다. 두 사람이 결혼한 후 1년 간은 그녀의 천식도 발생하지 않았다. 하지만 잘 생각해 보면 계단을 오를 때 숨이 가빠 오는 증세나 단순한 기관지염의 뒤에 숨어 있는 천식의 기미를 미처 알아차리지 못했던 것일지도 모른다.

하여튼 클로에를 낳고 나자 천식은 더욱 악화되었다. 처음에는 1년 중 대부분의 기간이 괜찮았다. 그러다가 그 괜찮은 기간이 점점 짧아졌고 마침내 폐렴 기미까지 나타났다. 점점 많은 전문의들의 진찰을 받았다. 대머리의 보수적인 의사, 젊고 진취적인 전문의들, 여러 의사가 있었지만 그들의 조언은 대동소이했다. 간단히 말하면 고양이 비듬같이 알레르기를 일으키는 물질을 피하라거나, 집안에 먼지를 없애라든가, 결국 〈병과 함께 사는 방법〉을 터득하라는 것이었다.

놀랍게도 클로에가 일곱 살이 될 때까지 이 조언들, 특히 마지막 조언은 잘 지킬 수 있었다. 그것이 얼마나 힘든 일인가를 생각한다면 실로 경이적인 일이 아닐 수 없었다. 헤스터는 진짜 환자가 되기를 거부했고 남편과 딸이 자기 때문에 희생되도록 하지 않겠다고 결심했다. 그리고 그녀의 결심은 오랫동안 성공을 거두었다. 휴식을 취하는 데도 세심한 주의를 기울였다. 숨결이 사나워지거나 컨디션이 좋지 않은 날은 침실에 가서 누워 힘을 비축했다.

그녀는 매사추세츠 주의 팔콘이라는 작은 마을에서 태어났고 그 곳에서 자랐다. 따라서 톰은 자기가 출근한 후나 클로에가 학교에 가고 없을 때 아내가 혼자 남겨져 있는 것을 걱정할 필요는 없었다. 고등학교 때 친구들이 수시로 방문했고, 아침에는 이웃들이 집에서 만든 과자를 갖고 커피를 마시러 들렸다. 오후 3시가 되면 학교에서 돌아온 클로에가 팔을 걷어붙이고 〈집안 여자〉—헤스터는 '〈가정주부〉를 뜻하겠죠'라고 톰에게 말했다—일을 한다며 꽃병, 촛대, 테이블 등 닦을 수 있는 모든 것은 전부 닦았다.

그 결과, 그 아담한 집안은 의사가 지시한 것보다 훨씬 청결해 먼지 하나 찾아볼 수 없었다. 가족이 전부 똘똘 뭉쳐 살았던 것이다. 손님들은 한바탕 요란을 떨고 떠날 때 어쩐지 부러움 비슷한 감정을 품지 않을 수 없었다. 그들은 〈집안에 문제가 있어야 똘똘 뭉치게 된다구〉라고 이야기하곤 했다. 하지만 그 말 이상의 깊은 뜻이 있다는 것을 그들도 알고 있었다.

클로에가 여덟 살 때 헤스터는 처음으로 심한 폐렴에 걸렸다. 6개월 후에 그녀는 더욱 심한 발작을 일으켜서 병원의 산소텐트 안에 들어가야 했고 톰은 비통에 빠져 이틀 밤을 그녀 곁에서 보냈다.

그때 톰은 병원비를 댈 수 있는 훌륭한 직장을 포기하고, 좋은 집과 친구들을 떠나 이사하기로 결심했다. 달리 방법이 없으니 그것은 결심이라고 할 수도 없었다. 헤스터가 병원에서 천천히 회복하는 동안 그는 조용히 남쪽으로 이사힐 준비를 했다.

6월은 7월로 바뀌었다. 헤스터는 체중이 3킬로 가까이 늘었고 종이처럼 창백했던 피부에 햇빛에 그을린 기가 나타나기 시작했다. 계절이 바뀌며 나타나는 부작용—의사가 미리 말한 콧물이 나오는 증상은 약물로 완화시킬 수 있었다—은 별것 아니었다.

클로에는 어머니의 병간호를 오랫동안 해 온 습관을 갑자기 바꾸지는 않았다. 그러나 헤스터가 차츰 건강해지자 동부에서는 경험하지 못한 새로운 세상에 조금씩 눈을 뜨기 시작했다. 그녀는 작은 도마뱀을 보았고 뻐꾸기와도 만났다. 게다가 집 뒤의 들판에서 집 주인의 멋진 말도 만났다. 그녀가 당근이나 사과를 갖고 들판의 울타리로 가면 말은 재빨리 달려 왔다. 클로에는 한껏 돌아다니는 것 같았으나 실제로는 집 근처의 세상을 크게 벗어나지 못했다. 클로에는 톰이 퇴근할 때는 항상 집 앞 차도에서 그를 마중했다.

7월 중순의 어느 날도 클로에는 햇볕에 탄 가냘픈 모습으로 톰을 기다리고 있었다. 그녀는 무슨 말을 하고 싶어 못 배기는 눈치였다. 톰은 언제나 하는 식으로 물었다.

"오늘은 뭘 했니?"

"휘트먼 부인을 도와 꽃을 전부 뽑았어요. 저기 보세요!"

클로에는 매우 흥분한 듯했다.

톰은 놀라서 입을 쩍 벌렸다. 휘트먼 부인은 아파트 두 개가 붙은 복식 아파트의 다른 쪽을 쓰고 있었다. 그녀는 회색 머리의 명랑한 부인으로 가장 큰 관심사는 그녀의 뜰 삼면 가장자리에 있는 형형색색의 꽃밭을 돌보는 일이었다. 그 꽃밭의 꽃이 전부 뽑혀 문 밖에 수북이 쌓여 있었다.

톰에게는 클로에가 자기를 쳐다보고 있는 모습이 깨어진 유리창 옆에 고무총을 갖고 서서 어쩔 줄 모르고 있는 어린애 같았다. 그때 클로에가 말했다.

"어떤 꽃인지 모르지만 그 꽃 때문에 엄마가 기침을 심하게 하고 눈이 부었어요. 그래서 휘트먼 부인에게 부탁했어요."

헤스터는 차분한 목소리로 미안한 마음을 전했다.

"휘트먼 부인의 정원은 참 안됐어요. 부인에게 의사의 말을 전하기가 대단히 미안하더군요. 당신도 알다시피 나는 하루에 몇 시간씩 밖에서 햇빛을 쏘여야 하잖아요. 그러나 부인은 더할 나위 없이 전적으로 이해해 주셨어요. 그래서 저는 당장에 과자를 구어다 드렸지요."

톰은 휘트먼 부인이 수주일에 걸쳐 애써서 꽃밭의 잡초를 뽑고, 물을 주며 가꾸던 모습을 생각하고 놀란 눈길을 아내의 등에 보냈다. 헤스터는 정말로 급히 만든 과자 몇 조각으로 부인이 꽃밭에 쏟은 정성을 보상했다고 생각할까? 물론 그렇지 않을 거야. 미안함의 표시를 어떻게 할까 찾다 보니 그 생각이 떠올랐을 거야.

그러나 그날 밤, 편히 숨을 쉬며 자고 있는 헤스터 옆에 누워 톰은 휘트먼 부인이 〈전적으로 이해했다〉는 헤스터의 생각은 틀렸다고 생각했다. 뿌리째 뽑은 꽃을 모든 사람들의 눈에 띄게 쌓아 놓은 것은 무언의 항의표시였고, 꽃을 뽑게 만든 장본인의 딸에게 꽃을 대량 학살하는 일을 도와달라고 한 것은 화가 났다는 증거였다.

그 일은 여러모로 좋지 않았다. 톰은 동부에서 다른 여자들과 잘 지내던 헤스터가 이곳에서도 마음이 맞는 친구들과 사귀기를 원했다. 그는 잠들기 직전에 차 닦기를 좋아하는 클로에에게 내일이나 모레 휘트먼 부인의 빨간색 폭스바겐을 닦으라고 해서 휘트먼 부인을 놀라게 해야겠다고 생각했다.

톰이 헤스터에게 친구가 없어 쓸쓸하겠다고 걱정하자 그녀는 명랑한 표정으로 그렇지 않다고 했다. 동부의 친구들은 훌륭했고 그들을 보고 싶지만 전에는 도움을 받아야 했던 여러 가지 집안 일을 혼자서 할 수 있다는 것이 너무 좋다고 했다. 그리고 클로에가 친구가 되어 준다고 말했다.

그러나 당장은 톰이 느끼지 못했지만 헤스터는 사람들을 점점 더 멀리했다. 의사는 헤스터의 회복을 진심으로 반가워했고 헤스터는 의사의 진단을 몸을 마음대로 움직여도 좋다는 말로 받아들였다. 그래서 8월이 되자 그녀는 한시도 가만히 있지 않았다. 그녀는 젓가락 같은 다리 때문에 전에는 입어 보지도 못한 무릎 위까지 오는 짧은 바지를 입고 블라인드를 떼어서 닦고 다시 달았다. 작은 주단도 빨고 창도 안팎으로 다 닦았다. 오븐도 닦고 집 칠도 시작했다. 아파트가 동부에 있던 주택처럼 편안하지는 않았지만 깨끗했고 반짝거렸다.

헤스터의 건강이 점차 회복되고 있었기 때문에 클로에가 이제 엄마의 식사일기를 중단한 일에도 톰은 놀라지 않았다. 마지막 일기는 6월 26일로 내용은 〈스테이크, 아스파라거스, 으깬 감자, 바닐라 아이스크림〉이었다. 이제는 톰 자신에게 작은 문제가 생겼다. 건조한 기후 때문인지 그는 콧물을 흘리기 시작했고 밤에는 자주 머리가 아팠다. 헤스터의 콧물 약도 소용없었다.

8월 중순에 아픈 곳이 없어 기쁜 마음으로 저녁식탁에 앉았을 때 왠지 긴장감이 감돌았다. 톰은 폭풍이 오려는 모양이라고 생각했다. 하늘은 잔뜩 찌푸리고 있었고 한바탕 쏟아질 듯 긴장감이 감돌았다. 하기야 비가 좀 와야 해….

"식사나 해!"

헤스터가 소리치는 바람에 톰은 포크를 떨어뜨릴 뻔했다. 톰은 놀란 눈으로 아내를 바라보았다. 아내는 클로에를 야단치고 있었다. 클로에는 좋아하는 로스트 치킨에 손도 대지 않고 고개를 숙이고 있었다.

"식사해."

헤스터는 다시 말했다. 목소리는 먼저보다 조용했으나 더욱 겁나게 들렸다. 톰이 하늘에 있다고 생각했던 폭풍은 좀더 가까이 있었고, 그는 너무 놀라서 멀건이 바라보기만 했다.

"나는 배고프지 않아요. 몸이 좋지 않아요."

클로에가 입술을 떨며 말했다.

"그럼, 가 봐."

헤스터는 조용히 말하고 딸을 바라보았다. 클로에는 일어서며 냅킨을 식탁에 놓다가 떨어뜨렸다. 그녀는 몸을 굽혀 냅킨을 줍다가 머리로 식탁을 받았다. 그런 후에 냅킨을 식탁에 놓고 도망치다시피 자리를 떴다. 클로에의 침실 문이 닫혔다. 헤스터는 음식에 소금을 치며 톰에게 조용히 물었다.

"피곤한 것 같아요. 오늘 힘드셨어요?"

"그저 그랬어."

톰은 마음이 어수선해 냅킨을 놓으며 일어섰다. 그는 마치 꿈속에 있는 것 같았다.

"쟤가 왜 그러는지 가 봐야…."

"클로에는 그 놈의 말이 떠났다고 심통이 나서 저러는 거예요."

헤스터는 아무렇지도 않은 듯이 내뱉더니 말에 대한 얘기를 계속했다. 톰은 클로에가 집주인의 말과 친하다는 것을 알고 있었다. 그리고 집주인이 클로에를 말에 태워 준다는 것도 알고 있었다. 이 말은 탄 사람이 떨어지는 기미를 보이면 제자리에 서도록 훈련받았기 때문에 대단히 안전했다. 톰이 모르고 있던 것은 헤스터가 말 알레르기가 있어서 클로에가 말을 타고 오면 심하게 기침을 한다는 사실이었다. 헤스터는 딸에게 말을 타지 말라고 했다. 그러나 클로에는 기회만 있으면 울타리를 넘어가서 말에 얼굴을 파묻고 비벼댔다.

헤스터는 슬픈 듯이 말했다.

"그러는 것이나 말을 타는 것이나 마찬가지예요. 레이시 씨는 문제를 즉각 이해하고 아들이 말을 이곳에 데리고 오지 못하도록 하겠다고 했어요. 나는 클로에가 이해할 줄 알았어요."

휘트먼 부인이 꽃을 뽑았을 때 〈전적으로 이해한〉 것처럼 이해한다는 말인가? 톰은 자기가 그런 생각을 했다는 데 놀랐다. 그들이 이곳으로 온 목적은 헤스터의 병을 낫게 하는 것이고 알레르기는 간단히 다룰 문제가 아니었다. 그는 머리가 빠개지는 듯했다. 그는 저녁을 드는 둥 마는 둥 하고 클로에가 손도 대지 않은 접시를 들고 일어섰다.

"클로에에게 식사를 갖다 주겠어."

헤스터는 눈썹을 치켜뜨고 말했다.

"그렇게 하는 것이 좋다고 생각되시면 그렇게 하세요."

헤스터가 예상했던 대로 클로에는 말에 대한 것은 잊고 학교가 개학하기 전에 이웃의 친구를 사귄다고 야단이었다. 이것은 자기또래와 어울리려는 어린애의 자연스러운 행동이 아니라 성숙한 어른의 행동이었다. 그 결과 클로에는 낮 12시에는 아이들을 데리고 샌드위치와 우유를 먹으러 집에 왔다.

톰은 자신의 머리가 아픈 것을 의사와 의논했다. 의사는 축농증이라고 하며 약을 줬다. 톰은 헤스터가 걱정할까 봐 말을 하지 않았다.

따가운 햇볕 아래서 헤스터는 새로 피어나기 시작했다. 피부는 구릿빛으로 변했고 건강해졌다. 그녀는 커튼도 새로 만들고, 클로에의 학교 입학 수속도 했다. 마루에 왁스도 칠했고, 천장에 붙은 조명기구들도 떼어내서 깨끗이 닦았다. 그녀의 목소리도 원래의 허스키한 목소리로 돌아왔다. 그녀는 가끔 자기 목소리가 오리가 꽥꽥거리는 소리 같다며 불평했다.

8월 말이 되자 겨울철 기상예보가 발표됐다. 톰과 헤스터는 그 지방 신문에서 매사추세츠의 소식은 들을 수 없었지만 금년 겨울은 동부지역이 대단히 춥겠다는 소식을 듣고 동부 사람들에게는 미안했지만 기뻤다. 그러나 매사추세츠의 그 작은 집은 얼마나 따뜻했고 포근했던가? 헤스터는 예쁜 실내복을 입고 소파에 앉아 있었고, 클로에는 큰일을 하는 사람처럼 부엌에서 바삐 움직였고, 그는 평화스럽게 신문을 읽고 있었다. 밖에서는 바람이 휘몰아치고 있었고 벽난로에서는 장작이 탁탁 튀고 있었고, 램프의 불빛이 은은하게 비치는 가운데 모든 것이 안전하게 느껴졌었다. 톰은 약을 먹으며 우리는 지금도 행복하다고 생각했다. 진작 이곳으로 이사 올 걸….

학교의 개학일은 8월 29일이었다. 톰은 8월 27일에 집에서 일할 서류와 도시락을 들고 퇴근했다. 클로에가 휘트먼 부인의 차를 또 닦아서 빨간 폭스바겐이 햇빛을 받아 반짝반짝 빛났다. 그때 집 안에서 시끄러운 소리가 났다. 헤스터가 저렇게 화를 내면 몸에 좋지 않을 텐데…. 톰은 놀라 차에서 급히 내렸다. 집에 가까이 갈수록 헤스터의 목소리를 분명히 알아들을 수 있었다.

"… 이웃에게는 친절하게 굴어야 하지만 나는 상관없다는 말이지?"
헤스터가 소리를 지르고 있었다.
"내가 그 더러운 운동화에 대해 몇 번이나 말했니? 그리고 그 바지

꼴 좀 봐. 너는 동네의 못된 아이들하고 또 이동식 풀장에서 놀았지. 안 그래? 안 그래, 이년아?"

클로에가 흑 하고 숨을 들이마시는 소리가 들렸다. 클로에의 그림자가 움직였다.

"거기 서지 못해!"

새된 소리가 나더니, 찰싹. 그는 갑자기 머리가 깨어지는 것 같았다. 새된 목소리의 주인공이 그의 투명하다시피 연약한 헤스터이고 〈이년〉이 그의 비쩍 마른 고명딸이라는 것을 믿을 수 없었다. 톰은 집 안으로 들어갔다. 헤스터는 떨리는 손으로 싱크대에서 상추를 씻고 있었다. 클로에의 모습은 보이지 않았다. 그는 힘없는 목소리로 물었다.

"왜 그래, 여보?"

헤스터가 몸을 홱 돌렸다.

"당신이 그 계집애를 혼내 줘야겠어요, 톰"

그 계집애라니.

"그 애가 못됐다는 것은 알았지만 이제는 도저히 손을 쓸 수 없어요."

클로에가 못됐다니. 아홉 살 먹은 애가 설거지에는 선수고, 자기 옷은 직접 다려 입고, 복잡한 시장을 봐 오는데 못됐다니….

"그 애가 어쨌기에 그래?"

"내 말을 일부러 안 듣잖아요. 저 위에 이동식 풀장을 가진 좀 이상한 애가 사는데 내가 거기 가지 말라고 했어요."

"여보, 오늘은 더워서…."

"그게 문제가 아녜요. 문제는 내가 가지 말라고 했는데 갔다는 거예요."

헤스터는 마지막 말을 조용히 내뱉었지만 냄비를 요란하게 불 위에 얹으며 사나운 눈길로 톰을 바라보았다. 그냥 화가 나서 저러는 것일까, 마음이 꼬여 가고 있는 것일까? 그녀의 모습은 넘어져서 훌쩍이고 있는 어린애를 빨리 오지 않는다고 힘껏 끌고 가는 사람 같았다. 생전

처음 보는 것 같은 여자가 스토브 앞에서 허스키한 목소리로 고압적으로 말했다.

"분명히 말하지만 이번 일은 참을 수 없어요. 당신이 그 애의 버릇을 못 고치면 내가 고쳐 놓겠어요."

클로에의 작고 깨끗한 방으로 아직도 늦은 햇살이 들어오고 있었다. 딸은 흐느낌을 베개로 막으며 침대에 엎드려 있었다. 톰은 침대에 앉아 클로에의 몸을 자기를 향하게 돌렸다. 딸의 얼굴에 난 손자국을 보고 목이 막혀 얼굴을 얼른 돌렸다. 밖에서 자기가 들은 바로 그 손자국이었다.

그는 딸에게 엄마의 말을 잘 들어야 한다고 말할 생각이었다. 1주일 전만 해도 이 딸아이와 엄마는 서로를 잘 이해해고 있었기 때문에 야단치기보다는 아버지와 딸 사이로 조용히 이야기할 생각이었다. 그러나 적당한 말이 떠오르지 않았다. 그래서 딸의 이마에 흘러내린 머리카락을 올려 주며 다른 얘기만 이 얘기 저 얘기했다. 이윽고 클로에가 몸을 가볍게 떨더니 숨을 길게 내쉬었다.

"엄마는 몸이 낫는 것이 싫은가 봐요. 안 그래요?"

그것은 질문이 아니었고 비난도 아니었다. 그것은 어른스런 시각으로 본 절망적인 관측이었고 창피하게 뺨을 맞았다는 것 이상의 뜻을 담고 있었다. 아내가 이렇게 변한 것이 언제부터지? 3주일? 아니면 4주일? 그 엄연한 사실을 눈앞에서 보는 기분은 마치 이유도 모르게 앓고 있던 사람이 아픈 원인을 찾아낸 의사로부터 〈언제부터 이렇게 아팠습니까?〉 하는 질문을 받았을 때의 기분과 같았다.

그는 딸의 질문에 대답하지 않았다. 아니 할 수 없었다. 그는 딸의 이마를 쓸어 주고 창가로 가서 황혼이 지는 밖을 내다보았다. 이러한 일이 있을 수 있을까. 헤스터가 다른 알레르기 증세를 보이는 것처럼, 즉 고양이털에 알레르기를 일으키는 것처럼, 건강이라고 하는 것에 알레르기를 보이는 것일까. 건강하면서 행복을 쌓아 가는 것을 싫어하는 사람이 과연 이 세상에 있는 것일까.

섬뜩한 생각이 들었다. 하지만 헤스터의 몸 안에 그런 성격이 숨어 있다가 이제야 모습을 나타냈다는 생각에 비하면 아무것도 아니었다. 그렇다면 매사추세츠의 작은 집에서는 그것이 헤스터의 몸 밖으로 나오려고 톰과 딸이 쏟은 사랑과 얼마나 싸웠을까?

그는 어깨를 흔들어 그 생각을 떨쳐버리고 다시 머리를 정리했다. 비록 헤스터의 몸은 아팠지만 그때가 좋았다는 생각이 들었다. 자기가 지금 그런 생각을 하고 있다면 헤스터의 마음속에는 그때를 갈구하는 마음이 훨씬 더 강할 게 틀림없을 것이다. 그녀는 자기가 환자라는 것을 의식적으로 좋아하지는 않았겠지만 남이 관심을 보이는 점은 좋아했을 것이라고 생각했다. 수많은 친구들이 찾아와서 재잘거리고, 뜨개질한 옷이나 커피 케이크를 선물하고, 몸에 살이 붙었다느니 빠졌다느니 관심을 보이고….

예전에 클로에는 엄마에게만 정성을 쏟았다. 그러나 지금은 다른 건강한 아홉 살짜리처럼 뛰어다니며 놀았다. 그리고 헤스터는 무의식적으로 새로운 알레르기와 싸우기 위해 미친 듯이 일을 했지만 점점 이기지 못하고 알레르기가 고개를 들기 시작한 것이다.

톰은 딸에게 묻지는 않았지만 딸이 진정으로 휘트먼 부인의 꽃밭이 좋아서 일을 도왔고 말을 정말로 좋아했다는 생각이 들었다. 클로에는 학교에 나가기 전에 미리 친구들을 사귀려고 했고, 친구네 뒤뜰에 있는 이동식 풀장에서 놀자고 초대를 받았던 것이다. 이곳에서 엄마에 대한 희생은 좋아서 한 것이 아니었다. 환심을 사기 위한 것도 더더욱 아니었다. 확실히 그것은 강요된 것이었다. 그럼에도 불구하고 헤스터는…. 헤스터도 나만큼이나 마음이 편하지 않겠지.

그러나 헤스터는 달랐다. 클로에가 잔다고 거짓말을 하자 그녀는 사납게 말했다.

"그 애는 내가 미트로프(역주 : 고기를 햄버거처럼 다져서 구운 음식)를 만들 때마다 일찍 잠을 자는군요."

그녀는 음식을 맛있게 먹었다. 미트로프는 맛있었다. 그러나 톰은 조금 먹으니 배가 거북했다. 클로에의 빈 의자와 딸의 방에서 아무 소리 하나 들려 오지 않는다는 사실이 그의 가슴을 미어지게 했다. 헤스터는 클로에를 야단친다는 말은 꺼내지 않았지만 표정은 이상하게 굳어 있었다. 그녀가 설거지를 끝낸 후, 항상 나가는 저녁 산보를 하지 않느냐고 물었을 때 그는 피곤하다고 대답했다. 내가 산보 나가고 없을 때 헤스터가 클로에를 야단 칠까 봐 걱정해서 집에 있는 것은 아니야. 정말로 피곤할 뿐이야.

그는 밤새도록 한잠도 못 잤다. 자다가 자꾸 깬 것이 아니라 말 그대로 한잠도 못 잤다. 한번은 살살 일어나서 클로에의 방을 들여다보았다. 나머지 밤은 옆에서 편안히 자고 있는 아내의 고른 숨소리를 들으며 깜깜한 천장에 주마등처럼 펼쳐지는 지난 일들을 생각했다.

아침에 그는 클로에에게 명랑하게 말했다.
"학교 갈 때 입을 옷을 사 줄 테니 같이 나가자."

그리고 헤스터에게는 사무실에서 간부 회의가 늦게까지 있어 11시까지만 출근하면 된다고 했다. 그들이 떠날 때 헤스터가 어쩐지 힘이 없어 보였다. 클로에는 자동차 안에서 스커트에 손으로 주름을 잡으며 주저하며 말했다. 스커트에 주름은 잡는 것은 요즘 들어 불안할 때면 나타나는 버릇이었다.

"아빠, 엄마도 같이 가자고 하지 않아서 화를 내시지 않을까요?"
"엄마는 할 일이 많아."

톰은 가볍게 말하고 딸을 시내 백화점으로 데리고 갔다. 그는 믿음직

한 점원에게 옷을 골라 달라고 맡기고 클로에에게는 그 자리에서 꼼짝도 하지 말라고 단단히 일렀다.

1층에 공중전화가 있었다. 공중전화를 이용해서 전에 매사추세츠에서 근무하던 직장 상사의 명의로 자기 앞으로 긴급한 내용의 전보를 쳤다. 그 전보는 의심을 받지 않도록 자기가 집에 있을 때 배달되도록 조치를 취했다. 실수가 없도록 전문 내용을 전화로 읽어 주지 말고 반드시 배달하라고 말했다.

전화 박스를 나와서 톰은 혼자 역으로 갔다. 쉽게 이해시킬 수 없는 일이었기 때문에 딸아이가 들으면 매우 곤란하리라고 생각했다. 역에는 〈태양과 함께 젊음을〉 등과 같은 커다란 간판이 붙어 있었다. 그는 예쁜 매표원에게 매사추세츠 주, 팔콘 행 성인기차표 두 장과 반표 한 장을 달라고 했다. 매표원은 눈썹을 예쁘게 치켜올리며 물었다.

"왕복으로 드릴까요?"

클로에에게 보이기 위해 명랑한 척했던 기운이 쭉 빠졌다. 밤에 잠을 못 자서 그렇겠지만 귀에서는 매사추세츠에서 의사가 한 말이 윙윙거렸다.

〈솔직히 말해 부인이 이곳에 있으면 이번 겨울을 더 견디는지 의심스럽습니다. 게다가 이번 일기예보에도….〉

그가 매표원에게 보낸 눈길에 특별한 점은 없었다. 예쁜 매표원은 그를 곧 잊어버릴 것이다. 그녀에게 있어서 그는 35세쯤 되었고 몹시 피곤한 듯 입가에 주름이 있는 평범한 사람이었을 것이다. 그는 꿈에서 깨어난 듯 평범한 목소리로 말했다.

"아니오, 편도로 주세요."

편집자 註: 살인에는 살인범과 피살자 말고 세 가지 요소가 있다. 그것은 동기와 기회와 방법이다. 픽션이든 실제 상황이든 대부분의 경우 살인 방법은 일반적이다. 총, 칼, 독약, 둔탁한 물건을 이용하는 경우 등등. 우슐라 커티스의 〈환경 바꾸기〉를 보면 새로운 살인 방법이 등장한다. 새롭지 않더라도 특이하다는 것만은 틀림없다.

우슐라 커티스(Ursula Curtiss, 1923~1984)
사이코 로지컬 서스펜스. 1950년대부터 80년대까지 25편 이상의 작품을 발표. 『The Birth Gift』(1976).

타임캡슐

LIFE IN OUR TIME — 로버트 블록

해리의 타임캡슐이 도착했을 때, 질은 해리에게 그것을 별채에 보관하도록 했다. 타임캡슐이라고 해봤자, 큰 금속박스에 납땜으로 뚜껑을 밀폐시켜서 공기가 안으로 들어가지 못하게 만들었을 뿐이었다. 질은 무척 실망을 했다.

그러나 그녀가 실망을 한 것은 해리에 대해서도 마찬가지였다. 해리슨 크레이머 교수, 학사, 석사, 박사. 그렇게 부르는 것 자체가 엄청난 착각이고 낭비였다. 교직원 칵테일 파티가 있을 때마다 사람들은 그녀에게 이렇게 말하곤 했다.

"당신 남편같이 똑똑한 남자와 결혼하셨으니 얼마나 좋으세요?"

세상에, 뭘 몰라도 한참 모른다니까!

해리가 그녀보다 15살이나 나이가 많아서가 아니다. 렉스 해리슨이나 리차드 버튼, 아니면 캐리 그란트나 로렌스 올리비에를 보라. 해리가 영화스타가 아니라는 것은 금방 알 수 있다. 확실히 아니다! 또 빈센트 프라이스 같은 광기어린 천재 과학자 타입도 아니다. 해리는 아무것도 아니다. 그저 아무것도 아닌 사람. 물론, 질은 그와 결혼하기 오래 전부터 그런 것쯤은 알고 있었다. 그러나 그는 넓은 집과 어머니로부터 물려받은 돈이 있었다. 질은 몇 가지를 자기 생각대로 바꿔 보려고 생각했고 실제로 인테리어 전문가에게 의뢰하여 수리를 마치자 집은 이제 그런 대로 근사한 모습을 갖추었다. 그러나 해리는 도저히 수리가 불가능했다. 정말로 인테리어 전문가의 도움이 필요한 것은 해리일지도 모른다. (역주: 인테리어는 내부라는 뜻이므로 해리의 내부를 고쳐야 한다는 뜻임.) 어쨌거나 그녀의 힘으로는 해리를 변화시킬 수 없었다. 게다가 집수리를 할 돈을 겨우 짜낸 것 이외에는 질은 그의 돈에 한푼도 손을 댈 수가 없었다. 해리는 오락이니 외출이니 아니면 유람선을 타는 것에는 전혀 관심이 없었다. 그녀가 모피코트에 대하여 말을 꺼내기만 하면, 〈졸부 돈 자랑〉—그게 무슨 말이든간에—어쩌구 하면서 중얼거렸다. 그는 현대예술이나 연극을 싫어했고 술, 담배도 전혀 입에 대지 않았다. 이유는 모르지만 TV도 보지 않았다. 그리고 그는 침대에서 플란넬 파자마를 입었다. 늘 그랬다.

두 달쯤 지나자 질은 더 이상 그런 생활을 견딜 수 없었다. 진지하게 네바다 주의 리노에 가는 일을 생각하기 시작했다. 그리고 릭의 모습이 머릿속에 떠올랐다. 릭은 그녀의 변호사였다. 적어도 처음에는 그랬었지만 단순히 그녀에게 변호사 역할만을 한 것은 아니었다. 특히 해리가 대학의 그 세미나인지 뭔지에서 강연하는 날들의 기나긴 오후에는 릭은 그녀에게 한 사람의 남자였다.

이윽고 질은 리노를 가겠다는 생각은 잊게 됐다. 릭은 멕시코에 가면 즉석 이혼을 성립시킬 수 있다고 장담했다. 그는 그 곳 재산법에선 그녀가, 기다리는 기간 없이, 재산의 50퍼센트를 가질 수 있다고 확신했고 또 그렇게 만들 생각이었다. 귀찮은 절차 없이 24시간 내에 처리될 수 있다! 그들은 떠날 생각이었다. 사랑의 도피처럼. 빵, 이혼이 끝난다. 빵, 재혼을 한다. 그 다음 빵, 빵, 빵.

그렇기 때문에 질에게 남은 일은 적절한 기회를 기다리는 것뿐이었다. 그리고 해리가 그녀에게 타임캡슐에 대하여 말을 꺼낸 이후에는 그 일도 별문제 없이 술술 풀리기 시작했다.

"프로젝트는 내가 전적으로 책임을 진다구."

해리는 의기양양하게 떠들어댔다.

"우리의 현대 문화를 대표할 수 있는 걸 선정하는 모든 권한이 나에게 있어. 어깨가 무겁긴 하지만, 나는 이 일을 멋지게 해볼 거야."

"그 타임캡슐이라는 게 뭐예요?"

질은 궁금했다. 해리는 예의 그 장광설을 늘어놓았는데 그녀는 대강의 아이디어를 알 수 있을 정도로만 건성으로 들었다. 간단히 말하자면, 해리가 모든 잡다한 고물들을 모아서 이 깡통 상자 안에 밀봉시키고 언젠가—어쩌면 지금부터 만 년 후에나—누군가 땅을 파내어 캡슐을 열어보고는 우리의 문명이 어떠했는지 알 수 있게 된다는 것이다.

그래 너 참 중요한 일 한다! 그러나 해리의 말을 듣고 있노라면 그는 마치 대단한 상이라도 받은 것처럼 보였다.

"이 타임캡슐을 신축하는 인문대학 건물 밑에 넣을 거야."

"인문이 뭐예요?"

질이 물었으나 해리는—그들이 늘 싸움을 하게끔 만드는—바로 그 〈세상에 무식도 그쯤 되면 재능이로구먼〉하고 말하는 듯한 표정을 지었다. 그들은 그 장면에서 싸움을 할 수도 있었지만, 해리가 새 건물의 준공식이 5월 1일에 있을 예정이어서 중요한 그날을 위하여 모든 것—해리의 준공식 연설을 포함해서—을 준비하기에 바쁘게 될 거라고 덧붙이는 것으로 사건은 일단락됐다.

질에게 필요한 말은 〈5월 1일〉뿐이었다. 그날은 금요일이고, 만일 해리가 준공식 연설에 정신이 없다면, 국경을 넘어가는 비행기를 타기에는 안성맞춤일 것이다. 그래서 그녀는 릭에게 전화를 걸었고 릭은 〈그래, 좋았어. 끝내 주는데〉라고 맞장구를 쳤다.

"열흘밖에 안 남았어요."

질이 새삼스럽게 릭에게 상기시켰다.

"우리는 할일이 많아요."

아무 생각 없이 한 말이었으나, 정말로 그렇게 돼 버렸다. 생각했던 것보다 그녀가 할일은 훨씬 많았다. 그것은 해리가 갑자기 그녀에게 관심을 나타냈기 때문이었다. 해리는 정말로 관심을 가졌다.

"당신이 도와줘야겠어."

그는 저녁식탁에서 진지하게 말을 꺼냈다.

"당신의 취향에 따라서 하고 싶어. 물론, 나도 생각하고 있는 게 있지만 캡슐에 들어갈 물건들은 당신이 추천해 줬으면 좋겠어."

처음에 질은 농담이라고 생각했지만 그는 다른 어느 때보다 진지했다.

"이 프로젝트에는 보다 엄정한 자세가 필요하지. 상투적인 전시효과, 각 분야에서 〈최고〉라는 모든 샘플들을 모으고 덧붙여서 그걸 입증하는 자세한 데이터까지 곁들이는 것, 보통이라면 이렇게 하겠지. 하지만 그것은 과거에 대한 과장된 선전에 불과해. 나는 그렇게 하지 않을 거야. 나는 자화자찬 대신에, 설명 없이도 누구나 이해할 수 있는 물건들을 넣고 싶은 거야. 미술품이나 설명서가 붙어야 하는 것이 아닌 그 자체로 함께 어우러져 있는 물건들을."

해리는 질이 안중에도 없었다. 다음과 같이 말하기 전까지는.

"담겨질 물건들은 우리 당대의 사회적 모습에 대한 열쇠가 될 거야. 우리가 감탄하는 〈척〉하는 것들 대신에 대다수의 사람들이 실제로 〈믿고〉 또 〈즐기는〉 것들 말이야. 바로 그 점 때문에 당신이 필요한 거야. 여보. 당신은 대다수의 사람들을 대표하는 거야."

질은 그런대로 알 것 같았다.

"그러니까 TV나 팝 레코드판 같은?"

"그렇지. 당신이 그렇게 좋아하는 그 음반의 이름이 뭐였지? 남잔지 여잔지 모를 네 놈이 여객선 위에 있는 그거 말이야."

"누구라구요?"

"실례. 무슨 그룹인가 그렇지 아마?"

"아, 푸들스 말이군요."

질이 나가서 찾아온 음반의 이름은 〈푸들스 다시 짖다〉라는 것이었다.

질은 그 음악에 심취했지만 그녀는 늘 해리가 싫어한다고 생각하고 있었다. 그러나 해리는 만면에 미소를 머금은 채 이렇게 이야기했다.

"좋아! 이건 확실히 집어 넣겠어."

"하지만…."

"걱정 마. 내가 또 하나 사 줄 테니까."

그는 음반을 집어 들고 책상 위에 올려 놓았다.

"다음에는, 당신이 텔레비전에 대하여 뭐라고 했었지? 당신이 제일 좋아하는 프로그램이 뭐지?"

그가 무척 진지하게 나오는 것을 보고, 질은 〈미국 어딘가에서〉에 대하여 그에게 말하기 시작했다. 이야기는 평범한 전원도시인 어떤 작은 마을을 배경으로 하는데 평범하지 않은 것은 등장 인물들이었다. 아들 하나 딸 하나를 가진 부부가 나오는데, 평범한 가정이구나 하고 일견 생각되겠지만, 남편은 〈디스코 테크〉인지 뭔지 하는 걸 경영하는 이혼녀와 노닥거리고 있고 아내는 정신과 의사에게 푹 빠져 있다. 그 의시는 사실 〈그녀〉의 담당 의사가 아니라 고등학교 체육관에 불을 지른 그 집 남자아이의 담당 의사였다. 여자아이는 자신이 불륜의 관계를 맺고 있는 교감 선생님의 진짜 정체가 적국의 스파이라는 것을 아직 모른 채 부모가 이 관계를 알까 봐 전전긍긍하고 있다. 그런데 이 보이프렌드는 뇌수술을 받은 적이 있고 자신의 어머니에 대하여 〈뭔가〉를 노리고 있으며, 그리고….

이야기는 복잡하게 전개되었으나 해리는 계속해서 이야기해달라고 질에게 부탁했고, 잠시 후 그는 미소를 지으며 고개를 끄덕였다.

"멋진데! 그걸 비디오테이프로 구할 수 있을지 알아봐야겠어."

"당신 정말로 그런 걸 원해요?"

"물론이지. 이 연속극이 오늘날 미국 시민들의 생활을 솔직하게 담고 있다고 생각하지 않아?"

그녀는 해리의 말이 옳다고 할 수밖에 없었다. 또한 오늘날 사람들이

사는 모습을 생생하게 보여 주기 위하여 그가 캡슐에 집어 넣을 것들, 즉 진통제와 각성제, 그리고 소득세 양식과 도로, 고속도로, 유료도로망의 지도 따위에도 동의했다. 해리는 우편번호, 전화번호, 주민등록번호, 그리고 보험이나 신용카드 또 공과금 영수증에 나오는 번호들 같은 숫자들도 많이 집어 넣었다.

그러나 해리가 정말로 필요로 하는 것은 더 많은 물건들에 대한 끊임없는 아이디어였다. 앞으로 이틀 정도는 질에게 의지해야 할 것이다. 그는 그녀가 쉐이디론 묘지에서 사온 기념품에도 눈독을 들였다. 그것은 플라스틱으로 만든 작은 함으로 〈미니 쉐이디론〉이라고 이름 붙인 것이었다. 안에는 묘지의 관광명소를 담은 12장의 작은 컬러 프린트가 들어 있었으며 고향에 있는 친구에게 우편을 보낼 수도 있게 만들어져 해리는 이것을 종이에 싸서 타임캡슐 안에 넣었다. 그 종이도 또한 중산층 중년 남자들의 관상동맥 혈전증, 즉 일종의 심장마비의 발생확률 일람표였다.

"요즘 당신이 읽고 있는 게 뭐야?"

그가 묻는 순간 그녀는 스티브 슬래시 시리즈 신작소설—스티브가 사이드 기지의 평화를 회복하라는 극비임무를 띠고 파견되어 유도 도복 띠에 숨겨진 소형 화염방사기로 다섯 명의 악당을 처치한 뒤에, 진짜 정체는 스파이인 방사능 손톱을 가진 야스미나와 침대 속의 이별을 즐기게 되는 줄거리의 소설—을 그에게 빼앗긴 것을 알았다. 거기까지 그녀가 읽었을 때 그가 책을 가로챈 것이었다. 일은 그런 식으로 진행되었기 때문에 그녀는 해리의 작지만 탐욕스러운 손으로부터 무엇 한 가지도 안전하게 둘 수가 없었다.

"당신 요리하고 있는 게 뭐야?"

그는 이제 무엇이든지 궁금해 했다. 다음 순간, TV 요리프로그램에서 배운 냉동오렌지 파이가 프라이팬 위로 들려져 없어져 버렸다.

"당신 동생 사진은 어디다 뒀지?"

그것은 스터드가 지옥의 천사들이란 단체의 입단식을 하던 날 자기 오토바이 옆에서 비트족 턱수염을 기른 채 서 있는 별 볼일 없는 사진이었다. 그러나 해리는 〈그것도〉 집어 넣었다. 질은 해리가 그 사진을 KKK 단원들이 서약을 하고 있는 사진과 함께 두는 것을 보고 그리 기분이 좋지 않았다. 그러나 당장 시급한 일은 해리의 기분을 좋게 해 주는 것이다. 그녀가 릭에게 무슨 일이 벌어지고 있는지 귀띔을 했을 때 릭이 그렇게 하라고 했던 것이다.

"비위를 맞춰 주라구. 별스러운 짓이긴 하지만, 그렇게 해야 그가 눈치를 못 챈다구. 우린 계획이 필요해. 티켓도 사야 되구, 짐도 꾸려야 되구, 뭐 그런 일들 말이야."

문제는 질의 아이디어가 바닥이 났다는 점이었다. 그녀는 릭에게 문제를 털어놓았으나 그는 그저 웃을 뿐이었다.

"내가 좀 가르쳐 주지. 당신은 그저 전달만 하면 돼. 그치는 별종이긴 하지만 그가 뭘 원하는 것쯤은 내가 잘 안다구."

웃기는 것은 릭이 정말 그렇다는 거다. 릭이야말로 정말 머리 하나는 끝내 주는 사람이면서도 해리처럼 괴짜가 아니었다. 그래서 그녀는 릭이 가르쳐 주는 것을 잘 들었다가 집에 돌아오면 해리에게 말해 주었다.

"요지경 인생극장에 나오는 한 토막 어때요?"

해리는 컵 위로 그녀를 물끄러미 바라보았고 그녀가 이건 틀렸다고 생각하는 순간, 그가 싱긋 웃으며 흥분을 하는 것이 아닌가.

"끝내 주는데!"

그가 말했다.

"그중에 어떤 게 좋을지 말해 봐."

"글쎄요, 모두가 이야기하는 그 최신작의 감상평을 읽었는데요. 자기가 임신을 했다고 생각하는 어떤 남자 이야기예요. 그래서 그 사람이 낙태 전문의를 찾아가는데 의사가 수수께끼의 뭐라던가, 어쨌든 사건은 온실에서 일어난대요."

"재밌어!"

해리가 일어나서 달려 나갔다.

"그 책을 구해야겠어. 뭐 다른 거는?"

이것도 릭이 가르쳐 주었으니 망정이지 큰일날 뻔했다. 그래서 그녀는 콘서트 음반이 하나 있는데, 〈특수〉 피아노를 사용해서 브레이크의 끼긱거리는 소리를 내기도 하고 어떤 때는 아예 소리가 없기도 한데 어떠냐고 말했다. 그리고 해리는 좋아했다. 그는 또 상업미술의 샘플에 대한 아이디어도 좋아했다. 〈그 피곤한 느낌〉이나 아니면 〈마른버짐〉에 대한 신문광고를 터무니없이 과장해 놓은 것 말이다.

다음날 그녀는 〈사건현장〉 시리즈의 테이프를 제안했다. 그 테이프는 정신병자를 수용한 사설 요양원에서 벌어지는 내용이므로 정말 괜찮은 것이었고 해리는 그 아이디어에 대하여 좋아서 어쩔 줄 몰랐다.

그리고 그 다음날 그녀는 자신이 발음도 할 수 없을 만큼 긴 제목을 가진 외국영화를 들고 나왔다. 릭이 해결해 준 것이었다. 그녀는 이름도 들어 보지 못한 어떤 유고슬라비아 감독이 만든 초현실적인 작품인데, 영화를 만드는 사람에 대한 이야기를 영화로 만드는 사람에 대한 영화였고, 영화 속 장면이 영화의 일부인지 영화가 실제로 벌어지는 사건의 일부인지 도저히 알 수가 없는 영화였다. 해리는 이것도 받아들였다. 아주 기분 좋게 말이다.

"당신 대단해. 솔직히 말해서 당신이 이 정도인 줄은 몰랐어."

이 말 다음에 그저 좀 특별한 미소를 지어 주면 그녀의 일은 모두 끝나는 셈이었다. 그건 어려운 일이 아니었다. 해리는 마을을 돌아다니면서 자기의 리스트에 오른 책이며 필름이며 음반 따위를 뒤지고 다녔다. 그게 바로 릭이 강조한 바였다. 그렇게 됨으로써, 두 사람이 필요한 것을 준비하면서 마지막 순간까지 계획을 짤 수가 있는 것이다.

"우리가 떠나는 날까지는 티켓을 사지 않을 거야."

릭이 그녀에게 말했다.

"전혀 눈치채지 못하게 해야 해. 내 생각에는, 준공식이 있기 전날 해리가 그 캡슐을 식장으로 옮길 거야. 그러니까 그가 없는 동안 당신이 짐을 쌀 기회가 생길 거야."

릭은 정말 멋진 남자였다. 그가 계획한 대로 모든 것이 척척 들어맞아 갔다. 그리고 그 예측도 들어맞았다. 준공식 전날, 해리는 오후 내내 별채에서 타임캡슐 안에 자기의 보물단지들을 넣느라고 바빴다. 마치 얼뜨기 다람쥐가 밤을 묻는 것처럼. 아니 얼뜨기 다람쥐라도 지금부터 만년 후에 그것을 파낼 다른 다람쥐를 위하여 먹을 것을 묻지는 않는다.

해리는 지난 이틀 동안 질을 쳐다볼 시간도 없었으나, 질은 전혀 신경이 쓰이지 않았다. 저녁 식사 때 그녀는 그를 불렀으나 배고프지 않다는 한마디뿐이었다. 더욱이 그는 트럭 회사에 가서 캡슐을 옮길 차량을 예약해야 했던 것이다. 그는 밤에 캡슐을 가지고 가서 내일 아침까지 구멍을 판 다음 준공식 시간까지 캡슐을 지키고 있을 것이다.

그것은 질이 바라던 것보다도 더 좋은 소식이었다. 그래서 해리가 트럭회사로 떠나자마자 그녀는 릭에게 전화를 걸어서 이 희소식을 알려 주었다.

릭은 즉시 티켓을 가지고 오겠다고 했다.

물론 질은 옷을 갈아입어야 했다. 그녀는 거들과 환상적인 브래지어, 그리고 하이힐을 신었다. 그 다음 그녀는 욕실로 가서 린스로 바래진 부분의 머리를 염색하고, 눈썹 그리고 이를 닦은 뒤, 화장을 하고 향수를 뿌린 다음 마지막으로 플라스틱 손톱을 붙였다.

그렇게 공들여 한 일의 결과를 거울을 통하여 들여다보았을 때, 그녀는 자신이 자랑스러웠다. 몇 달 만에 처음으로 그녀는 자신을 되찾은 것 같았다. 그리고 자신에게 다짐했다. 지금부터는 늘 이렇게 살 것이다. 릭과 함께. 릭이 도착하자 침실에서의 즐거운 시간이 있었지만 그 것도 잠시였다. 해리가 일찍 돌아왔던 것이다. 그녀는 차 소리를 듣고 릭에게서 몸을 떼면서 뒷문으로 몰래 나가라고 말했다. 해리는 트럭을 몰고 온 사람들과 최소한 몇 분 간은 바쁘게 보낼 것이다.

이제 안전하다는 생각이 들 때까지 질은 침실에 억지로 앉아서 기다렸다. 그녀는 계속해서 창 밖을 내다보았으나 벌써 어두워져서 아무것도 보이지 않았다. 아무 소리도 들리지 않았으므로, 그녀는 해리가 사람들을 별채로 데리고 갔다고 짐작했다. 마침내 마음을 먹고 질은 그 별채로 갔다. 사람들은 보이지 않았다. 해리뿐이었다.

"사람들에게 내일 아침까지 대기하라고 했어. 그 장소가 너무 습기가 많아서 마음을 바꿨어. 추위에 떨면서 밖에 나가서 밤을 새긴 싫어. 더구나, 아직 캡슐을 봉하지 않았거든. 두어 가지 더 넣고 싶은 게 생각나서 말이야."

그는 주머니에서 작은 병을 꺼내더니 타임캡슐로 가져갔다.

"이것도 들어갈 거야. 라벨을 잘 붙여 놓았으니 후손들이 분석할 수 있겠지."

"그 병은 비었어요."

질이 말했다. 해리는 고개를 저었다.

"아니야. 매연이 들어 있어. 그래, 고속도로에서 가져온 매연. 나는 후손들이 우리에 대하여 모든 것을 빠짐없이 알기를 원해. 우리가 호흡하는 오염된 공기까지도 말이야."

해리는 병을 캡슐에 넣고는 옆 테이블에서 뭔가를 집었다. 질은 그가 펌프를 이용해서 공기를 밖으로 빼낸 뒤 입을 용접복까지 준비한 것을 알아차렸다. 그는 캡슐이 진공, 방음이며 두랄루민으로 덮일 것이라고 설명했으나 그녀의 관심을 끌지는 못했다. 그녀는 그가 손에 들고 있는 것을 계속해서 쳐다보았다. 그것은 배터리로 충전시키는 전자 나이프의 일종이었다.

"이것도 20세기의 산물이지. 우리 시대의 몰락을 상징하는 기기, 전자 나이프. 가족들이 반짝이는 합성 플라스틱 선물들을 세어 보는 동안 엄마가 조리된 냉동 칠면조를 자를 때 쓰는 물건. 후손들이 우리 시대의 인생이 어떠했는지 알 수 있을 거야. 우리가 어떻게 왈덴 호수의 물을 빼내고 피와, 땀과 눈물로 대신 채웠는지를."

해리는 말하면서 계속 나이프를 휘둘렀다. 질은 나이프를 쳐다보며 더 가까이 다가갔다.

"날에 녹이 슬었어요."

해리는 고개를 저었다.

"녹이 아니야."

질은 몸이 오싹해졌다. 그녀는 거대한 금속박스의 가장자리까지 걸어가서 안을 내려다보고는 릭이 거기에 누워 있는 것을 발견했다. 릭은 사지를 뻗은 채였고 책이며 음반이며 사진, 테이프들이 붉은 피로 적셔져 있었다.

"그가 뒷문으로 살금살금 빠져 나오는 걸 기다리고 있었지."

"그럼 당신, 처음부터 다 알고…."

"꽤 됐어. 상황이 어떻게 돌아가는지 알아차리고 계획을 세우기에는 충분할 정도로."

"무슨 계획이요?"

해리는 아리송한 몸짓을 보였다. 그리고 나이프를 들어올렸다. 잠시 후 타임캡슐에는 20세기에 존재하는 생물의 마지막 표본이 넣어졌다.

로버트 블록(Robert Bloch, 1917~1994)

영화 〈사이코〉의 원작자로 유명한 공포소설 작가. SF, 미스터리, 호러 등 500여 개의 오락성 높은 중·단편을 발표했다. 17살 때부터 〈Weird Tales〉지에 작품을 연재했다. 그의 초기 작품은 H. P. 라브크라트의 영향을 받은 것으로 보인다. 한때 광고회사 카피라이터를 했으며, 라디오 드라마, 텔레비전 드라마 시나리오를 많이 썼다. 1960년에 MWA 특별상을 수상했으며, 미국추리작가협회(MWA) 회장을 지내기도 했다.
대표작은 『American Gothic』, 『The Night of The Ripper』 등이 있다.

꿈속의 요람

THE SPECIAL GIFT — 셀리아 프레믈린

　에이린은 그녀의 넓은 거실 벽난로 앞에 둘러앉아 있는 몇 명 안 되는 사람들을 쓸쓸하게 바라보았다. 오늘 밤에는 다섯 명밖에 없었다. 날씨 때문이었다. 날씨가 나빠 많은 사람들이 나오지 않았다고 생각했다. 자기들 아마추어가 쓴 작품을 서로 크게 읽고, 같은 아마추어의 비평을 들으러 진눈깨비를 헤치고 오는 사람은 많지 않았다. 그래도 에이린은 몸을 카디건으로 감싸며 섭섭해했다. 이런 모임은 사람이 적으면 재미가 없었다. 그리고 사람이 많아야 덜 춥게 느껴지는 법이다.
　"시작할까요, 윌버포스 씨?"
　그녀는 총무 옆의 커다란 의자에 앉으며 말했다. 윌버포스는 50대의 중년으로 살이 쪘고 위엄이 있어 보였다. 그는 시계를 쳐다보며 핑크색 두 손을 비볐다.
　"20분밖에 지나지 않았으니 조금 더 기다립니다. 눈이 와서 버스도 잘 안 다닐 테니."
　"나는 시작해야 한다고 생각해요."
　늙은 피터킨 부인이 소리쳤다. 그녀는 방안에서도 모피 코트를 입은 채로 쥐처럼 고개를 내밀고 있었다.
　"오늘은 할 일이 많아요. 나는 짝사랑 얘기를 갖고 왔고, 미스 윌리엄스는…."

그녀는 오른쪽에서 공허한 웃음을 짓고 있는 아가씨를 가리켰다.

"그녀의 심리 소설의 다른 장(章)을 갖고 왔다고 생각해요. 그리고 월터스 씨가…."

창백한 얼굴의 젊은이가 수줍어하며 눈을 떨어뜨렸다.

"오늘은 『계절의 발라드』의 다른 계절을 읽어 줬으면 해요. 오늘은 여름 차례지요, 월터스 씨?"

월터스는 카펫을 바라보며 빠르게 말했다.

"네, 여름입니다. 하지만 인습적인 의미의 여름은 아녜요. 나의 여름에 대한 해석은…."

그때 초인종이 날카롭게 울렸다. 에이린은 일어서서 얼른 방에서 나갔다. 한 사람이 더 오면 여섯 명이군. 나쁘지는 않아. 그래도 치즈 샌드위치를 너무 많이 만들었어. 그녀가 현관문을 열자 바람과 눈이 그녀의 얼굴을 때렸고, 검은 외투를 입은 가냘픈 사람이 바람에 밀리듯이 들어왔다.

"이곳 모임에 처음 오시죠?"

에이린은 말을 하다가 멈췄다. 컴컴한 현관 불 밑에서 처음 보는 사람이 자기를 알아보는 듯한 표정을 지었기 때문이다.

"우리가 전에 만난 적이 있나요?"

그녀가 어색하게 묻자 그는 정신을 차리는 것 같았다.

"저, 아닙니다. 절대로 만난 적이 없습니다. 나는 다만…."

그는 신발의 눈을 신발 흙털이개에 털며 급히 말했다. 하지만 그는 다시 그녀를 안다는 듯한 눈길을 보냈고 에이린은 불안한 기분이 들었다. 그리고 컴컴한 현관에 있는 이 낯선 사람의 꿰뚫어보는 듯한 눈길을 피하고 싶었다.

"들어와서 다른 사람들도 만나세요."

그녀는 불안스럽게 말하고 그를 거실로 안내했다.

"내 이름은 앨런 피츠로이입니다."

검은 옷을 입은 사람은 자기소개를 했다. 그가 반짝이는 검은 눈으로 둘러보자 사람들이 약간 흥미를 나타냈다. 사람들은 그의 이름을 들은 적이 없었으나 그가 말하는 투로 보아 당연히 그를 알고 있어야 한다는 느낌을 받았다.

어쩌면 사람들은 만나기를 고대하던 진짜 작가가 나타났다고 생각하고 있는지도 몰랐다. 책을 정식으로 발간했을 뿐만 아니라 자신의 책도 발간하는 방법을 가르쳐 주고, 자신의 작품의 우수성을 인정한 진짜 작가일 수도 있었다. 그런 생각을 하며 다섯 쌍의 눈이 작은 사나이를 쫓았다. 사람들이 편안한 의자를 그에게 권했고 많은 질문을 했다. 그러나 앨런 피츠로이는 말이 적었다.

"네, 여러분은 전부 오늘 처음 뵙습니다. … 아닙니다. 글은 별로 쓰지 않습니다. 읽을 작품을 갖고 오지 않았으니 다른 분들이 먼저 읽으시죠. 제발 그렇게 하세요."

그래서 모임은 시작되었다. 앨런 피츠로이는 눈을 감고 앉아 꼼짝도 안 했다. 한 사람이 작품을 읽고 난 후에 여러 사람들이 참여하는 토론과 비평에도 참가하지 않았다. 사람들이 그도 모임에 가담해 달라고 부탁한 후에야 그는 움직였다.

"사실은 작은 작품을 하나 갖고 왔습니다. 그것은 큰 작품의 일부분입니다. 사실은 제가 자서전을 쓰고 있거든요."

그는 기대감을 갖고 방안을 둘러보았으나 실망의 빛이 사람들의 얼굴에 역력했다. 그의 말은 어쩐지 진짜 작가 같지 않았고 자기들과 다를 바가 없는 것 같았다. 그러나 낯선 사람이 말을 계속했다.

"내가 여러분이 이해하기를 바라는 것은 내 책의 궁극적인 목적이 독자들을 진정한 나와 접촉시키는 데 있다는 사실입니다. 남자 혹은 여자를 전에 시도하지 않았던 방법으로 나의 정신세계에 끌어들이는 데 있습니다."

그는 반짝이는 눈으로 에이린의 얼굴을 바라보며 말했고 에이린은 다시 어떤 불안한 기운이 엄습하는 것을 느꼈다. 아니면 공포일까? 이건 말도 안 돼. 저 사람은 너무나 순진한 사람으로 보여. 그녀는 마음을 편안히 먹고 그가 두꺼운 원고를 읽는 것을 들었다.

"모든 것이 억압되고 좌절된 어린 아이의 자기 불신과 자기 인식은…."

그의 목소리는 계속 되었다. 에이린은 가끔 시계를 바라보았다. 그녀는 피츠로이가 모든 원고를 읽기도 전에 자기가 차를 내오려고 밖에 나갔다고 불쾌하게 생각하지 않기를 바랐다. 또한 피터킨 부인이 털외투 속에서 곧 코라도 골 것처럼 잠들어 있다고 불쾌하게 생각하지 않기를 바랐다. 에이린 옆의 윌버포스는 자기 원고 뒷면에 바쁘게 노트를 하고 있었다. 나중에 이 애처로운 사나이의 작품에 나타난 진부한 용어법에 신랄한 비평을 하려고 하는 게 분명했다.

"그에게 너무 심하게 굴지 말아요!"

에이린이 윌버포스에게 속삭였다. 어쩐지 새로 온 사람이 당황하지 않도록 하는 것이 중요할 것 같았다.

"저 사람은 오늘 처음 왔어요."

그러나 윌버포스는 불쾌하다는 듯이 고개를 끄덕이며 노트를 계속했다. 아니, 저 사람은 언제까지 계속할 거야? 아, 이제야 끝나는 모양이군. 이제 종결을 짓고 있는 것 같아.

"어릴 때의 나를 혼란스럽게 했던 정신 역학적인 것을 말한다면 나는 야간에 나타나는 환상, 즉 꿈 얘기를 하지 않을 수 없습니다. 그 꿈속에서 나는 기다란 통로를 걸어가고 있었습니다. 통로는 돌로 되어 있었고 발을 옮길 때마다 마치 내가 쇠로 된 신발을 신고 있는 것처럼 발소리가 철커덕 철커덕 울렸습니다. 통로 끝에는 나의 요람—내가 갓난애 때 누워 있던 요람—이 있어서 나는 그 안에 누워야 한다는 것을 알고 있었습니다. 내가 누우면 나는 어떤 〈얼굴〉을 보게 되고, 그러면 그 얼굴이 점점 크게 보일 것이라는 걸 나는 알고 있었습니다. 그 다음에는 어떻게 되는지 모르겠습니다. 왜냐하면 나는 항상 그 순간에 깨니까요. 사실은 통로를 끝까지 가지도 못하고 깼습니다."

자그마한 체구의 남자는 원고를 갑자기 내려놓았다. 의기양양하게 사람들을 둘러봤다. 거실은 부끄럽게도 피터킨 부인의 코고는 소리만 들릴 뿐 조용했다. 에이린은 어떻게 하면 그 사람의 기분을 상하지 않게 할 수 있을까 생각하며 입을 열었다.

"대단히 의미심장한 글입니다. 물론…."

"너무 길어요!"

윌버포스가 소리쳤다.

"그리고 너무 자기 본위고, 자기 연민에 빠져 있어요! 〈나〉라는 말이 처음 6페이지에 87번이나 나왔소. 내가 세어 봤다구!"

앨런 피츠로이는 화를 내며 그를 향했다.

"나는 〈나〉라는 말을 여러 번 쓸 수밖에 없었습니다. 이 책은 나에 대한 것이라고 처음부터 말했죠! 이 책의 개념은 독자들을 내게 끌어들이자는 거요. 만일 당신이 내 의도를 이해했다면…."

"충분히 이해했소."

윌버포스는 에이린이 옆구리를 살짝 찌르는 것을 무시하고 말했다.

"이것은 소설감이 못 돼요. 그리고 솔직히 말하면 당신은 당신 자신을 기만하고 있소. 당신은 독자들을 당신 속으로 끌어들이겠다고 하는데, 끌어들이기는커녕 독자들의 흥미조차 끌어내지 못하고 있소. 전체가 너무 장황하고 추상적입니다. 독자의 주의를 끌 만한 것이 없어요."

남자의 얼굴이 달아올랐다.

"주의를 끌 만한 것이 없다고요? 꿈 얘기는 어떻습니까? 그만하면 주의를 끌 만하잖습니까? 안 그래요?"

"솔직히 말해, 대답은 노요. 그것은 누구나 어릴 때 경험하는 평범한 악몽에 불과합니다. 그 꿈이 당신을 겁나게 했을지 모르지만 다른 사람은 전혀 아니죠!"

피츠로이는 이제 정말 화가 나서 몸을 떨었다.

"사람들은 겁을 낼 거야! 틀림없어! 이런 일에 나는 특별한 재능을 갖고 있어! 한 번은 그 꿈 얘기를 듣고 어떤 사람이 겁을 먹고 죽었단 말이오!"

어색한 침묵이 흘렀다. 사람들은 그가 얘기한 말도 안 되는 자랑에 어떻게 대꾸해야 할지 몰랐다. 에이린이 급히 일어섰다.

"차를 마시는 게 좋겠어요!"

에이린은 명랑하게 말하고 방에서 나갔다. 부엌으로 가는데 심리소설을 쓴다는 오드리 윌리엄스가 쫓아왔다.

"도우려고 왔어요. 그런데 저 젠 체하는 친구는 누구예요?"

오드리는 찻잔과 접시를 쟁반에 담으며 말했다.

"모르겠어. 좀 안됐다는 생각이 들어. 그것을 쓴다고 애를 많이 썼을 거야. 굉장히 길었거든."

오드리가 낮게 웃었다.

"정말로 길었어요. 나는 전부를 읽는 줄 알고 죽을 뻔했어요."

이때 앨런 피츠로이가 문 옆에 조용히 서 있는 것을 보고 오드리가 말끝을 흐렸다.

"그렇게 말하니 이상하군요."

그는 오드리를 뚫어져라 보다가 에이린에게 몸을 돌렸다.

"당신은 어땠습니까? 당신도 죽을 뻔했나요?"

에이린은 얼굴을 붉혔다. 하기야 기분이 나쁠 만도 하지. 윌버포스가 처음 온 사람에게 그러는 게 아니었어! 에이린은 상냥하게 말했다.

"윌버포스를 기분 나쁘게 생각하지 마세요. 그의 비평은 신랄해요. 우리에게도 그러는 걸요, 그렇지, 오드리?"

오드리는 바보처럼 고개만 끄덕였다. 앨런 피츠로이는 에이린을 바라보았다.

"당신은 내 원고를 어떻게 생각하셨습니까? 당신은 나를 동정하는 것 같던데 내 꿈에서 어떤 감명을 받으셨나요?"

"저…. 그럼요."

에이린은 불안한 마음으로 거짓말을 하며 할 말을 찾았다.

"나는 내용이 특별하다고 생각했어요. 하지만 꿈 얘기를 일찍 했더라면, 이론만 길게 먼저 내세우지 말고 꿈 얘기를 빨리 꺼냈더라면…."

"하지만 나는 꿈 얘기를 첫머리에서 꺼냈어요!"

피츠로이는 열심히 말했다. 그는 분을 많이 삭인 모양이었다.

"내가 전생애를 통하여 간간이 그 꿈을 꿨듯이 그 꿈 얘기가 책 전체에 퍼져 있어요. 하지만 독자들은 내가 왜 꿈 얘기를 자꾸 하는지 마지막 장에 가서야 비로소 알게 돼요! 당신은 그게 좋은 아이디어라고 생각하지 않나요? 마지막까지 긴장감을 갖게 하지 않습니까?"

그는 열망에 찬 애처로운 눈길로 두 사람을 번갈아 보았다. 에이린은 가엾은 사람에게 용기를 북돋아 주려는 생각으로 접시에 비스킷을 담던 손길을 중단하고 말했다.

"마지막에는 어떻게 되지요?"

"아, 그건 이렇게 돼요. 나는 꿈이 걱정되었어요. 정말이에요. 나는 신경이 예민한 사람입니다. 신경이 예민한 것으로 말할 것 같으면 내 원고에서도 설명했지만…."

에이린은 급히 말머리를 돌렸다.

"꿈 얘기는 어떻게 됐나요?"

"아, 꿈 얘기. 내가 겁은 내고 있던 것은 꿈을 꿀 때마다 내가 점점 요람에 더 가까이 간다는 것이었어요. 그렇게 되면 결국에는 내가 요람에 누워 그 〈얼굴〉을 보게 될 거고, 나는 그게 겁났어요. 나는 너무나 겁을 낸 나머지 결국에는 아내에게 장난삼아 말했어요. 정말로 장난삼아 말한 거예요.

〈꿈속에서 당신이 나와 같이 있으면 내가 겁이 덜 날 텐데.〉

그런데 그날 밤에 나는 꿈을 또 꿨고, 안 믿겠지만 아내가 꿈속에 있었어요! 아내는 오래된 검은 잠옷을 입고 기다란 통로를 앞장서서 걸어가는 것이었어요. 아내는 몸집이 컸어요. 몸집이 크고 힘이 셌어요. 그런데 그녀가 앞에 서서 요람을 막으며 걷고 있는 것이었어요. 그래서 나는 안전하게 느꼈습니다. 꿈이 겁나지 않았습니다. 내가 잠을 깼을 때…."

피츠로이는 마술사가 요술을 부리기 직전의 의기양양한 모습으로 에이린과 오드리를 번갈아 보았다.

"내가 잠을 깼을 때 아내가 뭐라고 했는지 아십니까?"

"그야, 부인도 같은 꿈을 꿨다고 했겠죠."

오드리가 즉시 대답했다. 그게 뻔한 클라이맥스가 아닐까? 그러나 앨런 피츠로이는 고개를 흔들었다.

"아녜요. 그 현상은 나중에 나타났어요. 아내는 말하기를, 내 머리맡에 자기 머리를 가까이 대고 누워 있는데 무슨 소리가 들렸대요. 처음에는 내 베개 밑에서 나는 시계 소리인 줄 알았대요. 그러나 시계 소리는 아니었고 이상한 쇳소리로 마치 먼 곳에서 나는 쇠구두 발자국 소리 같았대요. 그러자 그 소리가 베개 밑에서 나는 게 아니고 내 머리 속에서 난다는 것을 알게 됐대요. 아내는 내 꿈속의 구둣발 소리를 들은 거예요."

에이린과 오드리는 서로 가까이 다가섰다. 에이린의 목소리가 약간 떨려 나왔다.

"이제, 그만 차를 갖고 가야…."

그녀가 말하자 피츠로이는 사정하듯이 그녀의 팔을 잡았다.

"잠깐만 더 있어 주세요! 곧 끝납니다! 그 후로는 내가 꿈을 꿀 때마다 아내는 그 소리를 들었고 결국에는 아내도 같은 꿈을 꾸게 됐습니다! 아내는 말하기를 그 소리를 들으면 깨어 있으려고 해도 잠이 왔고, 결국에는 꿈속에 들어가게 된다고 하더군요. 자기는 기다란 통로를 걷고 있고 내 발소리가 뒤에서 철커덕 철커덕 난대요. 그것을 어떻게 생각합니까?"

에이린은 마음을 진정시켰다. 이것은 하나의 픽션으로 그는 자기의 의견을 구하고 있을 뿐이라고 생각했다. 윌버포스의 비평에 마음이 상한 그가 자기 자서전에 활기를 불어넣으려 한다고 생각했다.

"그런 소재라면 아주 극적으로 만들 수 있을 것 같군요. 그것을 어떻게 끝맺을 생각이세요?"

"그야 일어난 사실대로 끝맺어야지요. 당연히 아내는 요람 속에 들어갔습니다. 그것은 내 꿈이었으니 내가 그렇게 만든 것이지요. 그러나 아내가 요람에 들어가도록 하는 데에는 꽤 힘이 들었습니다. 아까도 말했지만 아내는 몸집이 크고 힘이 세었으니까요."

"그래, 부인이 요람에 들어간 후에는 무슨 일이 있었지요? 부인은 〈얼굴〉을 봤나요? 무슨 일이 있었다고 나중에 말하던가요?"

"천만에!"

피츠로이는 놀라서 말했다.

"아내가 요람에 들어간 후로는 내게 아무 말도 할 수 없었어요. 그녀가 죽지는 않았지만 완전 바보가 됐거든요. 내가 아침에 깨어나서 보니 아내는 작은 요람 속에 누우려는 것처럼 몸을 잔뜩 오므리고 누워 있었습니다. 그리고 아무런 말도 못했습니다. 〈얼굴〉을 보고 난 결과는 그랬습니다."

에이린과 오드리는 서로 눈길을 주고받았다. 그들의 얼굴에서 핏기가 사라졌다. 피츠로이는 그들이 당황해 하는 것을 못 봤는지 명랑하게 말을 계속했다.

"사람들은 그녀를 어떤 요양소에 넣었지요. 나는 이제 내가 안전하다는 것을 알았습니다. 아내가 요람 안에 있으면 나는 요람에 들어갈 수 없으니까요. 그 후로는 내가 꿈을 꿀 때마다 아내는 검은 잠옷을 입고 요람이 넘치도록 누워 있어서 나는 요람을 볼 수조차 없었지요. 나는 안전하다는 생각이 들어 몇 달 동안 마음이 편했습니다. 그런데 어느 날 그녀가 요람에 없는 거예요. 나는 겁이 덜컥 났습니다. 나는 아내가 죽었다는 것을 알았습니다. 아니나 다를까 다음날 요양소에서 아내가 죽었다는 연락이 왔습니다."

그는 갑자기 정신이 돌아온 듯이 말했다.

"손님들을 너무 기다리게 해서는 안 되겠군요. 제가 쟁반을 한 개 들고 가겠습니다."

그는 쟁반 하나를 들고 거실로 갔다. 에이린과 오드리는 다른 사람들이 있는 곳으로 빨리 가자는 단 한 가지 생각밖에 떠오르지 않았다. 그들은 다른 쟁반에 물건을 빨리 담고 거실로 갔다. 놀랍게도 앨런 피츠로이는 이미 그 곳에 없었다.

"그는 쟁반을 갖다 놓고 즉시 떠났어요."

윌버포스가 설명했다.

"길드포든가 어디로 가는 기차를 타야 한다고 하면서 당신에게 대신 사과해 달라고 하더군. 아니, 왜 그래요?"

에이린은 앨런 피츠로이가 부엌에서 한 얘기를 간단히 전했다. 윌버포스의 표정이 심각하게 변했다.

"그 친구 미쳤어! 나는 벌써 이상하다고 생각했지. 그런 줄 알았다면 보내지 않고 경찰에 연락하는 건데"

"나는 그가 가서 반가울 뿐이에요. 소란을 떨고 싶지는 않아요. 게다가 그는 그것을 픽션으로 얘기했을 거예요. 그렇다 하더라도 뭔가 조금 이상하기는…."

"이상하다구? 그야 물론 그는 이상한 사람이었어! 나는 보자마자 알겠더라구. 과대망상증에 걸린 것 같아."

피터킨 부인이 중간에 끼어들었다. 잡담은 계속됐고 찻잔이 부딪치는 소리가 간간이 들렸다. 에이린은 이상한 남자가 떠난 것이 점점 더 반가웠다. 그가 먼저 가지 않고 맨 나중까지 남았다면 어쩔 뻔했지? 강제로 내쫓지도 못했을 텐데….

11시가 되자 사람들이 하나둘씩 떠났고 에이린 혼자 남게 되었다.

"이걸 다 치워야겠군."

에이린은 지저분한 거실을 힘없이 둘러보았다. 그리고 더러운 재떨이와 찻잔을 치우기 시작했다. 긴 의자에는 월버포스의 장갑이 놓여 있었다. 그래서 잠시 후에 초인종 소리가 났을 때 그가 장갑을 가지러 온 줄 알고 그다지 놀라지 않았다. 그러나 초인종을 누른 사람은 월버포스가 아니었다. 그녀가 정신을 차릴 틈도 없이 검은 옷을 입은 작은 남자가 재빨리 집 안으로 들어왔다. 그녀는 놀라서 숨을 들이마셨다가 간신히 마음을 진정시켰다. 하기야 그는 해를 끼칠 사람으로는 보이지 않았다. 그는 기차 시간표를 볼 수 있겠느냐고 물었다. 기차를 놓쳤는데 크로이돈에서 갈아탈 수 있는 기차가 있는지 알고 싶다고 했다.

에이린은 하는 수 없이 그를 거실로 데리고 가서 철도 여행 안내서를 건네주었다. 그는 안락의자에 앉아 정신없이 안내서 책장을 넘겼다. 에이린은 침착하게 거실 치우는 일을 계속했다.

저 사람이 나를 어쩌겠어? 나는 그보다 몸집이 두 배는 크고 힘이 센데. 그런데 그 말을 어디서 들었더라? 그래, 저 사람이 말했어.

"아내는 몸집이 크고 힘이 세었는데…."

그때 그녀는 사방이 너무 조용하다고 느꼈다. 여행 안내서 책장을 넘기는 소리가 들리지 않았다. 에이린이 앨런 피츠로이를 바라보니 그는 벌써 잠들어 있었다. 그는 머리를 뒤로 기대고 입을 벌리고 있었다. 그의 얼굴이 창백했다.

에이린은 뭔가 이상하다고 생각하고 가까이 다가갔다. 어쩌면 경찰을 부르는 게 좋을지도 몰라. 다행히 전화가 부엌에 있으니 잠은 깨지 않겠어. 그때 소리가 들렸다. 처음에는 코를 골기 전에 목에서 나는 소린 줄 알았다. 그러나 그런 소리가 아니었다. 그것은 철커덕거리는 소리였다. 그 쇠발자국 소리는 그의 머릿속에서 나고 있었다. 에이린은 미처 쟁반을 내려놓을 수도 없었다. 전화기! 전화를 해야 해! 그녀는 밖으로 나가 부엌을 향해 달음질쳤다. 그러나 그 소리도 그녀의 뒤를 쫓으며 점점 커지고 있었다.

철커덕, 철커덕, 철커덕….

부엌은 어디 있지? 왜 이 통로가 이렇게 길어졌지? 그리고 발소리가 울리도록 통로의 벽과 바닥은 언제 돌로 변했지?

그녀는 뒤를 돌아다볼 수 없었다. 그녀는 계속해서 통로를 재빨리 걸어갔다. 이윽고 눈앞에 통로 끝이 나타났다. 그리고 요람이 있었다. 섬세한 모슬린 장식, 레이스가 달린 하얀 베개, 조금 전에 젖혀 놓은 것 같은 이불이 있는 요람이었다. 에이린은 온 힘을 다해서 걸음을 멈추었다.

"이것은 꿈이야! 이것은 꿈이야! 내가 가지 않으면 꿈이 깰 거야! 나는 안 갈 테야! 안 갈 테야! 안 갈 테야!"

철커덕거리는 발소리가 점점 가까이 왔다. 그리고 누군가의 손이 그녀의 등을 밀었다. 에이린은 그 힘과 대항했다. 그러나 그녀는 제대로 힘을 쓸 수 없었다. 힘이 쭉 빠졌다. 그래도 에이린은 대항했다.

안 갈 테야! 안 갈 테야! 안 갈 테야!

귀청이 찢어지는 듯한 소리가 들렸고 그녀는 눈을 뜰 수 있었다. 자기는 부엌 안에 있었고 발 옆에는 찻잔들이 깨어져 있었다. 얼굴에는 땀이 비오는 듯했다. 비로소 안도의 눈물이 흘렀다.

꿈이었어! 피로에다 그 이상한 사람 때문에 몽유병자처럼 걸으면서 꿈을 꾼 거야. 그가 기차 시간표를 보러 왔다고 한 것도 꿈이었을 거야. 에이린은 가벼운 마음으로 거실에 갔다. 그러나 그 사람이 다시 찾아왔던 것은 꿈이 아니었다. 이제 앨런 피츠로이는 의자에 앉아 있지 않았다. 그는 크게 싸우다가 얻어맞은 것처럼 바닥에 널브러져 있었다. 쓰러지면서 벽난로 앞에 세워 둔 방호물에 머리를 받혔는지 머리에서 피가 흐르고 있었다.

에이린은 꿈속의 요람 옆에서 싸우던 일을 생각했다. 그때 그가 쓰러진 모양이었다. 그녀는 정신을 차리고 의사에게 전화하러 갔다.

급하게 달려온 의사는 피츠로이의 심장과 맥박을 짚어 보고 고개를 흔들었다.

"가망이 없어요. 경찰에 연락해요. 그래서 경찰이 그가 어디서 온 사람인지 신분을 확인하도록 해요. 이 친구는 내가 돌보고 있을 테니 가서 경찰에 전화해요."

그러나 에이린은 움직이지 않고 그 자리에 서 있었다.

"빨리 전화해요!"

의사가 불쾌한 듯 소리쳤다. 한밤중에 심장 마비 환자를 보러 온 것도 나쁜데 히스테리를 부리는 여자가 일에 늑장까지 부리다니.

"빨리 전화해요!"

에이린은 혼수상태에 빠진 남자처럼 거실 밖으로 나가서 부엌을 향해 통로를 걸어갔다. 그 소리는 의사의 시계 줄이 내는 소리인지도 몰라. 그래, 의사가 시계 줄을 만지작거리고 있어서 그 소리가 지금도 들리고 있는 거야.

크게, 더 크게, 조금 더 크게….

셀리아 프레믈린(Celia Fremlin, 1914~)

본명은 시리아 마가렛 골러. 대표작 『새벽 전의 시간(The Hours Before Dawn)』(1958)으로 에드거 상을 수상. 15편의 장편과 3편의 단편집이 있다.

언제나 청결하게

A NEAT AND TIDY JOB — 조지 하몬 콕스

그 여자의 이름은 메리 히스였다. 그녀의 키는 근무할 때 신는 미드 힐을 신고 160센티 정도였다. 몸무게는 48킬로, 머리카락은 검었고 눈은 진한 푸른색이었다. 턱의 둥근 선으로 보아 고집깨나 있어 보였다.

그녀는 캐스웰 빌딩의 엘리베이터 안내양이었다. 건물에 있는 세 대의 엘리베이터 중 첫 번째 엘리베이터를 운전히는 그녀는 나이가 어렸고—19세였다—친절해서 모든 입주자들이 좋아했다. 사람들은 그녀의 명랑한 성격을 좋아했고 그녀에게 건네는 농담도 매우 점잖고 부드러웠다.

짓궂은 승객들은 옆의 엘리베이터를 운전하는 에델이나 로레타와 좀 더 진한 농담을 했다. 그녀들도 메리보다 나이가 그리 많지는 않았지만 이미 결혼했고 그런 농담에 더 많이 길들여졌기 때문이었다.

그녀가 근무를 시작한 지 몇 달 만에 고객들 사이에 그녀의 엘리베이터가 깨끗하고 말끔하다는 소문이 났다. 어쩌다 들리는 사람들은 어쩔 수 없었지만 엘리베이터를 자주 쓰는 사람들은 바닥의 카펫에 담뱃재를 떨어뜨리지 않으려고 노력했다. 엘리베이터 안에서 담배에 불을 붙인 손님은 성냥개비를 들고 있다가 엘리베이터를 나가서 버렸고, 담배를 새로 뜯은 사람은 뜯어 낸 셀로판 포장지를 안에 버리지 않았다.

그녀의 청결함에 대한 집념은 근무에 충실하고 손님들을 즐겁게 해

주자는 상냥한 마음 때문이기도 했지만 천성적으로 청결한 것을 좋아하는 탓이다. 그녀는 외양에도 까다로워서 회색 근무복을 입은 그녀의 모습은 글래머인 에델이나 금발의 로레인보다 좀더 멋졌다. 메리는 자기 아파트는 반짝반짝 빛나게 하면서 1주일에 5일을 지내는 그녀의 사무실격인 엘리베이터를 깨끗하고 청결하게 하지 않을 이유가 없다고 생각했다. 그것은 그녀가 엘리베이터 안의 접는 의자 뒤에 작은 빗자루를 보관하고 있는 것을 보고 에델이 물었을 때 들려준 대답이었다. 그녀가 손님이 없을 때 엘리베이터를 층 사이에 세우고 안을 깨끗이 쓸어낸다고 불평할 사람은 아무도 없었다.

6월의 어느 금요일 오후 3시 정각 5분 전에 해리 길모어가 캐스웰 빌딩에 들어서서 메리의 빈 엘리베이터를 향했다. 그날은 그녀가 엘리베이터를 깨끗이 하라고 손님들에게 벌써 수십 번을 잔소리하고 난 뒤였다.

해리는 건물 정비공으로 정비 보좌관이었다. 그는 항상 입고 다니는 더러운 작업복을 입고 있었고 입에는 담배가 물려 있었다. 왼손은 공구들을 잔뜩 들고 있었다.

"4층 배관시설을 좀 손볼 데가 있어. 태워 줄 테야?"

메리는 한쪽 눈으로 벽시계를 바라보았다. 4분 후에는 8층에 올라가서 스텐 노튼을 태우고 내려와야 했다. 다른 눈으로는 길모어가 물고 있는 담배 끝에 달린 재를 바라보았다.

"좋아요, 해리. 먼저 그 재나 털어요."

해리는 미소를 짓고 담배를 바라보았다. 그리고는 요란한 몸짓으로 재를 털었다.

"이제 됐어, 잔소리 많은 할머니? 결혼해서 남편이 담배를 피우면 어떻게 할 거야? 담배를 끊게 할 건가?"

"천만에. 마음대로 태우게 놔둘 거야."

"부엌 구석에서 벽을 향하고 피우게 하겠다는 말이지?"

메리는 그를 보고 미소 지었다. 그는 항상 그녀를 미소 짓게 했다. 그가 6개월 전에 이곳에서 일을 시작한 어느 아침이 생각났다. 짙은 눈썹에 곱슬머리인 그는 언뜻 보기에도 미남이었다.

그는 약간 건방지고 잘난 척 행동했지만 세련된 미소도 갖고 있었다. 그는 대담하고 자신 있게 행동했다.

메리는 그가 자기에게 관심을 보인다는 것을 알았지만 모르는 척했다. 그러다가 며칠 후에 그녀의 엘리베이터를 손볼 일이 생겼다. 일을 마쳤을 때 엘리베이터 천장에 있는 뚜껑을 통해 기름과 흙이 떨어져 카펫에 얼룩이 졌다. 그것을 보고 그녀는 분통을 터뜨렸다. 그를 얼마나 몰아세웠는지 해리는 멍하니 바라보기만 하다가 도망쳤다. 얼룩을 없애느라 청소부 여자가 이틀이나 고생했고, 메리는 그 일로 정비 책임자인 조지 알렌에게까지 불평했다. 조지 알렌은 메리의 입장은 이해하지만 엘리베이터가 기름투성이라 기름을 흘리지 않고 수리하려는 해리의 일도 쉽지는 않다고 다독거렸다.

그 일을 거의 잊을 무렵 저녁에 퇴근하려는데 해리가 찾아왔다. 그가 엘리베이터를 더럽혀서 미안하다고 말하며 사과의 표시로 저녁을 사겠다고 했을 때 그녀는 거절할 이유가 없었다.

그들은 세 번 데이트를 했으나 메리가 그의 친구들이 마음에 들지 않고, 그의 태도나 택시에서의 행동도 마음에 들지 않는다는 것을 분명히 하자 다시는 만나자는 요청이 없었다. 그렇더라도 그들은 사이 좋게 지냈다. 그는 계속해서 그녀에게 농담을 했고 메리는 그가 계속해서 자기를 좋아한다는 것을 알았지만, 그때는 스텐 노튼이 자기에게 관심을 보이기 시작했고 그녀도 그의 관심을 끌려고 노력했다. 스텐은 별로 웃지도 않았고 모든 일에 신중했다. 메리는 긴 안목으로 볼 때 그가 안전성이 있다고 생각했다. 그러나 그녀는 요즘도 해리와 농담을 나누곤 했다. 그녀는 상냥하지만 위엄 있는 목소리로 말했다.

"내 남편은 원하는 곳 아무데서나 마음대로 담배를 피울 수 있어요. 우리 집에는 재떨이가 많을 거고 남편은 재떨이를 사용할 만큼은 속이

깊을 거예요."

손님을 내려놓은 가슴이 큰 에델이 그들의 대화를 듣고 끼어들었다.

"여기 타요, 해리. 나는 재를 떨어뜨려도 상관하지 않아요. 게다가 메리는 곧 그 우편물을 운반해야 해요."

해리는 즉시 에델에게 갔다. 그리고 메리에게 담배를 흔들며 웃었다.

"나를 못 태워서 약 오르지?"

에델의 말을 듣자 메리는 1주일에 한 번씩 하는 일이 생각났다. 그 일은 항상 메리를 불안스럽게 했다. 그녀는 문을 반쯤 열어 두고 점심 시간이나 커피 휴식시간에 여자들 대신 엘리베이터를 운전하는 클리프 포브스에게 도움을 청했다.

그는 엘리베이터 앞에 서서 손님들에게 다른 엘리베이터를 타라고 했다. 그리고 그들은 로비 한쪽 전체를 차지하고 있는 판유리 쪽을 지켜보았다. 판유리 안은 시티은행이었고, 은행 정문은 건물 밖 큰길을 향해 있었다.

트레이시 건설 회사가 1주일에 한 번씩 하는 봉급 지급 방법은 오랫동안 연구해서 실시하고 있는 것으로 아무런 허점도 없어 보였다. 금요일 아침 10시가 되면 스텐 노튼은 자색 여행용 가죽가방을 들고 은행으로 내려와서 봉급을 현금으로 찾는다. 그가 은행 경비원인 에드 이왈드와 함께 로비를 건너오면 메리는 논스톱으로 8층까지 스텐을 데리고 올라간다. 8층에는 사무실이 둘밖에 없다. 반은 트레이시 건설 회사에서 사용하고 있고 나머지 반은 여성 비서학교였다. 낮에 봉급을 개인 봉투에 나눠 넣은 후에 은행 폐점 시간 직후에 봉급 작전 제 2단계가 진행되는 것이다. 바로 지금부터 2단계가 시작될 것이다.

3시 정각이 되자 에드 이왈드는 은행 문을 잠그고 옷을 사복으로 갈아입었다. 3시 10분에 그는 모자를 쓰고 외투를 입은 차림으로 로비에 있는 데스크로 갔다. 그는 메리에게 고개를 끄덕여 보이고 트레이시 건설회사에 준비가 완료됐다고 전화했다. 그가 전화를 끊고 손을 흔들자

클리프 포브스는 문에서 물러서며 〈가 봐, 메리〉 하고 말했다. 문이 닫히고 엘리베이터가 올라가기 시작하자 여태껏 마음속에 있던 긴장감이 고조되기 시작했다. 그녀는 엘리베이터 안에서 무슨 일이 생길까 봐 겁이 나는 것은 아니었다. 올라갈 때나 내려갈 때 엘리베이터는 아무데도 서지 않았다. 에드 이왈드는 은퇴한 경찰관으로 1주일에 한 번씩 스텐을 경호해서 돈을 보태 쓰고 있었다. 스텐이 로비에 내려오면 에드는 주머니에 있는 권총을 잡고 다가섰다. 그리고 두 사람은 택시로 10분 거리에 있는 강가 건설현장에 가서 돈을 전달하고 30분 이내에 돌아왔다.

스텐은 여러 번 걱정할 게 아무것도 없다고 안심시켰지만 메리는 그래도 잘못될 가능성을 무시할 수 없었다. 그래서 메리는 금요일이 불안했고 스텐과 에드 이왈드가 캐스웰 빌딩으로 돌아올 때까지는 마음을 놓을 수 없었다.

메리가 8층에 엘리베이터를 세우자 문이 소리 없이 열렸다. 그리고 그의 모습이 보였다. 그는 엘리베이터 문 바로 앞에서 기다리고 있었던 모양이다. 메리가 움직이기도 전에 그는 엘리베이터 안으로 들어왔다. 그녀는 공포에 질려 있었기 때문에 상대는 남자고, 손에는 총신이 짧은 무서운 권총이 쥐어져 있었고, 머리에는 커다란 갈색봉투를 쓰고 있다는 것밖에 보이지 않았다.

그녀는 권총이 옆구리를 찌르는 것을 느꼈다. 갈색봉투에 뚫은 두 개의 눈구멍은 그의 모습을 더욱 괴기하게 보이게 했다. 구멍 안에서 눈알이 움직였으나 모양이나 색은 알 수 없었다.

봉투 안에서 말하는 목소리는 종이에 가려 울려 나왔다.

"꼼짝도 하지마! 무슨 소리를 냈다가는 죽어!"

그러지 않아도 소리를 낼 수가 없었다. 근육이 마비되고 목이 막혔다.

"머리를 밖으로 약간 내밀고 그를 찾는 시늉을 해. 그가 나오면 미소를 지어."

메리는 고개를 내미는 순간 트레이시 사무실 문이 열렸다. 사무소장인 오코너가 밖으로 나와 복도 양쪽을 훑어보았다. 소장이 옆으로 비켜 서자 스텐 노튼이 나와 엘리베이터를 향해 걸어왔다. 스텐의 얼굴에 미소가 퍼지기 시작했다.

권총을 든 사나이는 사무실 문이 열리는 소리와 스텐의 발자국 소리를 들었다. 그는 권총을 더욱 세게 찔렀다. 메리는 옆구리가 아팠지만 소리는 내지 않았다. 스텐이 더욱 크게 미소를 지었다.

"안녕, 시간을 정확히 맞춰 왔군."

그는 엘리베이터 안에 들어온 후에야 두건을 쓴 남자를 보았다. 때는 너무 늦었다. 그 다음에는 일이 너무 빨리 일어나서 메리는 무슨 일이 일어났는지 잘 알 수 없었다. 스텐의 눈이 커졌고 얼굴에서 핏기가 빠져 나갔다. 놈이 그의 가방을 낚아챘다. 놈은 스텐을 돌려 세워 문을 향하게 하고 권총으로 그의 등을 찔렀다.

"7층으로 내려가!"

메리는 어떻게 단추를 눌렀는지도 몰랐다. 엘리베이터의 문이 닫히고 한 층을 내려간 후 멈췄다. 문이 열리자마자 놈은 스텐의 등을 떠밀었다. 스텐은 구르는 듯이 복도로 밀려 나가 쓰러졌다. 놈은 그녀도 밖으로 힘껏 밀었다. 그녀는 미끄러지며 복도에 넘어졌다. 그녀가 몸을 일으키며 뒤돌아보자 엘리베이터 문이 닫히고 있었다.

복도가 갑자기 조용해졌다. 그녀가 스텐을 바라보자 그는 벌써 움직이고 있었다. 입은 꽉 다물고 있었고 얼굴에는 표정이 없었다. 그는 그녀가 다쳤느냐고 묻지도 않았다.

"전화를 찾아! 경찰에 빨리 연락해!"

그녀는 스텐의 말은 알아들었으나 처음에는 그가 왜 비상계단 쪽으로 뛰어가는지 알 수 없었다. 그녀도 그의 뒤를 쫓았다. 그가 복도 끝에 있는 두꺼운 철문을 열 때서야 비상계단을 뛰어 내려가서 로비에서 범인을 잡으려고 하는 줄 알았다. 그의 긴 다리로 뛰어 내려가면 잡을 가능성도 있었다. 그 생각을 하니 겁이 덜컥 났다. 가방을 빼앗아 달아난 놈은 권총을 갖고 있었다.

"안 돼, 스텐! 제발."

그들이 층 사이의 층계참에 갔을 때 스텐은 몸을 돌려 그녀의 어깨를 잡았다. 그는 그녀를 세게 한 번 흔들었다. 그의 눈은 절망적이었다.

"전화해! 빨리!"

목소리가 탁했다. 그는 몸을 돌려 한꺼번에 서너 계단씩 뛰어 내려갔다.

메리는 그가 다급하게 소리친 뜻을 이해하고 계단을 뛰어 올라갔다. 그녀는 트레이시 건설 회사의 전화를 쓰는 것이 가장 빠른 방법이라고 생각하고 8층으로 갔다.

그녀는 자기가 무엇이라고 말했는지도 몰랐다. 접수계의 아가씨가 그녀의 말을 알아듣지 못해 다시 말할 때는 짜증이 났다. 접수계 아가씨가 다이얼을 돌리는데 오코너가 사무실에서 나왔다. 메리는 그를 붙잡고 빠르게 말했다. 오코너는 그녀의 말을 들은 후 시간을 낭비하시 않았다. 그는 교환에게 경찰에 신고하라고 명령하고 메리의 팔을 잡고 복도로 나갔다.

다음 몇 분 동안은 너무 바쁘게 움직여서 어떻게 지나갔는지 알 수 없었다. 그들이 로비에 갔을 때 제일 먼저 눈에 띈 것은 에드 이왈드와 흥분한 모습으로 이야기하는 스텐이었다. 그가 안전하다는 것을 알고 메리의 온몸에 안도감이 퍼졌다. 다음에 눈에 띈 것은 그녀의 엘리베이터 문이 닫혀 있다는 사실이었다. 표시판은 엘리베이터가 2층에 서 있다는 것을 나타내고 있었다. 오코너는 경찰이 도착할 때까지 건물에서 나가는 사람들은 전부 조사하라고 지시하고 두 번째 엘리베이터로 뛰어갔다. 스텐도 뒤를 따랐다. 아무도 따라오라고 안 했지만 메리도 그들의 뒤를 따랐다. 말없이 바라보고 있기만 하던 에델은 아무런 질문도 하지 않았다. 오코너가 물었다.

"지난 2, 3분 안에 2층에서 누구를 싣고 내려왔소?"

"아니오."

2층에 있는 메리의 엘리베이터에는 아무도 없었다. 스텐은 몸을 돌려 비상계단으로 뛰어갔다. 오코너 씨가 어디 가느냐고 묻자 그는 고개를 돌려 대답했다.

"지하층으로 갑니다. 로비로 안 왔다면 지하층으로 갔을 겁니다."

오코너는 한숨을 쉬고 메리를 바라보았다.

"이제 우리가 할 수 있는 일은 없는가 보군. 내 사무실에 가서 경찰을 기다리는 것이 좋겠소."

체니 경사는 경찰 순찰차보다 3, 4분 늦게 도착해서 수사 책임을 인계받았다. 그는 주로 오코너의 사무실에서 사람들을 심문했고 다른 형사들의 보고를 받았다. 2시간 후에도 그는 사무실에서 일하고 있었고 메리도 그 곳에 있었다.

그 동안 그녀만이 그 방을 한 번도 떠나지 않았다. 체니 경사에 대한 첫인상은 2시간이 지나도 바뀌지 않았다. 그에 대한 첫인상은 같이 있기에 불안하고 겁난다는 것이었다. 그는 40대로 보였고 머리가 희끗희끗했다. 네모진 얼굴이 무뚝뚝하니 웃지를 않았다. 그의 목소리에는 남을 의심하는 기미가 엿보였고, 날카로운 회색 눈은 상대의 육체적인 외관뿐만 아니라 정신까지도 꿰뚫어보는 듯했다.

그가 그녀의 말을 믿는지 믿지 않는지는 알 수 없었다. 그는 모든 보고가 수집될 때까지 스텐 노튼을 아는 척도 안 했다. 그가 노튼을 알아본 척 했을 때 메리는 겁이 털컥 났다. 그녀는 그가 스텐을 바라보던 눈길과 그가 스텐에게 건넨 말을 듣고 당황했던 기억은 지금도 잊을 수 없다.

"우리는 전에 만난 적이 있지, 노튼?"

"그렇습니다."

"롤라 사건 때였지?"

"네."

"역사는 반복한다는 식이군."

그 말을 듣고 있던 오코너가 롤라 사건이 무엇이냐고 물었고 경사는 설명했다. 그 사건은 3년 전에 스텐이 다른 회사에 근무하고 있을 때 일어난 봉급 강탈사건이었다. 그 일에 대하여 스텐이 결백하다는 것이 나중에 밝혀진 적이 있었다. 오코너는 그 사건에 대한 얘기는 회사에 왜 진작 말하지 않았느냐고 물었다. 스텐은 중요한 일이 아닌 것 같아서 얘기를 안 했다고 말했다.

"제가 이 회사에서 근무를 시작했을 때 내 업무는 봉급과 관계가 없었습니다."

"하지만 나중에 봉급 수송 일을 맡겼을 때는…."

"압니다. 그러나 그런 일이 내게 두 번이나 일어나라라고는 꿈도 꾸지 않았습니다."

스텐은 힘없이 말했다. 오코너는 더 이상 추궁하지 않았다. 그는 체니가 에드 이왈드, 조지 알렌, 그리고 해리 길무어를 심문하는 것을 들었다. 그리고 사건 후에 건물을 빠져 나간 사람들을 조사한 형사들이 의심스러운 사람은 아무도 없다고 보고하는 소리도 들었다. 그 일이 끝나자 체니는 자기 생각을 말했다. 자기 경험에 의하면 눈에 금방 띄는 대답이 대개 옳은 대답이라고 했다.

"그 가방은 어쨌어, 스텐? 공범자는 누구야?"

스텐은 항의했다. 메리도 같이 항의했다. 그들은 사실을 말했고 일은 그들이 말한 대로 일어났다고 했다. 그리고 스텐이 로비에 나타났을 때는 손에 아무것도 들고 있지 않았다고 에드 이왈드와 클리프 포브스가 진술한 사실도 상기시켰다.

"나도 알아요."

체니가 말했다.

"그러나 비상계단 층계참에는 들창이 있어. 당신은 계단을 내려오면서 가방을 들창 밖으로 던진 거야. 들창 밑은 골목길인데 옆에 있는 타일러 빌딩과 통하게 되어 있어. 들창 밑에서 시간에 맞춰 기다리고 있던 공범자가 가방을 갖고 타일러 빌딩을 통하여 도망치면 그만이야."

메리는 스텐이 다시 거세게 항의하기를 기다렸다. 그러나 스텐은 절망적으로 고개를 흔들며 낮게 〈내가 아냐〉 하고 힘없이 말했다. 메리는 실망을 느꼈지만 체니에게 몸을 돌리고 눈에서 푸른빛을 내뿜으며 거칠게 항의했다. 메리는 돈을 강탈한 놈은 세밀하게 계획을 짰고 봉급 수송방법을 상세히 알고 있었다고 말했다. 그렇다면 다른 사람도 용의자가 될 수 있지 않느냐고 따졌다. 건물 정비사인 조지 알렌은 어떤가? 그는 지하실에 쭉 있었다고 했지만 그것을 증명할 수 없지 않은가? 해리 길모어는 어떤가? 그는 4층에서 배관을 고쳤다고 했지만 과연 그럴까?

체니는 그녀의 얘기를 다 듣고 난 후 대답했다. 조지 알렌이 지하실의 작업실에 혼자 있었지만 그 곳에서 돈이나 가방이 발견되지 않았으니 그것은 어디로 갔을까? 그리고 해리 길모어가 4층 화장실 배관을 고치고 있는 것이 4층에서 근무하는 회사원에 의해 목격되었다고 말했다.

"그 사람이 시간을 정확하게 말하지는 못했지만 3시 10분에서 15분 사이가 틀림없다고 말했어요."

모든 사람이 떠나고 이제 체니와 그의 부하들만이 남았다. 조용한 사무실에서 체니는 불 꺼진 파이프를 물고 오코너의 의자에 앉았다. 그가 스텐에게 몸을 돌리는 것을 보고 메리는 무슨 일이 일어날지 예측할 수 있었다.

"자, 스텐, 경찰서에 가서 이야기를 할 때가 온 것 같아."

스텐이 가냘픈 어깨를 약간 으쓱 하는 것을 보고 메리는 그가 자기의 눈길을 피하고 있다고 생각했다.

"얘기는 여태껏 하지 않았나요?"

"경위님도 당신 얘기를 듣고 싶어하실 테니 얘기를 조금 더 하자고. 경위님이 묻고 싶은 말이 있을 거구, 나도 더 물을 게 있어. 어쩌면 검사가 이 일에 개입하고 싶어할지도 몰라. 시간이 얼마나 걸릴지 몰라.

어쩌면 밤을 새워야 하겠지. 하지만 우리는 시간이 많아."

체니는 일어서서 한숨을 쉬었다.

"당신과 메리가 결혼한다고 하더군."

스텐은 고개를 끄덕였다.

"오늘 오후에 멋지게 한탕 했군. 만 달러쯤 되지?"

"내가 안 그랬다고 했…."

스텐이 화를 내며 말을 시작했다.

"알아들었어."

체니가 말을 막았다.

"하지만 만일 당신이 일을 저질렀으면 그 돈은 한푼도 쓰지 못하게 되리라는 것을 내가 약속하지. 우리는 지금부터 당신을 지켜볼 거야. 당신은 쓰는 돈이 어디서 났는지 일일이 증명해야 해. 당신은 별로 사는 재미가 없을걸. 그것보다도 결혼을 시작하는 방법치고는 형편없을 거야. 자, 가자고."

그가 스텐을 데리고 문으로 가서 형사에게 넘기고 돌아왔다. 그는 파이프를 물고 메리를 바라보았다.

"당신의 진술서도 작성해야 하지만 그것은 내일 해도 돼요."

"내가 한 말은 진실이에요."

메리는 힘없이 말했다.

"나도 그렇게 생각해요."

그녀는 한 가닥 희망이 솟기 시작했다.

"하지만 내 말을 믿는다면 스텐의 말도 믿어야 하지 않나요?"

체니는 고개를 흔들었다.

"당신은 당신이 한 말을 진실이라고 믿고 있어요. 그러나 달리 생각할 수도 있어요."

그는 몸을 앞으로 내밀며 담배 파이프로 메리를 가리켰다.

"이봐요, 우리가 모르는 어떤 범인—그는 봉급 수송방법이나 시간

등, 모든 것에 대한 코치를 받았겠지요—이 3시가 조금 지나서 주머니에 권총을 넣고, 코트 밑에는 종이 봉투를 숨기고 건물 안으로 들어왔다고 합시다."

그는 말을 중단하고 파이프를 다시 물었다.

"그 후에 일은 당신이 말한 대로 일어났어요. 당신과 스텐은 7층에서 복도로 밀려 나가고, 스텐은 계단으로 뛰어 내려가고 당신은 전화를 찾으러 갔지요. 돈을 강탈한 놈은 엘리베이터를 타고 2층에 가서 비상계단 창 밖으로 돈을 던졌지요. 그런 후에 계단을 두서너 계단 올라가서 엘리베이터를 타고 로비로 내려갔어요. 그가 돈을 가지고 있지 않으니 아무도 그를 의심하지 않아요. 그는 옆의 타일러 건물을 통해 골목길에 가서 돈을 주워서…."

메리는 그의 말을 막았다. 체니가 사건을 재구성하는 방향이 마음에 들지 않았다.

"하지만 스텐의 도움 없이는 아무도 그렇게 할 수 없어요."

"내 말이 그 말입니다."

그는 다음 말을 하지 않았다. 그럴 필요가 없었다. 체니의 뜻은 명백했다. 그들이 사무실에서 나와서 엘리베이터를 기다리는데도 메리는 그 생각이 머리를 떠나지 않았다. 메리는 전에 있었다는 봉급 강탈 사건이 머리에 떠올랐다. 스텐은, 자기가 알고 사랑하는 스텐은 그럴 사람이 아니라고 생각했다. 경사의 생각이 틀렸을 거야. 엘리베이터 문이 열리고 메리가 안으로 들어갔다. 카펫의 구석이 얼룩져 있는 것이 보였다. 메리는 울음이 터질 것 같았다. 왜 내가 자리를 잠깐만 비워도 엘리베이터가 이 꼴이지? 아무도 깨끗한 것에 관심을 보이지 않는다는 생각을 하니 지난 몇 시간 동안의 긴장이 겹쳐서 눈물이 왈칵 솟았다. 그녀는 1층에 갈 때까지 고개를 돌리고 있었다.

"2층으로 다시 올라가야 하겠어요."

체니가 무슨 말인지 이해할 수 없다는 표정을 짓자 그녀는 덧붙였다.

"화장실에 가서 옷을 갈아입어야 하겠어요."

엘리베이터 문이 다시 닫혔고 그녀는 카펫의 얼룩에서 눈을 뗄 수 없었다. 얼룩은 기름으로 보였다. 청소부가 깨끗이 닦을 수 있을까? 전에도 이렇게 얼룩이 진 적이 있었는데, 그때는 ….

어떤 생각이 떠오르자 그녀는 급히 무릎을 꿇었다. 얼룩을 손으로 만져 보니 기름이었다. 갑자기 가슴이 두근거리고 온몸이 긴장감에 휩싸였다.

그녀는 엘리베이터 벽을 바라보았다. 벽에는 눈에 거의 띄지 않는 문이 있었다. 작은 열쇠구멍만이 거기에 문이 있다는 것을 나타냈다. 그 문은 엘리베이터가 층 사이에 정지했을 때 탈출을 위해 마련된 것이다. 그런 일이 발생하면 옆의 엘리베이터를 같은 높이로 올려서 비상구를 열고 옮겨 타도록 되어 있었다. 엘리베이터 천장에는 다른 탈출구도 있었다. 천장을 바라보자 메리는 긴장감이 고조되며 몸이 새로운 흥분에 휩싸이는 것을 느꼈다. 메리는 엘리베이터가 정지한 것도 모른 채 지난번 천장뚜껑이 열려서 카펫에 흙과 기름이 떨어졌던 때를 생각하고 엘리베이터 벽에 붙은 접는 의자를 폈다. 의자를 펴자 뒤에 있던 작은 빗자루가 바닥에 떨어졌지만 메리는 개의치 않았다. 메리는 스커트를 걷어 올리고 의자 위에 올라가서 한 손으로 벽을 짚고 몸의 균형을 유지했다. 뚜껑을 위로 들어서 열었다. 손을 집어 넣고 기름기가 있는 엘리베이터 위를 더듬었다. 철제가 아닌 물건이 손에 닿았다.

메리는 그 물건을 잡으려고 발끝으로 서서 손을 뻗었다. 브래지어 끈이 끊어졌다. 손가락 끝에 물건이 걸렸다. 더 당기자 가방이 나타났다. 더 당겼다. 너무 많이 당겨 가방이 엘리베이터 바닥으로 쿵 소리를 내며 떨어졌다. 그녀는 조심해서 의자에 내려온 후에 의자를 벽에 붙였다. 기름이 묻은 가방을 내려다보고 섰는데 뒤에서 기척이 났다. 몸이 굳어지며 몸을 돌리려고 하는데 귀에 익은 목소리가 들렸다.

"결국은 당신과 스텐이 훔쳤다는 게 증명됐군."

해리 길모어가 일그러진 미소를 띠며 문 앞에 서 있었다. 그는 파란색 양복을 입고 한쪽 팔에는 바바리 코트를 걸치고 있었다. 그의 눈길이 사나웠다.

"우리가 훔친 게 아녜요."

메리는 쏘아붙였다.

"그러면 가방이 거기 있다는 것을 어떻게 알았지?"

"처음에는 몰랐어요."

그녀는 카펫의 얼룩진 부분을 가리켰다.

"하지만 지난번 당신이 엘리베이터를 고치러 엘리베이터 위로 올라갔을 때도 기름과 흙이 떨어졌다는 생각이 났어요. 그러자 어떤 생각이 떠올랐죠. 나는 당신이 어떻게 일을 저질렀는지는 몰라요, 해리. 그것은 경찰이 할 일…."

그녀는 말을 중단했다. 그의 손에 그날 오후에 본 권총이 나타났다. 메리가 정신을 차릴 틈도 없이 해리가 안으로 들어와서 천장의 뚜껑을 닫고 가방을 집어 들었다. 그리고 총을 움직였다.

"자, 가자구."

"가요? 어디로요?"

"여자 화장실로 가자구. 생각 좀 해야겠어."

그는 메리를 끌고 나와 복도를 걸어갔다. 왼쪽을 도니 복도 끝에 화장실이 있었다. 메리는 주머니에서 열쇠를 꺼내 문을 열었다. 화장실 안 한쪽 벽에는 철제 사물함들이 쭉 있었고, 긴 의자가 한 개, 등나무 가지로 만든 의자가 세 개, 둥근 테이블이 하나, 그리고 커피를 끓이는 전기불판이 하나 있었다.

"어서 옷을 갈아입어."

그녀는 그가 심상치 않다는 것을 알고 자기 사물함에 가서 자물쇠 번호를 돌렸다. 그녀는 회색 평상복을 꺼내 긴 의자에 놓고 핸드백도 그 옆에 놓았다. 그녀는 유니폼 재킷을 벗어 던지고 몸을 돌렸다. 블라우스를 벗고 스커트도 벗었다. 잠깐 동안 속옷 바람이었으나 창피한 것을 느낄 여유도 없이 평상복을 머리로부터 입었다. 앞으로 어떻게 된다는 것보다 해리가 혼자서 어떻게 일을 저질렀는지 알아야 한다는 생각이 들었다.

"스텐과 나를 7층 복도로 밀어내고 나서 당신은 2층으로 갔어요. 그때 가방을 엘리베이터 위에 숨겼고, 당신은 2층 비상계단으로 가서 사람이 없다는 것을 확인한 후에—그때 스텐은 벌써 로비로 내려간 뒤였겠죠—4층으로 올라갔겠군요. 옷은 언제 갈아입었지요?"

"4층 화장실 옆에 빈 사무실이 있어. 에델이 나를 4층으로 데리고 갔을 때 나는 작업복 밑에 낡은 양복을 입고 있었어. 나는 빈 사무실에서 작업복을 벗고 공구들만 놔두면 됐어."

"하지만 당신을 4층 화장실에서 봤다는 사무원 말은…."

"그것은 생각지도 않은 행운이었어. 2층 엘리베이터에서 나오는 내 모습이나 4층의 빈 사무실을 들락거리는 것을 본 사람은 아무도 없었지. 화장실에서 머리에 썼던 봉투를 찢어서 대변기에 흘려보내고 있는데 그 친구가 들어온 거야."

"그리고 오늘 밤에는 내가 엘리베이터를 떠나기만을 기다리고 있다가…."

"맞아. 그리고 당신만 귀찮게 굴지 않았다면 일은 쉽게 끝났을 거야. 기름과 흙을 흘리지 않고는 그 엘리베이터 뚜껑을 열 수 없어. 그런데 당신만이 유독 그것에 신경을 쓴 거야."

"하지만 그 많은 돈 봉투를 어떻게 하려고…."

"그래서 이 바바리 코트를 갖고 왔어. 오렌지 한 상자를 넣을 만큼 커다란 주머니가 두 개 있거든. 그런데 이제는 당신이 도와주게 됐어."

해리는 그녀의 핸드백을 조사했다. 도시락을 매일 싸 오기 때문에 그녀의 핸드백은 비교적 큰 편이었다. 해리는 가방을 열고 돈 봉투를 핸드백 속에 넣었다. 나머지는 바바리 코트 주머니에 나눠 넣었다. 그녀가 유니폼을 사물함에 거는데 그는 빈 가방을 사물함 바닥에 놓았다.

"여기 두는 게 좋겠어. 내일 경찰이 찾으면 당신 친구에게 더욱 불리하겠지."

"내가 사실을 말할 텐데 뭐가 불리해요?"

"당신은 말할 수 없어. 당신에게는 다른 계획이 있다구."

그는 권총으로 가자고 신호했다.

"우선 이곳을 같이 빠져 나가야 해. 로비에는 야간 경비원이 있을 것이고 경찰이 있을지도 몰라. 그러나 그들이 우리를 막지 못하게 해야 해. 알겠어? 나는 이미 전과가 두 번 있고, 이 시점에서 물러날 수는 없어. 총을 쏴야 한다면 쏠 거야. 그러면 당신이 제일 먼저 당해, 알겠어?"

메리는 엘리베이터가 아직도 그 곳에 있는 것을 보고 놀랐으나 그들이 자리를 뜬 시간이 얼마 안 된다는 생각이 났다. 해리는 왼손에 바바리 코트를 걸쳐 들고 있는 권총을 감췄다. 엘리베이터가 내려가는 동안 해리는 다시 경고를 되풀이했지만 그 말은 이미 메리의 뇌리에 깊숙이 새겨져 있었다. 그녀는 그가 말한 다른 계획이 무엇인지는 몰랐지만 한 가지는 확실했다. 만일 자기에게 무슨 일이 일어나거나 자기가 돌아오지 못한다면 경찰은 자기 사물함에서 가방을 찾을 것이고, 스텐은 교도소에 갈 뿐만 아니라 또 하나의 오점이 그를 죽을 때까지 따라다닐 것이다.

그들이 엘리베이터에서 나오자 체니 경사가 담배 판매대 옆에서 야간 경비원과 얘기하고 있는 것이 보였다. 메리는 지금이 그녀에게 주어진 단 한 번의 찬스, 마지막 기회라고 생각했다.

그러나 해리의 협박도 사실이라고 생각했다. 그는 필요하다면 틀림없이 총을 쏠 것이다. 그녀는 무모한 짓은 할 수 없었으나 은밀하게 핸드백의 걸쇠를 돌려 뚜껑을 열었다.

그 핸드백에는 멜빵이 두 줄 있었다. 두 줄을 제대로 들고 있으면 뚜껑은 열려도 풀어져 내리진 않았다. 그녀는 체니가 걸쇠가 풀어져 있는 핸드백 속을 보아 주기를 바랐다. 그녀는 해리 길모어가 가까이 있는 것을 의식하면서 얼어붙은 웃음을 지으며 걸었다. 그들이 담배 판매대 가까이 가자 체니와 야간 경비원인 찰리 도일이 기대고 있던 판매대에서 몸을 세웠다.

체니가 말했다.

"집에 데려다 주려고 기다리고 있었어요."

"고맙지만 됐어요, 경사님. 해리가 데려다 준대요."

메리는 입술이 굳어 말이 잘 나오지 않았다.

"그래요. 내가 데려다 주겠습니다."

메리는 얘기를 하면서 걸음을 멈추고 핸드백이 체니 쪽으로 향하게 몸을 돌렸다. 아무 일도 일어나지 않았고 해리의 바바리 코트가 그녀의 등을 밀었다. 그녀가 다시 걸음을 옮기려고 하는데 체니의 눈빛이 변하며 핸드백에 못 박혔다. 그가 〈메리, 잠깐 기다려〉라고 말할 때 메리는 재빠르게 움직였다.

문 쪽을 향하던 그녀는 오른발을 축으로 몸을 돌리며 핸드백을 휘둘렀다. 그녀는 권총을 든 손을 목표로 했지만 총이 발사될까 봐 움직이는 동작이 굳어 있었다. 그러나 해리 역시 그녀의 행동에 놀라 잠시 움직이지 못했다. 핸드백이 해리의 총을 든 손을 때렸고 핸드백의 멜빵한 가닥이 끊어졌다. 이어서 총소리가 울렸고 돈 봉투들이 바닥에 흩어졌다. 메리는 자기가 총에 맞지 않았다는 것을 알았으나 관성에 의해 해리 쪽으로 몸이 쓰러졌다. 해리는 그녀는 사납게 밀쳤고 메리는 대리석 바닥에 쓰러지면서 양 무릎이 벗겨졌다. 고통 속에서 두 번째 총소리가 들렸다.

그녀가 고개를 들었을 때 해리는 바닥에 쓰러져 있었고 체니와 야간 경비원이 그를 누르고 있었다. 체니가 권총을 빼앗았고 야간 경비원이 해리를 난폭하게 일으켜 세웠다.

체니는 너무나 놀라서 메리가 일어나 앉아 스커트를 내리는 것을 멀건이 바라보기만 했다. 그녀는 경사에게 화가 나지는 않았지만 무릎이 아파 왔고 지난 몇 시간 동안 간신히 참아 온 피로가 한꺼번에 몰려 왔다. 그녀는 그것에 대한 항의로 쇳소리를 질렀다.

"이제는 당신의 그 돌대가리도 스텐이 봉급을 강탈하지 않았다는 것을 알겠군요."

메리는 엉겁결에 그 말이 입 밖으로 튀어나오자 금방 창피한 생각이 들었다. 체니가 다가와서 그녀가 일어서는 것을 부축하며 괜찮으냐고 물었다. 메리는 엘리베이터에서 있었던 일과 자기가 아는 모든 것을 얘기했다. 얘기는 오래 걸리지 않았고 체니에게는 자세한 설명이 필요 없었다.

해리 길모어의 손에는 수갑이 채워져 있었다. 야간 경비원은 돈 봉투를 재빨리 줍고 난 후 전화를 했다.

"나는 이 놈을 데리고 가야 해요."

체니가 메리에게 말했다.

"하지만 당신을 집에 데리고 갈 경찰차가 곧 올 거요. 오늘 고생을 많이 했으니 집에 가서 무릎에 뜨거운 찜질이나 해요."

"해리는 어디로 데리고 가는데요?"

"경찰서."

"거기에 스텐이 있나요?"

"그래요."

"그럼 나도 같이 가겠어요. 스텐과 함께가 아니라면 집에 돌아가지 않겠어요."

"알았어요, 알았어."

그날 처음으로 체니가 웃었다. 그것은 진심에서 우러나는 인정어린 웃음으로 그의 얼굴을 완전히 바꿔 놓았다. 메리는 체니가 자기를 진심으로 대하고 있다는 느낌을 받고 마음이 편안했다. 그녀는 옷매무시를 고치고 손으로 머리도 다독거렸다. 떠날 준비가 끝나자 야간 경비원에게 말했다.

"부탁 좀 들어줄래요. 찰리?"

"말해 봐요."

"제발 청소부에게 엘리베이터 안의 기름 얼룩을 지워달라고 말해 줘요. 지금은 엉망인데 아침에 내가 출근하면 지금보다는 볼꼴 사납지 않았으면 해요."

찰리로부터 틀림없이 지시하겠다는 말을 들은 후에야 메리는 체니와 같이 스텐을 찾아갈 준비가 끝났다고 생각했다.

조지 하몬 콕스(Geoge Hamon Coxe, 1901~1984)
카메라맨 케이시라는 인기 캐릭터를 창조. 60편 이상의 장편을 발표. MWA의 그랜드 마스터 상을 수상.

도망가야 부처님 손

RUN—IF YOU CAN — 샬롯 암스트롱

그녀는 물론 거기 있었다. 그녀는 늘 거기 있었다. 여기는 그의 집이었으나 그가 집에 돌아올 때 그녀가 기다리지 않았던 것을 한 번도 본 적이 없다. 얼마나 늦게 들어오던 간에. 저기 그녀가 있다. 짙푸른 드레스를 입고 램프 아래 딱딱한 의자에 앉아 있다. 그녀는 그의 누나이자 유일한 가족이었고 여기는 그의 집이었으므로 그는 이곳에 돌아와야 했다. 갈퀴 손가락에 마디가 불거진 그녀의 늙은 손에 들려 있는 성경책이 그의 눈에 들어왔다.

"한밤중이야."

"나도 이제 어른입니다."

그가 신경질적으로 대답했다.

"마흔두 살이라고요. 알겠어요, 헬렌?"

그는 재빨리 거실을 지나 부엌으로 갔다. 그는 술병을 찾아서 한 잔을 따랐다. 차고는 닫혀 있다. 그가 신경을 써서 잠가 두었다. 그는 손에 잔을 들고 거실로 돌아왔다.

"난 이게 필요해요."

그가 푸념을 했다. 그는 그녀가 필요했다. 그녀는 그의 누나이자 그가 가진 전부였다.

"지금 무서워 죽겠어요. 난 지금 제정신이 아니에요. 하지만, 집에 무사히 왔어요. 아무도 본 사람은 없었어요."

"누가 널 봤어, 월터."

그녀는 절대로 틀림없다는, 특유의 미친 듯한 그리고 남까지 미치게 만드는 말투로 말했다.

"아니에요. 아니에요."

그는 눈동자가 굴러가고 다시 땀이 나는 것을 느끼면서 말했다.

"시골의 으슥한 곳이었어요. 개미 새끼 한 마리도 없었어요, 누님. 그녀는 마치 하늘에서 떨어지기라도 한 것처럼 갑자기 나타났다구요. 난들 어떡해요? 갑자기 그 작은 차가 나타난 걸요. 내가 어떻게 멈춰요? 내 실수가 아니라구요. 멈출 수가 없었다구요. 나중에 멈추기는 했지만."

그는 술을 꿀꺽 들이켰다.

"그 여자가 누군지도 몰라요. 내가 어떻게 알아요? 간신히 거기를 빠져 나왔어요. 코딱지만한 차가 뒤집혔더라고요. 차를 그렇게 작고 좁게 만들다니. 누님, 그녀는 죽었어요. 내가 더 이상 그녀를 어떻게 해볼 수가 없었다고요. 아무것두요."

"혼자였니?"

"물론 혼자였어요."

그가 뚱하게 말을 받았다.

"그리고 집에 무사히 왔잖아요? 차는 차고에 있어요. 꼼꼼하게 살펴 봤어요. 흔적하나 없어요."

"흔적이 있어."

"그런 소리 좀 집어치울 수 없어요?"

그가 소리쳤다.

"분명히 말하지만 그건 사고였다고요! 100킬로로 달리다가 어떻게 갑자기 멈춰요? 누님은 그런 일에 대해서 전혀 모르잖아요. 다시 말하지만, 아무도 본 사람이 없고 아무도 알지 못할 거예요. 그러니 누님도 아무 얘기하지 마세요."

"그럴 필요 없다."

깔보는 듯 확신이 담긴 목소리로 그녀가 말했다. 그녀의 길고 좁은 얼굴에는 아무런 색깔도 없었다. 늘 그랬다. 심지어 그녀의 입술도 색깔이 없었다. 그녀의 창백한 손이 성경책을 들어올렸다. 그리고 나지막한 소리로 말했다.

"아무것도 감춰지지 않을 거야."

그녀 때문에 그는 이따금 돌아 버릴 것만 같았다.

"나는 어떻게 할 수가 없었다고요. 그건 내 실수가 아니잖아요? 나는 장시간 운전을 해서 눈이 피곤했다고요. 어쩔 수가 없었어요. 이런 재수 없는 일… 내 말은, 유감이란 말이에요. 나도 기분이 좋지 않다고요. 정말이에요. 내일 자동차 타이어를 몽땅 갈아야겠어요. 반드시!"

그녀의 눈은 푹 꺼져 있었고 눈두덩에 그늘이 어른거렸다.

"그 얘긴 제발 그만둬요."

그녀는 아무 말도 하지 않았으나 그는 애원하듯 말했다.

"누님, 난 기운이 없어요. 난 충격을 받았다고요. 잠 좀 자야겠어요. 충격이 너무 컸는지 피곤해요. 그러니까, 그 얘긴 제발 그만둬요."

그녀는 아무 말도 하지 않았다. 그는 비틀거리는 걸음으로 침실로 사라졌다. 그는 잠을 잘 것이다. 그리고 수면제를 먹을 것이다. 만일을 대비해서 두 알을. 하지만 그녀는 허락하지 않을 것이다. 헬렌은 아무것도 허락하지 않는다. 그는 그녀에게서 도망쳐야 한다. 그러나 그는 도망칠 수가 없었다. 침대에 웅크린 채 그는 그녀가 아파트를 어슬렁거리며 밤새 모든 것을 정돈하는 소리를 들었다. 그리고 어쨌든 그는 안심이 되었다.

"늦었다."

그가 다음날 밤 직장에서 돌아와 문 안에 막 들어서면서 긴장되고 조심스런 모습으로 서 있었을 때 그녀가 던진 말이었다.

"수상한 사람 없었어요? 차고 주위에서 맴도는 수상한 사람이요."
"아니."
"버스가 어찌나 늦게 달리던지."
그는 불평을 하면서 발끝으로 몇 발자국 걸어 들어왔다. 그건 이상한 행동이었다.
"석간 신문에 났어요."
그는 그녀에게 말했다.
"그 여자 이름은 메리 러브리스. 러브리스, 별 이름 다 있죠? 죽은 걸 어떤 농부가 아침 네 시쯤에 발견했대요."
그는 입술에 침을 발랐다.
"뺑소니 사건이라고 신문에 났어요."
"그래."
그의 누나가 고개를 끄덕이며 동의했다.
"저녁 차려 놨다."
"그건 어쩔 수 없었어요. 난 그 여자를 보지 못했어요. 멈출 수가 없었다고요. 일부러 그런 건 아니에요. 누님, 그런 일은 매일 일어난다구요. 매일이요. 관두죠, 저녁이나 준비해 주실래요?"
"손만 씻고 오면 된다, 월터."

그러나 식탁에서 그는 쉴 새 없이 지껄여댔다.
"오늘 아침 동트자마자 차를 봤는데 아무렇지도 않았어요. 흠 하나 없었어요. 페인트가 벗겨진 데도 없었어요. 유리도 깨지지 않았고요. 하지만 몰고 다니지는 않을 거예요, 헬렌. 경찰은 연구소를 가지고 있어요. 경찰이 찾아낼 수도 있다는 걸 생각하면 무시무시해요. 먼지 한 점만으로도, 아마 덜미가 잡힐지도 몰라요. 차를 어떻게 하면 좋지요?"
"차를 어떻게 하든 그건 문제가 아니야."
"오, 제발."

월터는 의자를 뒤로 밀어냈다.

"누님은 제정신이 아니란 걸 알아요? 누님은 그걸 알아야 된다구요. 난 알아요. 내가 이 일을 처리하는 동안 누님은 절대 입을 다물고 있어요. 한마디도 하지 마세요."

그는 씽긋 웃으면서 음흉한 표정을 지었다. 그는 확신하고 있었기 때문이다. 그녀는 그가 가진 전부이자 유일한 가족이었고 그녀는 그를 배반하지 않을 것이다.

"널 위해서 기도했다."

"내가 그걸 어떻게 없애야 할지 좋은 방법이나 생각해 주는 게 날 돕는 거예요. 차 말이에요. 그 자동차."

(어떤 때는 그녀가 그렇게 멍청해 보일 수가 없다!)

"새 타이어 네 개를 산다고 칩시다. 경찰이 그런 걸 사는 사람을 체크할 수도 있지 않겠어요? 내가 페인트를 새로 칠한다고 칩시다. 똑같은 거예요. 경찰이 체크할 수도 있어요. 결국 그들이 알아챌 수 없는 기발한 방법을 생각해 내지 않으면 안 돼요."

그녀는 아무 말도 하지 않았다. 그녀는 다시 그 멍청한 표정으로 그를 쳐다보고 있었다.

"게다가."

그는 불안이 배어 있는 떨리는 목소리로 말을 이었다.

"사막이나 뭐 그런 데로 차를 몰고 가서 그냥 내버리고 올 수도 없어요. 경찰이 발견해서 눈 깜짝할 사이에 추적을 할 거예요. 또, 절벽으로 몰고 가서 바다에 빠뜨릴 수도 없어요. 경찰이 찾아낼 거예요. 틀림없어요. 어떻게, 왜 그렇게 됐는지 알려고 할 거예요. 그럼 차를 어떻게 없애야 하죠?"

그의 누나가 속삭였다.

"자동차는 어떻게 처리한다고 해도 네 죄는 어떻게 없앨 거니?"

"무슨 죄요?"

그는 고함을 질렀다.

"그래요, 나는 법을 위반했어요. 알아요. 물론, 그런 일은 신고를 해야 된다고 법에 써 있죠. 하지만 그런 사고로 골치 아프긴 싫었다구요! 불가항력적으로 일어난 사고로 경찰서에 끌려가는 건 견딜 수 없어요! 아무도 보지 못했어요. 아무도 몰라요. 아무도 모르게 될 거구요. 내가 차만 없앨 수 있으면… 그게 바로 핵심이에요."

"팔아 버리지 그러니?"

잠시 후 그녀가 말했다.

"어떻게 해야 하죠? 트레이드 인(역주: 새 차를 사기 위해 헌 차를 주고 차액을 지불하는 방법)이라도 해요? 그래서 경찰들이 중고차 매매장에서 찾아내게요? 그럼 기록에 남는 건 어쩌구요. 빌어먹을, 누님은 이해를 못하고 있어요."

"너보다는 이해를 잘 하고 있다."

그녀가 한숨을 쉬었다.

"젠장, 입이나 다물어요. 제발 좀 그래 줄래요? 어떻게든 차를 없애서 골치 아픈 문제를 털어 버릴 거예요. 방법이 있을 거예요. 내가 찾아낼 거예요. 입맛이 없어서 저녁 그만 먹을래요."

그는 그녀를 노려보았다.

"혹시 경찰에 가려는 정신 나간 생각을 하는 건 아니겠죠?"

"그럴 필요도 없을 거다."

그는 식탁에서 벌떡 일어났다.

"토요일까지 차고에 두면 별 일 없을 거예요. 토요일에 어떻게든 하겠어요."

"너 그렇게는 못…."

그는 말을 가로챘다.

"내기 할래요? 누님이 한 말에 돈을 걸어 볼까요? 태어나서 최초의 도박을. 누님은 점점 더 심해진다구요. 그걸 알아요, 헬렌? 난 텔레비전이라도 사야겠어요."

그는 거실을 향해 뭐라고 중얼거렸다. 그들은 텔레비전 한 대도 없었다. 그녀는 성경만을 고집스럽게 읽었다. 늘 그 성경책뿐이었다. 따라서 그가 텔레비전이라도 보고 싶으면 바에 갈 수밖에 없었다.

월터가 토요일 스포츠 면을 펴자마자 그의 눈에 광고란이 들어왔다. (역주: 미국신문은 스포츠 면 뒤에 자동차를 비롯한 매매 광고란이 있음) 신문을 들고 그는 부엌 창가에 가지런히 놓인 화분에 물을 주고 있는 그의 누나에게로 달려갔다.

"찾았어요. 이 바꿔치기 광고 좀 들어 봐요. 딱 맞는 광고예요. 이거예요, 헬렌. 〈교환 : 전망 좋은 땅 대신 최근 모델의 자동차를, 장거리를 갈 수 있는 좋은 상태여야 함. 신속한 거래를 원함. 전화는….〉"

"어때요?"

그는 기뻐서 소리쳤다.

"이거 괜찮죠? 그렇죠?"

그녀가 꾸부정한 등을 곧게 펴자 가는 목이 길어 보였다.

"차를 없애기에 완벽한 방법이에요."

그는 쉬지 않고 떠들어댔다.

"그 사람이 뭘 갖고 있든지 바꿀 거예요. 여기는 땅이라고 써 있어요."

"토지 한 움큼?"

"그래요! 나는 이 땅이 꼭 필요하다구요. 무슨 상관이에요? 이 사람은 장거리 여행을 가니까 금방 사라질 거예요. 이 사람이 차를 몰고 없어지는 게 차를 없애는 가장 간단한 방법이에요."

"그렇게 생각하니?"

그의 누나가 무뚝뚝하게 말했다.

"물론 거래니까 기록이야 남겠죠. 번호판, 엔진 번호, 자동차 회사와 모델, 그런 거 전부요. 하지만 뭐 어때요? 그게 뭐 대순가요? 경찰은 아무것도 알아내지 못할 거예요. 차는 멀리 가 버린 뒤일 텐데요. 그러니까 경찰이 어떻게 연구소로 차를 가져갈 수 있겠어요? 아주 좋은 방법이에요. 그리고 꼭 잘될 거예요."

"다른 방법도 있다."

"무슨 방법이요?"

"자수하는 거야."

"오, 정말! 누님, 감옥에 갈지도 몰라요! 그럴 순 없어요."

월터는 전화기로 달려갔다. 그가 전화를 끊었을 때는 약간 땀이 나고 있었다. 그는 그의 누나에게 말했다. (달리 말할 사람이 없으니까.)

"잘 됐어요. 그 친구가 지금 당장 와서 자기 땅을 둘러보자는데요. 그 사람 입장에서는 그렇게 나올 법하지 않아요? 약간 위험하긴 하지만 차를 몰고 가야겠어요. 겨우 2, 3마일 떨어진 곳에서 그를 만나기로 했어요. 그 땅이 언덕 높은 곳에 있다니까 거기는 인적이 없지 않겠어요? 여기는 아무도 찾아오지 않았고 벌써 4일이나 지났어요. 누님, 잘 풀리면, 그 사람 오늘 밤이라도 떠나고 싶어할 거예요! 이거야말로 내가 빠져 나갈 수 있는 좋은 기회예요."

그의 누나는 아무 말도 하지 않았고 그는 그런 침묵을 향해 소리쳤다.

"무슨 일이 생길 수도 있다구요? 아무 일도 없을 거예요. 누님이 입만 다물고 있으면 아무도 알 사람이 없다구요."

"나만 아는 건 아니야."

"하느님이 안다는 거죠, 흥?"

월터가 으르렁거렸다.

"누님은 가끔 말도 안 되는 소리를 해요. 자신이 어떤지 알아요, 헬렌? 누님은 미신에 빠졌을 뿐이에요. 그 따위 한심한 소리나 주절거리고. 누님은 세상이 어떻게 돌아가는지 모른다구요. 난 갈 거예요, 그리고 가서 차를 없애 버릴 거예요."

"주께서 함께 하시기를."

그녀는 우울하게 말했다.

"함께 하시건 말건, 나는 간다구요."
그는 땀을 흘리며 소리쳤다.

그러나 월터는 두려워지기 시작했다. 그는 사고 후 처음으로 차를 차고에서 뒤로 빼내 빙 둘러보면서 육안으로 발견할 수 있는 흔적이 전혀 없다는 사실에 적이 마음이 놓였다. 아직까지 잘못된 일은 없었다.

그는 조심스럽게 차를 몰고 나갔다. 경찰 순찰차를 보고 그는 식은땀이 흠뻑 났으나 경찰은 그를 쳐다보지도 않았다. 그가 집 주소를 확인하고 있을 때 마르고 키가 큰 젊은 사람이 오래 기다린 듯한 기색으로 그에게 다가왔다. 그는 자신의 이름이 앤더슨이라고 했다. 그는 허비할 시간이 없다는 듯 인사말조차 나누려 하지 않았다. 그는 자동차의 페인트나 코팅 따위의 겉모습에는 관심이 거의 없었다. 그는 본네트를 들어 올렸다. 그 다음 그는 운전석으로 들어왔고 그때까지도 초조하게 계속 떠벌이던 월터는 옆에 앉았다.

"나는 차를 잘 관리합니다."
월터가 지껄여댔다.
"그게 내 생활 신조예요. 나는 차를 험하게 모는 그런 사람이 아닙니다. 차는 중요한 재산이지요. 잘 나가는 것 같지 않으세요?"

차의 성능을 테스트하면서 앤더슨은 꼬불꼬불한 길을 따라 차를 몰면서 다시 꼬불꼬불한 언덕으로 올라갔다. 그는 차를 세웠다.

"여깁니까?"

월터는 주위를 살폈다. 아, 그렇지, 땅에 관심이 있는 것처럼 보여야 한다. 그들은 차에서 내렸고 월터는 다시 사방을 살폈다. 전망이 좋았다. 거대한 로스앤젤레스 분지가 그들 밑에 아름답게 펼쳐져 있었다. 땅은 대체로 평평한 편이었다. 앤더슨은 울타리 말뚝을 가리켰다. 넓이도 괜찮은 편이다.

"이겁니다."

젊은이가 서두르는 기색으로 말했다.
"당신만 땅이 좋다면 나는 차를 받겠습니다. 거래가 된 겁니까?"
월터는 입술에 침을 묻혔다.
"차를 받으면."
그는 천천히 말했다.
"당신은 가버리면 그만이지 않습니까? 하지만 이 부동산은—소유권 확인이라던가, 절차는요? 그러니까, 무슨 보장이 있습니까?"
"소유권 증서는 주머니에 있고 자세한 문제는 내 변호사가 위임장을 가지고 처리할 겁니다. 그 사람을 당장 불러오면 어떨까요?"
"아니 그럼 월요일까지 기다리지도 않을 건가요?"
"그렇습니다."
앤더슨이 단호하게 말했다. 월터는 그 부지를 다시 한 번 둘러보았다.
"괜찮아 보이는군요."
그는 인정했다.
"내가 어떻게 거절할 수 있겠습니까? 속임수만 없다면요. 앤더슨 씨?"
젊은이는 몸을 돌려 차로 걸어가기 시작했다.
"맘에 들지 않으면, 솔직히 말하세요."
"소유권 이전은요? 유치권은 없습니까?"
월터는 그를 따라 걸었다.
"말했지 않습니까? 광고를 보고 찾아올 사람은 많습니다. 자, 싫으면 말하세요. 나는 다른 차를 알아보겠습니다."
"저, 그러면…."
갑자기 월터는 그의 주목적을 떠올렸다.
"좋아요, 거래합시다. 지금부터, 차는 당신 것으로 땅은 내 것으로 하고 맞바꾼 겁니다. 좋습니까?"
"좋습니다."

태양이 내리쬐는 높은 언덕에서 바람을 맞으며 그들은 악수를 나눴다. 남은 건 서류작성뿐이었다. 월터가 말했다.

"커피나 마시면서 매듭짓는 게 어떻습니까? 내가 운전하지요. 여기서 우리 집으로 가는 지름길이 있습니다. 당신 변호사를 우리 집으로 오라고 하면 되지 않을까요?"

이제는 월터가 일을 끝내는 데 조바심을 내고 있었다.

"빨리만 되면 아무래도 좋아요."

언덕을 내려가면서 월터는 입을 다물고 있는 동승자의 얼굴을 계속 힐끗거렸다.

"그 여행은 오늘 밤에 떠납니까?"

"네, 곧장 갑니다."

"멀리 가나요?"

"내가 갈 수 있는 한 멀리요."

월터는 더 이상 말을 하지 않았다. 그들이 월터와 헬렌이 사는 아파트 빌딩에 도착하자 월터는 모퉁이를 돌아서 차고 안으로 차를 몰았다. 그는 차고 문을 연 채로 놔두었다. 충분히 안전할 것이다. 그는 손님을 계단으로 안내했다. 물론, 그녀는 거기에 있었다. 그녀는 늘 거기 있었다.

"이분은 내 누님, 헬렌입니다. 앤더슨 씨. 우리끼리 처리할 일이 있어요."

그는 그녀가 입을 열기 전에 재빨리 말을 이었다. 그의 목소리는 그녀가 끼어들 일이 아니라는 것을 말해 주고 있었다.

"커피 좀 만들어 줄래요, 헬렌?"

그는 앤더슨에게 전화기가 있는 곳을 보여 주었다. 앤더슨이 전화기를 사용하는 동안, 월터는 부엌으로 그의 누나를 따라 들어갔다.

"바로 그 일이에요. 그러니까 아무 말 말아요. 맹세해요. 입 다물고 있겠다고."

그녀의 창백한 입술이 벌어졌다. 움푹 꺼진 그녀의 창백한 눈이 동정적으로 그를 바라보고 있었다. 그리고는 눈이 감기고 입술도 닫혔다.
　두 사람은 거실 테이블에 앉아 각자 서류들을 작성하고 있었다. 헬렌이 조용히 커피를 가져왔다. 그리고 그녀는 물러나 옆방에 들어가 딱딱한 의자에 앉아 성경책을 손에 들었다. 변호사가 올 때까지 할 일이 아무것도 없게 되자, 더 이상 할 말도 없어진 것 같았다. 앤더슨은 옆방에 앉아 있는 헬렌을 힐끗 보다가 손목시계를 쳐다보았다. 월터는 이 부자연스러운 침묵을 더 이상 참기가 어려워졌다.
　"변호사가 오는 중이지요?"
　"몇 분 내로 올 겁니다."
　"서두르셔야 하지 않나요, 앤더슨 씨?"
　월터는 자신을 진정시키며 상대의 의사를 타진했다.
　"빨리 출발하고 싶은 심정입니다."
　"음, 우리가 할 수 있는 건 이 변… 당신 친구를 기다리는 것뿐이군요."
　월터는 눈썹을 내리깐 밑으로 눈을 치켜떴다. 그는 호락호락한 사람이 아니었다. 그들이 기다리는 그 사람이 진짜 변호사인지 어떻게 알겠는가?
　앤더슨이 다시 손목시계를 들여다봤다. 그는 옆방의 딱딱한 의자에서 꾸부정한 모습으로 조용히 앉아 있는 여자를 힐끗 보았다. 월터가 말했다.
　"왜 차가 없습니까? 당신 같은 젊은이가…. 좀 궁금한데요."
　"차는 있습니다. 다만 형편없이 망가졌어요."
　"보상교환도 안 될 정도인가요?"
　"신경 쓸 가치도 없어요."
　월터의 근육에 미세한 떨림이 스쳐 갔다. 잠시 후 그가 말했다.
　"얼마 동안 그 땅을 소유하셨다고 했지요, 앤더슨 씨?"
　"그런 말은 한 적이 없습니다."

젊은이가 말을 끊었다.

"일 년 좀 넘었습니다."

그가 약간 차갑게 대꾸했다.

"커피 더?"

월터가 일어서려고 하면서 물었다.

"아니오, 됐습니다."

월터는 한숨을 쉬고는 그의 누나가 일어나 그들에게 다가와 마치 그러니까, 마치 보통 여자처럼 행동하기를 바랐다. 즐거운 모습으로 약간 호들갑을 떨면서…. 그러나 그녀는 저쪽에 죽은 듯이 앉아 있었다. 그는 고개를 돌려 앤더슨과 눈을 맞추고 작은 목소리로 말했다.

"우리 누나는 굉장한 성경 애독자예요. 좀 빠졌다고나 할까요, 아시죠?"

"그렇군요."

그러나 그는 월터의 누나를 쳐다보지 않았다. 그리고 월터의 말도 듣고 있지 않았다. 그의 눈은 월터의 왼손을 보고 있었다. 월터는 왼손을 쥐었다 폈다 하는 신경질적인 동작을 규칙적인 속도로 계속했다. 월터는 너무 긴장해서 침묵을 유지할 수가 없었다.

"나로 말하자면 전형적인 현대인이죠. 나는 최선을 다하면서 살아갑니다. 나는 비즈니스 맨입니다."

그의 말은 걷잡을 수 없게 이어졌다.

"내 생각에는, 당신 부동산을 6개월 내지 1년만 더 잡고 있으면 괜찮은 이익이 날 것 같은데요. 지금도—이건 잘 알고 계시죠?—중고차보다는 시세가 좋을 겁니다."

"거래는 끝난 걸로 아는데요."

앤더슨이 딱딱하게 말했다.

"오, 물론. 물론, 거래는 됐죠. 불만은 없습니다. 그런 뜻은 아닙니다. 앤더슨 씨. 하지만, 뭐 슬쩍 비춰 주셔도 손해날 건 없잖습니까? 호기심 때문에 그러는데요. 말 좀 해주시죠. 꿍꿍이속이 뭡니까?"
"뭐라구요?"
"그 땅의 문제가 뭡니까?"
앤더슨이 일어나려고 했다.
"아, 아닙니다."
월터가 급히 말을 꺼내면서 서류들에 손을 올려 막았다.
"거래는 끝난 겁니다. 내 말은 그겁니다. 내가 보기에 손해를 보시는 것 같아서요. 그게 궁금했을 뿐입니다."
그 남자는 석상처럼 그를 바라보았다.
"그저, 내 경험으로 미루어…."
월터는 자신을 주체하지 못하고 계속 지껄여 댔다.
"세상에 공짜로 얻어지는 건 없어요. 이 세상에는 말입니다. 하, 하!"
이때 초인종이 울렸다.
"문 좀 열어 줄래요, 헬레?"
그녀가 몸을 일으켰다. 공손하게 대답하는 어떤 남자의 목소리가 들렸다.
"로버트 앤더슨 씨를 찾는데요."
헬렌은 아무 말도 하지 않았다.
"아, 바로…!"
월터가 일어섰다.
"여깁니다."
그가 밖으로 소리쳤다. 그는 안도감이 들었으나 호기심은 여전히 충족되지 않은 채 강하게 남아 있었다. 그래서 그는 젊은이를 내려다보면서 작은 소리로 물었다.
"이봐요, 저 친구가 시체가 묻힌 곳을 아나요? 혹시?"
앤더슨의 눈이 번뜩였다. 그가 변호사의 이름을 불렀다. 그들에게 다가오고 있는 노인은 잘 차려입었고 말투나 행동이 명료한 비즈니스 맨 같았다. 절차는 몇 분밖에 걸리지 않았다. 몇 개의 서명이면 족했다. 세 사람이 모두 일어서자 월터가 자동차 키를 건네주었다. 앤더슨은 키를 낚아채고 거실을 가로질러 재빨리 움직였다. 월터도 헐레벌떡 따라갔다. 그는 이제 이 남자가 도망치고 있다고 확신했다. 하지만 무슨 이유에서일까?

여전히 의자에 앉아 있는 헬렌에게 말을 하기 위해 앤더슨이 갑자기 멈추는 바람에 월터는 하마터면 그와 부딪힐 뻔했다.

"만나서 반가웠습니다."

그녀의 창백한 입술은 열리지 않았다. 〈오, 정말 한심한 여자로군, 입을 다물라고 해서 헤어질 때 인사도 하지 않다니〉 하고 월터는 생각했다.

"괜찮아요."

월터가 말을 가로챘다.

"저 신사분에게 〈잘 가세요〉라고 하면 돼요, 헬렌."

"주께서 신사 양반과 함께 하시기를."

이 대답은 앤더슨을 잠시 머뭇거리게 하기에 충분해서, 그 동안 서류 가방을 손에 든 변호사가 다가올 수 있었다.

"안녕히 계세요."

변호사가 헬렌에게 유쾌하게 대답하고 월터에게 말했다.

"안녕히 계세요. 어쩌면 다시 볼 수도 있겠군요. 그 땅이 잘 되기를 바랍니다."

그러자 월터가 그들의 등 뒤에서 사정을 했다. 그는 끓어오르는 호기심을 주체할 수가 없는 모양이었다.

"이봐요, 신사분들, 잠깐만요. 그 땅은 5, 6천은 나갈 텐데요. 문제가 없다면 말이죠. 좋아요. 이제 나는 그 땅에 발목을 잡혔잖습니까? 그리고 그건 괜찮다 이겁니다. 하지만 꿍꿍이속이 뭡니까? 제발 좀 압시다."

변호사가 엄숙하게 말했다.

"꿍꿍이속은 없습니다."
"하지만 꿍꿍이속이 있을 수밖에 없어요."
"그리고 꼭 알아야겠다, 이거지요?"
앤더슨이 거칠게 물었다.
"밥(역주: 로버트의 애칭), 안 돼."
변호사가 의뢰인의 팔을 잡으며 말했다.
"여기 일은 끝났어. 가자구."
"잠깐만."
월터가 필사적으로 말했다.
"일이 점점 재밌게 되어가는군요."
"재밌게?"
앤더슨이 말했다.
"나는 결혼할 신부를 위해서 꿈에 그리던 집을 지으려고 그 땅을 샀었소. 신부는 이제 없어요."
"알 만합니다. 알 만해요."
월터는 갑자기 김이 빠져서 거의 주저앉을 뻔했다.
"미안합니다. 사적인 문제인 줄 몰랐어요. 그럼 괜찮습니다."
그는 고개를 끄덕였다.
"네, 괜찮아요."
"괜찮아?"
앤더슨이 화가 치밀어 오르는 소리로 말했다.
"괜찮아?"
월터는 진땀이 나기 시작했다. 그는 뒤를 돌아보았다. 손에 성경책을 들고 있는 그의 누나가 고개를 빳빳이 든 채 창백한 입술로 미소를 짓고 있었다. 요즈음 그를 돌아버리게 만드는 그 미소를.
"그녀는 지난 토요일 밤에 내 스포츠카를 운전했소."
앤더슨이 격렬하게 말했다.

"그런데 어떤 자식이 그녀를 물 속에 뒤집히게 했소. 그래서 꿈에 그리던 집이 날아갔고 나는 그 땅을 두 번 다시 보기 싫은 거요. 그게 땅에 있는 문제요."

이제 월터는 땀뿐만이 아니라 머리에서 발끝까지 떨고 있었다. 헤어지는 악수를 청한 것은 변호사 쪽이었다. 월터는 그의 손을 만질 엄두가 나지 않았다.

"저, 실례를 했습니다. 미안합니다. 그런 뜻은 아니었어요. 잘 가십시오. 내 말은… 주께서 함께 하시기를."

월터는 간신히 대답을 했는데, 갑자기 킥 하는 높은 음의 소리가 그의 목에서 튀어나왔다.

"가자구, 밥."

변호사가 작은 소리로 말했다. 그러나 앤더슨이 말했다.

"당신 쪽은 무슨 문제가 있소?"

월터는 아래턱이 떨려 왔다.

"아닙니다. 아니에요."

월터는 주먹을 쥐었던 손을 폈다. 손바닥이 젖어 있었다.

"꼭 꿍꿍이속이 있을 필요가 있나요? 내 쪽은 아무것도 속이는 게 없습니다. 전혀 없어요."

월터를 쳐다보는 것조차 짜증난 앤더슨은 헬렌에게로 시선을 옮겼.

"뭡니까?"

그는 그녀에게 날카롭게 물었다. 그러나 그녀의 입술은 여전히 다물어져 있었다. 갑자기 이때 월터는 뭔가에 씌운 것 같았다.

"당신 미쳤어, 헬렌!"

그는 찢어지는 듯한 소리를 질렀다.

"당신들 압니까? 저 여자 미쳤어요."

그는 두 남자에게 애원하듯 말했다.

"저 여자가 하는 말은 하나도 믿지 말아요! 입 다물어!"

그는 여전히 침묵 속에 있는 그의 누나에게 으르렁거렸다. 이번엔 변호사도 떠나려던 마음을 바꿨다. 앤더슨이 사형을 선고하는 듯한 준엄하고 조용한 목소리로 말했다.

"당신 털어놓는 게 좋을 거야. 자동차에 무슨 문제가 있지? 꿍꿍이속이 뭐야?"

샬롯 암스트롱(Charlotte Amstrong, 1905~1969)
극작가로 데뷔한 미국의 여성작가. 『작은 독약병』으로 MWA 장편상 수상.

끊어진 연줄

LINE OF COMMUNICATION — 앤드류 가브

래리 시튼은 두 사람이 마루에 뚫린 문을 통해 올라오는 것을 바라보았다. 먼저 홀쭉한 놈이 나이프를 펴서 들고 올라왔다. 안전하다는 것을 확인한 후에 다른 놈이 올라왔다. 몸집이 큰놈이 문을 내려놓고 완전히 닫히지 않게 발로 받쳤다. 그리고 가지고 온 노끈 다발을 풀어 손잡이를 만들었다. 원래 손잡이는 떨어져 나갔고 구멍만 있었다. 놈들이 지난번에 왔을 때는 손잡이가 없어 위에서 문을 여는 데 애를 많이 먹었다. 홀쭉한 놈이 래리에게 종이와 더러운 봉투, 그리고 볼펜을 주었다.

"어서 써."

래리는 시키는 대로 썼다.

사랑하는 아버지.

저는 아버지에게 전화를 한 사람의 말이 사실이라는 것을 증명하려고 이 편지를 씁니다. 그들은 나를 아무도 오지 않는 곳에 가둬 두고 있어요. 그들은 자기들이 요구하는 5천 파운드를 내놓지 않으면 나를 죽이겠다고 하는데 그 말은 사실입니다. 그들은 내일 밤 10시에 다시 전화할 거예요. 제발 그들 말대로 하시고 경찰에는 연락하지 마세요. 저의 건강은 괜찮지만 겁이 나요. 그들 중 한 사람은 칼을 갖고 있어요. 아버지를 다시 보고 싶어요.

래리

래리는 봉투에 주소를 쓰고 편지, 볼펜과 함께 돌려줬다. 홀쭉한 놈이 편지를 읽어 보고 만족스럽다는 소리를 냈다. 몸집이 큰놈이 고친 손잡이로 문을 들고 두 사람은 밑으로 내려갔다.

"조금만 더 있으면 끝나."

홀쭉한 놈이 말하고 밑에서 빗장을 걸었다. 래리는 놈의 말을 믿을 수 없었다. 아버지가 돈을 안 줄까 봐 그러는 것이 아니었다. 아버지는 부자였고 아들을 살릴 기회가 있다면 제아무리 가느다란 희망이라도 버리지 않을 것이다. 아버지는 납치범들이 돈을 받은 후에 약속을 지키고 자기를 풀어 주기만을 바랄 것이다.

그러나 래리는 그들이 그럴 수 없다는 것을 알고 있었다. 그들은 자기를 놓아줄 수 없었다. 왜냐하면 래리는 그들이 누군지 알고 있었고, 그들도 래리가 알고 있다는 것을 알고 있었다. 그들이 1주일 전쯤까지 아버지의 공장을 확장하는 공사장에서 인부로 일하고 있는 것을 래리는 봤다. 그들의 이름은 몰랐지만 풀러나면 경찰에 그들에 대한 정보를 충분히 제공해서 그들을 잡게 하는 것은 문제가 아니었다. 따라서 놈들은 놓아주지 않을 것이다. 돈만 받으면 자기를 죽일 것이다. 래리는 그들의 속셈을 홀쭉한 놈의 사나운 눈에서 읽을 수 있었다.

래리는 자기가 갇혀 있는 곳을 필사적으로 살폈다. 그 곳은 헛간 위의 다락으로 텅 비어 있었다. 사방 20자쯤 되었고 더러웠다. 문이라고는 바닥에 있는 것뿐이었고 들창도 없었다. 경사진 지붕 밑은 평평했고 그 곳에는 채광창이 있었으나 유리는 깨져서 없었다. 그러나 채광창은 높이가 바닥에서 3미터 가량 됐고 철막대가 끼워져 있었다. 도망칠 구멍은 없었다.

두 놈과 싸워서 이길 가망도 없었다. 래리는 16세였고 건장했으나 칼과 대항할 수는 없었다. 그리고 그들은 언제나 두 명이 함께 나타났다. 1대 1의 기회는 절대로 주지 않았다. 그에게 무기가 있다면 문제는 달라질 것이다. 그러나 다락 안에는 무기가 될 만한 것이 없었다. 유리가 몇 조각 있었으나 너무 작아 칼에는 대항할 수 없었다. 글을 쓸 때 밑에 받치고 쓰라고 갖고 온 오렌지 나무 상자가 있었으나 너무 약해 무기로 쓸 수는 없었다.

그것 외에 그들은 거의 아무것도 남기지 않았다. 플라스틱 물통과 물잔이 하나씩. 플라스틱 양동이가 하나. 플라스틱 접시에는 아직도 먹다 남은 형편없는 저녁 찌꺼기가 있었다. 밤에 쓰라고 준 초가 몇 개. 문의 손잡이를 고치고 난 뒤에 구석에 처박아 놓은 노끈 다발. 그것이 전부였다.

래리는 잠시 오늘 처음 나타난 노끈 다발을 바라보았다. 그것은 기계로 감은 것으로 다발은 컸고, 질겼다. 그것을 쓸 수 있을까? 기상천외한 여러 가지 아이디어가 머릿속에서 들끓었다. 그것으로 놈들이 걸려 넘어지게 할 수는 없을까? 그물을 짜서 놈들을 덮어씌울 수는 없을까? 한 놈의 목을 조일 수는 없을까? 별로 가망성이 있을 것 같지는 않았다.

들창이 있다면 끈에 무엇을 매달아 사람들의 시선을 끌 수도 있으련만 창이 없었다. 채광창이 낮았으면 줄에 메시지를 매달아 노끈 다발을 밖으로 던져라도 보겠는데, 과연 그것이 가능할까?

그는 오렌지 궤짝을 채광창 밑에 놓고 올라갔다. 상자는 오래 됐고 낡아 삐거덕거렸다. 그는 조심해서 팔을 쳐들었다. 아직도 채광창에 손이 닿으려면 약 60센티 정도가 모자랐다. 그리고 채광창에 끼워진 철막대 사이가 약 10센티밖에 안 되어서 노끈 다발을 밖으로 내보낼 수도 없었다. 그리고 설사 밖으로 던졌다고 하더라도 지붕에 얹혀 있을 것이 뻔했다. 그는 지붕에서 멀리 날려 보낼 로켓이 필요했다.

로켓? 로켓을 구할 수는 없었지만 다른 생각이 꼬리를 물었다.

그는 상자에서 내려와 계속 생각에 잠겼다. 할 수 있을까? 그는 채광창 사이로 하늘을 바라보았다. 엷은 흰 구름이 빨리 지나가고 있었다. 하늘에는 바람이 심하게 불고 있었다. 채광창을 통하여 바람이 부는 것을 느낄 수 있었다.

그는 사방을 둘러보며 자기가 갖고 있는 재료를 살폈다. 노끈 다발. 유리 조각. 나무 상자. 자기가 입고 있는 나일론 셔츠. 그래, 해볼 만해. 밑져야 본전이야.

그는 유리 조각들을 살펴봤다. 단면이 날카로운 것이 한 개 있었다. 그만하면 됐다. 다음에는 나무 상자를 조사했다. 옆면의 엷은 판자가 자기가 원하는 것이 될 수 있었다. 시간은 걸리겠지만 그에게 시간은 많았다. 그는 촛불을 켜서 컵 속에 세웠다. 다음에는 셔츠를 벗어 바닥에 폈다. 조심만 한다면 셔츠 꼬리 부분에는 충분한 재료가 있었다. 우선 글을 써야 해. 무엇으로 쓰지?

그는 주위를 둘러봤다. 바닥에 있는 흙에 물을 부어서 쓸까? 아니면 서까래? 그는 서까래를 손으로 훑었다. 검댕이 잔뜩 묻었다. 너무 많아서 긁어 낼 지경이었다. 그는 검댕을 바닥에 모으고 물을 부어 이겼다. 상자에서 나무 조각을 뜯어 셔츠에 묻혀 봤다. 잉크만큼은 좋지 않았으나 그만하면 쓸 만했다.

나무 상자를 자 대신 써서 셔츠 자락에 조심해서 4각형을 그렸다. 이런 일을 마지막으로 한 것은 5년 전이었다. 그러나 그때 아버지가 가르쳐 준 것을 잊지 않았다. 문제는 크기가 아니라 비율이었다. 그는 그것을 기억했다. 높이가 폭보다 1.5배 커야 했다. 그리고 접는 부분을 남겨 둘 것. 그리고 네 곳에 살을 끼울 주머니를 만들 것. 셔츠에 그린 대로 자르는 일이 오래 걸렸다. 나일론은 강했고 쉽게 잘라지지 않았다. 깨어진 유리의 단면은 가위처럼 잘 자를 수 없었다. 일을 끝냈을 때 울퉁불퉁했지만 그만하면 그런대로 된 것 같았다. 이제는 대오리 살을 만들어야 했다. 나무 상자에서 가느다란 오리목을 뺐다. 유리로 한쪽에 홈을 냈다. 반대쪽에도 홈을 내고 분질렀다. 그것을 세로 받침대로 쓰면 됐다. 그는 차근차근 조용히 온 정신을 쏟으며 일했다. 납치범들이 시계를 빼앗아 갔기 때문에 시간을 알 수 없었다. 초가 다 닳으면 다른 초에 불을 붙여 일했다.

가장자리를 꿰매고 살을 끼울 주머니를 만드는 데 시간이 많이 걸렸다. 상자의 못을 빼서 구멍을 뚫고 노끈을 실로 썼다. 살이 교차하는 곳은 노끈으로 맸다. 일을 끝내고 뒤로 물러서서 자기의 작품을 바라보았다. 형편없는 연이었지만 그것을 채광창 밖으로만 보낼 수 있으면 틀림없이 하늘을 날 수 있을 것이다. 높이 뜬 후에 날려 보내면 자기가 쓴 메시지와 함께 곧 떨어지겠지. 하지만 정작 연에 메시지를 쓸 때가 되었을 때 정보가 될 만한 내용이 거의 없다는 것을 깨달았다. 그는 자기가 어디에 있는지도 몰랐다. 그가 얻어맞아 정신을 잃은 뒤 이곳에서 정신을 차릴 때까지의 일은 전혀 기억이 없었다. 자동차 소리가 멀리서 들려 오는 것으로 보아 도시에 있다고는 생각했지만 런던인지 다른 도시인지는 알 수 없었다. 건물 꼭대기의 다락에 있다는 말밖에 쓸 수 없었고, 그래 봐야 구조되기는 글렀다는 생각이 들었다. 납치범들이 아버지 공장에서 근무했다는 말은 쓸 수 있지만 그것도 시간 내에 구조하는 데는 그다지 도움이 되지 않는다. 게다가 연에는 많이 쓸 곳도 없었다. 그리고 임시변통으로 만든 잉크로 글을 쓰려면 글씨가 커야 읽을 수 있었다.

그는 곰곰이 생각했다. 자세한 내용을 표시하지 않고는 연을 하늘에 날려 보내도 소용이 없었다. 그래. 연에 내 이름을 쓰고 연줄을 끊지 말고 연을 띄우기만 하면 돼. 바람이 자면 연은 떨어질 것이고, 연을 발견한 사람이 줄을 쫓아 올 거야. 그게 가장 좋겠어.

그는 공들여 메시지를 썼다. 커다랗게 대문자로 썼다.

나는 래리 시튼임. 경찰에 연락. 줄을 끊지 말 것.

그만하면 됐다고 생각했다. 신문을 읽는 사람이면 지금쯤은 다 자기 이름을 알 것이라고 생각했다.

그는 다시 생각했다. 연이 떠오르면 연줄은 얼마나 풀어야 하나? 짧

을수록 좋다고 생각했다. 경찰이 수색하는 데도 쉽고 빠르니까. 그러나 연이 지붕이나 나무 위에 떨어지면 어쩌지? 그러면 연이 발견되지 않을 수도 있어. 아냐, 연을 높이 띄우고 메시지를 줄에 여러 개 달자구. 그러면 연이 어디 떨어지더라도 메시지가 한 개는 사람 눈에 뜨일 가능성이 있어. 그는 나일론 조각을 더 찢어서 메시지를 더 만들었다.

이제는 연을 띄워야 했다. 연을 노끈 다발에 매고 다시 나무 상자 위에 올라섰다. 채광창의 철 막대 사이로 연을 겨우 내보낼 수 있었다. 연은 지붕에 얹혀서 날지 않았다. 바람에 약간 움직였으나 바람을 제대로 받지 못했다. 연을 세워야 했다.

그는 잠깐 생각한 뒤에 상자에서 판자를 떼어내서 기다란 조각으로 쪼갰다. 조각 네 개를 묶어 다시 기다란 장대를 만들었다. 다시 상자 위에 올라서서 장대를 채광창의 철 막대 사이로 넣었다. 한 번 실패한 뒤 다음 번에는 연의 중심을 찾아 연을 들 수 있었다. 연은 즉시 바람을 받고 떠올랐다. 줄이 팽팽해졌다.

래리는 깜깜한 밤하늘로 대충 감각으로 줄을 풀어 주며 줄의 길이를 짐작하는 수밖에 없었다. 약 60미터쯤 나갔다고 생각되었을 때 줄에 메시지를 쓴 천 조각을 달았다. 줄을 한참 더 풀고 또 메시지를 달았다. 줄의 거의 끝에 마지막 천 조각을 달았다.

이제는 줄을 묶는 일만 남았다. 노끈은 두꺼운 종이 원통에 감겨 있었다.

원통을 채광창의 철 막대 밑에 옆으로 걸쳐놓으면 되었다. 물론 아침에 그것이 납치범들에게 발견될 가능성도 있었다. 그러나 그것 아니라도 노끈이 없어졌다는 것이나 나무 상자가 부분적으로 부서졌다는 것도 발견될 가능성이 있었다. 이 모든 것이 도박이었다.

래리는 노끈 끝을 원통에 단단히 매고 다시 상자 위로 올라갔다. 원통을 철 막대 밑에 걸쳐놓으려면 발끝으로 서서 온몸을 펴야 했다. 래리는 상자 위에 서서 원통을 손가락으로 잡고 몸을 쭉 폈다. 갑자기 상자가 부서졌다. 그는 넘어지면서 원통을 놓쳤다. 그가 고개를 쳐들었을 때 원통은 철 막대 사이로 빠져 나가고 없었다.

래리는 찢고 남은 셔츠를 입었다. 그 위에 재킷을 걸치고 절망에 빠져 바닥에 앉았다. 연이 날아갔으니 이제 메시지는 소용도 없었다. 〈나는 래리 시튼임. 경찰에 연락. 줄을 끊지 말 것.〉 그런 말만 가지고는 아무도 자기를 찾을 수 없을 것이다. 여태껏 공들인 것이 모두 헛수고였다.

키톤 납치사건 수사 책임자인 그랜트 경감은 래리 시튼의 아버지와 같이 있었다. 그는 그날 아침에 래리로부터 온 편지를 읽고 앞으로 어떤 조사를 취할까 의논 중이었다. 걱정으로 잠을 이루지 못해 피로한 기색이 역력한 시튼은 몸값을 치르겠다고 하면서 경찰이 개입하지 않기를 바랐다. 그랜트는 함정을 만들자고 했다. 두 사람이 서로 다투고 있는데 엘리스 경사가 들어왔다.

"이것이 방금 도착했습니다. 북 런던의 프림로즈 힐 지역에서 발견됐답니다."

경사는 연을 책상 위에 놓았다. 연에는 약 6미터 가량의 짧은 노끈이 달려 있었고, 노끈 끝은 실이 끊겨 있었다. 그랜트는 메시지를 읽고 연을 조사했다.

"또 하나의 속임수일 가능성이 있습니다."

그는 벌써 거짓 정보에 상당한 시간 낭비를 한 바가 있었다. 시튼은 고개를 흔들며 흥분해서 말했다.

"이건 진짜요. 틀림없어요. 그 애가 어릴 때 나와 둘이서 이런 연을 만들었어요. 우리는 전문가 뺨치게 잘 만들었는데 그 앤 아직까지 그걸 기억하고 있었던 겁니다. 연의 모양이나 비율이 그때와 똑같습니다. 나는 그가 이 연에 직접 서명한 것처럼 이 연을 그 애가 만들었다고 자신해요."

"그렇습니까?"

그랜트는 한결 힘이 솟았다.

"이것을 발견한 정확한 위치는 어디야, 경사?"

"루시가 12번지 창문에 걸려 있었답니다. 그 집은 하숙집인데 포브스라는 하숙생이 오늘 아침에 발견하고 그 곳 지서에 신고했습니다."

"나머지 노끈도 찾아서 따라갈 수 있을 겁니다. 그러면 래리가 있는 곳을 알게 될 지도 모릅니다."

시튼이 열심히 말했다. 그랜트가 고개를 끄덕였다.

"갑시다."

그랜트 경감은 망원경으로 루시가 12번지 건물의 윗부분을 살폈다. 잠시 후에 그가 말했다.

"노끈이 처마의 물받이 통에 걸려 있습니다. 지붕을 넘어간 것 같습니다. 다음 길에 가서 봅시다."

집을 돌아가자 끈이 있었다. 끈은 지붕을 타고 길을 건너고 있었다. 그들은 길을 빙빙 돌며 끈을 따라갔다. 끈은 여러 번 끊겨 있었고, 그런 때마다 근처를 조사해서 끈의 다른 끝을 찾았다. 끈에 달린 흰 천 조각이 그들의 수색작업을 두 번씩이나 도왔다.

끈은 건물을 넘어, 나무를 지나, 녹슨 철로 위에 있는 두 대의 석탄 화차 연결부위 위를 지나, 공장 지붕을 지나고 있었다. 첫 번째 석탄 화차에서는 인부들이 하역 작업을 하고 있었다. 그들의 희망이 점점 고조되고 있을 때 종이로 된 원통이 노끈이 끊어진 채 가로등에 매달려 있는 것을 발견했다. 그 다음에는 아무것도 없었다.

"래리가 원통을 놓친 모양입니다."

시튼은 실망이 역력한 목소리로 말했다. 그랜트는 고개를 끄덕였다.

"끈을 매기 전에 방해를 받았는지도 모릅니다. 재수가 없군요. 그래도 일을 할 수 있는 실마리는 찾은 셈입니다."

그는 경찰차의 무전기로 긴급 지시를 내렸다. 많은 경찰력과 소방대원이 2시간을 소비해서 노끈을 전부 찾았다. 모든 노끈 조각들에는 번호가 부여되었고, 그들의 정확한 위치가 지도에 기입되었다. 노끈은 모두 여덟 조각이었다. 길에서 끊어진 것으로 보아 자동차에 끊긴 것이 분명했다.

경찰청에 돌아온 그랜트 경감은 노끈의 전체길이를 쟀다. 자동차에 끌려간 부분을 고려할 때 전체 길이는 약 600미터에 가까웠다. 커다란 지도상으로 노끈을 수집한 위치를 기준해서 볼 때 노끈은 연을 발견한 곳에서 대체적으로 북쪽을 향하고 있었다. 루시 가에서 원통을 발견한 곳까지의 직선거리는 약 360미터였다. 그 방향 어디에, 먼 곳일지 모르지만 래리가 있었다. 그랜트가 말했다.

"당신은 연에 대한 전문가입니다, 시튼 씨. 600미터의 줄에 매달려 날던 연이 줄을 놓으면 어떻게 됩니까?"

시튼은 고개를 흔들었다.

"말하기 곤란합니다. 연마다 다르게 움직입니다. 바람의 강도와 연속성에 크게 좌우됩니다. 줄의 중량도 문제가 되고요. 일반적으로 말하자면, 바람이 세게 불고 있으면 연은 잠깐 줄을 단 채 높이 떠오를 겁니다. 그러다가는 떨어집니다. 똑바로 떨어지다가 공중제비도 하며 날면서 떨어지지요. 바람과 연에 달린 줄에 따라 편류차(偏流差)가 다릅니다. 연이 어떻게 했다는 것을 알려면 그때 상황과 똑같은 조건하에서 연을 날려 봐야 합니다. 그럴 수는 없지 않습니까?"

"연줄을 언제 놓았는지조차 모르잖습니까?"

엘리스 경사가 말했다. 그랜트는 눈썹을 찌푸렸다.

"발견된 시간은 언제야?"

"오늘 새벽 1시입니다. 그때 포브스는 파티에서 돌아왔습니다. 침대에 누웠는데 무엇이 창문을 두드리는 소리가 들렸답니다. 그는 그 소리가 거슬려서 무슨 소린가 가서 봤답니다. 연이 매달려 있는 것을 보고 낚아챈 거죠. 불을 켜지 않았기 때문에 아침까지 글이 쓰여 있는 것을 몰랐다는군요. 어쨌든 자기가 연을 발견한 시간은 새벽 1시가 틀림없답니다."

"그렇다면 연을 날렸을 것으로 추정되는 가장 늦은 시간은 새벽 1시군. 가장 빠른 시간은 알아봤어?"

"어제 아침에 출근할 때는 없었답니다. 걸려 있었으면 봤을 거랍니다."

"그렇다면 어제 아침 8시 경에서 오늘 새벽 1시 사이에 날렸다고 봐야겠군. 17시간이라…. 기상청에서 도와줄 수 있을까?"

그랜트는 기상청 사람과의 대화를 노트하며 오랫동안 통화했다. 시간이 지날수록 그의 표정이 심각해졌다. 통화를 마치고 그가 말했다.

"도움이 안 되겠습니다. 그들 말로는 전형적인 영국 기후였답니다. 어제 아침의 바람은 남서풍으로 풍력이 5등급이었다가 오후에는 북서풍 내지 북풍으로 바뀌면서 3등급으로 떨어졌답니다. 밤에는 좁은 고기압대가 런던을 통과했고, 풍향은 북동풍이었고 풍력은 2등급이었다가 3등급으로 차츰 올라갔답니다. 그러다가 오늘 새벽에는 다시 북서풍으로 바뀌었고 풍력은 2등급이었답니다."

"그렇다면 진전이 없다는 말이군요."

시튼이 안타까운 표정으로 계속해서 말했다.

"연은 분명히 북쪽에서 날아왔습니다. 그러나 북쪽이라도 북쪽의 어느 방향이지요?"

"연이 날아온 시간을 좁힐 방법이 있으면 좋으련만."

그랜트는 말하다 무엇을 생각하는 표정으로 바뀌었다.

"그 하역 작업을 하고 있던 석탄 차 인부들 말이야. 혹시?"

그가 전화를 걸었다. 이번에는 전화를 끊는 모습이 기쁨에 차 있었다.

"혹시나 해서 전화를 했는데 적중했습니다. 그 두 대의 석탄 화차는 어젯밤 10시에 그 곳에 갖다 놨답니다. 그런데 노끈이 두 화차 연결부위 위에 놓여 있었습니다. 그렇다면 연은 10시에서 1시 사이에 날려진 겁니다. 기상청 사람과 다시 얘기해야겠습니다."

그는 다른 사람들이 들을 수 있도록 기상청에서 하는 말을 큰소리로 반복하며 노트했다.

"고기압 세력하에 놓여 있었다. 그 시간대의 바람은 북동풍이었고 풍력은 3등급에서 5등급 사이로 바람은 돌풍이 불지 않고 안정적이었다. 그런데, 지금 이 순간에 그때와 똑같은 기상상태를 보이고 있는 곳이 있습니까? 고기압 세력이 움직였다. 그렇군요. 요크셔? 요크셔의 어느 지방이지요? 이스트 라이딩 지방요? 언제까지 계속될 것 같습니까? 약 4시간."

그는 시계를 보았다.

"감사합니다."

그는 전화를 끊었다.

"자, 요크셔에 가서 연을 날립시다."

약 세 시간 후에 육군 헬리콥터가 경찰 일행을 요크셔 지방 해안에서 내륙으로 몇 마일 떨어진 폐쇄된 비행장에 내려놓았다. 신선한 북동풍이 불고 있었고, 하늘은 맑았다. 그랜트는 경찰들을 배치했고 시튼은 연을 띄웠다. 연줄을 풀자 연은 소리 없이 솟구쳤다. 잠시 후에 더 풀어 줄 줄이 없었다. 그는 잠깐 노끈을 감았던 원통을 잡고 그대로 있었다. 연은 푸른 하늘을 배경으로 한 개의 작은 하얀 점으로 움직이지 않고 떠 있었다.

"날려 보내요."

그랜트가 명령했다. 시튼은 종이 원통을 놓았다. 연은 15미터쯤 솟아올랐다가 몸통을 틀며, 공중제비를 하면서 밑으로 떨어져 시야에서 사라졌다. 멀리 있던 관측수가 연이 떨어진 곳을 알려줬고 경찰이 연이 떨어진 방향과 떨어진 지점과의 거리 등을 측정했다. 그랜트는 그 결과를 노트했다. 연은 띄운 지점에서 675미터를 날아가서 떨어졌고 방향은 215°였다.

초저녁에 경시청에 돌아온 그랜트는 지도에 루시가 12번지를 중심으로 반지름이 675미터 되는 원을 그렸다. 그리고 방위각 215°의 반대 방향으로 직선을 그었다. 그 직선과 원이 만나는 곳을 가리켰다.

"이쯤에 있을 거야. 자, 우리가 찾고 있는 곳은 어떤 곳일까?"

그랜트가 물었다. 시튼이 대답했다.

"좀 높은 건물인데 위쪽에 비상구 같은 곳이 있을 겁니다. 그게 없으면 래리는 연을 띄우지 못했을 테니까."

"그리고 개인 주택들이 있는 곳은 아닐 것입니다."

엘리스 경사가 말했다.

"납치범들은 근처에 사람들이 많은 곳에 그를 가두지는 않았을 겁니다. 특히 납치 사건이 신문에 대대적으로 났으니까요. 그런 놈들은 보통 빈 곳을 이용합니다. 빈 창고나 빈 차고 같은 곳 말입니다."

그랜트는 고개를 끄덕였다.

"나도 그렇게 생각하고 있었어. 어떤 외딴 건물일 거야. 실험실로부터 연에 글을 쓴 재질이 검댕이라는 연락을 받았어. 지, 기자구."

그들이 찾는 지역에는 허름한 아파트, 몇 개의 공장, 고철 하치장, 그리고 넓은 불모지가 있었다. 띄엄띄엄 솟아나고 있는 새 주택들이 비참한 지역에 생기를 약간 불어넣고 있었다. 그랜트는 경찰력을 몇 개의 그룹으로 나누고 각 그룹마다 워키토키를 준비시켰다. 그룹별로 지역을 할당해서 조금이라도 이상한 기미가 있는 건물은 보고하라고 했다.

지도에 그린 원 안에서는 아무것도 찾지 못했다. 그랜트는 수색을 원 밖으로 넓혔다. 황혼이 깃들 무렵에 엘리스 경사가 갑자기 소리쳤다.

"저 건물은 어떻습니까?"

그랜트는 앞에 있는 건물을 바라보았다. 〈오클리 가구 회사. 저장 및 수리〉라는 불에 탄 간판이 걸려 있었다. 그것은 빅토리아 시대의 고딕 양식의 높은 건물로 한쪽에는 탑 같은 것이 있었다.

그들이 접근해서 보니 건물은 뼈대뿐이었다. 내부는 불에 타서 없었다. 대지를 빙 둘러 쳐져 있는 골함석 울타리 위에는 〈위험! 출입금지〉

라는 경고판이 붙어 있었다. 그러나 골함석 두 장 사이가 벌어진 것으로 보아 경고판을 무시한 사람이 있는 듯했다. 그랜트는 조심해서 사람들을 데리고 안으로 들어갔다. 살펴보니 건물 전체가 파괴된 것은 아니었다.

탑이 있는 쪽 돌계단은 성한 모습이었다. 그들은 계단을 올라갔다. 사방이 온통 검댕 투성이였다. 화재로 생긴 검댕이었다. 1층에 있는 부서진 문틈으로 안에 부서진 가구들과 검게 타버린 비품들이 있는 게 보였다. 그랜트는 잔뜩 긴장해서 더러운 노끈 다발을 가리켰다. 그가 속삭였다.

"노끈은 가구를 수리하는 데 썼어. 이곳이야."

그들은 닫힌 문 앞에 가서 섰다. 안에서 목소리가 두런두런 들렸다. 그랜트 경감은 문을 살며시 밀었다. 문이 열렸다. 엘리스 경사가 그의 옆에 섰다.

"시작!"

그랜트가 소리치며 두 사람이 뛰어들었다. 범인 두 놈은 바닥에 촛불을 켜 놓고 카드놀이를 하고 있었다. 그들이 벌떡 일어섰다. 그 순간 그랜트가 크게 소리쳤다.

"우리는 경찰이다. 래리는 어디 있나?"

사나운 눈의 홀쭉한 사나이가 자기도 모르게 위를 쳐다봤다. 시튼은 〈래리〉하고 고함치며 사다리로 달려갔다.

앤드류 가브(Andrew Garve, 1908~2001)

2차 대전 말기를 해외 특파원으로 러시아에서 보냄. 악녀를 다룬 『힐다여 잠들라』만이 아니라 『먼 모래』, 『쿠크선 사건』 등으로 알려진 국제 음모 소설의 선구자.

디어혼에서의 위기

DANGER AT DEERFAWN — 도로시 B. 휴즈

도리안이 말했다.
"우리는 내일 디어혼 장원(莊園, 역주: 서양 중세 봉건사회에서, 귀족이나 승려, 교회 등에 의해 이루어졌던 토지 소유의 한 형태)에 갈 거예요."
"싫어, 난."
직스가 대답했다. 우리가 있는 곳이 셰익스피어의 고향인 스트라드포드—어폰—아본이라는 점을 고려하면 우아하지 못한 대답이었다. 하기야 셰익스피어도 사투리를 많이 썼으니까.
"나도 싫어."
나 역시 직스가 누이동생의 젊음에서 솟아나는 끝없는 힘을 거역한 것을 환영했다. 나는 우리 가문의 성공하지 못한 쪽 자손으로 드라마 조교수의 조수 노릇을 하고 있었다. 그래서 사촌인 헌터 집안의 젊은 남매가 영국에서 여름을 보내는 데 같이 가서 돌봐 주라는 제의가 왔을 때 허겁지겁 수락했다. 내가 몰랐던 사실은 19세와 21세의 젊은이들은 힘이 끝없이 솟구친다는 것이었고 27세인 나는 그것을 따라갈 수가 없다는 점이었다.
"왜 가기 싫은지 말해 주겠어?"
도리안은 테이블 위에 팔꿈치를 올려 놨다. 맥주 잔이 떨어질 뻔했다. 우리가 있는 코스월드 언덕의 〈철퇴와 백조〉 술집의 외부는 흑백으

로 된 튜더양식의 건물이었으나 내부는 나무와 벽돌로 치장되어 있었다. 집을 언덕에 지었기 때문에 떡갈나무 테이블은 비스듬히 경사가 져 있었다.

도리안이 하자는 대로 했다면 우리는 옛 로마시대의 돌무덤을 하나도 빼놓지 않고 다 봐야 했을 것이다. 그 외에도 기묘하게 생긴 색슨인들의 기둥, 부식된 노르만 시대의 팀파눔(tympanum), 그리고 영국의 왕들이 말과 기마 의용병들을 쉬게 했을지도 모르는 들판이나 장원 등, 하나도 빼놓지 않고 보자고 했을 것이다. 그녀는 지난 학기에 위이벌리 전문대학에서 영국인이 강의한 영국사에 완전히 매료되었다.

"나는 피곤하고 발이 아파."

내가 대답했다.

"내일은 아본 강 언덕에 누워 백조와 얘기나 하면서 하루를 보내겠어."

"그리고 오빠는?"

도리안이 회색 눈으로 오빠를 째려봤다.

"나는 장원이라면 신물이 나."

직스가 중얼거렸다. 그는 약간 떨어진 테이블에 앉아 있는 미국 남캐롤라이나 주에서 온 딸기 아이스크림 색의 아가씨를 바라보고 있었다. 그 아가씨 옆에는 피리 같이 가냘픈 아가씨가 있었다.

"그럼 나 혼자 갈래."

디어혼까지는 8마일이었다. 그러나 도리안은 숙녀의 위신을 위해서라도 남자를 달고 다녀야 할 나이였다. 비록 그것이 오빠, 아니면 늙어가는 사촌오빠일지라도.

"그리고 오빠는 트라이움프 자동차는 잊어버려."

직스는 런던에서 멋진 트라이움프 컨버터블(접는 뚜껑이 달린 자동차)을 임대했다. 임대 조건에 의하면 나중에 일시불을 지불하고 살 수도 있었다. 직스는 그 차를 사고 싶었다. 아버지는 도리안의 말이라면 뭐든 들어주었고 직스는 그녀의 지원이 필요했다. 이번 여행도 아버지가 그녀의 대학졸업을 축하해서 보내 준 선물이었다. 직스는 남캐롤라이나 아가씨로부터 눈을 떼지 않은 채 말했다.

"좋아. 나도 갈게."

만일 그가 케임브리지에서 산 보기 흉한 갈색 상의만 입고 있지 않았더라면 벌써 아이스크림 아가씨와 친해졌을 것이다. 도리안은 사색하는 눈길을 두 테이블 떨어져 있는 브룸멜 쿰브에게 보냈다. 〈철퇴와 백조〉 술집에서 두 테이블이 떨어졌대 봐야 같은 테이블에 앉은 것이나 마찬가지였다. 정신을 딴 곳에 팔다가는 내 술잔을 들다가 옆 테이블 영국 시골신사의 술잔을 들기가 십상이었다. 도리안은 중간에 있는 테이블을 무시하고 남들이 듣거나 말거나 큰소리로 말했다.

"당신도 내일 우리와 같이 가지 그래요?"

브룸멜은 잘라서 거절하지 못했다. 그런 말을 하기에는 너무 점잖았다. 브룸멜은 머리 끝에서 반짝반짝 빛나는 런던의 수제화 구두에 이르기까지 상류 사회의 물이 뚝뚝 떨어졌다. 그가 점잖게 말했다.

"감사하지만 차가 복잡할 것 같아 사양하겠습니다."

우리는 어젯밤에 그를 극장에서부터 차에 태우고 왔다. 호텔로 오기 전에 이곳과 똑같이 생긴 〈떡갈나무와 백조〉 술집에 들렀다.

"켈이 안 가니 자리는 충분해요."

도리안도 브룸멜처럼 목소리를 낮추고 냉정하게 말하려고 했다. 그가 나를 향해 사실이냐고 묻는 듯한 표정을 짓는 것을 보고 내가 말했다.

"그래요. 내일은 좀 쉴 생각입니다."

브룸멜은 도리안을 보고 미소 지었다. 그 미소는 기꺼이 같이 가겠다고 말하고 있었다.

"자리가 충분하다면…."

그가 말을 끊고 놀라서 소리쳤다.

"클라라는 어디 갔지?"

피리처럼 가냘프게 생긴 여자가 대답했다.
"〈스위트 포테이토〉에 간다면서 갔어요."
〈철퇴와 백조〉 술집은 너무 좁아 다른 사람의 일도 자기 일처럼 모두가 알고 있었다. 그녀의 말이 끝나기도 전에 브룸멜은 일어서서 〈실례합니다〉 하고 중얼거리면서 자리를 떴다.
브룸멜이 클라라에게 빠져 있다는 것은 도저히 이해할 수 없는 일이었다. 그는 될 수 있는 한 그녀 곁에 있으려 했다. 우리가 전에 만났던 독일에서 관광 온 여자들은 대부분 비누와 숫돌로 문지른 세탁물처럼 깔끔했다. 하지만 클라라는 그렇지 않았다. 씻지 않은 더러운 금발은 어떤 때는 이쪽, 어떤 때는 저쪽 어깨에 걸쳐 있었고, 얼굴은 녹색 아이섀도와 핑크색 립스틱으로 더욱 누렇게 보였다. 옷은 언제나 한 가지뿐으로 무릎까지 오는 남자의 검은 스웨터와 전에는 핑크색이었으나 지금은 더러운 붉은색으로 보이는 슬랙스였다. 직스는 30이 넘지 않은 여성이면 누구나 다 좋아했지만 클라라만은 쳐다보지도 않았다. 그러나 일류학교를 나온 상류 사회의 신사인 브룸멜은 그녀가 어린애들 자장가 속의 주인공이라도 되는 것처럼 정신없이 쫓아다녔다. 도리안은 그가 나가고 문이 닫히자 한숨을 쉬었다.
"포기해, 도리안. 그러는 것은 좋지 않아."
내가 차갑게 말했다.
"그 여자가 브룸멜을 자기 것으로 만드는 걸 보고만 있으란 말예요? 누구 같이 갈래요?"
"나는 싫어."
직스가 말했다. 딸기 아이스크림 같은 아가씨는 따분한 눈길로 그를 바라보고 있었다. 도리안은 더 이상 가자고 하지 않았다. 혼자 술집을 나섰다. 나는 반 블록쯤 쫓아가서 그녀를 잡았다.
"이러는 것이 잘하는 짓이라고 생각해? 그의 꽁무니만 쫓아다녀선 그를 잡지 못해. 남자는 여자가 쫓아다니는 것을 좋아하지 않아."

이 말은 빅토리아 시대 이후로는 사실이 아니었지만 남자들이 예나 지금이나 계속해서 써먹는 대사였다.
"나는 그를 쫓아다니는 게 아녜요."
도리안은 거만한 말투로 반박했다.
"그에게 내일 아침에 떠나는 시간을 알려 주려는 것뿐이에요. 나는 오빠와 직스처럼 밤새도록 술이나 마시고 싶지 않아요."
그때 우리는 〈스위트 포테이토〉 카페에 도착했다. 그 곳은 주크박스가 있는 미국식 싸구려 술집을 본딴 영국 술집이었다. 엘비스 프레슬리의 레코드까지 있었다. 튜더풍과는 거리가 멀었으나 스트라트포드의 젊은이들과 배낭족 관광객들에게 인기가 있었다. 술집은 좁았고 우리가 도착했을 때는 이미 포화 상태였다.
그 곳엔 클라라와 같이 온 관광단원이 많이 있었다. 클라라가 브룸멜과 같이 있지 않을 땐 항상 같이 있는 턱수염의 사나이도 있었다. 그는 퉁하게 생긴 사람으로 안경 낀 눈으로 항상 검은 수첩에 무엇을 기록하곤 했다. 하지만 클라라와 브룸멜, 두 사람은 이곳에 없었다.
우리는 〈철퇴와 백조〉로 다시 발길을 돌렸다. 중간쯤 왔을 때 도리안이 낮게 소리쳤다.
"저기 봐요!"
길 건너에 있는 〈떡갈나무와 백조〉 술집 그늘에 도리안이 찾고 있는 두 사람이 있었다. 도리안은 내 팔을 잡고 바람이라도 쏘이러 나온 사람 흉내를 냈다. 브룸멜이 우리를 봤다.
"이봐요, 도리안."
브룸멜은 고함치지 않았다. 영국 신사는 결코 고함을 치지 않는다. 그러나 사방이 조용하여 그의 말이 똑똑히 들렸다. 그는 클라라를 그늘 밑에 남겨 둔 채 길을 건너왔다.
"아까는 갑자기 떠나서 미안합니다. 내일 기꺼이 같이 가겠습니다."
제아무리 바보라도 그가 클라라에게 먼저 물어 봤다는 것을 알 수 있었다. 나는 그가 두 여자를 제멋대로 대하는 것에 기분이 상해서 물었다.

"클라라도 내일 디어혼에 갑니까?"

"아니오. 그녀는 리밍톤 온천에 가요."

그는 숨을 훅 하고 들이켰다.

"디어혼이라고 하셨습니까?"

그의 얼굴은 불안과 걱정에 휩싸여 있었다. 겁을 내고 있는 것 같았다. 도리안은 그 모습을 보지 못했다. 그녀는 벌써 앞으로 가서 술집 문을 열고 있었다. 도리안은 남자가 예의를 차릴 수 있도록 기다리는 법을 배우지 못했다.

"그래요. 우리는 내일 아침에 디어혼 장을 둘러볼 거예요. 10시에 출발하면 되겠어요? 오후에는 올그울프 사원유적지를 볼 생각이에요."

그녀는 재잘거리며 브룸멜을 안으로 데리고 들어갔다. 나는 내가 왜 이때 골목을 뒤돌아봤는지 모른다. 클라라의 작은 모습이 어둠 속에서 아직도 그 곳에 있었다. 더러운 모습은 어둠에 감싸여 창백한 얼굴만 보였다.

하지만 내가 보살펴야 할 사람은 그녀가 아니고 도리안이었다. 나는 클라라는 잊어버리고 그들을 따라 안으로 들어갔다. 직스는 남캐롤라이나 여자 옆에 앉아 있었다. 브룸멜은 직스가 앉았던 의자에 앉았고 도리안은 일찍 잠이나 자겠다고 한 말은 새까맣게 잊은 것 같았다. 나는 내가 그 자리에 필요 없는 사람이 된 것이 매우 반가웠다. 여관에 가서 편히 잘 수 있으니까.

아침 식사 때 나는 상쾌한 기분이었으나 직스는 눈이 흐릿했다. 도리안은 언제나처럼 활발했다. 우리는 깡통 오렌지 주스와 콘플레이크, 프라이드 에그와 덜 익은 베이컨과 토마토, 식은 토스트와 오렌지 잼 등, 전통적인 영국 아침 식사를 끝내고 우유와 설탕을 탄 홍차를 마시고 있는데 브룸멜이 식당에 나타났다. 인사를 나누고 날씨 얘기가 끝났을 때 브룸멜이 부끄러운 얼굴로 말했다.

"같이 못 가게 됐습니다. 일이 생겼어요."

도리안은 믿지 못하겠다는 듯이 눈을 한번 깜빡거린 뒤에 브룸멜을 위로하려는 듯이 미소를 지었다.

"정말로 안됐군요, 브룸멜. 갈 수 없다면 할 수 없군요. 다음에 또 기회가 있겠지요."

그녀의 관대함에 고마워하는 마음이 브룸멜의 얼굴에 역력히 나타났다. 그는 미안하다는 말을 몇 번이나 거듭한 후 떠났다.

"클라라와 같이 지내려는 모양이구나."

나는 말을 꺼낸 후 아차 싶어 금방 후회하고 말았다.

"좌석이 남았으니 나도 디어혼에 갈게. 푹 잤더니 힘이 솟는다."

"형이 운전해."

직스가 무뚝뚝하게 말했다. 그는 오늘 그 곳에서 딸기 아이스크림을 만나기로 했기 때문에 어쩔 수 없이 가야만 했다. 그가 아끼는 요란스런 새킷도 기분을 돋우지 못했다.

하늘은 푸르고 날씨는 화창했다. 컨버터블 뚜껑을 내리고 달려도 손으로 모자를 누를 필요가 없는 날씨였다. 영국의 8마일은 미국보다 멀었다. 길 양쪽에 우거진 수풀이 있고 새파란 들이 있는데 굳이 빨리 달릴 필요가 없었다. 들에는 양떼가 서성이고 있었다. 양들의 허리에 붉은 배지를 달아 놓는 것은 들판의 연노랑색 돌과 구분하기 위한 조치일까? 천천히 달리는 것을 더욱 지체시키는 것은 도리안이었다. 지평선에 돌무덤이 나타날 때마다 도리안은 차를 세우고 직접 가서 조사했다.

그래서 11시가 넘어서 겨우 디어혼 장 수위실에 도착했다. 수위가 입장료를 받고 핑크색 입장권을 주었다. 우리는 자갈길을 반마일 더 가서 거대한 조지 시대 건물 뒤에 있는 정원에 차를 세웠다.

디어혼 장은 사적지는 아니었다. 즉 그렇게 오래된 곳은 아니었다. 그러나 〈떡갈나무와 백조〉에 있는 광고지에는 훌륭하게 조각된 계단, 진귀한 책들이 있는 서재, 소장하고 있는 명화들, 그리고 저택 뒤 숲 속에 있는 대리석 정자 사진이 나와 있었다. 그 정자는 이 장원에서 내란 중에 파괴되지 않은 단 하나의 유물이었다. 영국에도 내란은 있었다. 크롬웰이 이끈 청교도 혁명이 바로 그것이다. 이곳엔 공작새도 있었고 정원도 있었다. 이 모든 정보가 디어혼 후작의 뜻에 따라 광고에 쓰였 겠지만—그는 세금 낼 돈을 벌기 위해 저택을 일반에게 공개한 것이 분 명했다—우리가 지금까지 보아 온 낡은 저택들보다는 흥미가 있을지도 모른다는 생각이 들었다. 우선 진짜 루벤스의 그림과 반다이크가 그린 초상화가 여섯 개 있었다. 저택 서쪽 지하실에 다방과 기념품점, 그리 고 그림엽서 판매대가 있다는 안내판이 보였다. 직스가 커피와 아스피 린을 먹어야 한다고 해서 우선 그 곳으로 갔다. 직스가 정신을 차리는 동안 도리안은 그림엽서를 두 장 사서 고향 친구에게 부쳤다. 그런 다 음에 그녀는 밖에 나가 정식으로 관람하자고 했다.

직스는 재킷을 차에 벗어 놓은 다음 따라오겠다고 했다. 이때 우리가 자동차를 주차시킨 곳으로 관광버스가 오는 것을 볼 수 있었다. 관광버 스가 나타난다는 것은 딸기 아이스크림이 온다는 신호였다. 직스가 나 타나지 않을 것이라고 생각하고 그는 잊어버리기로 했다. 전체적으로 볼 때 디어혼 장은 나쁘지 않았다. 워윅궁(宮)—아, 워윅궁! 그 곳에서 는 성경에 있는 〈남의 것을 탐낸다〉는 말의 의미가 실감났다—만큼은 훌륭하지 않았지만 유서 없는 관광지처럼 겉만 번지르르하지는 않았 다. 우리는 가이드 없이 다녔지만 그렇다고 감시를 받지 않은 것은 아 니었다. 도난 방지를 위하여 각 방에는 감시원이 있었다. 우리는 1시에 입구계단을 다시 내려왔다.

"이제는 정원을 봐야지."

도리안이 말했다.

"식사를 먼저 하는 게 좋지 않겠어?"

나는 진짜 영국 사람처럼 변해 있었다. 잔뜩 아침을 먹었지만 벌써 식사를 하고 싶었.

"나중에 먹어요."

도리안은 딱 잘라 말했다. 영국 사람들은 정말로 정원을 좋아하는 사람들이었다. 1년 중 이맘때의 관광객은 대부분 영국 사람이었고 지금 디어혼 장 정원도 영국 사람들로 넘칠 지경이었다. 도리안은 넘치는 인파를 보고 마음을 바꿨다.

"숲 속에 있는 정자를 먼저 봐요."

그녀는 〈정자로 가는 길〉이라고 손으로 쓴 안내판이 있는 오솔길로 앞장섰다. 조금 들어가자 오솔길은 좁아지고 햇빛마저 보이지 않을 정도로 수풀이 우거진 터널이 나타났다. 나무는 하늘을 찌를 듯했고 나무 껍질에는 이끼가 수북이 끼어 있었다. 여러 번 비틀거리고 넘어지고 난 후에 내가 말했다.

"길을 잘못 든 것 같아."

"표시가 이쪽으로 되어 있었는데 잘못 들 리가 있어요? 오빠도 함께 봤잖아요?"

도리안이 자신 있게 말했다.

"안내판이 돌려졌는지도 모르잖아?"

그때 목을 죄는 듯한 비명 소리가 숲 속 어디에선가 들려 왔다. 도리안이 내 어깨를 황급히 잡았다. 그때 어떤 생각이 떠올랐다.

"그 놈의 공작새들 같으니!"

내 말을 듣고 도리안은 힘없는 미소를 지었다. 약간 안심이 되는 모양이었다. 그녀는 수풀을 헤치며 앞으로 나가다가 뒤돌아보며 말했다.

"앞에 햇빛이 보여요. 저긴가 봐요."

나는 제발 그러기를 바랐다. 나는 너무 배가 고파 짐승이 있으면 생으로라도 잡아먹을 것 같았다. 크롬웰이 내란 때 정자를 파괴하지 못한 것은 찾을 수가 없었기 때문이었으리라. 앞에는 작은 평지가 있었다. 도리안이 그 곳으로 뛰어나갔다. 그때 그녀가 고함치는 소리가 들렸기 때문에 나도 쫓아가서 뛰어갔다. 그녀의 고함치는 소리는 즐거운 탄성

소리가 아니라 비명소리였다.

평지는 그리 넓지는 않았다. 거기에는 도리안과 브룸멜이 서로 마주 보고 서 있었다. 브룸멜은 〈철퇴와 백조〉에서 본 젊은 신사의 모습이 아니었다. 그는 디어혼 장의 일꾼이 입는 가죽 앞치마를 두르고 흙 묻은 부츠를 신고 있었다. 그의 얼굴은 창백했고 표정이 전혀 없었다. 그의 발 옆에는 커다란 검은 스웨터와 더러운 장미색 바지, 그리고 금발 머리카락이 있었다. 클라라였다. 브룸멜의 오른손은 돌을 쥐고 있었고 돌에는 얼룩이 져 있었다.

"오, 안 돼!"

도리안이 울먹였다. 나를 보고 브룸멜은 쇼크 상태에서 깨어났다.

"당신도 왔습니까?"

도리안도 정신을 차렸다. 그녀는 브룸멜에게서 도망치지 않고 오히려 그에게 달려들었다.

"자, 움직여요. 여기서 빠져 나가야 해요."

그녀가 잡아 끄는 바람에 그는 비틀거렸다. 그는 그녀를 완강하게 뿌리치고 뒤로 물러섰다.

"기다려요. 나는…."

우리는 모두 나뭇잎이 스치는 소리를 들었다.

"잠깐 기다려요."

브룸멜은 속삭이듯이 말하면서 무릎을 꿇었다. 그리고 시체를 더듬었다. 그는 스웨터 밑에서 뭔가를 꺼내 우리가 보지 못하게 앞치마 주머니에 넣었다.

"이쪽으로 갑시다."

그는 흉기인 돌을 집어 들었다. 그는 빠져 나올 수 없을 것 같은 숲 속으로 앞장서서 들어갔다. 잠시 후에 언덕으로 올라가는 오솔길이 나타났다. 왜 그랬는지 모르지만 나는 살인자를 따라갔다. 어쩌면 배도 고픈데 숲 속에서 길을 잃을까 봐 그랬는지도 모른다. 도리안은 피해자를 알아본 순간 브룸멜은 죄가 없다고 생각한 모양이었다. 도리안도 대부분의 여자처럼 라이벌에 관한 한 피에 굶주린 여자였다. 걷기가 쉬워지자 내가 물어 보았다.

"그 돌을 없애는 것이 좋지 않아요?"

나는 돌이 꺼림칙했다.

"돌이라니?"

그는 이해할 수 없다는 듯 대꾸하다가 자기가 돌을 들고 있다는 것을 깨달았다.

"아, 이 돌. 그래야겠군요."

그는 우리에게 길에서 비키라고 한 다음 한걸음 앞으로 나가서 잠시 생각하다가 다른 나무와 똑같아 보이는 나무를 한 그루 골랐다. 그 나무아래 있는 고사리 밑에 돌을 숨겼다. 내가 돌에 지문이 묻어 있겠다는 말을 할 입장이 아닌 것 같았다. 어쩌면 300년 이내에는 발견되지 않을 수도 있나는 생각이 들었다. 우습게도 도리안 같이 고고학에 미친 사람이 있다면 그 돌에 묻은 피는 덴마크인의 침공 때 묻은 피라고 주장할지도 모른다는 생각이 스치고 지나갔다. 그는 돌을 처리한 후 한층 안심이 되는 모양이었다.

"갑시다. 빨리 가야 합니다."

그는 우리를 언덕 위로 데리고 가지 않고 언덕 옆을 돌아갔다. 도리안은 불안하지 않았을지 모르지만 나는 매우 불안했다. 잠시 후 언덕 아래로 커다란 장원 건물이 나타났다. 브룸멜은 잠깐 멈춰 서서 자동차와 버스가 주차해 있는 뒤뜰을 바라보았다. 운전기사 몇 명이 담배를 피우며 담소하고 있었다. 우리의 빨간 트라이움프 차가 눈에 금방 띄었다.

브룸멜이 도리안에게 말했다.

"당신과 켈은 쉽게 빠져 나갈 수 있어요. 아무에게도 얘기하지 말고 그냥 가요."

"하지만 도망칠 사람은 당신이에요."

도리안이 큰소리로 대꾸하다가 목소리를 낮춰야 한다는 데 생각이 미쳤는지 급히 소리를 죽였다. 브룸멜은 고개를 흔들었다.

"나는 갈 수 없어요."

물론 그로서는 우선 시체를 감춰야 했기 때문에 떠날 수 없으리라. 도리안이 잠시 생각하다가 말을 꺼냈다.

"우리도 떠날 수 없어요. 우리가 떠나면 직스는 탈 차가 없어요."

"직스는 내가 처리할 테니 빨리 가요!"

나는 언제나 실질적이었다.

"여기서 주차장까지는 어떻게 가지요? 날아가나요, 미끄럼을 타고 가나요?"

"내가 안내할게요. 하지만 뒤뜰에 도착하면 차를 타고 빨리 떠나요."

그는 도리안이 항의할 틈을 주지 않았다. 그가 앞장서서 옆으로 돌아갔다. 뒤뜰 밑 도랑에 다다랐다. 우리는 뒤뜰을 향해 언덕을 기어오르기 시작했다. 언덕을 거의 다 올라갔을 때 커다란 고함 소리가 터져 나왔다. 장원 건물의 모든 문에서 제복을 입은 하인들이 뛰어나왔다. 시체가 발견됐다는 것은 어린애라도 알 수 있었다. 브룸멜이 낮게 속삭였다.

"이제는 틀렸어. 갑시다."

우리는 트라이움프로 뛰어갔다. 그는 〈레이디 퍼스트〉도 없이 차에 먼저 탔다. 도리안은 나에게 운전하라고 하면서 그의 옆에 탔다. 시동은 즉시 걸렸고 남들이 우리를 제지할 틈도 주지 않고 재빨리 달리기 시작했다. 말리려 드는 사람도 없었다.

"그 우스꽝스러운 옷은 벗고 직스의 재킷을 입어요."

브룸멜이 가죽 앞치마를 벗어 좌석 밑에 구겨 넣은 동안 도리안은 직스의 요란한 색깔의 재킷을 그의 몸에 걸쳐 줬다. 내가 변장한다면 아무리 다급해도 그런 이상한 옷은 입지 않겠다고 생각했다. 나는 정문에 다다를 때까지 너무 빠르지 않은 속도로 주의 깊게 운전했다. 나는 수위의 우호적인 경례에 경례로 답했다. 수위실까지는 아직 소식이 전해

지지 않은 모양이었다. 밖으로 나오자 급히 속도를 올렸다.
"스트라트포드로 갈까요?"
"네."
브룸멜은 간단명료하게 대답했다.
그때 우리는 스트라트포드 도로로 꺾어지는 지점에 접근하고 있었다. 나는 차를 너무 빨리 몰고 있다는 사실을 깨달았다. 나는 액셀러레이터에서 발을 서서히 뺐다. 나는 교차로에 서 있는 경찰차를 받아 문제를 더 복잡하게 하고 싶지는 않았다. 브룸멜은 한숨을 쉬었고, 도리안은 입을 다물었다. 나는 차를 세웠고 젊은 경찰관이 우리에게 다가왔다. 검은 복장에 헬멧을 쓴 경찰관의 모습이 이런 시골과는 그다지 어울리지 않는 것 같았다. 그들은 런던에 있는 편이 더 어울렸다.
"안녕하십니까? 디어혼 장에서 오시는 길입니까?"
토끼처럼 들판을 뛰어오지 않았다면 디어혼 장 아니면 올 곳이 없다는 것을 그는 알고 있었다.
"네."
나는 온순하게 대답했다.
"죄송하지만 돌아가셔야겠습니다."
"아니, 왜요?"
도리안이 모르는 척하고 화를 내는 시늉을 했다.
"문제가 생겼습니다. 서장님이 오실 때까지는 아무도 이곳을 떠날 수 없습니다."
여기서 다투어 보아야 좋을 일이 없을 것 같았다. 브룸멜이 요란한 재킷을 입고 애써 침착하게 보이려고 하는 모습이 불량 소년을 연상시켰기 때문에 경찰관과 오래 다툴 수도 없었다. 우리는 다시 사람들이 북적거리는 디어혼 장으로 돌아갔다.
모인 사람들의 국적을 아는 데는 따로 가이드가 필요 없었다. 미국인들은 화를 내고 있었고, 유럽인들은 주의 깊게 사태를 관망하고 있었다.

영국인들은 아무 일도 없다는 듯한 태도를 보이고 있었다. 직스와 남캐롤라이나 여자만이 예외였다. 그들은 출발 시간이 지체되고 있다는 점에는 전혀 신경을 쓰지 않고 있었다. 클라라와 함께 온 관광단원도 모두 그 곳에 있었다. 클라라의 턱수염 난 보이프렌드는 이 소요 사태의 원인을 관광안내 책자에서 찾으려는지 책자만 들여다보고 있었다.

브룸멜은 직스의 재킷을 벗어 자동차 시트 위에 놓고 차에서 내렸다. 디어혼 장 사람들이 그에게 몰려왔다. 그는 그들을 피하려 했으나 한 하인이 그의 앞을 막았다.

"대단히 죄송합니다, 각하. 숲 속에서 여자의 시체가 발견됐습니다."

심한 사투리에도 불구하고 각하라는 말이 똑똑히 들렸다. 각하라니. 이 사람들이 각하라고 부른다면 우리의 브룸멜은 디어혼 후작인 것이다! 나는 멍하니 입을 벌리고 도리안을 바라보았다. 그녀도 입만 벌린 채 아무 말도 못하고 있었다. 브룸멜은 놀란 표정을 지어 보였다.

"여자의 시체가 발견됐다고?"

"네, 각하. 관광객 중의 한 사람인 것 같습니다."

"휘튼 서장은 왔나?"

"연락은 했는데 아직 도착하지 않았습니다."

브룸멜이 우리에게 들리지 않는 목소리로 지시를 내리자 하인은 그 자리를 떴다. 브룸멜은 우리를 계속해서 무시하며 경찰관들이 모여 있는 돌계단 쪽으로 갔다.

"나 참."

내가 맥 빠진 소리를 했다.

"뭐가 나 참이에요? 서 있지만 말고 우리도 가요."

도리안이 성을 내며 말하고 브룸멜의 뒤를 쫓았다. 나도 뒤를 쫓았다. 우기가 다가갔을 때 브룸멜은 경찰관이 얘기하는 것을 심각한 표정으로 듣고 있었다. 얘기를 들으면서 그는 모여 있는 사람들을 절망적인 눈길로 둘러보았다. 사람들이 커다란 검은 승용차가 들어올 수 있도록 길을 틔워 주자 그의 표정은 이내 체념으로 바뀌었다. 차에서 휘튼서장이라고 생각되는 사람이 내렸다. 그는 기다란 수염을 달고 있었다. 그도 아까 그 하인처럼 브룸멜에게 최대한의 경의를 표했다.

즉시 심문 장소가 만들어졌고, 아니나다를까 영국 사람들은 일사불란하게 줄을 섰다. 외국인들도 줄을 서는 수밖에 없었다. 입향순속(入鄕循俗)이라고 했던가? 도리안과 나는 줄 앞쪽에 있어서 차례가 빨리 왔다. 내가 이름과 주소, 그리고 여권번호를 말하기도 전에 브룸멜이 말했다.

"이 사람들은 내 친구들입니다, 서장. 이 사람들은 아무것도 모른다는 것을 내가 보증하겠소."

그때 도리안이 상냥한 목소리로 분명히 말했다.

"우리가 알고 있는 것은 각하는 클라라를 죽일 수 없었다는 사실입니다."

그녀가 핸드백 속에 해폭탄이 있다고 말했더라도 사람들은 지금보다 더 당황하지 않았으리라. 나만이 아니라 모든 경찰관들이 입을 쩍 벌렸다. 브룸멜은 곧 울음을 터뜨릴 것만 같았다. 도리안의 눈에는 사람들의 반응이 들어오지도 않는 것 같았다.

"그가 그 곳에 갔을 때 그녀는 이미 죽어 있었으니까요."

"당신이 시체를 봤단 말입니까? 그 여자가 누군지 알아요?"

휘튼 서장이 얼이 빠진 듯 말을 못하고 있는데 옆에 있던 똑똑하게 생긴 경찰관이 물었다.

"물론 알아요. 그 여자는 스트라트포드에서 지난 1주일 동안 묵고 있는 독일여자예요."

"내가 설명하지요."

브룸멜이 도망칠 구멍이 있나 살피듯이 사람들을 둘러보며 자신 없는 투로 말했다. 하지만 다시 도리안이 선수를 쳤다.

"각하가 그 여자를 발견하기 전에 내 사촌오빠와 내가 그녀의 비명소리를 들었어요."

도리안이 나를 끌어들이며 극적으로 말했다. 영어를 알아듣는 독일인들이 훌쩍거리기 시작했다.

"각하가 피 묻은 돌…. 미안합니다, 그 돌에는 피가 묻어 있었어요. 그 돌을 들고 있던 것은 그 돌이 흉기인줄 알고 증거로 잘 보관했다가…."

그때 직스가 성내며 소리치는 소리가 들렸다.

"아니, 저 친구가 왜 내 재킷을 갖고 가지?"

사람들은 직스가 소리치는 쪽을 바라보았다. 직스의 요란한 재킷을 입은 사나이가 숲 속으로 도망치고 있었다.

"저 놈을 놓치면 안 돼."

브룸멜이 소리치면서 그의 뒤를 쫓았다. 경찰이 그의 뒤를 쫓았다. 내가 도리안의 뒤를 쫓아간 것은 말할 필요도 없는 일이었다. 직스가 다른 사람들보다 훨씬 앞에 서서 놈을 쫓았다. 그가 놈을 쓰러뜨리고 재킷을 벗겼다.

손발을 휘두르며 독일어로 소리치고 있는 도둑은 항상 검은 수첩에 글을 쓰고 있던 클라라의 뚱한 친구였다. 브룸멜은 그가 숨을 몰아쉬기 위해 소리치는 것을 그치자 조용히 말했다.

"그래야 소용없어, 렝겔. 그것은 재킷에 없어."

우리를 쫓아온 사람들 뒤에 있던 회색 양복을 입은 키가 큰 사람이 조용히 물었다."

"무슨 일이오?"

브룸멜의 표정이 안도의 빛으로 환해졌다.

"왜 이렇게 늦었어, 프레디? 여기 당신이 원하는 놈이 있어요. 그가 마각을 드러냈어."

경찰은 프레디가 중요한 사람이라는 것을 알아보고 안으로 들어갈 수 있도록 길을 열었다. 프레디는 혐오스러운 표정으로 죄인을 바라보앉다.

"그는 아무것도 훔치지 못했겠죠?"

"당신 부하들이 쭉 깔렸잖아? 게다가 그는 선발요원에 불과해, 프레디. 클라라는 항상 그 점을 확신했지. 그녀가 그 수첩을 훔친 후에 내게 신호를 보냈는데…."

그가 슬픈 표정을 지었다.

"내가 그녀와 접촉하기 전에 이 놈은 수첩이 없어졌다는 사실을 알아챈 것 같아. 내가 그녀와 만나기 전에 이 놈이 먼저 손을 쓴 거야."

프레디는 아직도 몸부림치고 있는 렝겔에게 다가섰다.

"수첩은 그가 갖고 있지 않아."

브룸멜이 말했다.

"그가 그녀의 몸에서 수첩을 찾기 전에 이 미국인들이 우연히 현장에 나타났어. 미처 시체에서 수첩을 찾을 여가가 없었지."

여태껏 우리에게 보여 준 브룸멘의 우호적인 태도는 이제 이디론가 사라져 버렸다.

"그럼 당신이 갖고 있겠군요."

프레디가 긴장을 풀었다.

"그래. 렝겔은 그것이 내가 입고 있던 저 재킷에 있는 줄 알았던 거야."

직스가 들고 있는 재킷을 보고 침착하던 프레디는 잠시 흔들렸다.

"당신이 저 재킷을 입고 있었단…."

브룸멜이 급히 그의 말을 막았다.

"그 옷으로 변장했을 뿐이야. 나는 그게 경찰의 손에 들어가기 전에 당신에게 전하고 싶었어. 휘튼 서장은…."

휘튼 서장은 이곳으로 오지 않았다. 그는 돌계단 옆에서 관심이 없다는 태도로 파이프만 빨고 있었다.

"휘튼 서장은 신문 기자들과 얘기하기를 좋아하지. 나는 우리들의 계획을 남들이 모르게 하고 싶었어."

프레디는 고개를 끄덕였다.

"저에게 주시죠."

브룸멜은 우리들에게 보일 듯 말 듯 고개를 끄덕였다.

"이 사람들 차의 시트 밑에 있어. 작은 붉은 색 차야."

프레디가 지체 없이 뛰어갔고 브룸멜이 뒤따랐다. 경찰은 우리를 포함한 모든 외래인들을 디어혼 장 정문 쪽으로 내몰았다. 도리안은 떠나지 않으려 했지만 그녀도 어쩔 수 없었다. 자업자득이었다. 그녀가 바보같이 입을 여는 바람에 디어혼 후작의 관심밖에 난 것이다. 브룸멜과 프레디는 수첩을 찾은 뒤 우리를 거들떠보지도 않고 자리를 떴다.

우리는 스트랏포드로 돌아왔다. 도리안조차 디어혼 장 사건 후에는 올그울프 사원 관광을 싫다고 했다. 도리안은 오늘 있었던 일이 스파이 사건이라고 생각했다. 그리고 온갖 기상천외한 스파이 시나리오를 제멋대로 만들어 내면서 나와 함께 아본 강 강둑에서 오후 내내 있었다. 직스는 예의 그 요란한 재킷을 입고 남부 사투리를 쓰는 딸기 아이스크림 여자와 어디론가 떠났다. 도리안이 그날 밤에도 〈철퇴와 백조〉에서 낮에 있었던 일을 공상하고 있는데 생각지도 않게 브룸멜이 나타났다.

"같이 앉아도 되겠습니까?"

그가 앉지 않으려 했다면 도리안이 억지로라도 끌어다가 앉혔을 것이다.

"오늘 불편을 끼친 것에 대해 사과를 드립니다."

"그들은 스파이였지요?"

도리안이 불쑥 말했다.

"천만에요!"

그는 영국인들이 흔히 얼뜨기 미국인에게 보내는 경계하는 듯한 눈길로 도리안을 잠깐 바라보았다.

"그들은 그림을 훔치려 했습니다."

그 해 여름에는 유난히 명화 도난 사건이 많았다. 도리안은 실망한 눈치였다. 그녀는 좀더 거칠고 스릴 있는 일을 생각하고 있었다.

"프레디는 인터폴의 런던 책임자입니다. 그들은 디어혼 장이 도둑들의 다음 목표라는 정보를 얻었어요. 그래서 나의 협조를 구했지요. 클라라와 같이 일해 달라고 하더군요."

"아니, 클라라도 수사관이었단 말입니까?"

나는 놀라서 눈을 크게 떴다. 그의 얼굴이 약간 밝아졌다.

"그녀는 훌륭했지요? 거지꼴로 변장을 잘했지요?"

"아니, 그러면, 그러면 그녀가 실제로는…."

도리안은 말을 더듬거렸다.

"그 여자는 예쁜 아가씨였습니다."

브룸멜이 클라라를 두둔했다. 그러나 로맨틱한 감정은 없는 말투였다.

"그리고 똑똑한 여자였습니다. 놈들이 이용하는 희생 관광단에 끼어 렝겔에게 접근했지요. 누가 렝겔에게 정보를 줬는지, 그녀가 뭔가 이상하다는 것을 렝겔이 어떻게 알아차렸는지 우리는 모릅니다. 그러네 렝겔이 리밍톤 온천에 간다고 하고 실제로는 디어혼 장에 간다는 것을 알았을 때 그녀는 수첩을 빨리 손에 넣어야 한다고 생각했지요. 수첩에는 명화를 훔치려고 계획한 모든 장소가 적혀 있었기 때문이죠. 그녀는 나의 잘못으로 죽었습니다. 내가 완전한 조치를 취하지 못했거든요."

그는 침통한 표정을 지었다.

"나는 당신이 그녀를 죽이지 않았다는 것을 알았어요."

도리안이 그를 위로하려는 듯이 말했다. 그게 약이 됐는지 브룸멜의 표정이 밝아졌다.

"거기에 당신과 켈이 나타났을 때 나는 몹시 당황했습니다. 나는 이런 일에는 신출내기거든요. 나는 수첩을 찾아야 했습니다."

그는 도리안의 눈을 똑바로 보았다.

"당신이 나와 디어혼과의 관계를 알아채기 전에 당신을 그 곳에서 떠나 보내고 싶었습니다. 알게 되면 우리 사이가 나빠질까 염려스러웠거든요."

두 사람의 사이는 나빠지지 않았다. 우리가 스트라트포드에 있는 동안 도리안과 브룸멜은 직스와 남캐롤라이나 사이처럼 떼어놓을 수 없는 사이가 되었다. 내게는 잘된 일이었다. 나는 낮에는 셰익스피어를 읽었고 밤에는 셰익스피어의 연극을 봤다. 나는 도리안이 유적에 미친 만큼이나 셰익스피어에 미쳐 있었다. 아 참, 정자로 가는 길을 표시하는 안내판이 가끔씩 잘못되곤 한다는 것도 알았다. 하지만 대부분의 사람들은 오른쪽의 자갈길을 놔두고 나무가 무성한 숲 속으로 들어갈 정도로 분별력이 없지는 않다고 한다. 그리고 나는 여러 가지를 생각했다. 그러나 디어혼에서 있었던 일은 그 곳을 떠나 스롭셔로 갈 때까지 도리안과 얘기할 기회가 없었다. 직스는 남캐롤라이나가 떠난 후에 우리를 뒤쫓아오겠다고 했다. 나는 차 안에서 단도직입적으로 물었다.

"그날 경찰에게 그 얘기는 왜 했어? 브룸멜을 교수형시킬 작정이었어?"

"무슨 소리예요!"

그녀는 성을 벌컥 냈다.

"그가 돌을 들고 시체 옆에서 그녀를 내려다보고 있었지만 범인이 아니라는 것을 나는 알았어요. 그는 그럴 타입이 아니에요."

그때 그녀에게 범인은 겉으로 봐서 구별할 수 없다고 말해 봐야 소용이 없었을 것이다. 결과적으로는 그녀의 말이 맞았으니까. 도리안은 마치 백마를 타고 깃발을 휘두르는 것처럼 의기양양하게 말했다.

"만약 그가 클라라를 살해했다면 그가 비록 사람들이 굽실거리는 귀족이라고 해도 그냥 도망치게 놔두진 않았을 거예요."

나는 그녀가 드디어 영국 숭배열에서 벗어났구나 하고 생각했다. 다음 순간 내 귀에다 대고 큰소리를 내질렀다.

"차를 세워요! 빨리 차를 세워요!"

나는 브룸멜이 약속보다 하루 먼저 쫓아오는 것을 그녀가 사이드 미러에서 보고 그러는 줄 알았다. 그러나 그게 아니었다. 그녀가 푸른 들판에 쌓여 있는 돌무덤을 발견한 것이었다.

나는 한숨을 소리 없이 내쉬고 차를 길가에 비켜 세웠다.

도로시 B. 휴즈(Dorothy B. Hughes, 1904~1993)
미국의 여성작가. MWA 비평상과 거장상을 받았으며 휴즈는 14편의 장편을 썼음.

꼼짝도 하지 못했다

ETERNAL CHASE — 앤소니 길버트

어찌해야 할지 모르겠어. 누구에게 물어 볼 수도 없고. 번개는 같은 곳을 두 번 때리지 않는다고 하지만 그걸 어떻게 알지? 그것을 어떻게 알지?

작은 어린애가 있는 과부가 딩글 하우스를 빌렸다는 얘기를 듣고 나는 같이 놀 친구가 생겼다고 반가워 했다. 우리 집에는 나이가 많은 사람뿐으로 외할머니와 아가사 이모가 살고 있었고 네드 외삼촌은 주말에만 집에 왔다. 네드 외삼촌도 나이가 많았다. 30쯤 됐을까? 그리고 나를 가르치는 여자 가정교사가 있었다. 어린애는 나밖에 없었다.

그래서 나는 할머니가 크래독 부인 집을 방문하기를 간절히 바라고 있었다. 할머니가 그쪽과 친해지기 전까지는 내가 그 여자 애를 초대할 수 없었기 때문이다. 나는 그 애와 친구가 되기를 진심으로 원했다. 물론 그것은 내가 해리엣 본인을 만나기 전의 일이었다.

그렇지만 할머니는 계속해서 딩글 하우스를 방문하지 않았다. 내가 해리엣을 처음 만난 것은 완전히 우연이었다. 어느 날 오후에 마리안느—그녀는 나의 유모였는데 내가 아홉 살이 되어 유모가 필요 없는데도 그래도 있었다—가 편지를 부치라고 내게 심부름을 시켰다. 나는 돌아오는 길에 처음 보는 사람들을 만났다. 우리 동네 사람은 할머니가 방문하든 안 하든 전부 알고 지내기 때문에 그들이 신비스런 크래독 부인과 그 딸인 해리엣이라는 것을 즉시 알 수 있었다.

내가 먼저 본 쪽은 해리엣이었는데 나는 쇼크를 받았다. 키는 나보다 작았고 자기 엄마처럼 우아했다. 남의 눈을 끌기에 충분한 용모였다. 피부는 살구 빛이었고 눈은 갈색으로 컸으며 눈썹은 빛을 발했다.

그러나 그 애를 처음 보는 순간 나는 그녀가 나의 놀이 동무가 될 수 없다는 것을 알았다. 왜냐하면 그 애의 나이는 나보다 두 달이 아래였지만 이미 어린애가 아니었기 때문이다. 그 애는 마치 작은 어른 같았다. 몸짓까지도 의젓했다. 나처럼 여기저기 부딪히거나 물건을 깰 것 같지도 않았다. 그래도 그들이 가까이 다가서자 나는 그 애에게 미소를 보냈다. 할머니가 방문하지 않은 것은 내 의사와 관계가 없다는 듯이.

그런데 그 애는 나를 못 본 척했다. 나는 마치 유령이 된 기분이었다. 나는 창피한 생각이 들어 크래독 부인을 바라보았다. 그리고 두 번째 쇼크를 받았다. 나는 네드 외삼촌으로부터 어느 아름다운 여자 얘기를 들은 적이 있었다. 그 여자가 지나갈 때는 모든 사람들이 창문으로 내다봤다며 그 여자를 〈영원한 미인〉이라고 불렀다고 했다.

마가렛 크래독 부인도 마찬가지였다. 부인은 내가 바라보는 것을 보고 미소를 지었고 나는 열린 입을 다물지 못했다. 마치 캄캄한 밤중에 해가 뜬 것 같았다.

그녀는 아무런 말도 하지 않았다. 그녀도 정식으로 인사하기 전에는 말을 하면 안 된다는 상류 사회의 규범을 알고 있었다. 우리는 그냥 지나쳤지만 등 뒤로 해리엣이 말하는 소리가 들렸다.

"누군지도 모르는데 아는 척할 필요가 없잖아요?"

이어서 크래독 부인의 목소리가 들렸는데, 목소리도 외모만큼이나 아름다웠다.

"알고 지냈으면 좋겠다. 너를 위해 알고 지냈으면 좋겠어."

나는 집에 가서 이 뉴스를 마리안느에게 털어놓았다.

"크래독 부인과 딸을 만났어요. 할머니는 왜 그들을 방문하지 않지요?"

"이유가 있으시겠지."

그녀는 대답이 궁하면 항상 그런 식으로 말했다. 그 후에 나는 마리안느가 하녀 제시에게 〈크래독 씨는 어떤 사람일까?〉 하고 묻는 말을 들었다.

나는 층계 난간 너머로 소리쳤다.

"그는 죽었어요."

나는 크래독 씨가 나쁜 사람이었을 거라는 생각이 들었다. 그것도 처음부터 나쁜 사람이 아니라 다른 사람들의 영향으로 나쁘게 물들은 사람이라고. 다만 누구의 눈에도 크래독 부인이 그러한 독을 지니고 있는 여자가 아니라는 점은 확실했다.

할머니는 계속해서 크래독 부인을 방문하지 않았다. 한 달이 지나서야 나는 크래독 모녀를 다시 만날 수 있었다. 하루는 마리안느와 함께 내 장갑을 사러 로빈슨 씨 상점에 갔다. 우리 동네에 양품점은 로빈슨 씨 상점밖에 없었다. 로빈슨 씨는 모닝 코트를 입고 상점 문 앞에서 귀한 손님을 맞았고 그의 두 딸인 루시와 엘시는 상점에서 손님을 맞았다.

내 장갑을 산 마리안느가 상점 뒤쪽에서 루시와 얘기하고 있는데 크래독 부인과 해리엇이 들어왔다. 크래독 부인은 딸의 토시를 찾았다. 우리들은 전부 토시를 사용했다. 보통 하얀 여우 털에 검은 꼬리가 달린 것으로 실크 끈으로 목에 걸고 다녔다. 엘시가 흰 것은 떨어졌다며 크래독 부인에게 예쁜 갈색토시를 보여줬다. 엘시는 갈색이 더 실용적이라고 말했다. 해리엇은 즉시 화를 냈다.

"나는 갈색이 싫어. 더러운 색이야."

그 애는 내가 브로치를 보고 있는 곳으로 왔다. 나는 고양이 모양의 브로치를 보면서 예쁘다고 생각했다.

"그것은 쓰레기야."

그 애는 멸시하는 듯이 말했다. 그 애의 목소리는 어느덧 어른의 목소리로 변해 있었다. 그녀는 작은 로켓(locket)을 집어 들었다가 팽개쳤다.

"이건 진짜가 아냐."

그녀는 예쁜 로켓을 걸고 있었고 그것을 내 눈앞에 흔들기 시작했다. 그러다가 잘못해서 스프링을 만졌는지 로켓이 땅에 떨어졌다. 나는 몸을 굽혀 그것을 집었다. 한쪽에는 검은 띠와 진주가 세 개 박혀 있었고 다른 쪽에는 〈H. W.〉라는 이니셜이 있었다. 나도 할머니로부터 물려받은, 일요일에 쓰는 로켓이 있어 물었다.

"할머니가 쓰시던 거니?"

"천만에."

해리엣은 내가 로켓을 목에 걸어 줄 수 있도록 머리를 숙였다.

"머리카락을 잡아당기지 마. 그것은 내가 여섯 살 때 받은 거야."

"하시만 〈H. W.〉라고 쓰어 있어. 네 약자는 〈H. C.〉가 아니니?"

"그것은 아버지가 돌아가셔서 그래. 전에 나는 해리엣 윈터였고 바닷가에 살았어. 우리 할머니 집은 니네 집보다 컸고 4륜 마차도 있었어. 그레이스 고모도 같이 살았어."

"그 갈색 토시를 사겠어요."

크래독 부인이 말하는 소리가 들려 왔다. 해리엣은 어깨 너머로 어머니를 바라보며 웃었다.

"엄마가 끼면 너무 작아서 웃길 거야. 내게 줄 생각이라면 나는 안 껴. 창 밖으로 버릴 테야."

그녀는 발을 굴렀다. 엘시가 토시를 포장하는 사이에 크래독 부인이 내게 몸을 돌렸다.

"네가 다워 하우스에 사는 아가씨구나. 그렇지?"

이 말이 마리안느의 귀에 들어간 모양이었다. 그녀가 낮은 소리로 코르셋을 흥정하고 있었을 때였다. 모든 사람들처럼 그녀 역시 속옷을 입으면서도 마치 그런 물건은 세상에 존재하지 않는다는 듯이 행동하고 있었다.

"자, 비키 아가씨, 남을 귀찮게 하면 못써요."

그녀가 팔을 뻗쳤고 나는 하는 수 없이 가서 손을 잡았다. 크래독 부인은 구입한 물건을 들고 상점에서 나갔고 해리엣이 뒤따랐다.

"쟤는 아직 어린애야. 글쎄, 작은 고양이 브로치가 좋대."

해리엣의 경멸하는 듯한 목소리가 들렸다.

"그 아가씨 혼 좀 나야겠어."

집으로 가면서 마리안느가 투덜댔다. 나는 마리안느에게 그 얘기를 하고 싶지 않았지만 달리 물어 볼 사람이 없어 하는 수 없이 말을 꺼냈다.

"마리안느, 아버지가 죽으면 성을 바꿔야 해요?"

"이상한 것을 묻네. 왜 그런 것을 묻지, 비키?"

"해리엣 크래독은 아버지가 돌아가시기 전에는 해리엣 윈터였대요. 바닷가에 있는 집에 살았고, 할머니와 그레이스라는 고모도 있었대요."

잠깐 동안 마리안느는 아무런 말도 하지 않았다. 이윽고 그녀는 이상한 목소리로 말했다.

"걔가 그랬어? 내가 그 생각을 못했다니!"

"무슨 생각을 못했단 말예요?"

그녀는 내 손을 이끌며 발걸음을 재촉했다.

"할머님께서 남의 얘기를 하는 것은 야비한 행동이라고 하셨어, 비키."

점심에 손님이 와서 옛날에는 유아 방이었으나 지금은 교실로 쓰는 방에서 식사를 했다. 나는 부엌에서 식사를 하고 싶었지만 허락되지 않았다. 식사 후에 책을 들고 정원으로 나갔다. 책은 재미가 없었다. 나는 네드 외삼촌이 런던에서 새 책을 사 왔으면 좋겠다고 생각했다.

잠시 후에 나는 과수원에서 개구리나 잡아야겠다고 생각했다. 그러나 오늘따라 개구리가 눈에 띄지 않았다. 그래서 요리사인 고만에게 물이나 달래야겠다고 생각했다. 산 개구리는 못 잡은 대신 개구리 그림이라도 그려야겠다고 마음을 바꿔 먹은 것이다.

나는 집을 빙 돌아갔다. 부엌 창 밑에 갔을 때 고만, 마리안느, 제시, 그리고 제시의 동생인 루이자가 테이블에 앉아 머리를 맞대고 있는 게 보였다. 마리안느가 이야기하는 소리가 들렸다.

"정말이야. 아가씨는 그런 말을 지어낼 수 없어!"

"그런데도 이곳에 와서 뻔뻔스럽게 사람들이 방문하기를 바라다니!"

제시가 말했다.

"나는 멋지다고 생각해. 진짜 살인자가 우리 동네에 살고 있다니."

루이자가 말했다.

"법이 아니라고 판명했으니까 그 여자는 살인자가 아냐! 그리고 이 가엾은 여자도 어디선가 살기는 살아야 할 것 아냐?"

고만이 스코틀랜드 사투리로 엄하게 말했다.

"그러니까 아이가 그렇게 사납지. 어린애를 그런 일에 휩쓸리게 하다니 나는 그 엄마를 용서할 수 없어, 사라."

마리안느가 엄격한 말투로 말했다. 나는 고만의 이름이 사라라는 것을 처음 알았다. 나는 고만은 성 말고 이름은 없다고 생각하고 있었다.

"그 애는 어쩔 수 없이 휩쓸리게 된 거야. 독살된 사람이 아버지니까."

고만의 말에 나는 흥분으로 몸을 떨면서 창 밑에 쭈그리고 앉았다.

"애 이름이 해리엇인데 내가 왜 그 생각을 못했는지 모르겠어. 신문에 사진까지 났는데."

마리안느가 말했다.

"신문, 아 그래요. 신문에 난 게 넉 달 전이지요? 쿠즈가 언제 왔었지요, 아줌마?"

제시가 요리사에게 물었다. 우리 집의 헌 신문은 모두 지하실에 모아 둔다. 그러면 몇 달에 한 번씩 쿠즈가 와서 한꺼번에 사 갔다. 그러면 고만은 그 돈을 굶주리고 있는 중국계 아이들을 위해 기부했다.

지하실 문을 여는 소리가 났다. 나는 제시가 신문을 찾으러 간다는 것을 알고 고개를 들었다. 그들은 얘기에 너무 열중해 있어 내가 창틀에 걸터앉아 있어도 못 봤을 것이다. 제시가 돌아왔고 종이를 뒤적이는 소리가 난 후에 제시 목소리가 들렸다.

"여기 있어요! 해리엣이 상자(Box. 역주: 증인석)에 있는 사진도 났어요."

나는 상자가 뭔지 알 수 없었다. 혹시 관일까? 하지만 죽은 사람은 해리엣이 아니라 윈터 씬데.

그들은 너무 열중해 있어서 네드 외삼촌이 들어오는 소리조차 듣지 못했다. 네드 외삼촌은 보통 때보다 일찍 왔고 부엌으로 곧바로 들어왔다. 우리 집안에서 오후에 불쑥 부엌에 나타나는 사람은 외삼촌뿐이었지만 그들은 외삼촌 말이라면 무엇이든 들었다. 그것은 시원한 푸른 눈과 작은 금발 콧수염의 외삼촌이 미남이기 때문만은 아니었다. 외삼촌은 무슨 일이 일어나건 동요하는 법이 없었다. 내가 아는 사람 중에 그런 사람은 없었다.

"내가 무슨 연구회 모임을 방해했나요? 매우 귀여운 아이군. 어디서 본 것 같은 얼굴인데…. 그렇지! 하지만 윈터 사건은 왜 들추고 있지? 벌써 끝난 일인데."

마리안느가 일동을 대신해 그에게 설명했다.

"이번에 딩글 하우스에 새로 이사 온 사람이 윈터의 미망인이에요. 오늘 아침 로빈슨 가게에서 그녀의 딸이 비키에게 말을 걸어 왔어요."

네드 외삼촌의 말은 나의 귀에는 마치 다른 사람의 목소리처럼 들렸다.

"끝없는 의혹이 또 시작됐군. 아무도 그녀를 그냥 놔두지 않겠군. 그건 그렇고 비키는 어디 있어요?"

"정원에 있어요."

나는 몸을 숙이고 집을 돌아 과수원으로 갔다. 그리고 외삼촌의 발소리가 다가오기를 기다렸다.

"재미있니? 후, 언제부터 책을 거꾸로 읽는 버릇이 생겼니?"

"다른 책을 갖고 오셨어요? 이 책은 다 읽었어요."

"여기에 얼마나 있었니? 거짓말하지 말고 바로 말해."

"내가 일부러 엿들은 게 아녜요. 물을 달라고 갔는데 얘기를 하고 있었어요. 해리엇 얘기가 들리기에…."

"그래 무슨 말을 들었니?"

"크래독 부인이 남편을 독살했다는 거요."

"아냐, 크래독 부인은 배심원들에 의해 남편을 독살했다는 혐의가 벗겨졌어. 배심원들은 그녀를 자유롭게 풀어 준 거야."

"자기가 죽이지 않았는데 이름은 왜 바꿨지요?"

"왜냐하면 자기만 결백하다고 생각한다고 문제가 해결되는 것은 아니기 때문이야. 남들도 결백하다고 믿어야 한단다. 내 말이 무슨 말인지 알겠니?"

나는 고개를 끄덕였다.

"알 것 같아요. 지난 크리스마스 때 아가사 이모는 내가 거실에 있는 꽃병을 깼다고 하셨어요. 하지만 난 깨지 않았어요. 바람이 불어서 깨진 모양인데 이모는 내 말을 믿지 않으셨어요."

나는 내가 하지 않았다는 것을 증명할 수 없어서 남들이 믿어 주지 않아 낭패를 봤던 기억을 떠올렸다. 내가 깨지 않았다는 것은 나만이 알았다. 아니, 하느님도 아셨다. 나는 가끔 하느님은 왜 곤란한 입장에 있는 사람을 대신해서 말하지 않을까 하고 생각했다. 하기야 그렇다면 세상에는 정의만 있게 되고 천당도 필요 없겠지.

"크래독 부인도 그런 입장인가요?"

네드 외삼촌은 고개를 끄덕였다.

"그래, 비키야. 바로 그렇단다."

그날 저녁 내가 홀을 지나가는데 아가사 이모가 기다란 신문 기사를 누런 종이에 붙이고 계셨다. 크래독 부인의 재판 기사라는 것쯤은 보지 않아도 알 수 있었다. 아가사 이모는 요한계시록에 나오는 눈이 앞뒤로 달린 동물 같았다. 나를 보지 못했을 텐데도 알아채고 소리쳤다.

"빅토리아, 엿보는 것은 비열한 짓이라고 내가 말했잖니?"

나는 재빨리 침실로 올라갔다. 그리고 무슨 수를 써서라도 그 누런 종이의 기사를 읽고야 말겠다고 다짐했다.

기회가 올 때까지 나는 1주일을 더 기다려야 했다. 네드 외삼촌은 런던으로 돌아갔고 나는 집에 갇혀 있는 죄수나 다름없었다. 우체국에 혼자 가는 것도 허락되지 않았다.

어느 날 오후 할머니와 아가사 이모를 데리러 4륜 마차가 왔다. 이모가 오늘은 늦게 돌아올 거라고 하는 말이 들렸다. 모든 사람에게 크래독 부인 얘기를 하는 게 두 사람의 의무라고 생각하시겠지.

나에게 운이 좋았던 것은 마리안느는 치통으로 이를 빼러 가야 했고 제시와 루이자는 함께 어디론가 나가 버렸다는 사실이었다. 집 안에는 고만밖에 없었다. 나는 고만을 귀찮게 하지 말고 정원에 나가 조용히 놀고 있으라는 명령을 받았다.

어른들이 나가는 것을 기다려 나는 서재에 숨어 들어갔다. 신문 기사가 붙은 누런 종이는 틀림없이 네드 외삼촌의 커다란 웰링턴 상자 안에 있을 것이라고 추측했다. 상자는 잠겨 있었다. 열쇠를 아저씨의 책상 서랍에서 찾아 열었다. 그 안에는 여러 장의 누런 종이가 있었다. 크래독 부인—앞으로는 윈터 부인이라고 불러야지—과 해리엇의 사진도 나와 있었다. 윈터 씨는 〈고인〉이라고 불렀다.

나는 종이를 들고 다락으로 갔다. 그 곳에 있으면 아무도 찾아오지 않는다는 사실을 나는 알고 있었다. 내가 예전에 뒤집어쓰고 장난하던 리놀륨 판과 가슴을 섬뜩하게 하던 마네킹을 지나 낡은 빅토리아풍 소파에 앉아 기사를 읽기 시작했다.

몇몇 군데는 무슨 말인지 몰라 몇 번씩이나 읽은 후에야 간신히 이해를 했지만 기사내용은 대략 다음과 같았다.

약 10년 전에 18세의 마가렛 크래독은 연상의 헨리 윈터와 결혼해서 해리엇을 낳았다. 파울 검사의 말에 의하면 부인은 남편보다 훨씬 딸을 애지중지했다.

사망하기 약 한 달 전에 윈터 씨는 외국에 가서 근무하게 되었다. 그러나 기후 때문에 딸은 데려갈 수 없었다. 그는 딸을 할머니와 그레이스 고모에게 맡기자고 했다. 윈터 부인은 딸과 절대로 헤어질 수 없다고 반대했다. 해리엇은 한바탕 소동을 벌였고, 엄마가 떠나면 자기는 물에 빠져 죽겠다고 했다. 파울 검사는 버릇없이 자란 아이의 응석을 받아준 게 불행이라고 말했다. 부부는 서로 자기 주장을 굽히지 않았다. 윈터 부인은 남편이 꼭 외국에 가겠다면 자기는 영국에 남겠다고 했다. 그런 와중에 윈터 씨는 열이 나서 침대에 눕게 되었다. 그 후 1주일 만에 윈터 씨는 죽고 말았다. 윈터 부인이 남편을 정성껏 돌봤다는 것은 누구도 부정할 수 없는 사실이라고 파울 검사도 인정했다. 그 동안에도 윈터 부인은 시댁, 즉 할머니와 그레이스 고모가 사는 〈빅 하우스〉에 딸을 맡기는 것을 단호히 거부했다.

윈터 씨 집에는 집사가 한 사람밖에 없었다. 원래 하녀도 한 명 있었지만 윈터 씨가 외국에 갈 생각이어서 그녀가 그만두자 다른 사람을 따로 채용하지 않았던 것이다. 따라서 윈터 부인은 남편 간호를 하면서 부엌일까지 도맡아 해야 했다. 의사는 윈터 씨 병은 열이 좀 심할 뿐으로 다른 특별한 증세는 없었다고 증언했다. 병세의 회복은 시간문제였다는 것이다. 윈터 씨는 와병 중에도 여전히 외국에 갈 의사에는 변함이 없었고, 그때는 반드시 아내와 함께 가겠다고 강경하게 주장했다고 한다.

사건 당일 오후, 집사는 집에 다니러 가고 없었다. 아침에는 좋았던 날씨가 오후에는 흐려지더니 비가 왔다. 그래서 해리엇은 아버지 병실 밖의 층계에서 다과회 소꿉장난을 하며 놀았다. 그 사실은 별것 아닌 것 같지만 나중에는 대단히 중요한 일로 나타났다. 4시쯤에 윈터 부인은 해리엣에게 차를 준비하러 아래층에 간다고 말했다.

"내가 올 때까지 아빠와 같이 있어라. 아빠께서 아직도 많이 편찮으시니 무엇을 달라고 하실 때 거슬러서 역정 나시게 하면 안 된다."

이것은 환자가 많이 회복되고 있었다는 의사의 진술과는 정반대되는 말이었다. 그로부터 약 15분 후에 윈터 부인은 차를 들고 올라왔고 해리엣은 자기 소꿉장난으로 돌아갔다. 잠시 후 방안에서는 신음 소리와 토하는 소리가 났다. 해리엣은 어머니가 나올 때까지 밖에 그대로 있었다.

"아빠 병세가 나빠졌다. 블레이어 의사를 모시고 와야 하는데 누가 모시고 오지? 하녀는 없고 아버지가 저렇게 아픈데 나는 너를 아버지 곁에 떼놓고 갈 수가 없구나."

"내가 의사에게 갔다 올게요."

윈터 부인은 날씨도 나쁜데 어린애를 혼자 밖에 내보낸다는 게 마음에 걸렸지만 하는 수 없었다. 그래서 부인은 해리엣에게 편지를 써 줬고 잠시 후에 해리엣은 마차를 타고 집으로 찾아오는 그레이스 고모를 만났다. 고모는 마차에서 내려 해리엣이 혼자서 뭘 하고 있느냐고 물었고 해리엣은 아버지의 병세가 갑자기 나빠져서 의사에게 가다가 길을 잃었다는 말을 했다. 그레이스 고모는 해리엣을 데리고 의사 집에 가서 의사와 함께 동생 집으로 갔다.

윈터 부인이 문을 열었다.

"선생님, 빨리 들어오세요. 남편 병세가 갑자기 악화되고 있어요. 왜 그런지 모르겠어요. 내가 직접 준비한 음식만 드셨으니 음식 때문은 아닐 거예요."

부인은 그들을 2층으로 안내했다. 윈터 씨는 누이를 보자 힘없는 소리로 말했다.

"그레이스, 나는 독을 먹었어."

그레이스 고모는 방에 있고 싶었지만 의사가 해리엣과 함께 방에서 내쫓았다. 윈터 부인이 남편이 토한 것을 전부 치웠다는 것도 그녀에게 나쁘게 작용했다. 나중에 그레이스 윈터가 방안에 들어갔을 때 그녀는 동생의 손을 잡고 물었다.

"헨리, 누가 이랬니?"

그러나 헨리 윈터는 병세가 너무 나빠 대답을 할 수 없었다.

얼마 후에 그레이스 고모는 가기 싫다고 고집을 부리는 해리엇을 끌고 할머니 집으로 갔다. 엄마가 다음날 아침 일찍 데리러 가겠다고 약속을 해서 겨우 보낼 수 있었다. 의사는 환자 곁을 떠나지 않았고 다음날 새벽 4시경에 헨리 윈터는 의식이 돌아오지 않은 채로 사망했다.

의사는 환자가 한 말이 있기 때문에 부검을 하기 전에는 사망 진단서를 뗄 수 없다고 말했다. (나는 이게 무슨 말인지 알 수 없었다.) 윈터 부인은 약속한 대로 딸을 데리러 갈 수 없어서 집사를 통하여 쪽지를 보냈다. 해리엇 할머니 집에는 전화가 없었기 때문이다. (우리 집에도 전화가 없었다. 할머니는 기계 신세를 지고 싶지 않다며 전화를 놓지 않고 있었다.)

얼마 후에 해리엇을 만나러 경찰이 할머니 집에 찾아왔다. 해리엇은 차분한 목소리로 물었다.

"아빠는 죽었나요? 독을 먹고 죽었나요? 독은 우유에 들어 있었나요?"

경찰이 그때까지 파악하고 있던 바로는 윈터 씨는 우유를 마시지 않았다. 그런데 해리엇이 말한 바에 따르면, 어머니가 아래층으로 차를 준비하러 간 동안에 아버지가 이렇게 말했다는 것이다.

"얘야, 목이 마르다. 마실 것 좀 갖다 줘."

물병은 어머니가 끓인 물을 채우러 부엌으로 갖고 가서 없었다. 마침 그때는 장티푸스가 유행하고 있어 물을 꼭 끓여 마셔야만 했다. 그래서 충계 근처에 있는 수도에서 물을 받아 드릴 수가 없었다. 해리엇은 소꿉장난에 쓰던 우유가 있는데 괜찮겠느냐고 아버지에게 물었다.

"괜찮겠지."

그래서 해리엇은 우유를 컵에 따랐다. 그때 아버지가 말했다.

"약상자에 있는 내 약병 좀 갖다 줘."

아버지는 알약 하나—해리엇은 틀림없이 하나였다고 했다—를 우유에 넣었다. 거품이 약간 일었다. 아버지는 컵을 돌려주며 말했다.

"엄마에게는 얘기하지 마라. 내가 알약 먹는 것을 싫어한단다."

그리고 반은 혼잣말처럼 중얼거렸다.

"어떤 때는 내가 죽어 없어지면 좋아할지도 모른다는 생각이 들어."

이때 경찰이 해리엇에게 물었다.

"왜 그 얘기를 여태껏 안 했니?"

"아빠가 하지 말라고 해서 안 했어요."

"엄마에게는 했니?"

"엄마를 만나지 못해 못했어요."

"다른 사람에게는 얘기했니?"

"얘기할 사람이 없어요."

"할머니와 고모가 있잖아?"

"할머니와 고모에게 우리 집 얘기는 안 해요."

파울 검사는 우유 얘기는 해리엇이 엄마를 도우려고 지어낸 말이라고 배심원들을 납득시키려고 했다 그러나 해리엇은 사실이라며 한 발짝도 물러서지 않았다. 사람들은 그 얘기를 어머니와 의논할 시간도 없었고 어린애가 감히 그런 말을 지어낼 수도 없다고 생각했다.

의사를 기다리는 동안 윈터 부인이 모든 찻잔과 컵을 씻었기 때문에 어떻게 독을 먹게 됐는지 알아낼 방법이 없었다. 윈터 씨는 차말고도 핫케이크를 조금 먹었다. 그런데 윈터 부인이 남편이 손을 안 댄 핫케이크는 보관했지만 남편이 먹다 남은 핫케이크는 버려 버렸다. 부인은 병실을 깨끗이 하고 싶었고 남편의 병이 이상한 이유로 악화됐다고는 생각하지 않았기 때문에 먹다 남은 핫케이크는 버렸다고 말했다.

부검 결과 윈터 씨는 정원에 있던 깡통에 든 쥐약을 먹고 사망한 것으로 판명되었다. 그 깡통은 정원 창고 선반에 보관되어 있었다. 리처드스라는 정원사는 쥐약은 윈터 씨가 준 것이라고 진술했다. 그는 집안을 장식할 꽃을 전할 때만 윈터 부인을 볼 수 있었다고 말했다. 윈터 씨는 꽃을 자르면 시든다고 자르지 못하게 했다고 한다. 그 일 때문에 두 사람이 가끔 말다툼했을 뿐 달리 다투는 일은 못 봤다고 정원사는 말했다. 그는 항상 꽃을 부엌문으로 갖고 갔기 때문에 집 안에는 들어가지 않았다고 한다. 차가 마시고 싶을 땐 하녀가 부엌 창문을 통해 줬다.

윈터 부인이 증인석에 섰을 때 (이제는〈상자〉라는 말이 증인석을 뜻한다는 것을 알게 되었다) 그들은 부인이 남편보다 정원사—네드 외삼촌만큼 나이를 먹었으나 외삼촌보다 못생겼다—를 더 좋아했다는 것을 밝히려는 것 같았다. 나는 언뜻 그것은 바보 같다는 생각이 들었다. 그는 정원사였고 돈이 없을 테니까.

해리엇이 증언대에 섰다. 판사는 어린애를 증언대에 세우는 것에 반대했지만 레슬리 변호사는 해리엇이 중요한 증인이라고 말했다. 나는 해리엇이 나처럼 말을 더듬거나 떨지 않고 침착하게 〈모릅니다〉〈생각이 나지 않습니다〉 하고 똑똑히 대답하는 모습을 상상할 수 있었다.

그녀는 어머니가 하루 종일 정원에 가지 않았다고 증언했다. 비가 내리기 시작할 때까지 정원에서 놀았고 어머니가 차를 끓이러 아래층에 갔을 때도 창 밖을 내다보고 있었기 때문에 창고에 갔다면 자기가 봤을 거라고 했다. 집 안에서 젖은 구두나 스커트도 찾지 못했고 독약도 나오지 않았다.

그 외에도 많은 것이 있었으나 너무 많아 다 읽지 못했다. 어쨌든 배심원들은 윈터 부인이 독을 먹이지 않았다고 판결했다. 배심원들은 독약이 어떻게 투입됐는가 하는 증거가 불충분하다고 말했다. 나는 윈터 씨 자신이 먹었을 수도 있다는 뜻이라고 생각했다.

그리고 윈터 부인이 새로운 인생을 시작하기 위해 딸을 데리고 그 고장을 뜨겠다고 말한 기사도 있었다. 나는 나이가 30이 가까운 여자가 새로운 인생을 시작한다는 게 우스꽝스럽다고 생각했다.

나는 그 기사를 읽고 해리엇에게 무한한 질투를 느꼈다. 10살이 되기 전에 히로인이 되다니! 신문에는 그녀 사진이 실려 있었다. 나는 증인석에 서서 네드 외삼촌을 위해 증언을 하는 공상을 했다. 삼촌이 살인용의자가 될 리야 없지만 남들은 삼촌이 은행을 털었다고 생각할 수도 있었다.

나는 시간이 가는 줄 모르고 그 공상을 하다가 신문철을 되돌려 놓을 때 외출에서 돌아온 할머니에게 들킬 뻔했다.

"오늘 뭐했니?"

아가사 이모가 묻기에 책을 읽었다고 대답했다. 그 증거로 나는 네드 삼촌이 사다 준 새 책을 들고 있었다. 내가 해리엇에 지지 않을 만큼 영리해져 간다는 생각이 들었다.

나는 해리엇을 다시 만나고 싶었다. 그러나 그 애와 엄마는 땅 속에 숨은 여우처럼 좀체 모습을 볼 수 없었다. 나는 내가 찾아 나서야겠다고 생각했다. 그래서 어느 날 오후 공을 집 밖으로 굴리고 언덕을 달려 내려갔다.

딩글 하우스는 언덕 아래에 있었다. 그 집이 그렇게 오랫동안 비워져 있던 이유의 하나가 낮은 곳에 있어서 습기가 차기 때문이라고도 했다. 내가 그 집 문 앞 가까이 가자 해리엇이 누군가와 이야기하는 소리가 들렸다. 누가 그 애를 방문했는지 매우 궁금하다.

나는 일부러 공을 그 집 정원으로 던졌다. 내가 울타리를 넘어갔을 때 해리엇은 혼자 소꿉장난을 하면서 보이지 않는 상대와 얘기하고 있었다. 그녀는 정원에 앉아 있었고 흰 보 위에는 장난감 차 세트가 널려 있었다. 그 애는 나를 보더니 오만하게 말했다.

"왜 왔어?"

"내 공이 너희 집 정원에 들어갔어."

"그럼, 들어와서 갖고 가."

나는 소꿉장난 차 세트에서 눈을 뗄 수 없었다. 설탕 그릇과 찻숟가락까지 실제와 꼭 같았다. 모든 것을 완벽하게 해야 직성이 풀리는 해리엇은 자갈로 만든 롤빵과 나뭇잎으로 된 비스킷을 쟁반에 담아 놓았다.

"차가 마시고 싶으면 있어도 돼. 네 자리도 벌써 준비해 놨으니까."

일단 시작한 일이니 끝까지 해보는 수밖에 없었다. 그 집 문을 연 순간에 나는 이미 뒤로 물러날 수가 없었다.

"내가 온다는 것을 어떻게 알았지? 다른 사람들은 늦는구나."

그녀는 내게 경멸의 눈길을 보냈다.

"그들은 벌써 와 있어. 너에게 보이지 않는다면 할 수 없지."

그녀는 차 주전자를 들어 차를 따르는 시늉을 했다.

"크림은 네가 알아서 타."

그녀는 크림포트를 가리켰다. 나는 조심해서 크림을 따랐다. 할머니는 손님들에겐 크림을 권하곤 했지만 나는 집에서 크림을 넣은 적이 없었다. 다음에는 설탕 그릇을 들어 잔에 설탕을 넣었다. 놀랍게도 그때 해리엣이 무서운 얼굴을 하고 내 팔을 잡았다.

"자를 마시라고 권하기 전에 마시면 안 돼."

나는 먹으라고도 안 했는데 케이크에 손을 뻗쳤을 때 할머니가 손목을 때리던 생각이 났다.

"하지만 설탕만 넣었는데."

"그 잔은 네 것이 아냐. 네 할머니 잔이야."

해리엣은 내 옆 풀밭을 가리켰다. 나는 잔을 슬그머니 놨다.

"이것은 너의 고모 잔이야. 그리고 이것은 딕슨 부인 것이고. 딕슨 부인은 설탕을 안 써."

딕슨 부인은 목사 부인이었다.

"네드 외삼촌은?"

"남자는 초대하지 않아. 혼자 사는 숙녀는 남자를 초대하는 게 아냐. 그리고 우리는 남자가 필요 없어."

"나는 언제나 네드 외삼촌과 같이 놀아. 너는 아버지가 보고 싶지 않니?"

"아버지는 나와는 안 놀았어. 언제나 너무 바빴어. 아버지들은 같이 놀지 않아. 언제나 여행만 다녀."

그녀는 차가운 목소리로 말하고 나를 빤히 바라봤다.

"너의 아버지는 어디 있니? 네 아버지도 가버렸니?"

"아버지는 인도에 가셨어. 지금은 다른 부인과 살아. 다워 하우스가 내 집이야."

"네 아버지도 멀리 떠나갔구나."

해리엣은 의기양양해서 말했다.

"나는 너의 아가사 이모를 본 적이 있어. 우리 엄마가 그러는데 처녀 가시에 찔려 비쩍 말랐대."

그게 무슨 말인지 몰랐지만 좋은 소리 같지는 않았다. 내가 대답을 하기 전에 누가 내 이름을 불렀다. 네드 외삼촌이 문 옆에 서 있었다.

"할머니가 걱정하고 계신다, 빅토리아. 다과회에 초대를 받았다고 말씀을 드리고 와야지."

외삼촌은 해리엣에게 모자를 벗고 절을 했다.

"쟤가 있고 싶어했어요."

해리엣이 아무렇게나 말했다. 나는 공 얘기를 했다. 그러나 외삼촌은 나를 보고 있지 않았다. 외삼촌의 시선을 따라가 그쪽을 보니 크래독 부인이 정원의 샛길을 따라 이곳으로 오고 있었다.

"인사드리겠습니다. 저는 빅토리아의 외삼촌으로 에드워드 오헤어라고 합니다. 빅토리아가 어디 간다고 말하지 않고 와서 찾아 왔습니다."

"해리엣에게 친구가 생겨서 반가워요. 이곳에는 어린애들이 별로 없어서요."

해리엣이 어머니 말에 발끈했다.

"아홉 살이면 어린애가 아녜요. 그리고 얘는 내가 초대하지도 않았어요. 자기가 오고 싶어서 울타리 너머로 공을 일부러 던졌다구요!"

"그렇다면 네가 좋다는 뜻이니 고맙게 생각해야겠구나."

크래독 부인은 네드 외삼촌에게 몸을 돌렸다.
"언제 한번 또 초대하고 싶지만 곧 이 동네를 떠나게 됐어요."
"안됐군요. 이 집에 습기가 차서 그런가요?"
"습기가 많긴 하지만 그것 때문이 아녜요. 따돌림 받는 동네에서 살고 싶지 않아 그래요."
"동네에 들어가는 문이 있으면 나오는 문도 있겠지요."
"비밀의 문을 말하시는 군요."
크래독 부인은 의미심장한 말을 던지면서 아름다운 미소를 지었다. 나는 부인이 더 자주 웃어야 한다고 생각했다. 그러면 세상이 밝아질 것이라는 생각이 들었다. 외삼촌이 말했다.
"그 비밀의 문 열쇠를 못 찾으신다면 누가 대신 찾아 줄지도 모릅니다."
"그 문이 한쪽으로만 열린다면?"
"그럼, 그 사람노 들어가겠시요."
그들은 네트를 사이에 두고 공을 치고 받으며 테니스 하는 사람들 같았다. 그들은 다른 사람은 안중에도 없었다. 나는 그들이 무슨 소리를 하는지 몰랐지만 대화에 매료되어 귀를 기울이고 있었다. 크래독 부인이 말했다.
"그 곳은 외로운 곳이에요."
"그야 같이 있는 사람에 달렸겠지요. 그리고 나는 군중에게 휩쓸릴 필요가 없다고 생각합니다. 내 말은 들리는 소리를 전부 믿을 필요가 없다는 얘깁니다."
"그런 말은 당신한테 처음으로 듣는군요."
해리엣이 끼어들지 않았다면 그들의 얘기는 끝이 없을 것 같았다.
"빅토리아의 할머니가 걱정한다니 빅토리아는 집에 가야 하지 않아요?"
"부인께서 잘 생각하시기 바랍니다. 생각을 바꾸게 될지도 모르니까요."

네드 외삼촌은 해리엣을 보았다.

"네 파티를 방해해서 미안하다, 해리엣."

"손님은 아직 많이 있으니까 괜찮아요."

해리엣이 어른 같은 목소리로 말하며 나를 바라보았다.

"내가 남자는 필요 없다고 했지? 남자들은 일만 망치고 떠나."

나는 외삼촌과 언덕을 올라가며 물었다.

"크래독 부인이 따돌림을 받았다는 게 무슨 소리예요?"

"남들이 같이 얘기를 안 한다는 말이야."

"그럼 자기가 하면 되잖아요?"

"자기가 한다고 되는 게 아니야. 자기는 어쩔 수 없는 거야."

나는 그때까지 아직 따돌림을 받는다는 것이 어떤 의미인지를 정확히 이해할 수가 없었다. 언덕 위에는 아가사 이모가 기다리고 있었다. 이모가 사납게 물었다.

"어디 있었니?"

"공이 굴러가서 찾으러 갔대요."

네드 외삼촌이 대답했다. 외삼촌은 크래독 부인이나 해리엣 얘기는 한마디도 하지 않았다.

갑자기 나는 크래독 집안에 흥미를 잃었다. 우리 동네에 웨스톤이라는 사람들이 이사를 왔고 그 집 딸 신시아가 우리 집에 와서 내 가정교사에게 배우게 됐다. 나는 첫눈에 그 애가 내가 기다리던 아이라는 것을 알았다. 그녀 역시 외동딸이었고 나와 비슷한 점이 있었기 때문에 서로 죽이 맞았고 내가 만든 상상의 세계에 신시아는 곧바로 함께 할 수 있었다.

우리 둘은 뜨거운 여름 내내 같이 지냈다. 할머니가 웨스톤 집안을 방문했기 때문에 나는 신시아를 마음대로 집에 부를 수 있었다. 마리안느까지도 신시아를 좋아했다. 가끔씩 나는 해리엇을 생각했다. 제멋대로이고 위세를 부리는 해리엇. 그녀의 모습이 가끔 보이는 것으로 보아 그들이 딩글 하우스에서 이사를 가지 않은 것을 알 수 있었다. 이제 그녀는 나와 상관없는 아이였다. 적어도 그때는 그렇게 생각하고 있었다.

8월이 되자 웨스톤 일가는 바닷가의 피서지로 떠났다. 우리는 이곳 이상으로 공기가 좋은 곳은 없다는 할머니의 생각 때문에 집을 떠나는 일이 없었다. 나는 신시아가 보고 싶어 참을 수가 없었다. 나는 과수원 풀밭에 누워 날뛰는 말에서, 돌진하는 황소로부터(나는 황소가 겁났다) 또는 펄펄 끓는 바다에서 신시아를 구하는 공상을 했다.

아가사 이모는 항상 나를 꾸짖었다.

"하루 종을 책에다 코만 박고 있으면 눈이 나빠지고 등이 구부정해져."

네드 외삼촌은 지금도 금요일이면 집에 왔지만 그전만큼 멋있게 보이지 않았다. 나는 신시아가 돌아오기만을 손꼽아 기다렸다. 그러다가 어느 날 오후 나의 눈앞에 하늘이 무너지는 것 같은 일이 생겼다.

책에도 싫증이 난 나는 재미있는 일이 없을까 살피다가 고슴도치가 정원 담 밑을 파는 게 눈에 띄었다. 담 너머는 들판이었다. 사람들은 돌아가지 않고 우리 집을 통해 그 곳으로 다닐 수 있게 해달라고 말했지만 할머니는 매년 여름마다 들판에서 캠핑하는 집시들 때문에 안 된다고 했다. 덕분에 이쪽에는 사람들의 발길이 전혀 없었다.

나는 과수원 문을 열고 들판에 나갔지만 고슴도치는 땅 밑에 숨었는지 보이지 않았다. 나는 조금 멀리까지 가보기로 했다. 집시들이 캠핑하는 텐트가 보일지도 모른다. 그들이 아가사 이모와 마리안느를 상대하는 것보다는 재미있을 것 같았다. 그러나 보이는 것은 집시의 모습이 아니라 손을 잡고 걷는 한 쌍의 남녀뿐이었다. 갑자기 남자가 여자를 끌어안았고 두 사람은 한 몸이 되었다.

그들은 크래독 부인과 네드 외삼촌이었다.

소리를 질렀는지 아닌지, 나는 기억이 없다. 그러나 두 사람은 너무 열중해 있어 나를 알아채진 못했다. 두 사람이 이곳에서 처음으로 만난 것이 아니라는 것은 한눈에 알 수 있었다. 그녀는 새가 둥지를 찾아가듯이 외삼촌의 품에 자연스럽게 안겼다. 신시아와 나는 사랑과 결혼에 대해 얘기한 적이 있었다. 그것은 계란과 베이컨, 빵과 버터 같은 것이라고 생각했다. 사랑과 결혼은 떼어놓고 생각할 수 없는 것이다. 네드 외삼촌이 정말로 크래독 부인과 결혼할 생각인가?

외삼촌은 그럴 생각인 것 같았다. 외삼촌은 그날 밤 할머니에게 그 얘기를 했다. 나는 너무 놀라 날듯이 집으로 돌아와 할머니 품을 파고들었다.

"뭐에 그렇게 놀랐니? 햇볕을 너무 쪼여서 어디 아픈 게 아니냐?"

할머니는 가끔씩 믿을 수 없을 만큼 친절하셨다. 할머니는 나를 거실에 데리고 가서 40년 전에 할아버지가 중국에서 갖고 왔다는 인형을 주셨다. 그것은 전에 없었던 일로 할머니가 내게 대단한 선심을 쓰신 것이었다. 나는 할머니의 탐색하는 눈길을 피해 소파 뒤에 앉았다. 할머니와 이모는 소파 양쪽에 앉아 뜨개질을 했다. 얼마 후에 네드 외삼촌이 들어왔다.

"너도 소문 들었니? 곧 크래독 부인이 딩글 하우스를 떠난다는구나. 뭐 하러 그렇게 오랫동안 살았는지, 원."

아가사 이모가 기다렸다는 듯이 외삼촌에게 말했다.

"도망 다니기가 싫었겠지요."

"이번엔 또 어디론가 도망가겠지."

아가사 이모가 만족스럽다는 투로 말했다.

"그러나 이번에는 혼자서 가진 않을 겁니다. 제가 같이 갈 생각입니다."

"그런 농담은 하는 게 아니다."

이모가 쌀쌀맞게 말했다.

"그렇게 천한 여자를 집안에 끌어들이려고 하다니. 장난으로라도 그런 말은…."

"마가렛은 천한 여자가 아녜요. 곧 나의 처가 될 사람입니다."

"정신 나갔니?"

할머니가 고개를 흔들며 말했다.

"그런 여자와 결혼했다가는 넌 파멸이야. 그 사실을 남이 알면 누가 너에게 일을 맡기겠니?"

"우리는 어머니의 양해를 구할 생각이 없어요. 저는 캐나다에 직장을 구했습니다. 어머니도 내가 여행을 얼마나 좋아하는지 아시잖아요. 신세계 사람들은 불행한 사람의 과거에 대해 수다를 떨 시간이 없겠지요."

"너는 네 자식들의 어미가 살인 혐의를 받아 재판을 받은 여자라도 좋다는 말이야?"

"그 여자는 무죄로 석방되었어요."

"증거가 불충분해서 풀려났어."

"결백하다는 판결을 받았어요."

"아니야, 증거가 불충분해서 풀려났어. 결백하다는 것과는 천양지차야. 에드워드, 그런 짓을 했다간 앞으로 너와는 말도 하지 않겠다."

"진담으로 하시는 말은 아니겠지요? 어쨌든 저는 마가렛을 포기할 수 없습니다. 저는 그녀를 죽도록 사랑합니다."

그때 내가 무슨 소리를 낸 모양이다. 할머니와 이모는 그제야 내가 소파 뒤에 있다는 것이 생각난 듯했다. 아가사 이모가 나의 어깨를 꽉 잡고 흔들며 엿듣는 것은 나쁜 아이나 하는 짓이라고 꾸지람했다.

"아이에겐 죄가 없어요."

네드 외삼촌이 화를 내며 말했다.

"원한다면 걔도 기꺼이 데리고 가겠어요. 어쨌든 비키야, 언제 우리를 방문해 주렴."

그러나 나는 아저씨를 떼밀면서 울상을 지었다.

"외삼촌은 이제 그 집 사람이야. 우리를 금방 잊어버릴 거야. 그리고 외삼촌은 그 여자가 남편을 죽였는지 죽이지 않았는지도 확실히 모르잖아!"

나는 거세게 외삼촌을 밀어젖히고 방에서 뛰어나갔다.

며칠 후에 나는 해리엣을 오솔길에서 만났다. 동네에 소문이 벌써 퍼져 있었다. 딩글 하우스는 벌써부터 빈집 냄새가 났다.

"왜 우리 외삼촌을 가만 놔두지 않았어? 너희가 오기 전에 우리는 행복했단 말이야."

내가 화를 내며 말했다. 그러자 해리엣은 더욱 발끈했다.

"우리를 가만 놔두지 않은 쪽은 너희 외삼촌이야. 우리는 아무도 필요 없었어."

"너의 엄마는 그렇게 생각하지 않아. 나는 두 사람이 같이 있는 걸 봤어."

"엄마는 내 꺼야."

"이제는 아닐 걸. 너보다 아저씨가 먼절 거야."

나도 지지 않고 말했다. 갑자기 해리엣 모습에서 화내는 기운이 사라졌다. 우리는 얼굴을 마주 대고 있었지만 그녀는 마치 딴 세상에 있는 사람 같았다.

"너의 아저씨는 조심해야 해. 내가 전에 말하지 않았니? 나는 마녀야. 내가 무언가를 원하면 반드시 그 일이 일어난다구."

"그럼 이번 일도 네가 이렇게 되면 좋다고 생각한 거니?"

내가 비웃었다. 그러나 그녀는 웃기만 하고 그 자리를 떠났다.

그날 밤은 천둥이 심하게 울렸다. 나는 침대에서 몸을 떨고 있었다. 나는 오후에 해리엣이 한 말을 떠올렸다.

"내가 무언가를 원하면 그 일이 일어난다구."

그녀가 원하는 것은 어머니를 독차지하는 것이었다. 전에 누가 두 사람을 떼어놓으려 했고 그 사람은 죽었다. 그 생각이 떠오른 것은 마치 깜깜한 방에 불이 켜진 것과도 같았다.

 그 순간에 나는 윈터 씨가 어떻게 죽었나를 알게 됐다. 그러나 그 사실을 알아내지 못한 경찰을 무능하다고 할 수가 없었다. 누가 아홉 살 먹은 어린애를 범인이라고 생각할 수 있을까? 나는 그녀가 우유에 쥐약을 타는 장면을 상상할 수 있었다. 그녀는 그날 아침에 정원에서 놀다가 정원사가 쥐약을 놓는 것을 봤겠지. 어린애의 행동을 누가 눈여겨봤을까? 아마 기회가 오면 쓰려고 쥐약을 훔쳤겠지. 그러나 바로 그날 기회가 오리라고는 몰랐을 거야. 하지만 그걸 써야 한다는 것은 알고 있었을 거야. 남의 부인이니 하는 수 없이 남편을 쫓아야 한다는 걸 그 애는 알고 있었으니까. 나는 왜 부엌에 가서 물을 떠오지 않았을까 생각하다가 쥐약을 우유에 타면 잘 보이지 않아서 그랬을 거라고 생각했다. 그 후에 컵을 닦아 쥐약을 없앴겠지. 나는 해리엣이 아버지를 독살했다는 것은 알았지만 어떻게 증명해야 할지 몰랐다. 그리고 외삼촌을 빼앗긴 어린애의 투정에 불과하다고 아무도 내 말을 들어줄 것 같지 않았다. 오히려 그런 소리를 한다고 매를 맞을 것만 같았다.

 그러자 딩글 하우스 정원에서 소꿉장난 다과 파티를 하던 날이 생각났다. 설탕 그릇! 그녀는 거기다 쥐약을 숨겼던 것이다. 경찰이 쥐약을 찾으러 온 집안을 수색했다 해도 어린애가 관여되어 있다는 생각은 하지 않았을 것이다. 그들은 해리엣이 어린애였던 적이 없다는 사실을 몰랐을 것이다. 네드 외삼촌에게 경고를 해야 하는데 시간이 없었다. 먼저 그 설탕 그릇을 손에 넣어야만 했다. 증거 없는 고발은 시간낭비였다.

 그래서 다음날 나는 공개적으로 딩글 하우스를 찾아갔다. 집안이 쓸쓸해 보였다. 벽의 그림은 전부 떼어졌고 바닥에 카펫도 없었다. 크래독 부인이 나를 맞이했다. 그녀는 전보다 더욱 아름다웠다. 나는 그녀의 행복을 깨야만 했다. 그녀는 해리엣이 한 짓을 모르고 있었다. 알고 있었다면 같은 일이 일어나도록 네드 외삼촌과 결혼하려고 하지는 않앉을 테니까.

"해리엣을 만나러 왔습니다."

"해리엣은 내가 짐 싸는 것을 도와주고 있어."

크래독 부인은 해리엣을 불렀다.

"해리엣, 빅토리아가 작별 인사하러 왔구나."

해리엣이 방에서 나와 계단을 반쯤 내려왔다.

"잘 있어."

나를 보는 게 전혀 반가운 표정이 아니었다.

"그렇게 인사하는 법이 어디 있니?"

크래독 부인이 웃었다.

"들어오너라. 빅토리아. 할머니의 말씀을 전하러 온 건 아니지? 아니다, 그것이 바보 같은 질문이란 것은 내가 더 잘 알지. 이왕 왔으니 무엇을 하고 싶니?"

"차 마시는 소꿉장난을 한 번 더 하고 싶어요. 그렇게 좋은 장난감 차 세트는 처음 봤어요."

"아, 그건 벌써 짐을 쌌어. 네가 너무 늦게 왔어."

해리엣이 말했다.

"우리는 그것을 깨끗이 씻어서 쌌단다."

크래독 부인이 말하자 해리엣이 고개를 힘차게 끄덕였다.

"하나하나 전부 씻었어."

해리엣은 나를 빤히 바라봤다. 그녀는 내가 자기를 의심한다는 것을 알고 내가 제시할 수 있는 증거가 사라졌다는 사실에 대해 놀라고 있었다. 내가 말했다.

"설탕 그릇에는 설탕이 들어 있었어."

해리엣이 내 말을 받았다.

"설탕 그릇에 설탕이 없으면 소용없게?"

"우리를 기억하도록 장난감 차 세트를 빅토리아에게 주려무나."

크래독 부인이 말했다.

"그걸 안 주면 우리를 기억하지 못하나요?"

해리엇이 말은 그렇게 했지만 순순히 엄마 말대로 차 세트가 든 상자를 가지러 갔다. 나는 그것으로 소꿉장난을 할 생각은 애당초 없었다. 나는 그게 싫었다. 나중에 박살을 내서 없애겠다고 생각했는데 내가 깨지 않아도 될 일이 생겼다.

"해리엣에겐 그 동안 친구가 없어 그런 생각을 못했어."

크래독 부인이 말하는데 무엇이 깨지는 소리가 크게 들렸다. 우리가 뛰어나갔다. 계단 밑에 차 세트가 박살이 나 있었고 해리엣이 그것을 바라보고 있었다.

"다치지 않게 조심해라. 어쩌다 그랬니?"

"내가 미끄러졌어요. 상자를 놓지 않으면 내가 다칠 뻔했어요."

해리엣이 조용히 말했다.

"우리가 나은 걸 꼭 보내 줄게, 비키야. 이것은 쓰레기통에 버려야 겠다."

크래독 부인이 약속했다. 부인은 비를 갖고 와서 그 파편을 종이로 쌌다. 나는 마지막 기회가 손가락 사이로 빠져 나가는 것을 지켜보고 있을 수밖에 없었다. 이제는 증거가 하나도 남지 않았다.

부인이 종이에 싼 것을 버리고 와서 말했다.

"이제 진짜 차를 한 잔 마실까? 다행히도 케이크가 남은 게 좀 있구나. 비키야, 너는 차에 설탕을 타니?"

나는 멍한 상태에서 이렇게 생각하고 있었다.

〈내가 나이를 많이 먹어 회고록을 쓰게 되면 이렇게 써야지. 나는 살인자와 차를 마신 적이 있다.〉

그 일은 5일 전에 있었다. 내일 크래독 부인과 해리엣은 이곳을 떠나 런던으로 간다. 그 곳에서 네드 외삼촌을 만나 두 사람은 결혼을 한다. 그 후엔 때가 너무 늦는다.

지금은 새벽 3시다. 그들이 떠나려면 4시간이 남았다. 시간은 하느님의 손에 달렸다. 하느님의 눈으로 보면 천년이라도 잠깐이다. 기적이 일어날 시간은 아직 있었다. 번개가 딩글 하우스에 쳐서 그 안의 사람들을 전부 묻어 버릴 수도 있다. 번개와 화염이 그들을 전부 없앨 수도 있다.

나는 날이 밝기를 기다렸다. 동이 트며 들리는 새들의 지저귀는 소리를. 그런 후에는 빛이 숨어 들어와 세상을 밝히기를 기다렸다. 그것은 마치 로버트 브라우닝의 시 구절과도 흡사했다.

밤새도록 나는 꼼짝도 하지 않았네.
그러나 하느님은 한 말씀도 없으셨네.

나는 어찌해야 할 바를 몰랐다. 그리고 물어 볼 사람도 없었다.

앤소니 길버트(Anthony Gillbert, 1899~1973)
남자의 이름을 사용하지만 사실은 여성 작가. 70편의 장편을 썼으나 국내에 소개된 작품은 없음.

여자에 정통한 남자

THE MAN WHO UNDERSTOOD WOMEN — A. H. Z. 카

우리 네 사람은 식당에서 점심을 먹으며 여자들 얘기를 하고 있었다. 웨이틀리, 베이커, 그리고 나는 킨제이 박사의 보고서가 뭐라고 하든 여자란 수수께끼로서 남자가 이해하기 힘든 존재라고 얘기했다. 웨이틀리는 자기 말을 증명하기 위해 자기 부인의 이야기를 했고 베이커와 나도 같은 류의 얘기를 했다.

그러나 밀리켄이 우리말에 반박했다. 그는 항상 그랬다. 그는 독신으로 극작가이다. 우리가 아무것도 모르면서 나선다고 핀잔을 주었지만 우리말에 아랑곳없이 자기 말을 계속했다.

"남편들은 아내들이 하는 얘기에 현혹되기 때문에 문제가 생겨. 나의 경험에 의하면—내 말을 끝까지 들어 봐—남자가 여자 얘기를 듣기 시작하면 그때는 끝장이야. 남자는 여자의 외모만 보아도 그 여자에 대한 모든 것을 알 수 있어."

그는 베이커가 말도 안 된다며 자기에게 작은 빵부스러기를 던지는 것을 무시하고 말을 계속했다.

"여자의 외모는 그 여자를 잘 나타내고 있어. 그녀가 무엇을 하고 있었는지, 앞으로 무엇을 할 것인지 알 수 있지. 하기야 통찰력이 있는 사람이라야만 그것을 알 수 있겠지만."

"자네 같은 사람을 말하는 거겠군."

웨이틀리가 노골적으로 비꼬았다.

"그래, 맞아. 자네들이 여자들을 신비스럽게 보는 것은 당연해. 자네들보다 똑똑한 여자와 결혼했으니까. 그러나 모든 것을 조심스럽게 관찰하고, 올바르게 생각할 줄 아는 사람이 직관력만 어느 정도 발휘하면 여자가 입을 열지 않아도 그 여자의 비밀을 전부 알 수 있어."

"말이야 쉽지."

베이커가 반박했다.

"말뿐이 아냐. 지난번 연극의 주인공인 케이트 로링 생각나?"

"2주일도 못 넘기고 막을 내린 연극 말이지."

내가 대답했다. 그에게는 까 놓고 면박을 주는 게 상책이었다.

"그 일과는 상관없는 문제야. 연극을 본 사람은 전부 내가 케이트 로링 같은 여자를 전부터 잘 알고 있었다고 생각했을 거야. 왜냐하면 나는 로링을 이해했고, 마음으로 느꼈고, 본질을 파악하고 각본을 썼으니까. 사실, 연극이 실패한 것은 각본 때문이 아냐. 만일 연출자 호건이…."

"요점만 말해."

변호사인 웨이틀리가 말했다.

"알았어. 내가 케이트 로링 같은 사람을 실제로 만난 것은 아냐. 나는 바에 앉아 있는 그 여자를 2미터 정도 거리에서 관찰한 적이 있어. 나는 그녀를 잠깐 관찰하고 그녀의 과거, 현재, 미래, 즉 그녀의 인생 전부를 그녀보다도 더 잘 알게 되었던 거야."

"아니, 어떤 여자를 보기만 해도 그녀의 개인 생활을 알 수 있단 말이야?"

베이커가 끼어들었다.

"내가 여태껏 한 말이 그 말이야. 내게 특별한 재능이 있다는 얘기가 아냐. 자네들도 노력하면 할 수 있어. 보브도 시간을 갖고 노력하면 할 수 있다구."

"증거를 보여 봐."

베이커가 재미있다는 듯 부추겼다.

"지금 막 들어온 저 여자를 예로 들어 봐. 키 큰 남자와 함께 저기 세 번째 테이블에 앉아 있는 여자 말이야. 여자가 흥미 있게 생겼어. 저 여자에 대해 얘기해 봐."

잠깐 동안 밀리켄은 그 여자를 바라봤다. 그들은 우리에게 눈길 한 번 주지 않고 메뉴에 대해 의논하고 있었다. 이윽고 밀리켄이 입을 열었다.

"좋아. 좋은 상대를 골랐어. 여자가 흥미 있게 보여. 내가 추리하는 과정을 한 단계 한 단계씩 설명하지. 그래야 자네들도 이해할 테니까."

그는 술을 한 잔 더 주문하고 말을 계속했다.

"저 여자는 지적이고 결단성이 있어. 한때는 부유한 생활을 했지만 지금은 금전적으로 고생을 하고 있어. 많은 고생을 하고 있다구. 지금 그녀는 금전에 많이 집착하고 있어."

그는 손을 늘어 우리들이 항의하려는 것을 믹있다.

"그녀는 저 남자를 사랑하고 있어. 그런데 저 남자도 가난해. 여자는 30살을 넘었지만 아직도 대단히 매력적이야. 그러나 여자는 앞으로 부유해질 기회가 점점 멀어져 가고 있다고 생각하고 있어. 그래서 그녀는 부자인 다른 남자와 결혼하려 하고 있어."

"그걸 어떻게 알아! 말도 안 돼!"

베이커가 큰소리로 말했다.

"아직 시작도 안 했는데 왜 이래. 그녀는 오랫동안 외국을 여행하고 얼마 전에 돌아왔어. 지중해 연안 어딜 거야. 북아프리카의 알제(역주: 알제리의 수도)라고 생각해. 여자는 결혼하려는 남자를 여행 중에 만났을 거야."

웨이틀리는 나를 바라보더니 어깨를 으쓱했다. 밀리켄은 심각한 표정으로 미소 지었다.

"내 말을 믿지 않는군. 그럼, 다른 것을 더 말하지. 그녀가 진정으로 사랑하는 저 남자는 그녀의 생각을 아직 모르고 있어. 여자는 곧, 어쩌면 지금 식사를 하면서 그 얘기를 남자에게 할 거야. 내가 아까 얘기한 대로 지금 그녀에게 가장 중요한 것은 돈이니까. 저 여자는 경제적인 안정을 위해 모든 것을 희생할 거야."

우리는 여자를 바라봤다. 밀리켄이 목소리를 낮추었다.

"같이 있는 남자가 하는 얘기에 큰소리로 웃고 있는 이 순간에도 여자는 어떻게 말을 꺼낼까 궁리하고 있어. 우리가 여기 오래 있으면 가난 때문에 진정한 사랑이 깨지는, 커다란 드라마를 보게 될 거야."

그는 자기 말의 효과를 기다리려는 듯이 말을 중단했다. 잠시 후에 웨이틀리가 잘라 말했다.

"자네 말을 증명해 봐."

"그러지, 먼저 저 여자가 지적이라는 점을 살펴보자고. 넓고 반듯한 이마와 주의력이 있어 보이는 저 커다란 눈을 보라고. 표정이 활기 차 보이지만 자신을 통제하고 있어. 저런 사람이 지적이라는 것은 누구나 아는 사실이야. 눈썹과 입술 모양, 굳센 턱을 보면 결단력도 있는 여자라는 것을 알 수 있어."

그 얘기는 그런대로 이치에 맞는 것 같아 우리는 아무 말도 하지 않았다.

"여자의 손과 손목, 발과 발목을 보라고. 날씬하고 멋있어. 머리카락의 윤기를 보라고. 여자의 반듯한 자세, 자신감에 찬 여유 있는 행동, 자연스럽고 기품 있는 태도 등을 보라고. 저런 점으로 보아 자네들도 그녀가 품위 있는 집안에서 태어난 여자라는 것을 알 수 있을 거야."

"그것은 별 게 아냐. 나도 지적이고 품위 있는 여자라고 생각했으니까."

웨이틀리가 말했다.

"좋아, 그렇다면 자네도 잘하고 있는 거야. 그런데 어떻게 그녀 집안이 전에는 부유했다는 것을 알 수 있을까?"

"이 분석은 내가 아니고 자네가 하고 있는 거야."

웨이틀리가 말했다. 나는 그가 약간 교활하다고 생각했다. 밀리켄은 미소 지었다.

"여자의 옷을 보라고. 값이 비싼 고상한 취미의 복장이야. 모자, 옷, 구두, 전부 파리에서 왔어."

"그걸 어떻게 알 수 있어?"

이번엔 내가 따져 물었다. 밀리켄은 답답하다는 표정을 지었다.

"그건 뻔하잖아?"

만일 그가 셜록 홈즈 식으로 〈나의 사랑하는 왓슨〉이라는 말을 덧붙였다면 나는 그 자리에서 한 방 먹였을 것이다. 그러나 그도 그 말을 하지 않을 정도의 분별력은 있었다.

"복장을 보면 알 수 있지. 저런 천은 우리 나라에서 생산되지 않아. 게다가 팔뚝 위쪽이 불룩하고 가슴을 은은하게 나타낸 디자인을 보라구. 발렌시아가나 몰트뉴 아니면 저런 효과는 낼 수 없어. 노사도 호부르 생토노레 제품이라는 게 훤히 보여. 우리 나라의 최고급 모자라도 윗부분을 틀어서 저렇게 멋지게 장식할 수는 없어. 구두도 프랑스제라는 게 틀림없지. 미국의 디자이너들은 발목 부분을 양쪽으로 접는 디자인을 아직 채택하지 않고 있어."

우리들은 그런 면에는 모두 문외한이라 아무 말도 하지 않았다. 웨이틀리가 말했다.

"여자의 복장이 파리에서 온 것이라면 그녀는 가난하다고 할 수 없잖아?"

"내 그럴 줄 알았다니까! 그런 면에 있어 아마추어들은 항상 잘못을 저지른다구. 기본적인 세부 사항은 검토하지 않고 결론부터 내리지. 내가 말했다시피 옷은 고급품이야. 그러나 옷들이 새것이 아니라는 점을 생각해야 해. 자세히 보면 코트의 소맷자락이 닳았다는 것이 눈에 띌 거야. 그리고 구두도 우아하지만 오래 신어서 닳았어. 가방은 복장에 비해 유행에 뒤떨어진 값싼 제품이야. 어느 여자도 더 좋은 가방을 살 수 있는데 그런 구닥다리 물건을 사서 앙상블을 깨려고 하지는 않아. 이런 것에서 무엇을 추리할 수 있지? 그녀는 옷은 고급품을 산다. 그러나 지금은 고급 옷이 많지 않다. 한때는 부유해서 고급품을 썼다. 지금은 돈이 없어 고급품은 못 쓰지만 가능하면 고급품을 쓰려 한다는 것을 알 수 있어."

"자네의 말은 단순한 추측일 뿐이야."

웨이틀리가 반박했다.

"그런 옷을 입고 있다고 꼭 여자의 취미가 그렇다고 볼 수는 없어. 여자가 옷을 직접 고르지 않았을 수도 있어. 누가 주었을 가능성도 있잖아?"

"웨이틀리, 자네는 머리를 좀 쓰라구. 저 귀족적인, 자존심에 찬 얼굴을 보라구. 저 여자는 하녀 노릇을 하거나, 남의 말상대나 해 주는 가난한 친구 노릇을 하거나, 가난한 친척 노릇을 하며 남의 옷을 얻어 입을 여자가 아냐."

"어쩌면 남자가 사줬는지도…."

"저 여자가 정부라는 말이야? 남의 숨겨진 여자 노릇을 한다는 말이야?"

"어째서 아니라는 거야? 그런 여자들이 있어. 자네는 그런 여자 얘기를 듣지도 못했어?"

"자네는 저 여자가 의상실에서 남자와 같이 가서 남자가 옷을 골라주도록 할 여자라고 생각해? 제기랄! 법조계에서 이름 있는 사람의 생각이 고작 그뿐이야? 머리를 써! 저 여자는 눈썹도 다듬지 않았고 화장도 짙게 하지 않았어. 그런데 남자에게 예쁘게 보여 뭐라도 얻어내려는 여자들은 어떤 행동을 하지? 그런 여자들은 모두 여성적이고 매력적으로 보이려고 노력해. 남자의 주의를 끌려고 겉으로 드러내는 패션을 선호하는 법이라구. 몸매를 심하게 나타낸다든가 화려하게 치장을 하지.

그런데 저 여자는 그렇지 않아. 저 옷은 고상한 취미를 가진 여자가 자신이 입으려고 직접 고른 게 틀림없어."

웨이틀리는 낮게 기침을 하며 그의 말을 반박하려고 했다. 그러나 그가 끝내 아무 말도 건네지 않아서 내가 도전했다.

"자네는 저 여자가 가난하다는 것을 충분히 설명하지 못했어. 여자가 오래된 옷을 입고 있다고 해서…."

"다른 증거도 있어. 모자 밑의 머리카락을 보라구. 저 갈색 머리는 그녀의 본래 머리카락이지 염색한 게 아냐. 그런데 저 머리색은 그녀에게 그다지 어울리지 않는 편이라구. 만일 약간만 더 밝은 색이라면, 그러니까 진한 금발이라면 그녀에게 썩 어울릴 거야. 그리고 그녀도 그 사실을 알고 있어. 게다가 머리 손질을 보라구. 쪽 모양으로 뒤에 묶은 머리 역시 그녀에게 어울리지 않아. 그녀가 일류 미장원에 갈 돈이 있다면 저러고 다니지는 않을 거야."

실제로 그 점은 그녀의 사정이 궁핍하다는 것을 잘 보어 주고 있는 것 같았다. 그래도 나는 꺾이지 않았다.

"그렇더라도 자네 말처럼 그녀가 돈에 집착한다고는 볼 수 없어."

"자네는 저쪽에 있는 뚱뚱한 여자가 들어올 때 그 여자의 표정을 못 봐서 그래. 뚱뚱한 여자의 밍크 코트를 보고 여자가 입을 꼭 다무는 모습을 봤다면 내 말이 무슨 말인지 알 거야. 질투하는 것이 아니라면 여자가 왜 입을 꼭 다물었겠어. 여기 품위 있고 자기감정을 억제할 줄 아는 자존심이 강한 여자가 있어. 그런 여자가 다른 여자가 밍크 코트를 입은 것을 보고 그런 표정을 지었다는 것은 돈에 대한 집착이 가슴 깊이 못박혀 있다는 증거야."

"좋아, 그건 그렇다고 하더라도 자네가 말한 사랑 이야기는 어떻게 추리했는지 모르겠어."

이번엔 베이커가 말했다. 밀리켄이 고개를 끄덕였다.

"자네는 여자와 같이 온 남자를 잘 살펴보았나? 잘생긴 남자야. 관대하게 보이고 시원스럽게 생겼어. 욕심이 없는 사람 같아 보여. 그의 손을 보라고. 손가락은 살이 없고 가는 게 힘이 있어 보여. 예술가의 손이야. 음악가 아니면 화가의 손 같아. 그러나 성공한 사람은 아냐. 그는 40이 가까운데 그만한 나이에 성공한 사람이라면 성공의 표시가 몸에 배어 있기 마련이지. 그런데 그의 눈에는 그늘이 져 있고 옷은 싸구려 기성복이야."

"기성복인지 어떻게 알지?"

나는 내가 입고 있는 기성복을 생각하고 물었다.

"어깨를 보면 금방 알아. 재봉선에 주름이 지는 것을 보면 대량 생산품이라는 것을 금방 알 수 있어. 저 남자는 지금 가난해. 내 말이 틀림없어."

"그런데 이런 고급식당에는 왜 데리고 왔지?"

웨이틀리가 따졌다.

"좋은 질문이야. 남자는 어떤 때 여자에게 돈을 쓰지? 여자를 사랑하면 아끼지 않아. 오랫동안 못 만나다 만났다면 더욱 그래. 하지만 여자는 칵테일을 거절했어. 남자는 자꾸 마시라고 부추기고. 그것으로 남자는 여자가 칵테일을 좋아한다는 것을 알고 권하지만 여자는 남자 주머니를 생각하고 거절했다는 것을 알 수 있어. 게다가 여자는 라비올리를 시켰어. 양은 많지만 값이 싼 음식이야. 그것으로 봐도 그가 비싼 점심을 살 수 없다는 것쯤은 알 수 있잖아?"

"자네는 여자가 그를 사랑한다고 했어. 그렇다면 여자가 칵테일을 거절하고 라비올리를 시켰기 때문에 그렇게 생각한 거야?"

베이커가 끈질기게 물고늘어졌다. 밀리켄은 고개를 저었다.

"그녀의 눈을 보라고. 자네도 사랑하는 사람의 표정을 본 적이 있겠지. 그녀의 다정한 미소를 보면 금방 알 수 있어. 그리고 남자도 여자를 사랑하고 있어. 남자가 두 번이나 여자 손을 은밀히 잡았고 그녀 얼굴에서 눈길을 떼지 못하고 있어. 두 사람은 사랑하는 게 틀림없어."

"자네 말이 맞는지도 모르겠군."

"물론 내 말이 맞아."

"하지만 다른 남자 말이야. 그 부자라는 남자는 어떻게 된 거야. 그런 남자가 있다는 건 어떻게 알지? 그리고 여자가 외국에서 막 돌아왔다는 것은 어떻게 알아?"

웨이틀리가 끼어들었다.

"여자의 살갗을 보면 알 수 있지. 피부가 많이 탔어. 이맘때에 어디서 피부를 태울 수 있지?"

"썬텐이 있잖아."

내가 말했다.

"웃기는 소리 하지 마. 썬텐을 정기적으로 쐬는 사람은 눈을 보호하려 안대를 하기 때문에 눈 주위가 창백해. 누구라도 저 여자는 햇빛으로 몸을 태웠다는 걸 알 수 있어."

"플로리다에 갔다 온 것은 아닐까?"

"이렇게 늦은 11월에? 나는 그렇게 생각하지 않아. 게다가 여자의 제스처를 봐. 저 여자는 앵글로색슨계 여자지만 어깨와 손을 많이 움직이는 제스처를 쓰고 있어. 미국여자들이 지중해 지방에 갔다 오면 저렇게 큰 몸짓을 많이 배워 오는데 저 여자도 그랬을 가능성이 높아. 그뿐이 아냐. 저 이국풍의 은팔찌 두 개를 보라고."

두 사람은 자신들 대화에 열중해 있어 우리가 흘금흘금 훔쳐보는 것을 모르고 있었다.

"팔찌가 어떻다는 거야?"

내가 물었다.

"그것은 북아프리카에서만 구할 수 있는 팔찌야. 디자인이 매우 특별해서 금방 알 수 있어. 그리고 여행객에게 파는 팔찌는 비싸. 아래쪽의 팔찌에 붙은 푸른 보석은 틀림없이 사파이어야. 나는 비슷한 물건을 마라케쉬에서 본 적이 있어. 그 가게에서는 그런 물건만 특별히 취급하지."

"그 곳을 다녀온 사람이 선물했을 수도 있잖아?"

"한 개는 모르지만 두 개씩이나? 게다가 자네들도 눈여겨봤을지 모르지만 두 개의 팔찌가 그녀가 걸친 다른 물건들과는 뭔가 다른 느낌을 주지. 물론 그녀의 옷에는 잘 어울리지만. 자, 이런 점들을 전부 종합하여 무엇을 추리할 수 있지? 새 핸드백도 못 사는 여자가 그런 비싼 팔찌를 두 개씩이나 산다는 것은 어울리지 않아. 그리고 두 명의 친구가 우연히 똑같은 선물을 했을 가능성도 희박해. 거기에다 햇빛에 탄 피부를 생각해 보라고. 그녀는 마라케쉬나 알제에서 남자 친구와 거리를 걷고 있었어. 그때 상점 쇼윈도에 진열된 팔찌가 보인 거야. 팔찌는 햇빛을 받아 번쩍거리고 있었고 여자는 멈추어 서서 그것을 감상했어. 어떤 여자건 상점에 들어가서 가격을 묻지 않을 수 없었겠지."

밀리켄은 그 장면을 상상하는 듯한 꿈꾸는 표정으로 말을 계속했다.

"그 장면을 상상해 보라구. 여자는 맘에 드는 팔찌를 봤지만 값이 너무 비쌌어. 그래서 여자는 두 개 중 싼 것을 샀어. 필요한 새 핸드백을 못 산다는 걸 알면서도 옷에 잘 어울리는 팔찌에 대한 구매 충동을 이기지 못했어. 그때 그녀의 친구가 사파이어가 박힌 비싼 팔찌를 사서 선물한 거야."

우리 모두는 말도 안 된다고 반박했다.

"전부 꾸며 낸 얘기야."

웨이틀리가 사납게 말했다.

"천만에"

밀리켄은 단호히 말했다.

"내가 증거에 근거를 두지 않고 직관적으로 상황을 설명했다는 점은 인정해. 그렇지만 내 말은 사실이야. 적어도 자네들이 제시할 수 있는 다른 어떤 설명보다는 훌륭해."

"그러나 자네 설명에는 일관성이 없어. 만일 여자가 가난하다면 유럽이나 북아프리카 여행을 어떻게 떠났지?"

내가 반박했다.

"내 말 잘 들어."

밀리켄은 외알 안경이라도 낀 듯이 나를 바라보았다. 그는 가끔씩 자기가 추리소설 주인공인 피터 윔지 경인 것처럼 행동했다.

"돈이 없는 사람들도 유럽에 많이 간다구. 돈을 저축하든가, 누구에게서 작은 유산을 받든가, 어떤 콘테스트에서 유럽 여행권을 상으로 받든가, 부자 아주머니가 돈을 대서 가는 사람들이 있다구. 설마 그녀가 어떻게 여행을 갈 수 있었는지 나보고 말하라는 것은 아니겠지. 한 가지 사실은 그녀가 돌아온 지 얼마 안 된다는 것이야."

"그것을 어떻게 아는데?"

"그것도 여러 가지를 종합해서 알 수 있어. 이곳 날씨는 지난 수주일 동안 구름이 잔뜩 꼈는데 여자의 햇빛에 탄 피부는 변하지 않았어. 그보다 더 중요한 것은 여자가 말하는 모습이야. 여자는 말을 빨리 하고 있고, 남자는 여자가 하는 말에 활기차게 반응하는 능 그들은 흥분된 상태에 있어. 그런 점으로 보아 오랜만에 만난 것이 틀림없어. 가까이 있었다면 사랑하는 사람들이 자주 만나지도 않고 시간을 허비하겠어? 여자는 최근에 여행에서 돌아온 게 틀림없어. 아주 최근에. 비행기를 타고 왔을 가능성도 있지만 나는 어제 기항한 리베르테 유람선을 타고 왔다고 생각해. 매력적인 여자들은 배를 타고 오기를 좋아하거든."

"나는 아직도 자네가 말하는 다른 남자가 어떻게 된 건지 알 수 없어. 자네가 그냥 지어서 한 말 아니야?"

내가 물었다.

"아름다운 여자가 혼자 항해하는데 남자가 끼어들지 않았다는 거야? 많은 남자들이 주위에 몰렸을 거야. 유람선에서는, 특히 파리로 가는 그녀가 탄 프랑스 유람선에는 이틀이 지나지 않아 그녀가 상대를 고를 수 있을 만큼 많은 찬미자들이 몰렸을 거야. 그리고 그 남자는 프랑스 사람일 가능성이 높아. 그 점에 있어서는 나의 추리 근거가 희박하다는 것을 인정해. 나는 팔찌에 관한 것과 팔찌를 알제에서 샀을지도 모른다는 점 때문에 그렇게 생각하고 있는지도 몰라. 프랑스 사람이라면 알제에 가자고 부추겼을 가능성이 높거든. 내 말은 여자에게 남자가 생겼고, 남자는 부자며, 여자는 그와 결혼하려 한다는 것이야."

"그뿐이야?"

웨이틀리가 비꼬는 투로 말했다.

"내 말을 믿지 못한다는 말이야? 그렇다면 여자가 오른손 셋째 손가락에 반지를 끼고 있는 것을 못 본 모양이군. 아냐, 지금은 안 보여. 여자는 보석을 안쪽으로 하고 끼고 있어. 보석은 커보숑 컷을 한 에메랄드로 매우 아름다웠어. 수천 달러는 족히 줬을 걸. 남자는 이상하다는 듯이, 아니 걱정스러운 듯이 여자의 손을 보고 있었고 여자는 손을 테이블 밑에 감췄어. 여자는 지금 불안한 듯이 몸을 꿈틀거리며 반지를 만지고 있어."

"그게 어떻다는 거야?"

웨이틀리가 이마에 주름을 잡았다.

"아니, 이 친구들아, 내 말이 무슨 말인지 모르겠어?"

밀리켄은 한숨을 쉬었다.

"남자는 그 반지를 처음 봤어. 하지만 자존심이 허락하지 않아 반지를 보자고 말을 못 하는 거야. 이런 점으로 무엇을 추리할 수 있지? 그녀는 막 돌아온 그 여행에서 반지를 얻었다는 사실을 알 수 있어. 그렇다면 어디서 얻었지? 그녀는 그 반지를 살 능력이 없어. 그 반지는 고상한 취미를 갖고 있는 돈 많은 신사가 사랑하는 사람을 위해 사줄 법한 반지야. 그리고 이 여자는 결혼할 생각이 없으면 반지를 받지 않을 사람이야."

"그러나 여자는 그 반지를 오른손에 끼고 있어."

베이커가 말했다.

"자네 말이 맞아. 그렇다면 그 이유가 뭘까 생각해 봐."

베이커가 모르겠다는 표정을 지었다.

"그것은 여자가 사랑하는 사람에게 자기가 다른 사람과 약혼했다는 말을 할 수 없기 때문이야. 여자는 남자가 고통을 가장 적게 받는 방법으로 그 사실을 털어놓고 싶은 거야. 그렇게밖에 여자의 행동을 설명할 수 없어."

"그렇다면 반지를 끼지 않으면 될 거 아냐."

내가 말했다.

"자네의 예리한 감각은 어디로 갔지? 여자는 약혼한 남자를 속이고 싶지 않고, 그런 행동도 하기 싫은 거야. 자네들도 지금쯤은 알고 있겠지만 이 여자는 좋은 여자야. 약혼 얘기를 할 때 남자가 쇼크를 받지 않도록 여자는 남자가 먼저 눈치채기를 바라고 있어. 여자가 남자를 바라보는 다정한 눈길을 보라구. 그녀가 다른 곳을 바라볼 때는 눈에 고통의 빛까지 떠오르고 있어. 자, 여자가 사랑하는 사람을 버리고 다른 남자와 왜 결혼을 할까? 우리는 그에 대한 답을 이미 알고 있어. 여자는 돈을 열망하고 있기 때문이야. 그녀의 고상한 성격에서 이 점만이 약점이야. 그녀는 돈 없는 행복이란 생각할 수 없어."

밀리켄이 말하는 태도에는 강렬함이 있었고 눈길은 우울했다. 그가 말을 계속했다.

"여자는 남자에게 곧 얘기를 할 거야. 커피를 마신 후에 당장 할지도 몰라. 그녀는 남자가 고통받는 것을 오래 지켜볼 수 없고 자기 자신에 대한 자책도 오래 끌 수가 없어. 이것으로 여자는 자신에 대한 자존심을 잃게 되겠지만 어쩔 수가 없는 거야. 지금 그녀에게는 사랑보다도 편안함이 더 중요해. 현대 생활은 사람들을 그렇게 만들고 있어. 그리고 그녀는 지금 이 순간에 명랑함이라는 가면 뒤에서 그런 슬픈 생각을 하고 있을 거야."

아무도 말을 하지 않았다. 잠시 후에 밀리켄이 말했다.

"우리 네 사람은 저 여자에 대해 아무것도 모르고 있었어. 그런데 잠시 동안의 관찰을 통하여, 얼마간의 통찰력을 발휘하여 우리는 저 여자 생애의 신비를 풀어 볼 수 있었지. 우리는 그녀의 비극의 클라이맥스에서 그 비극의 내용을 살짝 엿보게 된 거야. 우리는 여자의 과거와 현재를 알게 됐고, 찬란한 그러나 후회스러운 앞날을 추측할 수 있어. 우리는 그녀의 행동과 왜 그런 행동을 해야 하는가 하는 동기를 이해하고 있어. 그리고 우리는 여자의 앞날을 예측할 수도 있어. 우리는 어떻게 그런 일을 할 수 있었지? 내가 처음 말한 대로 그녀를 보기만 하고서 그런 일을 한 거야."

"이것 참, 정말로 훌륭한데!"

베이커가 말했다.

"나도 자네가 자네 말을 증명했다고 인정해야겠어."

웨이틀리도 마지못해 말했다.

"자네 말에도 어느 정도 일리가 있군."

나도 어쩔 수 없었다. 밀리켄은 손목시계를 보더니 벌떡 일어섰다.

"아이고 이런, 빨리 가야겠어. 내 점심 값은 자네들이 계산해 줘."

그리고 그는 급히 떠났다. 우리는 그의 점심 값에 신경을 쓰지 않았다. 그는 점심을 얻어먹을 만한 값을 톡톡히 했다고 생각이 들었다. 우리는 그로부터 무엇을 배웠다. 우리는 그것을 어떻게 써먹을 수 있을까 생각했다. 만일 관찰과 분석만으로 마누라의 마음속 깊은 곳을 볼 수만 있다면 우리는 얼마나 강해질 수 있으랴!

우리는 계산을 끝내고 자리에서 일어섰다. 우리의 관심 대상이었던 두 남녀의 테이블 옆을 지나는데 그들의 말소리가 들렸다.

여자가 말했다.

"여보, 아침에 당신이 출근한 후에 딕키가 아주 귀여운 소리를 했어요. 걔가 말하기를 엄마, 아빠는 왜 매일…."

우리는 그 다음 말을 듣지 못했다. 나는 여자의 왼손 가운뎃손가락을 바라보았다. 오랫동안 결혼반지를 낀 자국이 있었다. 어떤 이유로 반지를 뺐겠지. 다음에 밀리켄이 우리와 점심을 먹을 땐 녀석에게 점심 값을 씌워야지. 엉터리 같은 녀석!

A. H. Z. 카(A. H. Z. Carr, 1902~1971)
미국의 〈하퍼즈〉 등에 작품을 발표. 특이한 작풍으로 알려져 있다. 본편은 수수께끼 풀이의 패러디이기도 하다. 국내에는 장편 에드거 상 수상작 『모비를 찾아서』가 번역되어 있다.

권총

REVOLVER — 아브람 데이빗슨

에드워드 메이슨은 부동산업자다. 그의 빌딩은 낡은 건물이었지만 각 방을 아파트로 개조하여 최대한 많은 입주자에게 세놓고 있었다. 법적으로도 〈가용한 공간의 최대한 활용〉이라나 뭐라나 하는 용어가 있었다. 이러한 공공 서비스가 법적으로 인정받아 메이슨은 세금을 감면받았고 임대료는 산수적이 아니라 기하학적으로 올려 받을 수 있어 기분이 좋았다.

메이슨 건물의 입주자들은 세심하게 선정된 사람들이었다. 그는 직장이 있는 사람은 원치 않았다. 이 말이 이상하게 들릴지 모르지만 그것은 메이슨의 박애주의를 모르기 때문일 것이다. 그는 입주자로서 불구자와 노약자를 좋아했다. 미혼모도 대환영이었다.

그의 박애주의는 보상을 받았다. 왜냐하면 아무리 견실한 직장이라도 실직할 가능성이 있기 마련이고 그러면 임대료를 받을 수 없게 된다. 집세를 못 받으면 경비를 충당할 수 없고 결국 임대업도 문을 닫아야 한다. 이렇게 되면 지금처럼 자선 사업도 할 수 없다는 게 메이슨의 생각이었다.

따라서 메이슨은 입주자 가운데 직장이 있는 사람들은 내쫓아야 했다. 그러나 그는 특유의 선견지명과 세심함으로 입주자들을 골랐기 때문에 처음부터 그런 입주자는 없었다. 이 이야기가 시작되는 시기에 모든 입주자들은 직장이 없었다.

하지만 이들에게도 그 나름의 고정수입은 있었다. 사회복지 수표, 노약자 생활 보조금, 주 지원금 등 국민들의 세금에서 나오는 수표가 고정적으로 배달되었다.

자기 힘으로 돈을 버는 사람들은 건물주에게 콧대 높게 굴었다. 그들은 건물주가 임대료를 건물 수리에만 쓰는 것이 당연하다는 식으로 생각했다. 그러나 오랫동안 자선 기관의 도움으로 살아온 사람들은 아무런 말썽을 부리지 않았다. 그들은 까다롭게 굴지 않았다. 그들은 쥐, 바퀴벌레, 벽면이 떨어지는 것, 파이프가 새는 일, 불충분한 난방, 부패 등에 별 말썽을 부리지 않았다.

그런데 메이슨의 박애 정신으로 가득 찬 보살핌과 역시 그와 비슷한 생각을 가진 다른 건물주들의 공로에도 불구하고 1년 후에도 그 지역이 더욱 나빠졌다는 것은 이상하지 않은가? 다른 지역보다 더디게 쓰레기를 치운다는 말이 사실일까? 도로의 구멍을 늦게 메운다는 말이 사실일까? 만일 사실이라면 그것은 우연히 그렇게 된 것이겠지.

어쨌든 시는 이 지역 치안에 좀더 많은 힘을 들이고 있지 않은가? 순찰차도 다른 곳보다 많이 오고 경찰관들도 세 명씩 떼를 지어 순찰하지 않는가? 형사들이 깔린 것은 말할 것도 없고. 일이 이렇다 보니 메이슨도 자기가 애써서 자비를 베푸는 지역의 범죄가 증가하고 있다고 인정하는 수밖에 없었다. 달리 할 말이 없었다. 상점들은 강도를 당했고, 아파트에는 도둑이 들끓었고, 자동차의 부속품들이 도둑맞았고, 가방 날치기가 성행했고, 강도가 날뛰었다.

이 모든 것은 메이슨이 갖고 있는 인간에 대한 신뢰를 없애기에 충분한 행위였다. 결국에 메이슨은 권총을 사고 총기소지허가를 얻는 수밖에 없었다. 훌륭한 시민이고 납세자인 데다가 무장할 만한 법적인 이유—임대료 수금 시에 자신을 보호해야 한다는 이유—가 있으니 권총을 구하고 면허를 얻는 것은 쉬웠다.

메이슨의 건물에 세든 사람 가운데 리처드스 부인이 있었다. 그녀는 메이슨을 만날 때마다 〈부인〉이라는 말은 지어낸 것이 아니라 실제로 리처드스와 결혼을 했었다며 사진을 보여 주곤 했다. 결혼을 오래 전에 해서 식을 올린 곳은 기억이 안 났지만 리처드스의 이름이 찰리라는 것은 기억나며 그는 외판원이었다고 이야기했다. 리처드스 부인은 저능인지는 모르나 마음은 넓었다. 너무 넓었다. 그녀에게는 리처드스와의 사이에 아이가 두 명 있었고 그 후에 두 남자에게서 얻은 아이들이 둘 더 있었다. 그리고 지금은 임신 4개월이었다. 아이의 아버지는 커티스라는 젊은이일 가능성이 높다고 그녀는 생각했다.

현행 사회복지법에 따르면 리처드스 부인이 아이들을 탁아소에 맡기고 돈벌이를 할 경우 사회복지금을 탈 수 없게 되어 있었다. 따라서 리처드스 부인은 돈을 벌지 않고 국민이 낸 세금으로 만들어진 수표를 매달 받는 쪽을 선택했다. 수표 액수가 많다고 할 수는 없었지만 리처드스 부인은 많은 돈을 원하지 않았다. 부인은 직장을 얻을 만한 기술이 없었고 누가 왜 청소부라도 하지 않느냐고 물으면 허리가 아프다고 했다.

메이슨이 사회복지 수표가 지급될 시간에 맞춰 그녀의 아파트에 갔을 때 집 안은 몹시 더러웠다. 부인은 허리가 아픈 일은 하지 않는 게 분명했다. 인사가 끝난 후에 메이슨이 말했다.

"수표를 현금으로 바꿔 줄 테니 집세를 주시죠. 영수증도 준비했으니까."

"수표가 아직 오지 않은 것 같아요."

부인이 언제나 하는 식으로 조용히 말했다. 그러나 집주인은 그 말을 믿지 않았다. 그녀는 집주인이 언젠가는 그 말을 믿을지도 모른다고 생각하는 것 같았다.

"만일 그 돈을 집세로 쓰지 않고 다른 데 쓰면 나는 복지국에 가서 부인에게 수표를 주지 못하도록 조치를 취하는 수밖에 없어요."

그것도 메이슨이 언제나 하는 말이었다. 그때 옆에서 커티스가 사납게 소리쳤다.

"돈을 줘 버려."

그는 아버지가 된다는 생각에 기분이 상해 있었다. 그는 이제 이 여자로부터 떠날 때가 됐다고 생각하고 있었다. 리처드스 부인은 가슴에서 봉투를 꺼내 들여다봤다.

"이건지 모르겠군. 아직 열어 보지 않았어."

여자가 언제나 그런 식으로 구는 데 진력이 난 커티스가 다시 고함쳤다.

"그에게 돈을 주란 말이야!"

그는 담배가 피우고 싶었고 위스키도 마시고 싶었다. 그런 것을 사려면 수표를 바꿔야 했다.

"한 대 얻어맞아야…."

리처드스 부인은 수표에 이서를 해서 넘겼고 메이슨은 거스름돈을 셌다. 담배와 위스키를 구해 그 집에서 떠날 생각을 하던 커티스에게 갑자기 새로운 생각이 떠올랐다. 너무 갑자기 떠오른 생각이라 앞으로 벌어질 일 따위를 고려할 틈도 없었다. 커티스의 눈에 메이슨의 어깨에 찬 권총과 돈이 두둑이 든 지갑이 보였다.

커티스는 원래 악한 사람은 아니었다. 그러나 매우 충동적인 사람이었다. 그는 메이슨의 권총을 총집에서 빼서 머리를 세게 치고 지갑을 빼앗았다. 메이슨은 천천히 쓰러졌다. 그는 구원을 요청하는 비명을 질렀지만 남들이 듣기에는 그저 단순한 신음 소리로밖에 들리지 않았다. 커티스가 계단을 뛰어 내려갈 때 메이슨은 무릎을 꿇었다가 옆으로 쓰러져서 아무 소리도 내지 않았다.

리처드스 부인은 어쩔 줄 모른 채 잠시 의자에 그대로 앉아 있었다. 커티스의 계단을 뛰어 내려가는 발소리가 사라지고 난 다음에도 그녀는 꼼짝도 하지 않고 메이슨을 바라보고만 있었다.

이윽고 어떤 생각이 떠올랐다. 더러운 책상 위에 눈에 익은 집세 영수증이 있었다. 메이슨이 그녀의 수표를 바꿔 주려고 세고 있던 돈이 사방에 흩어져 있었다. 메이슨은 항상 돈을 두 번 센 후에 집세를 뺀 돈을 그녀에게 주었다. 리처드스 부인은 돈을 천천히 주워서 입술을 움직이며 세었다. 수표 금액이 전부 있었다. 게다가 영수증도 있었다. 부인은 고개를 끄덕였다. 그녀는 돈과 영수증을 함께 갖고 있는 것이다. 이제 커티스는 떠났지만 그리 놀랄 일도 아니었다. 그녀는 그가 떠나리란 것을 알고 있었다. 남자들은 항상 떠났다.

그녀는 아파트 벽에 난 많은 구멍 중 한 군데에 돈을 감추고 다음에는 무엇을 할까 둘러봤다. 그녀는 비명을 지르는 게 좋겠다고 생각했다.

커티스는 계단을 뛰어내려 밖으로 나간 후 천천히 걷기 시작했다. 멋모르고 뛰어가다가는 경찰의 주의를 끌지도 모른다고 생각했기 때문이다. 세 블록을 더 가자 자기가 자주 가는 술집이 나타났다. 그는 뒷문을 통해 들어갔다. 그때 버저가 울렸다. 그는 남자 화장실에 살짝 들어가려 했지만 바텐더 노릇을 하는 주인에게 들키고 말았다. 주인은 성미가 급한 서인도 사람으로 이름은 점비라고 했다. 둘은 사이가 나빴다.

"화장실 손님이 또 왔군. 술은 공짜로 주고 화장실 입장료를 받는 편이 돈을 더 받겠어."

그의 목소리가 화장실 안에까지 들렸다. 커티스는 밤낮 듣는 이 소리를 무시했다. 메이슨의 지갑에서 돈을 빼고 지갑은 쓰레기통에 버리고 나왔다. 경찰차가 사이렌 소리도 요란하게 거리를 지나갔다. 담배와 술 생각이 났지만 이곳을 빨리 떠나는 것이 상책이었다. 그래서 컨버터블 (역주: 덮개를 닫았다 폈다 할 수 있는 자동차)을 타고 있는 한 젊은이를 보자 반색을 지었다. 젊은이는 컨버터블만큼이나 멋지게 모양을 내고 있었다. 그의 이름은 윌리엄이었다.

"자네는 캘리포니아로 간다고 했지, 윌리엄?"

"갈 경비를 공동으로 부담할 뜻이 맞는 친구가 있으면 간다고 했지."

"내가 한밑천 잡았어. 가는 경비를 전부 대고도 남을 돈이 생겼다구. 이러면 나는 뜻이 맞는 친구가 된 거 아냐?"

"물론이지."

커티스가 차에 타려 하자 윌리엄이 손을 흔들어 막았다.

"커티스, 진짜 함께 갈 생각이 있다면 먼저 주변을 정리하는 게 좋지 않을까? 만일 위험한 물건이 있으면 적당히 처리하고 오는 게 어때? 한 시간 후에 여기서 만나자구. 그 동안에 나도 짐을 싸서 올게."

"그래 한 시간 뒤에 만나."

커티스는 다른 술집에 들어가서 담배와 위스키를 샀다. 바에는 록이라는 안면이 있는 사나이가 앉아 있었다.

"재미가 어때, 록?"

록은 아무 말도 하지 않았다.

"자네와 장사 얘기를 했으면 하는데."

그래도 록은 아무 말도 안 했다.

"영화 구경 갈까?"

록은 술잔을 비우고 커티스를 바라보았다. 커티스는 술값을 치르고 밖으로 나갔다. 록이 뒤를 따랐다. 그는 표를 두 장 사서 영화관 안으로 들어갔다. 안은 텅텅 비어 있었다.

잠시 후에 커티스가 속삭였다.

"50달러에 팔 권총이 있어. 권총은 내가 지금 갖고 있어."

록은 무릎에 손수건을 펴고 돈을 세어서 놓은 후에 손수건을 커티스에게 건넸다. 잠시 후에 커티스는 손수건을 도로 건넸다. 록은 영화관에서 나갔지만 커티스는 그냥 앉아 있었다. 앞으로도 거의 한 시간을 기다려야 윌리엄을 만날 수 있었다.

록은 버스를 타고 거의 1마일쯤 갔다. 그는 두어 블록을 걸어서 어떤 집으로 들어갔다. 그 집에도 근처의 다른 집들과 마찬가지로 〈도시 재개발 지구〉라는 표시가 있었다. 그런 집들은 임대를 하지 못하도록 법으로 금지된 곳이었다. 유리창에는 커다랗게 X 표시가 되어 있었다.

2층 계단에 어린 남녀가 앉아 있었다. 소년은 훼방꾼을 불쾌하다는 듯이 바라보았지만 아무 말도 하지 않았다. 소녀는 그가 완전히 지나갈 때까지 소년의 팔을 꽉 잡고 있었다.

3층의 문은 잠겨 있었으나 록이 힘껏 밀자 열렸다. 방은 화려하게 꾸며져 있었고 화장대에는 향수와 화장품이 많이 있었다. 화장대에는 커다란 인형이 있었고 침대에는 남자가 앉아 있었다.

"당신이 아냐."

남자가 말했다. 그는 눈이 시뻘겋게 취해 있었다.

"물론 내가 아니지요."

록은 그의 말에 동의했다.

"그 놈은 험프리 슬라이드야. 그 놈은 이 집의 집세를 내지 않아. 그 놈은 여자의 옷을 사 주지 않아. 그 놈은 여자를 먹이지도 않아. 난 그런 일을 다 했다구."

록은 커다란 머리를 끄덕였다.

"모두가 그걸 알아요."

록은 주머니에서 손수건을 꺼내 침대 위에 폈다.

"75달러만 내요."

작은 이익을 보고 물건을 빨리 회전시켜라. 이것이 록의 방침이었다.

그가 내려갈 때 소년 소녀는 몸을 한쪽으로 피했다. 그들은 그를 쳐다보지도 않았다. 거의 폐허가 된 그 집은 불편했지만 적어도 남들이 그들을 귀찮게 굴지는 않았다. 그리고 달리 갈 곳도 마땅찮았다.

위층의 남자는 시뻘건 눈으로 권총을 계속해서 바라보고 있었다.

잠시 후에 소년과 소녀는 어슬렁거리며 밖으로 나가 먹을 것을 찾아 헤어졌다. 그러나 저녁 후에 두 사람은 같은 장소에서 다시 만났다. 그들이 자리를 제대로 잡기도 전에 한 쌍의 남녀가 큰소리로 떠들며 계단을 올라왔다. 그들은 희미한 불빛에 비친 젊은 한 쌍을 보고 발길을 멈추었다. 잠시 두 쌍은 서로를 바라보았다. 나이가 많은 쪽 여자는 잘생겼고 옷과 화장이 요란했다. 남자는 못생겼다. 한쪽 어깨뼈가 불거져 있었다.

"여기서 무얼 하는 거야. 나가."

남자가 사납게 소리쳤다.

"이봐요, 험프리, 그냥 놔 둬. 남을 귀찮게 하지도 않잖아? 뭘 그래?"

"알았어, 귀여운 것."

두 사람은 위층으로 올라갔다. 계단의 두 사람은 문이 열리는 소리를 듣고 있었다. 갑자기 여자가 공포의 비명을 지르는 소리가 들렸다.

"노! 안 돼!"

총소리가 크게 울리는 순간 계단의 두 사람은 펄쩍 뛰었다. 무엇이 그 옆을 지나 탁 하고 밑에 떨어졌다.

"내게 총질을 해?"

남자의 으르렁거리는 소리가 들리고 때리는 소리가 났다.

"내 여자를 빼앗았잖아!"

"내게 총질을 해?"

때리는 소리가 계속해서 들렸다. 소년과 소녀는 계단을 내려갔다.

"험프리, 그만 때려! 미안해, 험프리! 해치려고 그런 건 아냐. 제발 그만 때려…."

"여보. 그만 때려요. 그는 취해 있어. 여보."

소년과 소녀는 1층에 잠깐 섰다가 밖으로 나갔다.

세포이 패거리는 간부회의를 하고 있었다. 세포이는 불량 소년의 집단이었다. 회의는 어느 집 옥상에서 열리고 있었다.

"그래, 니가 행동 대장이 되겠단 말이지?"

버즈라는 소년이 말했다.

"그래."

소니라는 소년이 대답했다. 여자들을 포함한 패거리들이 흥미진진하게 두 사람의 대화를 듣고 있었다.

"나는 니가 행동 대장이 될 수 없다고 생각해."

"난 자신 있어."

"무엇 때문에 그렇게 자신하는데?"

"이것으로."

소니는 주머니에서 어떤 물건을 꺼냈다. 패거리들이 숨을 들이마시는 소리가 들렸다. 그들이 주위로 몰려들며 존경의 소리를 질렀다.

"소니가 권총을 갖고 있어!"

"소니의 권총을 보라구!"

여태껏 아무 말도 안 하고 있던 세포이의 두목 빅 아더가 물었다.

"어디서 났어, 소니?"

소니는 능글맞게 웃으며 자기 여자인 마이라에게 고갯짓했다.

"쟤는 어디서 났는지 알고 있어."

마이라는 안다는 듯이 미소 지었다. 버즈는 낮게 욕설을 퍼부었다. 그는 자기가 졌다는 것을 알고 있었다. 패거리의 새 행동 대장이 권총을 조준하며 말했다.

"우선 없앨 놈이 하나 있어. 그가 우리 어머니에게 나쁜 말을 하는 데는 도저히 참을 수 없어. 특히 족제비파 중 한 놈이 그러는 데는 도저히 참을 수가 없어."

패거리들은 소니의 불만에 대해 아무 말도 하지 않았다. 입을 열었다간 소니의 어머니에 대한 나쁜 말이 튀어나올 것 같았고 소니는 권총을 갖고 있었다. 그러나 단체로 누구를 공격한다는 데는 구미가 당겼다.

"족제비 파를 해치우자!"

한 여자애가 말하자 모두 그러자고 웅성거렸다. 빅 아더는 자기가 나서서 권위를 세울 때가 됐다고 생각했다.

"그들을 해치운다고, 어떻게? 우리가 권총 한 개를 갖고 있다고?"

행동 대장은 두목의 말이 이상하다고 생각했다. 그는 눈을 가늘게 떴다.

"〈우리〉라니 무슨 소리야. 〈우리〉가 권총을 갖고 있는 게 아냐. 〈내〉가 권총을 갖고 있다구. 누구도 내 물건을 갖고 이래라저래라 하지는 못해. 알았어?"

소니는 자기 말이 먹혀 들어가도록 잠깐 뜸을 들이다가 말을 계속했다.

"빅 아더의 말이 맞아. 권총 하나로는 모자라. 권총을 하나 더 살 돈이 필요해. 돈을 구하는 방법을 내가 말할 테니 들어 봐."

패거리들은 그가 하는 말을 들었다. 그리고 만족스러운 듯이 웃으며 좋아했다.

"자, 그럼, 이제 움직이자구."

소니는 사람들이 거의 전부 나간 후에 움직였다. 그러나 빅 아더가 한 손으로 그의 손목을 잡으며 다른 손으로 권총을 빼앗았다.

"총 이리 내!"

소니는 고함을 치며 덤볐다. 빅 아더는 소니의 웃옷을 잡고 그를 문에 내동댕이쳤다.

"너는 잘못 생각하고 있어, 소니. 넌 네가 두목인 것처럼 행동하고 있어. 그러면 안 되는 것 알지? 정말로 남자라면 이 총을 뺏어 봐. 해볼 테야?"

잠시 동안 소니는 중요한 인물이었으나 이제는 다시 아무것도 아닌 사람이 되었다. 그는 빅 아더로부터 도저히 권총을 빼앗을 수 없다는 것과 자기 어머니에게 행패를 부린 족제비를 없앨 기회가 사라졌다는 것을 깨달았다. 좌절감과 창피스러움으로 눈물이 눈에 고였다.

빅 아더가 소니의 어깨를 토닥거렸다.

"기운 내. 네 계획이 잘 이행되나 보자구. 알았지? 자, 이제 다른 사람들과 같이 가 봐, 소니 리처드스."

소니는 고개를 떨어뜨리고 밖으로 나갔다. 마이라가 뒤따라가려는 것을 빅 아더가 막았다.

"급할 것 없잖아. 나하고 같이 가자구. 우리 두 사람은 앞으로 가깝게 지내야겠어."

마이라는 잠시 주저하다가 바보 같은 웃음을 지었다.

"앞으로는 아주 가깝게 지내자구."

빅 아더는 그렇게 말하면서 씩 웃었다.

커티스는 바에서 나갔다. 술에 취해 눈앞이 아찔했다. 내가 누구를 어디에선가 만나기로 했는데… 맞아! 윌리엄이야. 그때 멋진 컨버터블을 타고 윌리엄이 앞을 지나가고 있었다. 기분이 좋아진 커티스는 〈윌리엄!〉 하고 부르며 그에게 달려갔다.

하지만 윌리엄은 이미 커티스와 캘리포니아로 가는 것을 주저하고 있었다. 커티스는 확실히 난폭한 친구였다. 또한 오늘따라 커티스에게서 뭔가 이상한 낌새가 엿보였다. 윌리엄은 어떠한 경우든 총기를 갖고 다니는 사람과는 관계하고 싶지 않았다. 게다가 그에겐 캘리포니아로 갈 수 없는 불가피한 사정이 생기고 말았다.

그 사정은 윌리엄이 보기에 커티스가 자기를 잡아먹을 듯이 고함을 치며 달려들고 있을 때 발생했다. 윌리엄은 비명을 지르며 차를 앞으로 몰았다. 컨버터블은 앞 차를 받았다. 그러나 커티스는 계속해서 달려오고 있었다.

"내게 가까이 오지마, 커티스!"

윌리엄은 비명을 지르며 차에서 뛰어내려 도망쳤다. 누가 그를 잡았다.

"나를 잡지 마! 저 놈은 총을 갖고 있어. 커티스!"

그가 고함쳤다. 그러나 그를 잡은 사람은 손을 놓지 않았다. 그는 힘악하게 얼굴을 일그러뜨린 형사였다. 하필이면 경찰차를 받다니.
형사 하나가 커티스를 수색했다.
"총은 없어. 이 친구는 위험하지 않아."
그가 윌리엄을 향했다.
"이봐, 왜 이 사람이 권총을 갖고 있다고 한 거지?"
윌리엄은 당황해서 아무 소리나 나오는 대로 지껄였다. 형사들은 그와 그의 차를 수색했다. 담배 갑 안에서 마리화나가 나왔다. 자동차에서는 구두상자 가득히 담긴 마리화나가 발견되었다. 형사 하나가 냄새를 맡았다.
"마리화나야. 멕시코산으로 질이 좋은 것이군. 자네는 앞으로 오랫동안 이 차가 필요 없게 됐어."
마침내 윌리엄이 울음을 터뜨리고 말았다. 윌리엄의 얼굴에 눈물이 흘러 화상이 일룩졌다. 페 그로테스크한 얼굴이었기 때문에 무뚝뚝한 모습의 형사까지 웃음을 터뜨리고 말았다.
형사 한 사람이 커티스를 가리켰다.
"이 친구는 깨끗한데 어떻게 할까, 레오?"
그러나 레오는 의심 가는 점이 있었다.
"계집애 같은 녀석이 겁을 먹은 것으로 봐서는 무슨 일이 있는 것 같아."
갑자기 어떤 생각이 떠올랐다.
"저 친구를 뭐라고 불렀지? 아까 그가 뭐라고 불렀지? 커티스 맞지?"
다른 형사가 손을 퉁겼다.
"맞아, 커티스라고 했어. 커티스, 자네 오늘 셀레나 리처드스 부인 집에 있었나?"
"그런 여자 이름은 들은 적도 없어."
커티스는 갑자기 술기운이 달아나는 것을 느꼈다. 빨리 이곳을 떴어야 하는 건데.

리처드스 부인은 친구들을 접대하고 있었다. 어린애는 그녀가 비명을 지른 오후부터 쭉 깨어 있었고 딸들도 학교에서 돌아왔다. 부인은 딸들에게 소시지와 빵을 사 오라고 심부름시켰다. 딸들이 반은 먹고 반만 남겨 왔다. 할 수 없이 그들은 딸들이 먹다 남은 나머지를 먹었다. 그들은 다시 돈을 추렴해서 와인도 샀다. 큰 소동은 항상 일어나는 게 아니니 축하해야 마땅했다.

"그 사람이 너의 방바닥에 피를 많이 흘렸구나, 셀레나."

이웃집 친구가 말했다.

"자기 집인데 어때?"

그들이 깔깔거린 후에 한 친구가 큰아들은 어디 갔느냐고 물었다. 리처드스 부인은 조용한 목소리로 대답했다.

"소니는 어디 갔는지 모르겠어. 제 아비를 닮아서 역마살이 꼈나 봐. 제 아비가 항상 나돌아다녔거든."

그녀는 가슴을 더듬으며 손을 만졌다. 그녀는 경찰과 앰뷸런스가 떠난 뒤에 벽 구멍에서 돈을 꺼내 가슴에 넣어 두었다. 돈은 안전했다.

그녀는 오늘은 재수가 좋은 날이라고 생각했다. 커티스는 떠났지만 그가 귀찮아지기 시작한 것도 사실이었다. 그리고 커다란 소동도 있었다. 이웃들이 찾아와서 자기 얘기를 귀가 솔깃해서 듣고 있었다. 집세만큼의 현금과 영수증도 있었다. 그래, 오늘은 재수가 좋은 날이야. 이따가 오늘이 며칠인가 보고 그 번호로 복권을 사야지. 좋은 운이 따르기 시작하면 아무도 막을 수 없어.

그들은 메이슨의 머리를 세 바늘 꿰매고 붕대를 감았다.

"택시를 부를까?"

흰 머리가 무성한 병원 직원이 물었다.

"필요 없어. 택시비로 허비할 돈이 어딨어. 아직 버스가 다니지?"

"치료비로 3달러를 내야 해."

메이슨은 콧방귀를 뀌었다.

"3달러가 아니라 3센트도 없어. 버스비도 누구에게 빌려야 해. 그 나쁜 놈이 있는 것은 몽땅 털어 갔어. 그것도 대낮에 말이야. 세금은 왜 내는지 모르겠군."

"훌륭한 건물을 못 쓰는 건물로 만든 사람에게 수고했다고 보상하는 데 쓰겠지."

병원 직원이 빈정거리듯 대꾸했다. 그는 나이가 많아 곧 은퇴할 노인으로 겁나는 사람이 없었다. 메이슨은 눈을 가늘게 뜨며 사납게 말했다.

"내 개인 재산을 갖고 이래라저래라 할 권한을 갖고 있는 사람은 아무도 없어."

직원은 어깨를 으쓱했다.

"이것도 당신 개인 재산이니 갖고 가지."

그는 빈 권총집을 가리켰다.

메이슨은 병원을 나서자 맨 먼저 상점에 들어갔다. 버스비를 빌리러 들어간 것은 아니었다. 그는 영수증 철을 샀다. 아직도 집세를 받을 곳이 많이 남았고 오늘 중으로 전부 받아 낼 생각이었다. 요새 같은 세상에 사람 좋게 굴었다가는 나만 손해야. 오늘 누가 나를 건드리기만 해 봐라. 그는 아직도 분을 가라앉힐 수 없었다.

그는 집세를 받으러 첫 번째 집에 들어갔다. 바로 그 순간 그 집 복도에서 세포이 패거리가 그를 덮쳤다.

아브람 데이빗슨(Avram Davidson, 1923~1993)

뉴욕 주 용커즈 출생으로 4년 간 4개의 칼리지를 전학한 뒤 호텔의 계산계, 외국인 가정교사, 3류 잡지의 편집장 등을 거쳐 2차 대전 때는 해군항공대(후에 해병대에 전속)의 위생병으로 남태평양, 중국, 북아프리카, 유럽 전선에 종군했다. 1954년에 처음으로 팔린 단편은 SF였다. MWA 단편상 수상작가.

세계 문학 베스트 미스터리 컬렉션 (II) 편집 후기

이 김에 탐정이나 될까?

"악! 아아―악!"
무슨 소리일까?
귀신을 보고 놀라서? 가위 눌려서? 강도가 나타나서? 치한이 덤벼들어서?
아니.
그럼 모르는데 셜록 홈즈를 불러? 아님 앨러리 퀸을 부를까? 마플 할머니한테 찾아가 봐?
섭외비가 비쌀 것 같으니 알려 주지.
바로 이 책『세계 문학 베스트 미스터리 컬렉션』의 원고량을 보고 나온 소리였어.
꼭 4천 매 가량의 원고량 때문만은 아니었어. 추리소설 한 번 안 읽어 본 사람도 있었으니….
우린 이제 죽었다 하며 편집팀은 머리를 맞대고 함께 사지로 걸어 들어갔다.
죽을 결심을 한 사람이 무슨 짓인들 못하겠는가?
원고량이 많은들, 모르는 사람의 이름이 수백 개가 된들, 추리소설을 전혀 안 읽어 보았던들….
돌들의 합창이 불꽃을 일으켰던가?
원고는 차근차근 모양새를 갖춰 나갔고, 분류가 되어졌고, 유명한 미스터리 작가들의 이름이 귀에 익숙해졌고, 탐정이나 주인공들과 친구가 되어 버렸다.
여러 상황의 살인방법. 남편이 아내를 죽이는 방법, 아내가 남편을 죽이는 법, 자식이 부모를 죽이는 방법, 나를 괴롭혔던 사람을 죽이는 방법….
다양한 살인방법. 칼, 총, 끈, 이런 전통적인 방법 외에도 말로, 환경을 바꾸는 것으로 간단하게 사람을 죽일 수 있다.

죽음이란 무엇인가, 범죄란 무엇인가, 인간의 본성이란 무엇인가, 인간의 조건이란 무엇인가, 둘러싼 환경은 인간의 성격에 어떻게 작용하는가.

결코 추리소설 마니아가 아닌 우리들은 책을 만들면서 이 지적 게임에 빠져 들어갔다.

한 편 한 편마다 뒷머리를 치는 반전이 있고, 천재가 아닌 평범한 사람들의 등장이 현실감을 더해 주었고, 교묘한 심리묘사가 허탈감마저 더해 주었다.

책을 만드는 과정이 고통스러운 작업이었지만, 왠지 차오르는 뿌듯함과 교만은 어쩔 수 없었다.

마치 내가 인간에 대한, 상황에 대한 대단한 관찰가처럼 느껴졌고, 사건을 해결할 수 있는 탐정이나 경찰처럼 착각되기도 했다.

나는 이 책에 대해 자신감이 생긴다. 꼭 추리에 대해 관심이 없는 사람도 좋다. 읽다 보면 온갖 인간들의 속성에 감탄할 것이다.

그리고 이 책은 대단한 의미가 있는 책이다. 아직 국내에 소개된 적이 없는 작품이기도 하려니와 거장들의 엑기스만 모았기 때문이다. (물론 나도 이 책으로 발을 들여놓기 전까지는 거장들의 이름도 들어 보지 못했다.)

이대로 나가 탐정소를 하나 차려?